모조사회

2

**바스키아의
검은 고양이**

모조사회

The Mojo Society 도선우 장편소설

2

**바스키아의
검은 고양이**

나무옆의자

차 례

Mother, 다음 세상엔 무엇이 기다리나요?

(……)

어제는 모두 지워버리고 이젠 잠을 잘 시간
때로는 힘겨운 나날들 한숨 뒤로 묻어요

그대 품에 가득 안기어
어제의 수고에 감사드려요

새들도 모두 집을 찾는데
우리 이제 안녕히

슬픔도 이제 안녕히

—김종서, 〈어머니의 노래〉에서

두 개의 세계

수와 랭이 커다란 나뭇잎 위를 걷고 있었다. 고작 한나절도 지나지 않은 시각이었지만 수는 마치 몇 십 년을 산 기분이었다. 세월의 극심한 파고가 자신의 한 인생을 쉴 새 없이 흔들어대다가, 이제 막 육지로 내던져버린 것 같은 느낌이었다. 그나마 영양캡슐 때문에 그 정도의 체력이라도 유지할 수 있는 거라고 랭은 말했다. 수에게는 그만큼 몸과 마음이 지치는 일이었고, 랭도 그것을 알고 있었다.

생각해보면 랭도 알 수밖에 없었다. 아니, 오히려 랭과 파로가 자신보다 더 힘들었을지도 모른다는 것을 수는 밖에 나와서야 깨달았다. 랭과 파로는 이미 이 모든 일을 한 번 보았고 또 결과를 알고 있는 상황에서 다시 봐야 하는 입장이었다. 수가 변명하듯 말했다.

"너무 갑작스러워서 감당하기 어려웠던 것 같아요."

"이해합니다."

한풀 꺾이기는 했어도 빛이 좋은 날이었다. 과학동의 방들이 제아무리 기분 좋은 온도와 습도와 조광을 유지해준다고 해도 자연광의 따스함에는 미칠 수 없었다. 빛의 입자 하나하나가 살갗을 덮어 포근하게 감싸주는 느낌이 들었다. 산책이 랭의 제안이기는 했지만 결국 수도 좋은 제안이었음을 인정하지 않을 수 없었다. 기분이 훨씬 좋아졌다. 수는 자신이 랭과 파로의 처지를 전혀 생각하지 않았음을 사과했다. 랭이 빙그레 웃으며 조그만 알약 하나를 주머니에서 꺼내 들어 보였다.

"몸에서 분비되는 여러 가지 호르몬을 조절해서 신경을 안정시켜주는 약이에요. 이성적 판단을 돕고 냉정함을 유지해주죠. 하루 정도 효력이 갑니다. 자주 복용하면 호르몬계의 교란이 일어나서 부작용이 생길 수 있어요. 정말 참을 수 없는 정신적 고통이 밀려들 때만 처방받아 사용할 수 있습니다. 본래는 증상이 확인되어야 받을 수 있는데, 저는 있는 떼 없는 떼를 다 썼어요. 상황을 이해해주더군요. 저도 이 일 때문에 처음 받아보거든요."

랭이 알약을 다시 주머니에 집어넣었다.

"은수 씨의 업로딩을 확인해야 하는 처지에서, 제가 감당할 수 없을지도 모른다고 생각했습니다. 은수 씨의 업로딩에 춘춘 할머니가 기록되어 있다는 사실이 제게는 좀 견디기 어려운 일이었거든요. 한동안 잊고 외면해왔던 일이라서……, 두려웠습니다."

수는 바로 그 대목에서 자신의 불길한 예감이 사실로 밝혀질 거라는 직감이 들었다. 듣고 싶지 않았지만 듣지 않을 수 없었다. 이 일은 수 혼자만의 일이 아니었다. 그것을 깨달은 이상 듣기 싫다고 무작정 외면해버릴 수는 없었다. 랭이 말했다.

"춘춘 할머니는 우리 공동체 군사동 분이십니다."

수가 깜짝 놀라 랭을 쳐다보았다. 너무 갑작스러운 이야기라 어리둥절하기까지 했다.

"제 증조 할머니시기도 하고요."

수는 어리둥절함을 넘어서 잠시 현실감을 잃었다. 몸이 저절로 제자리에 우뚝 섰다. 설 수밖에 없었다. 몸의 모든 기능이 순간 정지해버린 것 같았기 때문이다.

"솔리하는 제 동생입니다. 우린 친자매고, 제가 솔리하의 언니예요."

수가 전혀 예상치 못한 충격으로 약간 휘청거리자 랭이 바로 옆에 있는 작은 나뭇가지를 가리켰다. 작다고 해도 두 사람이 앉고 그 뒤로 몇 명이 더 앉을 수 있을 만큼 넓은 가지였다. 수가 그곳에 앉자 랭이 바로 옆자리를 채웠다.

"할머니는 공동체의 여러 가지 목적 가운데 하나를 직접 수행하기 위해서 이곳과 저 도시를 꾸준히 오갔는데, 모조 사회가 들어서면서부터 왕래가 뜸해졌습니다. 보안이 그 전과는 차원이 다르게 삼엄해지는 바람에. 엄마와 아빠가 돌아가시기 이전에 저는 이곳에 남았습니다. 할머니가 그러길 원했죠. 그러지 않았으면 우리 가족은 정말……."

랭은 말을 멈추고 손을 들어 목 언저리를 무의미하게 몇 번 쓸어내렸다.

"솔리하는 저곳에서 태어났어요. 공동체를 본 적도 없습니다. 그런 게 있는지도 모르고요. 그뿐 아니라 솔리하는, 자기한테 언니가 있는지도 몰라요."

랭이 잠시 말을 끊고 눈을 감았다. 턱관절이 맞물리는 모습이 수의 눈에 보였다. 목울대가 몇 번 크게 움직였다. 랭은 숨을 한 번 깊이 들이마셨다가 내쉰 다음 이윽고 눈을 뜨고 얘기를 이었다.

"처음 할머니 소식을 들었을 땐, 정말 배신감이 너무 컸습니다. 할머니 할아버지, 엄마 아빠까지 그렇게 갔을 때 다 그만두고 돌아올 줄 알았거든요. 하지만 여기 최고위원회와 대의원회가 그러길 원치 않았죠. 하지만 본인이 강력하게 돌아오길 희망했다면 그럴 수 있지 않았을까요? 아무튼 저는 그 무너지는 배신감 이후로 며칠 밤낮을 먹지도 자지도 않고 울었습니다. 엄마 아빠가 돌아가셨을 때보다 더 울었던 거 같아요. 지금 생각해보면 아마도 제겐 엄마 아빠보다 할머니의 존재가 더 컸던 것 같습니다. 그래서 많이 미웠죠. 제가 여기 있는 걸 알면서 저기서 그러고 사셨으니까. 사실 그땐 모든 게 다 원망스러웠습니다. 최고위원회도, 대의원회도, 이 공동체도. 그 후에는, 알지도 못하는 은수 씨마저도."

랭이 수의 난처한 표정을 보고 지금은 괜찮다는 듯 고개를 끄덕이며 웃어 보였다.

"할머니의 사건 기록을 살펴볼 용기까지는 나지 않았습니다. 볼 수 없었어요. 그러다가 은수 씨가 쓰러지고 나서야 깨달았습니다. 결국 이 일은 제 손으로 마무리 지어야 한다는 사실을."

랭이 수를 돌아보며 말했다.

"은수 씨에겐, 이미 한 번 말씀드렸다시피 미리 말할 수 없었어요. 어떤 고통을 느낄지 알았지만 이 약도 드릴 수 없었습니다. 그러면 매칭 결과에 영향을 미칠 수 있으니까요. 결국 오롯이 혼자 감당해야 하는 건데……, 그래서 저도 처방받은 약을 먹지 않았습니다. 저 혼자 도망가는 것 같았으니까요."

그리고 독백하듯 덧붙였다.

"저도, 은수 씨도, 스스로 힘으로 견뎌야 한다고 생각했어요."

드넓은 광장만큼이나 커다란 나뭇잎 위에서 세상을 바라보는 일은 그리 낯설지 않았다. 실제로 이 공동체를 돌아다닌 경험은 많지 않았지만, 수는 벌써 익숙해진 느낌이었다. 업로딩을 통해 경험한 세상은 지금 보는 풍광들과 정반대의 모습이었음에도 그랬다. 무언가 비현실적 상황이 연속되다 보니 어쩌면 자신의 편에 선 듯한 느낌을 주는 공간에 더 친숙함을 느끼는지도 몰랐다. 랭이 말했다.

"새도 해킹이 가능하다는 걸 처음 알게 된 사람이 할머니입니다. 또 누가 그걸 했는지도요. 그때 우리는 아무도 믿지 않았죠. 하지만 할머니가 보낸 홀로그램을 보고 믿지 않을 수 없었습니다. 그때부터예요. 우리 과학동이 은수 씨를 주목하게 된 것이."

수는 묵묵히 랭의 이야기가 이어지기를 기다렸다.

"이미 말씀드렸다시피 그건 우리 공동체로서는 너무나도 중요한 문제였기 때문에 그 즉시 최고위원회가 열렸습니다. 은수 씨를 바로 공동체로 데리고 와야 한다는 의견과 그래서는 안 된다는 의견이 팽팽하게 갈렸어요."

"반대한 쪽은 무엇 때문이었나요?"

"일부는 총수나 의장이 은수 씨를 미친 듯이 찾고 있을 시점에 우리 공동체로 데려오는 건 우리를 대놓고 드러내는 거나 다름없다고 반대했습니다. 하지만 그건 세상 물정 모르고 하는 소리여서 지지를 얻지 못했어요. 더 좋은 명분이 필요했죠."

랭이 허공을 바라보며 후후, 웃고 말을 이었다.

"그래서 섀도를 해킹하는 기술이 우리에게는 꼭 필요하지만 그것은 전적으로 공동체만의 목적이지 은수 씨 개인의 삶과는 아무 상관 없다는 주장이 더 지지를 받았습니다. 이제 막 아빠를 잃은 아이를 생전 들어본 적도 없고 알지도 못하는 세계로, 그것도 강제로 데려와 기술을 전수토록 하는 것이 공동체의 취지와 맞느냐는 주장이었어요. 수단과 방법을 가리지 않고 목적을 달성하려는 태도는 모조 사회에서나 있을 법한 일이 아니냐고 의장이 물었을 땐, 아무도 그 말에 반박하지 못했습니다."

수가 조용히 "의장." 하고 중얼거렸다.

랭이 재빠르게 대꾸했다.

"물론 우리 최고위원회 의장입니다. 저쪽의 그 거지 같은 의장하고는 달라요. 우리 의장도 너무 이상주의자라서 문제이긴 하지만."

랭이 씩 한 번 웃어 보이고 다시 말했다.

"결국 기밀을 해제하고 대의원 안건으로 상정해서 투표에 부치기로 결정이 났습니다. 그런데 공교롭게도 그 투표에서마저 동표가 나왔어요. 최고위원회든 대의원이든 이렇게 팽팽하게 같은 수를 이뤘던 적은 처음이라 공동체도 꽤 당황했습니다. 그 시기에 화두로 떠오른 것이 바로 진의 말이었는데요, 은수 씨는 공동체에 꼭 필요한 인물이지만 은수 씨에게도 공동체가 꼭 필요하냐는 질문이었습니다. 저는 그 말이 의장의 주장과 무슨 차이가 있는지 잘 모르겠지만, 아무튼 아무도 거기에 답하지 못했어요. 심지어 당장 은수 씨를 데려와야 한다고 주장하던 쪽에서도 말이죠."

너였다면 어떻게 생각했을 것 같으냐는 표정으로 랭이 수를 바라보자, 수는 두 눈을 끔벅거리다 끝내 아무 말도 하지 못했다. 랭이 혼잣말로 중얼거렸다.

"이상주의자들이 사는 곳이 꼭 그렇게 좋기만 한 건 아니에요."

그러고는 누가 무슨 말이라도 했냐는 듯이 목소리를 높였다.

"아무도 대답하지 못했는데 그때 딱 한 분이 단호하게 답을 말씀하셨죠. 은수 씨에겐 아직 공동체가 필요하지 않다. 할머니는 진의 의견에 전적으로 힘을 실어주었습니다. 하지만 그 의도는 달랐다고 생각해요. 우리 할머니는 명분에 얽매여 사는 분이 아니었거든요. 물론 진도 그랬을 수 있겠지만. 여하튼 할머니가 전한 메시지에 아무도 반박하지 못했습니다. 할머니는 그렇게 말할 자격이 있었던 분이니까요. 결정은 결국 그렇게 난 거예요."

생각보다 간단하지 않으냐는 듯 수를 한 번 바라본 랭이 이어 말했다.

"할머니는 십 년을 얘기했어요. 이 안건에 관해서는 십 년 후에 다시 논의하기로. 그 주장도 공동체에서는 무리가 없었던 게, 그 때나 지금이나 여전히 신경회로 컨트롤러를 제거하는 게 옳은 일 인가에 관해 회의적인 사람들이 적지 않거든요. 제거하면 그들이 자유를 얻는 것은 분명하지만, 그 자유가 반드시 행복을 의미하 지는 않으므로 좀 더 신중해야 한다는 의견인 거죠. 그런데 그게 과연 본심일까요? 식민 구역의 자유가 공동체에 이득이 될지 알 수 없는 것을 넘어, 그 때문에 뭐든 양보해야 하는 상황이 오는 것을 꺼리는 마음은 전혀 없을까요? 그러니 당연히 십 년의 유예 를 두자는 할머니의 말은 그들에게도 적극적인 지지를 얻었습니 다. 의도는 달라도 결론이 같았으니까."

수는 일단 이해되지 않는 부분은 놓아두고, 이해되는 부분에 관해서만 복기했다.

"그러면 이미 그때 춘춘 할머니는 제가 복수를 이야기할 거라 는 걸 알고 계셨군요. 십 년이란 시간이 그렇게 정해진 거였어."

랭이 고개를 끄덕였다.

"할머니가 생각하시기로 은수 씨에게 먼저 필요한 건, 이 세계 가 왜 이렇게 양분되어 살아갈 수밖에 없는지에 관한 이해였습니 다. 개인적인 복수는 그다음 문제라고 여기셨던 것 같아요. 미스 매칭과 큰 관련 없는 부분이라 우리가 편집했는데, 할머니가 공 동체에 관해서는 언급하지 않으셨지만 지향하는 바가 전혀 다른 두 세계에 관한 이야기는 은수 씨에게 자주 하셨습니다. 그래서 할머니의 메시지에는 그런 내용이 강조되어 있어요. 훗날 은수 씨가 공동체로 들어오면 반드시 무사의 시대를 알려주라고."

"무사의 시대."

"그 시대를 이해해야 지금의 시대를 이해할 수 있다, 그게 할머니의 생각이었습니다. 시대를 이해하는 것이 무엇을 바꾸려고 하기 전에 먼저 해야 할 일이라고 할머니는 절대적으로 확신하셨는데, 그건 저도 할머니와 생각이 같아요."

그때 수가 뭔가 반짝 떠오른 듯 소리쳤다.

"무사!"

"맞습니다. 저쪽 도시 의장 가문의 선조입니다."

"왜 그 시대를……."

"그가 이 지구를 단 두 개의 세계로만 남게 한 원인 제공자거든요."

"공동체와 모조 사회." 수가 중얼거리고는 랭을 보고 물었다. "정말 이 지구에 그 두 세계만이 존재하는 거예요?"

"긴 얘기입니다. 그 얘긴 뒤로 미루기로 하죠. 먼저 끝내야 할 이야기가 있으니까."

랭이 수를 돌아보자 수도 고개를 끄덕였다.

"그렇게 십 년이란 세월이, 정말이지 빨리 흘러갔습니다. 그리고 그날 칼리사 일행이 할머니를 찾아왔던 겁니다."

"그러면 그분들도 공동체 분들이신가요?"

"아니요, 할머니가 공동체 사람인 건 아무도 몰랐습니다. 솔리하마저도 몰랐으니까요."

"그럼 단순히 동맹 연합군 시절의 복수 때문에 찾아왔던 거군요."

"네. 거기에 공교롭게도 은수 씨와 약속했던 십 년이 겹쳤던 거예요. 그래서 할머니는 그 안건을 공동체에 상정했습니다. 말하자면 공동체의 지원을 요구했던 건데요, 참 거지 같게도 십 년 후의 공동체에선 그 일에 반대하는 사람이 더 많아진 겁니다. 심지어 순전히 우리 할머니 개인의 복수심 때문이 아니냐고 의심하는 자들까지 있었으니까요. 언제부턴가 대의원에 머저리들이 많아져가지고."

지금도 그때를 생각하면 분이 안 풀린다는 듯이 랭이 입술을 깨물었다. 수가 물었다.

"할머니가 저를 도와 복수하는 걸 반대했던 건가요?"

"아니요, 공동체의 지원을 반대했던 겁니다."

랭이 어이없죠? 하는 표정으로 수를 잠시 바라보다가 말을 이었다.

"공동체 최고위원회와 대의원회에서는, 만약 그 일을 결행할 생각이면 전적으로 할머니와 할머니의 동맹 연합군 인력만으로 추진하기를 권장한다, 공동체가 개입했다가 잘못되면 공동체의 존재가 노출될 수 있고 또 은수 씨 능력이면 굳이 공동체 지원 없이도 가능한 일이라고 판단된다, 그런 속이 훤히 들여다보이는 결론을 내린 거예요. 손을 대지 않고도 코가 풀리면 풀겠으나 풀려도 걱정인 사람들의 허울 좋은 명분이었죠."

"그럼 제가 침실에서 할머니께 그 난리를 쳤던 때가 이미 이 공동체에서 그런 결론을 내린 이후였던 건가요?"

"네. 할머니는 그래도 공동체를 설득할 생각이었습니다. 은수 씨가 아무리 뛰어나다고 해도 그 인력으로는 불가능하다고 판단했던 것 같아요. 너무 당연한 얘기 아닙니까? 다 해서 여덟 명이었어요! 진짜, 누군 필드에서 목숨 걸고 고생하는데 편안한 농장에서 따뜻한 볕이나 쬐고 있으니까 지도부가 썩어갈 수밖에 없지. 하지만 그때 은수 씨가 너무 완강했고, 솔직히 훗날이라고 공동체가 지원해줄지도 알 수 없는 마당에 무작정 뒤로 미룰 수만도 없는 상황이었어요."

그때 수의 머릿속에서 춘춘 할머니의 음성이 메아리쳤다.

모두 그러기를 바란다면 그렇게 해야지, 어쩌겠냐.

그 음성을 계기로 그때 나누었던 홀로그램의 대화가 전부 다 떠올랐다. 수는 발작적으로 손을 들어 얼굴을 가렸다. 그리고 고개를 숙였다. 그제야 할머니가 왜 그랬는지 알 수 있었다. 랭이 자신을 미워하지 않을 수 없었다는 걸 전부 이해할 수 있었다. 자신이 모두를 사지로 몰고 들어간 것이었다.

"그 모든 일이 저 때문이었군요. 그런지도 모르고 나는……, 나만 생각하고 살았어."

랭이 손을 들어 수의 등을 조심스럽게 토닥이며 쓸어내렸다.

"저도 처음엔 은수 씨를 원망했어요. 부인할 수 없는 사실입니다. 하지만 우리 할머니의 지론대로라면 그렇게 될 일은 어떻게 해서도 그렇게 되고 마는 거니까, 은수 씨가 그때 그러지 않았더라도 그런 일은 결국 어떻게든 벌어지고 말았을 거예요."

그러나 그런 말이 수에게는 전혀 위로가 되지 않았다. 수는 한동안 고개를 숙인 채 소리 내어 울었다. 랭이 그런 수의 등을 계속해서 토닥였다.

"사실, 아무 지원도 없는 상황에선 그때가 가장 적기였다고 인정할 수밖에 없습니다. 저라도 그때를 노렸을 거라고, 지금은 그렇게 생각해요. 게다가 동맹 연합군 분들의 결정은 은수 씨의 결정과는 아무 상관 없습니다. 그들의 몫이고 각자의 소망이 모여 그렇게 된 거지, 은수 씨 혼자만의 복수심 때문이 아닙니다. 우리 할머니조차 복수하고 싶은 마음이 전혀 없었다고는 말할 수 없을 거예요."

수의 길고 긴 울음이 그칠 무렵 숲엔 어느새 땅거미가 내려와 있었다. 흐느끼며 억누르려고만 했던 울음을 속 시원히 다 쏟아 내고 나니 수는 머리가 맑아졌다. 배가 고프다는 생각도 들었다. 하지만 그 난리를 쳐놓고 인제 와서 그런 말이나 하고 있을 수는 없었다. 대신 혼잣말처럼 중얼거렸다.

"해가 졌네요."

랭이 고개를 끄덕이며 반응해주었다.

"그러네요." 그러고는 마치 수의 생각을 읽기라도 한 것처럼 물었다. "은수 씨, 배고프지 않아요?"

수는 살짝 놀라며 "아, 예 조금." 하고 무의식적으로 랭의 손을 살폈다. 랭이 웃으며 말했다.

"아니요, 지금은 가지고 있지 않아요. 그냥 계속 영양캡슐만 드셨고 또 한참 울었으니까 배가 고플지 모른다고 생각했어요. 우는 것도 체력이 드는 일이니까요. 마침맞게 저녁 식사 시간이 가까워지기도 했고."

수가 다소 민망한 표정으로 고개를 끄덕이자 랭이 말했다.

"저녁은 캡슐 말고 제대로 된 식사를 해보시겠어요?"

"아, 그래도 돼요?"

"그럼요."

두 사람은 자리에서 일어났다. 처음 이 공동체에서 깨어났을 때처럼 수는 무작정 랭을 따라나섰는데, 그게 무척 오래전의 일처럼 느껴졌다. 그런데 이번에는 그때와 반대의 경로로 이동했다. 외부에서 내부로 다시 들어갔다. 랭의 말로는 지금 막 지나쳐 온 곳이 이 나무의 큰 가지에서 중심 기둥으로 이어지는 길목이라고 했다. 나무의 속이라니. 수가 기억하는 나무의 속은 단단했다. 랭도 그게 맞는다고 말했다. 다만 수가 떠올리는 나무의 크기와 지금 걷고 있는 나무의 크기가 다를 뿐이라고 했다.

"잘 이해가 안 되면 반대로 생각해보세요. 은수 씨의 몸이 아주 작아졌다고 생각하세요."

얼마나 작아지면 나무 안의 세계가 이토록 넓게 느껴질 수 있는지 전혀 감이 안 잡혔지만, 분명한 건 수가 이제껏 살아오며 보지 못한 풍경들이라는 점이었다. 굳이 비교하자면 대자연의 국립공원 같은 곳에서나 볼 수 있을 법한 암벽들이 층층이 쌓여 있는데 눌러보면 탄력이 있었다. 암벽이 아니었다. 묘한 기분이었다.

랭은 그곳이 코르크 형성층이라고 했다. 거대한 협곡 같은 골짜기를 지나 도착한 곳은 관다발 형성층이라는 곳이었는데 그곳 또한 마법의 세계에나 등장하는 미로 도시 같았다. 골목 곳곳마다 사람들이 삼삼오오 모여 담소를 나누는 모습이 보였다. 기묘하게 생긴 공간 안에서 무언가를 먹고 마시는 사람들도 있었다. 몇몇 곳에서는 장르가 다른 음악들이 흘러나왔다. 형태를 규정할 수 없는 어떤 방에서는 사람들이 모여 탭댄스 비슷한 걸 추고 있었다.

넋을 놓고 마법의 골목을 따라가던 수는 이윽고 랭을 따라 약간 넓은 대로로 나왔다. 그 아래로 수로가 있었다. 그 물길 가장자리에 이미 형태가 갖추어진 나노믹스가 놓여 있었다. 전체적으로 투명한 물방울 모양이었지만, 아니나 다를까 수와 랭이 앉자마자 좌석이 그들의 몸에 맞게 조정되었다. 물길의 형상도 제각각이었는데, 어떤 지점은 나선형으로 휘어 돌아갔고 또 어떤 지점은 둥근 도넛 모양의 관문들이 겹겹이 있었으며 다른 곳은 곳곳에 암초 같은 것이 솟아 있었다.

나노 휠을 탔을 때처럼, 그 어떤 요란한 길을 흐르거나 가파른 곳을 쏟아져 내려도 진동을 느낄 수 없었다. 그렇게 물관을 따라 얼마간 이동했다. 마치 동화 속에 나오는 수상 도시의 중심가를 흘러가는 느낌이었는데, 양편으로 늘어선 수많은 프랙털fractal 문양의 방과 문과 창문처럼 보이는 곳들이 모두 나무의 세포가 만들어낸 공간이라고 랭은 설명했다.

"그 공간들을 우리가 잠시 빌려 쓰고 있다고 보시면 돼요. 엄밀하게 말하면 우리가 나무 안에 기생하고 있는 셈이에요."

본부동과 달리 이곳은 순전히 나무 안이므로 세포 분열이 일어나면 위치도 바뀌고 크기도 달라지기 때문에 그때마다 거기에 맞춰서 체관부나 물관부를 따라 사람들도 이동한다고 랭은 말했다. 수가 더듬거렸다.

"나무가……, 그렇게까지 큰가요?"

"네, 그렇게까지 커요." 랭이 한 번 웃더니 덧붙였다. "오히려 저는 구시대의 그 작은 나무들이 더 익숙지 않던데요."

그러는 사이 식당에 도착했다. 마침맞게 저녁 시간이라 식당은 와자지껄했다. 랭을 보고 반갑게 인사하는 사람들이 많았다.

"뇌 과학 관련 연구자들이 이용하는 식당입니다. 이 나무와 인근 몇 그루에 우리 과학동이 소재하는데요, 과학 관련 다양한 업무들이 전부 이곳에서 이루어집니다. 물론 아까 지나오면서 보셨던 곳처럼 사람들의 생활공간도 그리 멀지 않고요."

재질을 알 수 없는 탁자와 의자가 불규칙하게 놓여 있고 그 위에 사람들이 앉아 있었는데, 무엇 하나 정렬되어 있지 않다는 게 수로서는 굉장히 신선했다. 식사를 마치고 사람이 자리에서 일어나면, 아니나 다를까 탁자와 의자도 바닥으로 사라졌다. 반대로 랭이 선 곳에서 누군가에게 손을 들자, 바로 그 자리에서 탁자와 의자가 솟았다. 그리고 사람이 주문을 받으러 왔다. 환경이 이쯤 되면 모든 게 자동화되어 있을 줄 알았는데 그렇지 않다는 게 오히려 더 놀라웠다. 랭이 말했다.

"유심히 보면 알겠지만 겉으로 확연하게 드러나는 인공 구조물은 얼마 없어요."

그러고 보니 과연 그랬다. 생각해보면 이제까지도 거의 그랬다. 기능을 제외하고 풍광만을 스케치해본다면 이곳은 고도 문명 사회라기보다 오히려 고대 원시사회에 가까웠다. 랭이 갑자기 말했다.

"우리 주문할 거야. 어디야, 그냥 막 시킨다."

랭이 수를 보고 입 모양으로 파로, 하고 알려주었다.

"알았어. 나중에 딴소리하면 굶길 거야."

수가 말했다.

"죄송하게도 파로 씨를 잊고 있었네요."

"걔는 잊고 있는 게 편해요. 궁금한 것도 많고, 참견하고 싶은 것도 많고, 먹고 싶은 것도 많고, 잘 아시는 것처럼 말도 많고, 뭐든지 너무 많아서 탈인 아이니까요."

랭이 홀로그램 메뉴판에 조리된 몇 가지 음식을 주문했다. 주문을 받은 직원이 롤러 블레이드와 유사한 무언가를 타고 사라졌다.

"여기도 우리보다 먼저 와 있어야 하는데, 아마 오만 사람 일에 다 참견하느라 늦는 걸 거예요." 랭이 말하고 무심하게 중얼거렸다. "하는 짓이 솔리하랑 너무 비슷해. 누가 보면 둘이 남매인 줄 알 거야."

그랬다. 수가 보기에도 파로는 솔리하를 떠올리게 하는 면이 있었다. 마지막에 한 말에 아마 랭의 진심이 담겨 있을 거라고 수는 생각했다. 그렇게 구박하면서도 항상 옆에 데리고 다니는 걸 보면. 파로는 음식이 나오는 것에 딱 맞춰 도착했다. 랭의 짐작처럼 오만 일에 다 참견하고 왔는지, 입가에 덜 마른 침이 묻어 있을 지경이었다.

음식에 육류는 없다고 랭이 말했다. 그런데도 고기 맛이 나는 게 많아 신기했지만, 그런 것까지는 묻지 않아도 알 수 있을 것 같았다. 정작 알 수 없었던 건 음식이 담긴 용기였다. 음식을 비운 용기는 형태가 점점 옅어지다가 종국에는 사라졌다. 그것도 나노 믹스인지 물었더니 용기는 그냥 유기물이라고 했다. 쓰임이 끝나면 자연으로 돌아가는 거라고 했다. 모두 이 나무 안에 흡수되는 거라고.

오는 길에 랭은 나무 속 생활에 대해 인간이 기생하는 거라고 표현했는데, 파로는 구시대 동화 속에 나오는 이야기처럼 인간이 숲속의 요정 같은 존재라고 말해서 수는 꽤 인상 깊었다. 같은 환경을 전혀 다르게 표현하는 것에서 두 사람의 상반된 성격을 어림짐작할 수 있었다. 작은 체구에 엄청난 양을 먹어치운 파로가 너무 당연하다는 듯이 말했다.

"자, 오늘 계속 이어서 끝내시는 거죠? 분량도 얼마 안 남았는데."

랭이 어이없다는 듯이 쳐다보자 파로가 덧붙였다.

"나 내일 바빠요. 약속 있다고."

"무슨 약속이 있는데, 네가."

"슈트 팀 회식 있다고요."

"슈트 팀 회식하는데 네가 거긴 왜 가?"

"아 글쎄, 이번에 제가 알파 구역에 나갔다 오면서 굉장히 여러 가지 문제점을 발견했기 때문에 안 갈 수 없어요."

"너 거기 오는 거 다 싫어할 거 같은데?"

"다들 오라고 난리가 났거든요?"

랭이 졌다는 듯이 끝내 웃고 말았다. 무거운 과정을 다시 시작해야 하는 처지였음에도 수 역시 웃지 않을 수 없었다. 랭이 말했다.

"너는 어떻게 약을 안 먹어도 매사가 그렇게 약 먹은 애 같니?"

파로가 빨리 가자고 재촉하자 랭이 수를 바라보았다. 수도 고개를 끄덕였다.

"파로 말대로 이제 막바지이긴 합니다. 마음 다잡고 조금만 더 기운을 내세요."

홀로그램이 열리자 수의 심박 수가 다시 올라가긴 했지만, 아까와는 전혀 다른 마음가짐이었으므로 감정을 추스를 수 있었다. 아무것도 장식되어 있지 않은 무미건조한 방 안이었다. 얼마 후 벽면의 일부가 각각 열리면서 수와 건과 노파와 잔더와 솔리하가 튀어나왔다. 현실의 수는 심장 박동 소리를 직접 귓가에서 느꼈다. 그럴수록 마음을 다잡았다. 스스로 힘으로 견뎌야 한다고 랭이 말했었다.

다섯 명은 일정한 간격을 두고 차렷 자세로 서 있었는데, 노파는 다리가 성치 않았음에도 몸이 고정된 것으로 보아 서 있는 게 아니라 벽면에 결박된 모양이었다. 랭이 그렇다고 말했다. 그 자리에 벤조가 보이지 않았지만 수는 묻지 않았다. 칼리사도, 릴리도 보이지 않았다. 그때 문이 열리며 모조가 들어왔다. 모조의 손에는 투명한 케이지가 들려 있었고 그 안에 반타가 서 있었다. 반타는 잔뜩 화가 난 표정이었다. 수가 소리쳤다.

반타!

모조가 말했다.

괜찮아요. 나도 은수 씨 못지않게 고양이 좋아합니다. 그리고 이 고양이는 원래 제 고양이이기도 했고요. 기억하시죠? 은 박사님이 말씀 안 해주셨나?

수는 모조의 말은 무시하고 다시 반타를 불렀다.

반타가 냐아아아, 하고 길게 대답했다. 그러더니 탕, 하고 케이지를 앞발로 한 번 쳤다.

모조가 그런 반타를 지그시 내려다보다가 케이지를 내려놓고 그곳에 마련된 의자에 편안하게 앉았다.

여러분 역시 편안한 좌석에 앉아 대화를 나누면 좋을 텐데 그럴 수 없어서 유감입니다. 여러분께서 좀 전까지 하려던 일이 제게는 조금 위험 부담이 있는 일이라서, 어쩔 수 없는 점을 이해해주시죠.

모조가 노파를 바라보았다.

자 그럼, 이제 아까 제게 말씀하셨던 거래에 관해 얘기해보시죠. 제게 주실 것이 있다고 하셨는데 그게 뭘까요? 이들의 목숨과 바꿀 수 있을 만큼 제게 소중하다는, 저도 모르는 그 물건이 도대체 뭐죠?

노파가 말했다.

둘이서만 얘기할 수 없겠나.

수와 건과 솔리하가 노파를 쳐다보았다. 잔더는 목에 난 상처가 보기보다 깊은지 정신이 맑아 보이지 않았다. 모조가 말했다.

어차피 아무려나 상관없을 텐데요?

그래도 나는 둘이서만 얘기하는 게 편해.

노파를 가만히 바라보던 모조가 고개를 끄덕였다. 그러자 노파를 제외한 네 명이 뭐라 항의할 시간조차 없이 다시 벽으로 들어갔다. 랭이 홀로그램을 정지했고 파로가 다른 홀로그램을 랭에게 밀어주었다. 랭이 말했다.

"이 지점부터는 할머니 기록으로 재생되는 거예요. 은수 씨 업로딩에는 없는 기록입니다."

같은 홀로그램이기는 했으나 과연 앵글이나 여러 면에서, 공간 전체가 구현되었던 업로딩 영상과는 확연하게 달랐다. 솔리하가 만든 특수 카메라에 찍힌 기록이고 카메라는 할머니의 손가락 끝에 심겨 있었다고 랭이 말했다.

홀로그램이 재생되었다. 차렷 자세로 서 있던 노파의 위치가 바뀌어 좌석이 만들어져 있었다. 그 위에 노파가 앉아 있었지만 굳은 표정은 서 있을 때와 다를 바 없었다. 손의 동선을 따라 화면이 흔들려 보기 다소 불편했지만, 그래도 생각보다는 광각에다 대체로 고정되어 있었으므로 사물의 분간이 어렵지는 않았다. 노파 앞에 조그마한 원형 탁자가 생성돼 있었다. 탁자 위에는 따뜻한 김이 올라오는 차가 한 잔 놓여 있었다. 모조 앞에도 탁자가 있었다. 모조가 먼저 찻잔을 들어 입을 축이며 말했다.

드십시오. 한 모금 드시면 다리 통증이 좀 덜하실 겁니다.

노파는 사양치 않았다. 편안한 자세로 느긋하게 목을 축이고 가만히 잔을 내려놓았다. 노파가 말했다.

너는 나를 모르지만 나는 널 안다.

모조가 재미있는 말이라는 듯 빙그레 웃었다.

아니요, 저도 어르신을 아는데요. 벌써 잊어버렸을 리가 없지 않겠습니까.

아니, 너는 날 몰라.

그 말에 모조가 살짝 고개를 꺾고, 입가에 미소를 지우지 않은 채 가만히 노파를 바라보았다. 잠시 후 허공에 대고 말했다.

퀸, 이중 보안으로 시스템을 바꿔.

방 안 전체가 잠깐 반짝이고 낮은 기계음이 짧게 울리다가 멈췄다. 퀸의 목소리가 들렸다.

완료되었습니다.

여전히 여성과 남성의 유성이 혼합된 기묘한 목소리였다. 모조가 말했다.

동맹 연합군을 말씀하시는 게 아니군요.

노파가 웃었다.

그래. 너의 그 눈치가 너를 그 자리까지 이르게 했겠지.

모조가 뭐라고 말해도 좋다는 듯 가볍게 고개를 끄덕여 보이고 말했다.

어쩐지 좀 이상하다는 생각은 했습니다. 이 얼간이 같은 동네에 그 정도 군사 지휘력을 갖춘 사람이 있다는 게 범상한 일은 아니었으니까요. 하지만 저를 아는 정도가 다섯 분의 목숨과 바꿀 만큼 가치 있는 '물건'으로 생각되지는 않는데요.

그래, 그렇겠지. 그런데 네가 이곳에서 '진짜' 뭘 하려는지 알고 있다면 얘기가 달라지겠지.

모조가 웃음 섞인 목소리로 물었다.

제가 이곳에서 '진짜' 무얼 하고 있었습니까?

너는 달에서 물과 토륨과 티타늄 같은 광물들을 채취해 오지. 식민 구역에서 생산하는 용수를 너희는 쓰지 않아.

모조가 고개를 끄덕이며 미소 지었다.

많이 조사하셨네요. 그렇습니다. 그 생활용수를 우리까지 사용하면 하급 시민들이 곤란해질 수 있다고 걱정하는 분들이 많아서, 최상급 시민들은 달에서 가져온 물을 사용합니다. 공공연한 비밀인지라 딱히 값어치 있는 정보는 아닌 것 같습니다만.

물론 그런 이유가 아닌 걸 알지만 그건 중요하지 않으니 뭐라고 말하든 상관없어. 하지만 그 걱정 많은 분들이 네가 그곳에서 채취한 헬륨 스리를 어디에 쓰고 있는지 알면 그때도 그렇게 걱정만 하고 말까? 아, 그래. 그들은 헬륨 스리를 채취하고 있는지조차도 모르고 있던가?

모조가 입가에 미소를 걸고 한동안 노파를 바라보았다. 그리고 가만히 찻잔을 들어 입술을 축였다.

충분히 개연성이 있는 이야기로 들립니다. 그런데 만약 그런 일이 있다 해도 다 용처가 있으니까 채취하는 거 아니겠습니까?

그래. 그 정도 엄청난 양의 핵융합 원료면 지구에서 사용하는 모든 동력을 충당하고도 남을 텐데, 지구엔 들여오지도 않는 걸 보면 확실히 용처가 있긴 한 모양이지. 너한테는 다행스러운 일이겠다. 천 명이나 되는 의회 것들이 하나같이 다 등신들이라서. 아니면 네가 그런 것들만 뽑히도록 뒤에서 장난질이라도 치고 있는 거든가.

모조가 호탕하게 웃고 말했다.

맞습니다. 정확히 보셨네요. 여기 의원님들이 좀 자기만 아는 성향이 있습니다. 그래서 다른 일에는 별로 관심이 없어요. 그런데 또 말들은 많아서, 말씀하신 것처럼 그렇게 일하기 좋은 환경은 아닌 것 같습니다. 오만 일을 혼자 하려니 뭘 하나 하려고 해도 힘에 부칩니다. 시간도 부족하고요. 어르신 말씀처럼 무능한 인간들은 장난질을 쳐서라도 죄다 솎아내고 싶은 마음 굴뚝같은데, 불행히도 그럴 수가 없네요. 여기가 허술해 보여도 나름대로 민주주의 질서가 확립되어 있는 사회라서 그게 말처럼 쉽지 않습니다. 저대로 고충이 많아요.

그래. 그렇게 고충이 많은 민주주의 사회에서 포디 프린팅 기술을 이만큼 상용화시킨 걸 보면 네가 재주가 많은 인간이기는 해. 그런데 이미 필요한 수준은 넘어서고도 남는데 아직도 고도화에 그렇게 목매는 걸 보면 여전히 뭔가 마음에 들지 않나 봐. 하긴 여러 가지 프로토타입을 시험해보기에 여기만큼 좋은 곳도 없긴 하지.

모조가 여전히 미소 띤 얼굴로 차를 한 모금 마시고 말했다.

그런데 어르신, 어르신이 무얼 알고 있든 어르신은 지금 여기 계시지 않습니까. 이미 제 손에 들어와 있는 어르신의 머리가 설마 제게 주실 '물건'은 아닐 테고, 도대체 제게 무엇을 주실 수 있다는 건지 저는 아직도 잘 모르겠습니다. 혹시 유언장이라도 써놓고 오셔서 그걸 누군가 들고 읽으면 사람들이 와와, 하고 믿어줄 거라 생각하신 건 아니겠죠?

그래. 요즘 시대에 누가 글을 쓰겠나.

그럼 그게 뭐냐는 듯 모조가 가만히 노파를 바라보았다. 노파가 말했다.

은 박사가 죽기 전에 나를 찾아왔었다. 너한테 수를 부탁했는데 네가 미덥지 못했던 모양이지. 그래서 내게 다시 부탁하러 왔다. 돈을 들고 왔지. 그 정도면 나도 일급 도시 정도는 가뿐하게 올라갈 수 있을 만큼의 액수였어. 한데 말이지, 나는 상급 도시에 별로 관심이 없고 내가 그렇게 과소비하는 사람도 아니라서 돈도 필요가 없거든. 대신 다른 걸 대가로 받았다. 그게 뭘 것 같으냐?

모조가 아무 대답도 하지 않자 노파가 말을 이었다.

시간이 넉넉하지 않았기 때문에 모든 걸 다 올릴 순 없었다. 나야 애초에 모든 걸 다 올릴 필요가 없었지. 내가 다시 생체 업로딩 되기를 원한 것도 아니고, 필요한 만큼만 업로딩하면 되는 거였으니까. 메모리 칩이야 얼마든지 위변조가 가능하고 가짜 논란을 불러일으킬 수 있지만, 디지털 업로딩은 얘기가 좀 다르다는 걸 너도 잘 알거라고 은 박사가 그러더라. 영상 자체가 확연하게 차이 난다던데, 그러냐?

모조가 농담은 이제 그만하자는 듯 얼굴에서 미소를 지웠다.

그래. 어쨌거나 내일까지 내가 그 디지털 업로딩을 조처하지 않으면 그 정보들은 이 사회 전역에 유포될 거다. 너의 그 잘난 인공지능이 막으려고 해봐야 소용없을 거야. 나는 내 손녀 말마따나 구식 기술에 좀 집착하는 경향이 있거든. 너나 너의 그 잘난 인공지능은 아직 모르고 있을 기술이 몇 가지 있을지도 모르지. 그게 뭔지 궁금하면 내일 직접 확인해봐도 좋다.

모조가 무표정한 얼굴로 노파를 주시했다. 그러다가 가만히 고개를 끄덕이더니 다시 미소를 띠고 자리에서 일어났다. 벽 한 면으로 다가가 커튼을 걷듯 손을 한 번 쓸자 벽면이 통째로 투명하게 변했다. 광활한 창공이 드러났다. 지상 도시엔 이미 어둠이 내린 모양이었다. 검은 공간 속에서 별처럼 반짝이는 불빛들이 보였다.

그러나 워낙 높이 솟은 모조 집무실의 한 섹션이었던 그곳에선, 여전히 태양의 기운을 확인할 수 있었다. 어두운 스카이라인을 따라 붉은색이 띠처럼 연결되어 있었고 바로 그 위로 주황색이, 다시 그 위로 노란색이 얹히며 스펙트럼 벨트를 이루었다. 그 위로 다시 푸른 하늘이 펼쳐졌다. 지상에는 깊은 어둠이 내려도 높은 창공에는 여전히 지지 않은 해와 하늘이 있었다.

모조가 말했다.

제가 하려는 일은 저 혼자만의 욕심으로 그러는 것이 아닙니다.

허, 하고 짧은 탄성을 내뱉은 노파가 말했다.

네 철학 따위에 나는 아무 관심도 없다. 내가 이 나이 먹고 너한테 설교 들을 일도 없고, 설득당할 일도 없으니 그런 얘기라면 네 깡통들하고나 해.

그런가요, 하고 모조가 고개를 끄덕이더니 화제를 바꾸었다.

제가 은 박사와 저 아이에 대해 한 약속은 은 박사가 저와의 약속을 지켰을 때 성립되는 것이었습니다. 먼저 약속을 깬 사람은 제가 아니라 은 박사입니다. 어르신을 찾아간 것도 자기가 약속을 깼다는 걸 알았기 때문이지 저를 못 믿어서가 아닙니다.

은 박사는 약속을 지켰다. 네 말대로 큐브도 넘겼고 실험도 우스꽝스럽게 만들었어. 수를 놓친 건 너지, 은 박사가 약속을 지키지 않아서가 아니야.

지휘관에 관해서는 얘기가 다르죠.

지휘관은 네가 지금 지휘관이라고 부르지 않으면 아무도 몰라.

그렇습니까? 모조가 노파를 돌아보며 말했다. 그렇군요.

녀석이 누군지 아는 사람은 나와 수와 내 손녀밖에 없어.

세 명이나 알고 있다니 대단히 유감인데요.

네가 내 조건을 받아들인다면 둘만 남게 되겠지. 그 둘마저도 네 식대로 하면 기억을 모두 잃을 테니 아무 문제가 없을 텐데?

그 대목에서 모조가 고개를 갸웃하더니 다시 의자로 다가와 앉았다.

그러니까 어르신께서 원하시는 건 군이 지상 도시가 아니어도 상관없다, 그런 말씀이십니까?

그래. 어차피 그건 네가 수용할 리 없으니 내 요구가 무리는 아니라고 생각한다.

그 대가로 어르신과 어르신의 업로딩을 제게 주시겠다, 그 말씀이신가요?

단, 넷 모두 베타 구역에 배치하는 거로.

베타 구역, 하고 모조가 중얼거리더니 찻잔을 들어 다시 한 번 입술을 축였다.

신경회로 컨트롤러에 관해서도 아주 잘 알고 계시는군요.

네가 기대하는 것 이상으로 많은 것을 알고 있을지도 모르지. 그러니 너한테 밑지는 장사는 아닐 게야.

어르신의 목숨을 한낱 장사로 생각하지는 않습니다.

그렇게 생각해주면 나야 고맙지. 어떻게 생각하든 별로 상관은 없지만.

저 역시 제가 해야 할 일을 할 뿐이지 어르신께 무슨 개인적인 감정이 있는 것도 아니고요.

그래 많이 듣던 말이다. 다만 비즈니스겠지. 너 같은 종류의 인간들이 노상 떠들어대는 대를 위한 희생. 이해는 한다.

한동안 곰곰이 생각에 잠겨 있던 모조가 입을 열었다.

어르신도 베타 구역으로 보내드릴 수 있습니다.

인심 써줘 고맙구먼. 하지만 남은 인심이 있으면 우리 애들한 테나 더 써라. 나는 거기서 그렇게 살고 싶은 마음이 조금도 없다. 이미 살 만큼 살았어.

랭이 불쑥 말했다.

"처음엔 저 말에 너무 화가 났어요. 나란 존재는 아예 생각도 안 하고 사셨나 싶었죠. 하지만 시간이 지나니 저 상황에선 저라도 저렇게 말할 수밖에 없었을 거라고 생각하게 되더군요. 그러다가 솔리하에게 생각이 미치자 정말 부끄러웠습니다. 저는 그나마 이곳에서의 삶이라도 있지만 솔리하는 그조차 얻을 수 없었으니까요."

현실의 수도 랭의 말에 동감한다는 듯 고개를 끄덕였다.

모조의 목소리가 이어졌다.

제가 어르신이 약속을 지키시리라는 걸 어떻게 믿을 수 있을까요?

네가 먼저 약속하면 위치를 넘기겠다. 너의 그 잘난 깡통들이 내려가면 한 시간도 안 걸려서 찾을 수 있겠지. 복제본이 있을 수 없다는 건 너도 잘 알 테고. 그럼 이번엔 내가 묻자. 나야말로 너를 어떻게 믿을 수 있냐?

모조가 노파의 눈을 가만히 바라보다가 말했다.

저를 아신다고 하셨죠? 저는 제가 내뱉은 말은 지키는 사람입니다.

노파도 모조의 눈을 한동안 바라보다가 대답했다.

그래 좋다. 그럼, 얘기가 끝난 건가?

모조가 단호하게 고개를 한 번 끄덕였다. 모조가 노파에게 좌표를 넘겨받았다. 퀸에게 이중 보안 해제를 명령했다. 노파가 말한 좌표를 가만히 복기하는 것으로 보아, 섀도에게 명령 중인 것같았다. 이윽고 벽 속으로 들어갔던 네 명이 도로 튀어나왔다. 랭이 홀로그램을 멈추고 파로가 밀어주는 홀로그램으로 교체했다.

다시 수의 업로딩 기록이라고 랭이 말했다.

구도가 전체 영상으로 바뀌자 시야가 다 환해지는 느낌이 들었다. 홀로그램 속엔 또 하나의 홀로그램이 열려 있었다. 홀로그램은 어느 가정집이었다. 모조가 말했다.

여러분은 처음 보시겠지만 이곳은 일급 도시의 한 아파트입니다. 일급 중에서도 가장 좋은 섹터 가운데 한 곳이고 이 홀로그램은 실시간 전송 화면입니다.

홀로그램의 각도가 살짝 바뀌면서 주방이 나왔다. 주방엔 한 여인과 그의 아들로 보이는 남자아이가 식탁에 앉아 있었다. 둘은 담소를 나누며 식사 중이었다. 잔더가 낮은 목소리로 중얼거렸다.

라니…….

수와 건과 솔리하가 잔더를 쳐다보았다. 그리고 다시 홀로그램을 보았다. 이윽고 건이 여자를 알아보는 눈치였고 이어 나머지 둘도 눈치챈 것 같았다. 노파의 표정엔 미동도 없었다. 현실의 수도 그제야 그 여인이 누군지 떠올랐다.

"섀도한테 큰딸을 잃었디던……."

랭이 아랫입술을 깨물고 고개를 끄덕였다.

모조가 말했다.

저분은 이제 남은 생을 아무 문제 없이 저곳에서 보내게 될 겁니다. 무엇보다 아이에게 더없이 좋은 환경이고 교육 역시 남다르게 받을 테니, 이변이 없는 한 저들의 삶은 이제 대를 이어 상속될 수 있을지도 모르겠습니다.

모조가 네 사람을 쳐다보았다.

여러분은 저분이 저 삶을 얻기 위해 여러분을 팔았다고 생각하십니까? 그렇다면 잘못 생각하신 겁니다. 저분은 자신이 제공한 정보가 여러분께 어떤 피해를 줄지 전혀 알지 못했습니다. 하물며 자기가 뭘 제공했는지도 몰라요. 다만, 자신에게 갑자기 밀려든 행운에 잠시 정신을 못 차리고 흥분해서 몇 가지 하지 말았어야 할 행동을 한 게 전부입니다. 저분은 지금 여러분이 이곳에 있는지도 모르고, 심지어 오늘 의회에서 무슨 일이 벌어졌는지조차 모릅니다. 언젠가 아는 날이 올까요? 알 수 없죠. 저분이 다시 여러분을 찾게 될 날이 올지는.

모조가 손을 들어 홀로그램을 없애고 창가로 다가갔다. 이제 그곳에서 보이는 하늘도 검게 물들어 있었다. 모조가 말했다.

인간은 늘 그렇습니다. 자기가 저지른 일이 누구에게 어떻게 얼마나 큰 피해를 줄지 알지도 못하면서, 자신의 신념이 옳으므로 자기 행동도 당연히 정의로울 거라고 믿고 삽니다. 여러분이 나를 없애면 여러분의 마음은 편해질지 모르겠지만, 얼마나 많은 사람이 그로 인해 피해를 보게 될지는 전혀 생각해보지 않았겠죠. 왜냐하면 여러분이 하는 일은 정의고, 그 정의의 편이 아닌 것들은 전부 불의이거나 불의가 아니어도 정의를 방관했으니 마땅히 대가를 치러야 한다고 생각할 테니까요. 그런데……, 여러분의 정의가 정말 정의일까요? 만약 그게 정의라면 그것만이 유일한 정의일까요?

노파가 말했다.

차라리 나를 지금 죽여라.

모조가 노파를 돌아보았다.

내가 이 나이에 너한테 그런 설교까지 듣고 있어야 하니?

솔리하가 말했다.

할매는 지금 그런 농담이 나와?

농담 아니야, 이 우라질 것아. 너는 지금 쟤 말이 무슨 말인지도 모르잖아.

아니, 지금 저 미친 인간이······, 아니라 무슨 말인지 알고 모르고가 중요한 게 아니잖아!

됐고, 야, 너. 당장 그 되지도 않는 설교를 집어치우면 내가 아주 기가 막힌 정보를 하나 더 주마.

모조가 크게 숨을 한 번 들이마시고 찬찬히 내쉬면서 다시 최초의 여유로운 표정으로 돌아왔다. 잠시 후 모조는 자리로 돌아가 앉았고 찻잔을 들어 목을 축였다. 스스로도 잠깐 격앙되었음을 인지하는 눈치였다. 노파가 말했다.

좋아. 너는 최근 이 식민 구역에서 일어난 몇 차례의 대지진이 지진대의 활동 때문에 그런 거라고 알고 있겠지? 거기가 활성 단층이니까.

모조가 노파에게 시선을 고정했다. 노파가 말했다.

처음엔 그랬는데 지금은 그런 게 아닌 것도 있어.

과연 생각해보지 않았던 일인지, 모조의 고개가 살짝 기울어졌다.

나중에 또 그런 일이 벌어지면, 네 깡통들을 내려보내봐라. 그럼 알 수 있을 게다. 기억해. 지진일 수도 있지만 그게 전부가 아닐 수도 있다는 걸. 그러니 그런 잡소리는 네 깡통들한테나 하고 이제 우릴 여기서 내보내줘.

솔리하가 외쳤다.

어! 우리 보내주기로 한 거야?

수와 건이 마주 보았다. 모조가 고개를 끄덕이고 노파를 잠시 바라보다가 자리에서 일어났다. 모조는 정중하게 고개를 숙여 인사하고 반타가 앉은 케이지를 들고 밖으로 나갔다. 반타가 울었다. 다섯 명이 다시 벽으로 들어갔다. 홀로그램이 마무리되었다.

랭이 말했다.

"긴 여정이었네요."

수가 돌아보자 랭이 고개를 끄덕였다.

"다행히 미스 매칭 구간은 은수 씨가 말씀하셨던 대목 외에는 없는데, 그 대목도 현재 미스 매칭이 맞는지 연산 중이니까 내일이면 결과가 나올 겁니다."

수가 머뭇거리다가 조심스럽게 물었다.

"할머니는 그러면……."

"우리 요원들이 댁에 가보니 할머니의 시신이 좋은 관에 잘 안치되어 있었습니다. 다리도 모두 복원되어 있었고 얼굴도 편안해 보였어요. 물론 뇌는 제거된 상태였지만. 공동체로 모셔 와서 자연으로 돌려보내드렸습니다."

랭과 수는 한동안 침묵을 지켰다. 얼마 후 수가 물었다.

"다른 분들은 전부 베타 구역으로 간 건가요?"

"베타 구역으로 갔어야 했는데, 그렇지 않았습니다. 모조가 자기 목적을 위해서라면 수단과 방법을 가리지 않는 인물이긴 해도 약속을 허투루 여기는 인간은 아니었는데, 뭔가 우리로서도 알수 없는 일이 있었던 것 같습니다. 그 때문에 우리도 은수 씨와 류건 씨를 다시 찾는 데 삼 년이 넘는 시간이 걸렸습니다. 베타 구역만 내내 뒤지고 있었으니. 식민 구역은 모두 네 곳인데 한 구역만 해도 인구가 몇 천만이어서 짧은 시간에는 도저히 찾을 수가 없거든요."

수의 입이 떡 벌어졌다.

"몇 천만이요?"

"우리가 알아본 바로는 은수 씨가 계시던 알파 구역에만 오천만 명이 넘게 살고 있습니다."

"알파 구역."

"네. 은수 씨와 류건 씨는 베타 구역이 아니라 알파 구역에 계셨습니다. 어찌나 황당하던지."

"그걸 어떻게 아셨죠?"

"그게……, 우리로서도 여전히 의문입니다. 우리 요원이 입수한 정보이기는 한데 아직 그 출처가 확인되지 않아서요. 지금도 백방으로 알아보는 중입니다. 솔직히 우리도 너무 오랫동안 허탕을 치던 와중이라, 반신반의하면서도 속는 셈 치고 나가보자는 식으로 알파 구역을 뒤졌던 겁니다. 그곳에서 정탄 씨를 가장 먼저 발견했고요. 정탄 씨가 실마리가 되어 매핑을 추적하다 보니 놀랍게도 거기 류건 씨가 연관되어 있었습니다. 게다가 의외의 장소에서 반타의 그림을 발견하는 바람에 은수 씨도 거기 계신다는 걸 확신할 수 있었고요. 그런데 그게 정말 이상한 일이에요. 모듈에선 실제 관계가 있는 사람들끼리 아는 관계로 매핑하지 않거든요."

수는 이리저리 생각을 거듭하다가 역시 이해가 되는 부분에 관해서만 묻기로 했다.

"그럼 다른 분들은……."

"류건 씨와 정탄 씨요?"

"아니, 솔리하……."

랭이 아, 하고 작게 탄성을 내뱉었다.

"네. 솔리하와 잔더 씨는 아직 찾지 못했습니다. 하지만 일부러 네 분을 갈라놓은 게 아니라면 그들도 알파 구역에 있을 거로 생각하고 있어요. 지금 이 시각에도 우리 요원들이 수색 중입니다."

수가 고개를 끄덕였다.

"또 궁금하신 건 내일 이어가도록 하죠. 오늘은 여러모로 힘든 날이었네요. 무척이나 강행군을 한 느낌인데, 뜨거운 물에 몸을 푹 담그면 피로가 좀 가실 것 같습니다."

랭에게도 확실히 고된 하루였는지 눈 한쪽이 충혈되어 있었다. 수가 다시 고개를 끄덕였다.

"파로도 수고했고 은수 씨도 정말 고생 많으셨습니다. 오늘은 이곳 말고 과학동의 다른 숙소로 이동하시죠. 은수 씨를 위해서 특별히 마련해둔 곳이 있습니다. 여기보다 훨씬 좋을 거예요."

　뜨거운 물에 몸을 담근다는 말을 들어서인지 수도 갑자기 피로
감이 몰려왔다. 궁금한 점이 아직 많았지만 랭의 말처럼 지금 상
태로는 머리가 잘 돌아가지 않을 것 같았다. 수는 랭과 파로를 도
와 장비를 정리했다. 정리라고는 해도 거의 자동으로 꺾이고 접
히고 매입되는 과정이라 전혀 힘이 들어가지 않았다. 이윽고 수
는 랭과 파로를 따라 방을 나섰다. 수가 잠시 머뭇거리다가 랭에
게 물었다.

　"저기, 그때 저를 데려오는 문제로 편이 갈렸을 때, 랭 씨는 어
느 쪽이셨나요?"

　랭이 걸음을 멈추고 수를 돌아보았다.

　"저는 은수 씨를 데려오자는 입장이었습니다. 진은 저와 반대
입장이었고요."

　랭이 무언가를 잠시 생각하다가 덧붙였다.

　"솔직히 저는 그때, 은수 씨보다는 할머니와 솔리하가 이곳으
로 오기를 더 바라고 있었던 것 같습니다."

　수가 고개를 끄덕이자 랭이 다시 말했다.

　"제가 할머니를 잃고, 삼 년 넘게 제 동생과 은수 씨를 찾지도
못하고 있는 동안 진이 제게 상당히 미안해했습니다. 할머니의
의사였다고는 해도, 그런 분위기가 아니었다면 결과가 달랐을 수
도 있었으니까요. 최고위원회도 그때의 실수를 어느 정도는 인정
했습니다. 그 때문에 이번 알파 구역 작전에서는 공동체가 노출
되는 한이 있더라도 이 일을 감행하겠다고 한 저의 고집이 먹힌

거예요. 물론 진도 적극적으로 거들어서 승인이 난 거지만. 어쨌거나 손을 대지 않고 코를 풀려다간 그 코를 먹게 될 수도 있다는 사실을 뒤늦게나마 인정들을 하셔서 그나마 다행이라고 생각합니다."

무사의 시대

깊은 밤은 우주 그 자체였다. 수가 누운 침상 위로 수없이 많은 별이 흩뿌려져 있었는데 그 광경은 무슨 말로도 표현할 수 없었다. 자신의 침대가 홀로 우주 공간 속에 덩그러니 떠 있는 느낌이었다. 지구가 어떤 땅이 아니라 우주에 속한 행성이라는 사실을 그보다 더 명징하게 알 수 없을 만큼 하늘은 신비로움 속에 잠겨 있었다.

너무 피곤했지만 수는 잠이 오지 않았다. 지금까지의 이야기들이 이만큼 가까이 다가와 있는 별의 무리만큼이나 산란히 머릿속에 흩어져 있었다. 그러나 그 때문에 잠이 오지 않는 것은 아니었다. 생각해보면 그리 복잡한 이야기도 아니었다.

식민 구역이란 알 수 없는 세계에서 인생 일부를 얼마나 허비하고 돌아왔든, 홀로그램 속의 이야기가 전부 진실이고 그게

'진짜' 자신의 삶이었다면 복수는 아직 끝나지 않았다. 무슨 사연이 거기 겹치고 엎어져 있든 그게 요점이고 핵심이었다. 심지어 그 허비한 인생조차 총수라는 인간의 손안에서 이루어진 일이었다.

아빠나 할머니의 바람대로 수는 살아남았다. 그게 어떤 방식이었든 수는 살아남았고 자신의 진짜 과거도 알게 되었다. 잃어버린 시간들을 손에서 내려놓고 본다면 변한 것은 아무것도 없었다. 모든 것이 현재 진행형이었다.

그런데 왜.

나는 복수심에 불타오르지 않는가. 수는 알 수 없었다. 그리고 곰곰이 생각했다. 아빠의 복수를 하기 위해 혈안이 되어 있던 자신의 모습은 도대체 어디로 가버린 건지. 심지어 지금 이 상황에선 할머니의 복수까지 하고 싶어야 마땅한데, 이건 뭔가 너무 냉정했다. 평온한 자신의 마음 때문에 오히려 혼란이 일 정도였다. 차가운 머리가 원망스러울 지경이었다. 생체 업로딩을 하기도 전에 이미 무언가 변한 건가. 아니면 아직 그 신경회로 컨트롤러라는 물체의 영향력 아래 놓인 건가. 수는 알 수 없는 자신의 감정을 되풀이해서 곱씹다가 마침내 까무룩 잠이 들었다. 수가 잠들자 천장이 스르륵 짙은 녹색으로 바뀌었다.

아침이 되었다. 수가 잠에서 깨자 거기에 맞춰 실내의 빛과 온도와 습도가 조절되었다. 창이 열렸다. 새소리 혹은 그와 비슷한 무엇인가의 소리가 쏟아지듯 들어왔다. 얼마 후 어딘가에서 랭의 목소리가 들렸다.

"일어났어요?"

수는 자리에서 일어나며 그렇다고 대답하고 들어가도 되냐는 말에도 그러라고 대답했다. 벽 한 면의 일부가 위에서 아래로 미끄러지듯이 열렸다. 랭이 서 있었다. 랭이 미소 지으며 수에게 다가왔고 오른손에 들고 있던 옷을 건넸다. 랭이 입은 전신 슈트와 비슷한 디자인이었다. 옷감은 실크처럼 부드러웠지만 실크는 아닌 것 같았다.

랭이 기다리는 동안 수는 재빠르게 구슬 하나를 입에 넣고 세안을 마쳤다. 구슬은 입속을 청결하게 정리하며 녹아 사라졌다. 세안도 간편한 방법이 있었지만 수는 이제껏 해오던 방식이 더 좋았다. 랭도 그렇다고 했다. 랭은 처음 욕실 사용법을 알려줄 때, 세안은 그 나름의 씻는 맛이 있어서 자신도 고전적인 방법을 더 선호한다고 말했었다. 수는 입고 있던 옷을 벗고 랭이 준 옷으로 갈아입었다. 처음엔 헐렁했던 옷이 순간 수축하며 맞춤복처럼 딱 맞아떨어졌다. 옷은 입지 않은 것처럼 가벼웠다. 욕실을 나오자 랭이 환하게 웃으며 말했다.

"나노 슈트예요. 나노 슈트로만 입고 있어도 잘 어울리시네요."

수가 다소 어색한 표정으로 슈트를 내려다보고 있자 랭이 말했다.

"은수 씨 개인 슈트입니다. 오늘부터는 공용 나노믹스를 이용하지 않으셔도 됩니다. 앞으로 은수 씨가 사용하게 될 나노믹스의 모든 종류가 그 슈트 안에 내장되어 있거든요. 나노믹스가 은

수 씨의 신체조건에 익숙해지도록 해야 하니까 당분간은 이 슈트만 입으셔야 합니다. 아마 적응되면 다른 건 찾지 않으실 거예요. 세탁은 신경 쓰실 필요 없습니다. 얘들이 알아서 정화작업을 하거든요. 자, 그리고 옷의 디자인도 바꿀 수 있어요. 이렇게 밋밋한 모습으로 다닐 필요가 없습니다."

랭이 자신의 슈트 어깨 부위에 어떤 문양을 그리자 눈앞으로 다양한 의상의 홀로그램이 떴다. 랭은 수에게도 자기가 한 대로 따라 하라고 눈짓했다. 수가 랭을 따라 하자 수의 눈앞에도 다양한 의상들이 늘어서 펼쳐졌다.

"그중에 마음에 드는 디자인을 고르시면 됩니다."

랭의 복장이 위에서부터 아래로 순차적으로 바뀌었다. 짧은 민소매 티에 허리가 잘록한 슬랙스 같은 것으로 형태가 달라지더니, 신발도 그에 어울리는 것으로 바뀌었다.

"처음엔 은수 씨의 취향을 완전히 파악하지 못한 상태라서 많은 종류가 뜰 텐데요, 시간이 지날수록 은수 씨가 선호하는 취향으로 추천이 올라올 겁니다."

수는 더듬거리며 홀로그램을 옆으로 밀다가 그나마 가장 눈에 익은 형태의 옷으로 상의를 골랐다. 그러자 거기에 어울릴 만한 하의가 추천 목록으로 나열되었다. 하의를 고르자 양말과 신발도 매치되었다. 상의는 랭처럼 민소매 티로 바뀌었고 하의는 무릎까지 내려오는 반바지로 변했다. 그리고 편안한 운동화로 마무리되었다.

이러니 이 세계에 집이고 뭐고 불필요한 시설이나 도구가 있을 필요가 없겠다고 수는 생각했다. 심지어 세제도 사용하지 않으니 하수구조차 존재하지 않았다. 다 쓴 물은 그대로 나무나 땅으로 흡수되고 그 과정에서 자동으로 정수되었다.

랭이 앞장서서 숙소를 나갔다. 수도 랭을 따라 나왔다. 아니나 다를까 밖으로 나오자마자 숙소에도 변화가 일어났다. 마치 종이 접기로 만든 집인 양 차곡차곡 나름의 질서에 따라 접히더니, 이 윽고 하나의 가지라도 된 것처럼 주변 나뭇가지들과 구별되지 않는 모습으로 사라졌다.

지난밤 랭이 데려다준 수의 숙소는 나무 안의 공간이 아니었다. 나노믹스를 타고 한참 동안 위로 올라왔다고 생각했는데, 과연 그곳은 나무 중에서도 가장 꼭대기에 해당하는 넓은 줄기라고 랭은 말했다. 수의 숙소는 그곳에 마련된 조그만 주택이었다. 공동체가 어떤 곳인지 일부라도 더 보여주기 위한 랭의 노력이라고 수는 이해했다.

외부로 노출된 공동체 주택은 대개 포디 프린팅fourth dimension printing을 기본으로 설계되었다고 랭은 말했다. 기본적인 틀과 구조는 적층 공법으로 쌓아 올리지만, 여섯 개의 축으로 구조물이 직층된다는 점에서 강도나 내구성이 스리디와는 다르고, 건축 소재의 활용에 따라 온도나 습도, 빛과 소리 같은 다양한 환경 요건에 맞춰 구조 자체가 변형된다고 했다. 역시 소재에 따라 전체적인 변형과 부분적인 변형이 가능했다.

집은 다양한 요건에 맞춰 아침이 되면 꽃봉오리처럼 펼쳐졌다가 늦은 오후가 되면 다시 오므라들기를 반복할 수 있었다. 필요에 따라 수의 숙소처럼 완전히 축소되어 주변 환경 속으로 사라졌다가 다시 나타나게 할 수도 있었다. 천장 전체가 투명해졌다가 다시 가려지도록 하는 것은 기본 사양이었다.

대화를 나누며 걷는 동안 둘은 어느새 나무 속 물관부에 이르렀고, 수로에 배치된 나노믹스를 타고 식당으로 향했다. 랭이 웃으며 말했다.

"새 슈트 기능을 확인해보고 싶으시겠지만 이 안에서는 아무래도 이게 편하니까요." 그러더니 덧붙였다. "어차피 식사 끝내고 오늘은 본부동으로 이동할 거예요."

수는 본래 아침을 먹지 않았지만 여기서 그런 걸 주장할 생각은 없었다. 일단 이곳에서는 수 스스로 아침을 차리지 않아도 되었다. 그러니까 환경 자체가 달랐다. 게다가 학교로 출근하던 나날이 진짜 삶도 아니었으므로 정말 자신이 아침을 안 먹는 인간인지도 알 수 없었다. 물방울 나노믹스가 부드럽게 곡선으로 휘어 돌며 도넛 모양의 관문들을 통과했다. 수가 물었다.

"그런데 필요한 공간은 여기처럼 거의 나무나 바위에 다 들어 있는데 굳이 외부로 드러냈다가 숨겨야 하는 건축물이 필요한가요?"

굉장히 좋은 질문이라는 듯 랭이 빙그레 웃고 말했다.

"그 건축 공법의 목적은 은폐에 있었던 게 아닙니다. 물론 처음엔 그런 목적도 있었던 것 같은데요, 언제부터인가 지구가 아니라 우주와 같은 극한 환경에서도 이 같은 공법이 유용하리라는 점이 두드러져서, 그때부터 그쪽으로 더 발전한 면이 없지 않아요. 가령, 행성 외벽에 장막을 설치해서 방사능으로부터 보호하거나 돌발적인 유성 충돌에 대비하고, 출력된 구조물이 스스로 결합해서 우주 기지를 만들고, 습도 온도 진동 소리 바람 공기 압력 빛이나 물과 같이 예측할 수 없는 외부 환경에 즉각 반응해서 유동적으로 자가 변환할 수 있도록, 그런 소재와 기술을 지속해서 개발한 거예요. 그리고 그걸 이용해서 불모지에서도 인간이 살 수 있는 공간을 만드는 게 목적이었던 거죠."

"왜 그런……."

"대재난 이후 인간은 지구에서 더는 살 수 없을지도 모른다는 공포를 느끼게 되었습니다. 그런 날이 언젠가는 올 거라는 막연한 상상이 아니라, 우리 선조들이 실제로 그런 경험을 했기 때문에 우리에게도 완전히 공포가 각인된 셈이에요."

"대재난." 수가 중얼거렸다. "영화에서나 보던 얘기처럼 들리네요."

"맞습니다. 구시대에도 지구에서 일어날 수 있는 여러 가지 대재난에 관한 다양한 형태의 상상이 존재했던 걸 저도 알아요. 하지만 그게 실현될 거라고는 생각지 못했겠죠. 사실 그때 선조들이 우려했던 대재난들 중에 무엇이 실현되었다고 해도 전혀 이상할 게 없을 것 같지 않나요?"

듣고 보니 정말 그랬다. 그 수많은 대재난의 예측 가운데 무엇이 실현되었어도 우린 결국 올 것이 오고야 말았다고 생각했을 터였다. 수가 물었다.

"그중 정말로 실현된 게 뭔가요?"

"바이러스입니다."

"아, 바이러스."

수는 자기가 랭의 말을 따라 하면서 보인 반응이 스스로도 우스웠다. 하나도 안 놀랐다는 사실은 차치하고 너무 당연하다는 듯이 반응한 것이다. 조금 전에 생각한 것처럼 그 여러 가지 재난 중에 결국 바이러스가 채택되었군, 하는 우스꽝스러운 느낌에 더 가까웠다. 그래서인지 랭이 물었다.

"좀 진부하죠?"

수는 랭의 말에 정말 자기도 모르는 사이 진부하다고 느껴서 그런 반응이 나왔나? 하는 생각이 들었다. 랭이 말을 이었다.

"그런데 저는 진부하다는 걸 다르게 해석해요. 익숙하다는 건 결국 앞으로 또 그렇게 되리라는 걸 의미할 수도 있다고요. 많이 접해서 진부하다는 건 앞으로도 그런 일이 일어날 확률이 높다는 말의 다른 표현일 수 있다는 거죠. 사실 그런 일이 실제로 일어난 후의 세상을 살다 보면, 진부고 뭐고 어떤 현상이 되풀이되는 것만 봐도 그게 곧 사실로 굳어질까 봐 두려워지게 됩니다."

정말 그럴 수도 있겠다고 수가 생각하는 사이 식당에 도착했다. 어제와 다른 곳이었지만 여기도 과학동 사람들이 애용하는 곳이라고 랭이 말했다. 공간은 달랐지만 운영되는 방식은 같았다. 이번에도 메뉴는 랭이 골랐다. 이곳 음식에 익숙해질 때까지 랭이 추천해주겠다고 해서 수도 마다하지 않았다. 사실 한 번의 경험으로 미루어보아, 뭘 먹어도 맛있었다. 그보다 수는 바이러스에 대한 자신의 반응이 마음에 걸려 다시 물었다.

"그런데 바이러스도 뭔가 여러 가지 종류가 있잖아요."

랭이 식탁 위를 손가락으로 톡톡 두들기며 대답했다.

"그렇죠. 이 바이러스는 뭐라고 해야 하나, 몸에 들어가면 일정 기간 잠복을 거친 뒤 세포 하나하나를 태워버려요. 암과는 다른 게, 암은 세포가 비정상적으로 변형되는데 이건 그냥 소멸하는 거예요. 새까맣게 쪼그라들다가 종국에는 흔적도 없이 사라져버리죠."

수가 중얼거렸다.

"소멸."

"네. 뭐랄까, 몸속에 조그만 블랙홀 같은 게 하나 생성된다고 보시면 됩니다. 그 블랙홀이 점점 커지면서 결국에는 몸 전체를 다 빨아들여 소멸해버리는 거죠."

"엄청나네요."

"진짜 엄청난 건 그게 공기 감염이라는 거예요."

"공기 감염!"

"그런데 그 소멸은 인간에게만 해당합니다. 전적으로 인간만 몰살하죠. 물론 다른 생명체도 영향을 받지 않는 건 아닙니다. 이 나무만 봐도 그래요. 식물들은 인간과 다른 방식으로 반응합니다. 소멸 바이러스가 침투해서 세포 안에 블랙홀이 만들어지면, 일종의 대항하는 항체 같은 것이 생겨서 오히려 반대로 비대하게 자라납니다. 잡아먹으려고 하면 커지고, 다시 또 잡아먹으려고 하면 더 커지고 하는 식으로요. 이곳에 존재하는 식물군이 그래서 전부 거대해진 거예요."

수가 저도 모르게 입을 벌린 채 듣고 있는 사이 음식이 나왔다. 수가 음식을 먹으며 물었다.

"그럼 지금도 계속 자라고 있는 건가요?"

"그건 아니고요. 임계점이 있습니다."

"온 지구의 식물이 다 그런가요?"

"네, 딱 한 군데만 빼고요."

수가 오물오물 입을 움직이다가 말했다.

"모조 사회."

랭이 놀랍다는 듯 눈을 동그랗게 뜨고 수를 보았다. 오옹, 하고 기묘한 감탄사도 내뱉었다.

"어떻게 아셨어요?"

"몰랐는데 지금 얘길 듣다 보니 생각났어요. 모조 사회에서는 아름답게 조경된 식물들만 봤지 큰 나무는 보지 못한 것 같아서요."

"역시 예리하시네요. 맞아요. 거기 나무들은 구시대 형태 그대로입니다. 하지만 우리 시대에는 뭐가 정상이라고 규정하기 어려울 것 같네요. 식물의 형태로 청정 지역을 구별할 수는 있어요. 그게 딱 한 군데뿐이라서 그렇지. 아무튼 지구에서 딱 거기만 그렇게 청정 지역이라는 사실만은 분명합니다. 그래서 대재난 이후 문명이 그곳에서부터 다시 시작된 거고요."

"어떻게 그럴 수가 있죠?"

"어떻게 그럴 수 있는지 수백 년 동안 연구하고 있는데 아직도 밝혀내지 못했습니다. 과학이 아무리 발전해도 자연의 일을 이해하는 데는 한계가 있는 것 같아요. 제아무리 비선형 상호작용 같은 걸 계산해낸다고 해도 도대체 왜 그곳에만 소멸 바이러스가 작용하지 않는지는, 거기도 우리도 아무도 모릅니다."

한동안 입을 오물거리던 수가 다시 물었다.

"인간만 몰살하는 것도 기이한 일인 것 같아요."

랭이 태연하게 대답했다.

"인간만 몰살하라고 만든 바이러스거든요."

수가 깜짝 놀랐다.

"네? 자연 발생 바이러스가 아니었나요?"

"만약 이 세계에 신이 존재한다면 그런 끔찍한 바이러스를 자연 발생하도록 놔두진 않았을 겁니다. 그런 끔찍한 일을 과감하게 저지를 수 있는 종은 인간밖에 없지 않을까요?"

"누가 그런……."

"무사."

"무사." 수가 랭의 말을 반복하더니 한 번 더 말했다. "그 무사!"

랭이 웃었다.

"네, 그 무사입니다."

"그 무사가 도대체 왜……."

"아, 그러면 말이 나온 김에 우리 이 문제를 먼저 처리하고 가죠."

랭이 어딘가로 통신을 연결했다. 상대는 진인 모양이었다.

"응, 아직 연산 결과는 안 나왔어. 오후에 나올 것 같아. 어차피 파로도 오늘 과학동 슈트 팀 회식에 낀다고 해서 오후까지는 자

리를 비울 거예요. 응, 맞아. 어차피 할머니 당부도 있으니까 보긴
봐야 해. 아, 그럴까?"

진과 이야기하던 랭이 통신을 홀로그램으로 전환했다. 식탁 위
에 손바닥만 한 크기의 진이 나타났다.

안녕하세요, 은수 씨. 얼굴 뵙고 인사드리려고 일부러 홀로그
램으로 바꿔달라고 했습니다.

수가 황급히 입을 닦고 자리에서 벌떡 일어나 꾸벅 인사했다.
랭이 그 모습을 보고 입을 가리며 웃었다. 서로 몇 마디 인사말을
더 나누었고 랭이 마무리했다.

"아무튼 우린 그러면 과학동에서 볼일을 보고 넘어갈게."

그렇게 식사를 마치고 랭을 따라 수가 도착한 곳은 과학동 내
의 어떤 방이었다. 그 방 역시 불규칙한 다면체인 것으로 보아 죽
은 세포가 만든 공간 어디쯤인 듯싶었다. 랭은 그곳에서 무사의
시대를 간단하게 훑을 예정이라고 했다.

"어차피 아셔야 할 내용이니까."

그러면서 폭신한 소파를 생성시키고 홀로그램을 펼쳤는데, 아
주 기가 막혔다. 이번에는 눈앞의 공간이 열린 게 아니라 방 전체
가 홀로그램 공간으로 바뀌었다. 그러니까 수와 랭이 아예 그 시
대로 이동해 온 것 같은 느낌이었다. 소파를 삼백육십 도로 회전
하며 보고 싶은 곳 어디라도 볼 수 있었다.

그곳은 도시였다. 도시는 바다 위에 있었다. 도시는 바다 한가
운데 섬처럼 존재했으나 섬은 아니었다. 해저 지형 그 어떤 부분

과도 연결되어 있지 않았기 때문이다. 도시는 바다 위에 떠 있었다. 떠 있었고 고정되어 있지 않았고 원하는 곳이라면 대양 어디든 갈 수 있었지만, 그렇다고 배는 아니었다.

동력이 존재했으므로 항모 규모의 거대한 크루즈처럼 도시를 선박이라 불러도 문제 될 건 없었다. 그러나 그곳을 선박이라 부르는 사람은 없었다. 일단 그런 곳이 있다는 사실부터 아는 사람이 많지 않았다. 더 정확히 말해 아는 사람이 적진 않았으나 알지 못하는 것과 다르지 않은 형태로 그곳을 알았다.

때로 어떤 실체들은 소문이 더 매력적이었으므로 소문이 실재를 압도해버리는 경우가 종종 있었다. 그곳이 그랬다. 보통 사람으로서는 상상하기도 어려운 부를 가진 자들의 이야기가 그랬고 그들이 모여 하나의 도시를 만들었다는 이야기가 그랬다. 사람들은 그곳을 돔 시티라고 불렀다. 그것이 바로 그곳의 이미지였다. 물론 사람들은 그곳에 돔이 있는지 없는지조차 알지 못했지만, 그곳은 마치 도시 전체가 돔에 둘린 것 같은 이미지를 지니고 있었다.

돔이 상징하는 바가 바로 권력이었다. 사람들은 돔 시티를 절대 권력의 상징처럼 인식하고 있었다. 그런 인식에는 그럴 만한 이유가 있었다. 일단 그곳은 도시임에도 소속이 없었다. 아무 나라 어느 영토에도 속해 있지 않았다. 어떤 법에도 저촉되지 않았다. 법적 구속력이 존재하지 않는 공간이었고 사유재산의 결정체였다. 모든 구역이 최첨단 시스템으로 구축된 인류 최초의 공해상 도시였고, 미래 기술의 집약적인 시도가 집착적으로 구현된 스마트 시티였다. 세계를 선도하는 선진 십이 개국의 수장들이 선거에서 승리할 때마다, 그 도시를 방문해 인사를 올린다는 이 야기도 돌았다.

그러나 정작 그곳에서 벌어지는 일 또는 계획에 관해 아는 일 반인은 없었다. 간혹 있었어도 없는 거나 마찬가지였다. 그들이 아는 것은 사실이 아니거나 너무 이상한 사실이어서 사실이라고 믿기 어려운 것들뿐이었기 때문이다. 그런 미지의 공간에 출입할 수 있는 사람이 극도로 제한되어 있다는 사실 또한 돔 시티의 신 화적인 매력을 한껏 극대화해주었다.

아무나 들어갈 수 없는 곳. 사람들은 그런 곳을 꿈꾸었다. 자신 이 들어갈 수 없는 곳은 아무도 들어갈 수 없는 공간이 되기를 사 람들은 은연중에 바랐다. 출입 가능한 특정 소수는 누구도 범접 할 수 없을 만큼 거대한 힘을 지니고 있어야 했다. 돔 시티에서 의 힘은 부와 권력이었다. 사람들이 상상할 수 있는 한계를 넘어 선 부와 권력의 끝. 실재하기 어려운 것을 실재한다고 가정하여 엮어내는 이야기야말로 매력적인 서사의 표본이었다. 현실과 동 떨어졌으나 있을 법한 이야기를 사람들은 좋아했는데, 돔 시티에 관한 인식이 바로 그랬다.

사람들은 누구도—소수 몇몇을 제외하고는—돔 시티의 이 야기가 사실일 거로 생각하지 않았다. 절대 권력을 가진 소수 가 인류를 지배한다는 설정이 매력적이려면—매우 그럴듯하지 만—사실이 아니어야 했다. 더 정확히 말해 나와는 상관없는 일 이어야 했다. 그러나 그런 바람과는 다르게 돔 시티에 관한 풍문은 대개가 사실이었다.

거대한 부와 권력이 집중된 해상 도시를 돔 시티라는 형태로 재생산해낸 최초의 인물이 누구인지는 알 수 없었다. 그러나 그것이 우연히 만들어진 결과물이 아닐 확률은 우연일 확률보다 높았다. 이런 종류의 진실은 덮는 것보다 부풀리는 것이 오히려 더 은폐에 효과적이라는 사실을 적확하게 이해하고 있는 사람의 작품이었다. 그리고 그런 인물들을 발굴해 중용하는 사람이 바로 무사였다.

무사는 정교함과 디테일을 중요시했다. 누구도 느끼지 못하는 극히 작은 움직임의 총합이 세상의 변화를 가져올 거라는 아주 강력한 믿음을 지닌 사람이었다. 그리하여 그가 해상 도시의 지도자로서 자리매김해 나가던 시절부터 그곳은 점차 정교하고 섬세한 종류의 작업들로 채워졌고 그 가운데 하나가 바로 대중 심리 조작이었다.

선전이 곧 은폐가 되는 변곡점을 잘 아는 사람의 노하우가 전수되고 축적되어 하나의 힘으로 응집되기까지, 그러므로 무사의 공로가 없었다고 할 수 없었다. 무사가 아니었다면 그것은 그저 잔망스러운 기술의 한 종류로서 잔존했을 가능성이 높았다. 그러나 무사는 대중의 마음을 움직이는 힘이 얼마나 중요한지 그리고 강력한지 누구보다 잘 알았다. 그것에 소홀하지 않았다. 그 힘은 소리 없이 스며들어 사고 전체를 잠식해버릴 수 있었다. 대중 심리 조작이라는 영역이 무사 때에 이르러 해상 도시의 핵심 기술로 자리 잡게 된 것이 그러므로 특기할 만한 사항은 아니었다.

해상 도시는 힘이 곧 정의라고 믿었다. 사람들이 믿는 돔 시티의 힘은 부와 권력이었다. 해상 도시와 돔 시티 사이에는 다소간의 간극이 존재했지만, 부와 권력이 곧 정의가 될 수도 있다는 면에선 상통하는 부분이 있었다. 해상 도시가 만들어지기 이전부터 해상 도시와 같은 공간을 꿈꿔왔던 자들이 내세웠던 모토가 바로 그러한 힘이었다.

힘이 곧 정의가 되는 힘.

그것을 이루기 위해 그 오래전 무사의 조부가 가장 먼저 손에 넣으려고 했던 것이 돈이었다. 물론 무사의 조부가 거대한 꿈을 부풀리기 이전부터 세상에는 그보다 더 거대한 부를 가진 자들이 존재했다. 전통적으로 왕족이거나 귀족이었던 가문들이 있었고, 왕족이거나 귀족이었던 가문들을 등에 업고 실속을 챙기던 부호들이 존재했다. 그들은 무사의 조부가 그리는 세계에 필요한 부와 권력을 이미 가지고 있었지만 가장 중요한 한 가지, 그것을 운용할 만한 지혜가 없었다.

곡식을 창고에 쌓아놓기만 해서는 결코 힘이 될 수 없다는 아주 단순한 사실을 그들은 알지 못했다. 심지어 그들은 자신들의 향락만을 위해 지나치게 소비했다. 향락에 빠지는 것은 바보가 되는 첩경이었다. 바보에게 부와 권력은 폭력의 수단으로 전락할 따름이었다. 그리고 그 폭력의 희생자로 무사의 조부가 있었다.

무사의 조부는 그들과 다르게 매우 총명한 지혜를 지니고 태어났다. 아쉬운 점이라면 태어난 장소가 거리라는 것뿐이었다. 그는 거리에서 태어나 거리에서의 삶을 살았다. 그리고 그 거리에서 돈이 곧 질서가 되는 규칙을 배웠다. 그러니 결과만 두고 보자면 그조차도 아쉬운 점이라고 할 수 없을는지 몰랐다. 거리의 폭력이 그를 꿈꾸게 만들었기 때문이다.

그의 꿈은 물건을 담보로 돈을 빌려주는 일에서부터 시작되었다. 성인이 될 때까지 악착같이—귀족들의 말발굽에 차여가며—그러모은 돈으로 전당포의 전주가 되었다. 그와 비슷한 처지의 사람들에게 고리로 빌려준 돈을 눈덩이처럼 불렸다. 합의에 의한 거래였음에도 사람들은 그를 욕했다. 그러나 그는 신경 쓰지 않았다. 필요할 땐 간절했으나 쓰고 나니 부당하다고 항의하는 자들이었다. 그런 자들이 말하는 정의란 개똥과 다를 바 없다는 게 무사의 조부가 가졌던 생각이었다. 그리고 그런 신념은 강력한 교육 철학이 되어 후대에 계승되었다.

돈이 불어 부호에 이르자 고객들이 달라졌다. 그러나 하는 짓들은 매한가지였다. 하루 벌어 하루 사는 자들보다 좀 더 떳떳하게 빌리고 큰소리치며 갚지 못한다는 사실만이 다를 뿐, 조부의 손에 의해 발가벗겨져 쫓겨나는 순간에는 그저 하찮은 살덩어리 그 이상도 이하도 아니었다. 그는 더는 개인은 상대하지 않았다.

조직이나 단체 등 집단에만 돈을 빌려주었다. 돌려받는 대가의 범위 또한 다르게 했다. 그는 서서히 돈을 빌려주고 돈이 아닌 것을 돌려받기 시작했다. 돈이 아닌 것은 점차 돈으로 살 수 없는 것들로까지 확장되었다. 그것이 무사의 조부가 자신만의 가문을 만들기까지의 여정이었다.

이 대를 이어가는 동안 조부의 자손은 무려 열세 명이나 되었다. 되도록 많은 아이를 낳아 공평하게 가문의 업무를 분담하되, 능력이 다소 떨어지는 형제를 그렇지 않은 형제가 보듬어 이끌어 가야 하는 것이 가문의 규율이었다.

뒤처지는 아이를 채근하지 않았다. 인간은 본디 열등한 존재라는 것이 조부의 소신이었다. 다수의 열등한 존재를 소수의 우월한 존재가 이끌어가는 것이 사회라고 생각했다. 그런 신념은 가문을 설계하는 과정에도 여지없이 녹아들었다. 다산 정책이 그 과정의 일환이었다.

더 많은 아이를 낳을수록 우수한 아이가 태어날 확률이 높아진다. 그리고 그 하나의 우수한 아이 혹은 하나 이상의 우수한 아이가 가문을 이끌고 이러한 체제는 예외 없이 전승한다. 이것이 가문의 제일 원칙이었다.

뒤처지는 형제를 채근하진 않았지만 가문의 규율을 따르지 않는 형제는 가차 없이 배제했다. 따르는 자식은 바보라도 품어 가지만, 그렇지 않은 자식은 가문의 비기를 남에게 팔아넘길 잠재적 배신자로 간주했다. 배신자는 본가 지하에 가두고 평생을 그곳에서 살게 한다는 소문이 있었다. 사실인지는 알 수 없었으나, 목적이 수단을 정당화한다는 그들의 철학에 비추어보았을 때 낭설만은 아닐 수도 있었다.

조부의 운은 긴 시간에 걸쳐 한 세계에 머물렀다. 가문의 후손은 무사 대에 이를 때까지—아주 소수를 제외하고—매우 총명한 자손들로 촘촘히 메워졌다. 그들은 유능했고 담대했을뿐더러

우애도 남달랐으므로 조부의 꿈은 거칠 것 없이 성장했다. 조부가 느꼈던 이 세계의 부조리와 설움과 분노와 야망이 놀라우리만큼 치밀하고 현실성 있게 교육되었고 전승되었다.

이 총명한 이 대들이 이어가는 가문의 사업은 이제 담보의 성격에서부터 완연하게 달라졌다. 미래 가치를 환산하여 돈을 빌려주었고 그것은 점차 빌려주는 행위에서 투자하는 행위로 옮아갔다. 이 지점에서부터 가문의 성격이 또 달라지기 시작했다. 질서의 흐름을 읽어 행동하던 성격에서 질서 자체를 바꾸는 주체로 변화하기 시작한 것이었다.

전쟁이 시대의 큰 흐름이 되었던 때 조부의 가문은 전쟁 물자에 돈을 대고 이익을 환수했다. 전쟁만큼 많은 이문이 남는 사업이 없다는 걸 깨닫고는 곧바로 전쟁을 직접 일으키는 주체로서 암암리에 개입했다. 가문의 율법과도 같은 교육 이념으로 미루어 보아 그것은 아주 간단한 문제였다. 인간의 욕망을 들여다보고 그를 이용해 이문을 남기는 가문의 능력이 그 대상을 국가 집단으로 바꾼다고 해서 달라질 것은 전혀 없었던 것이다.

조부의 가문은 국가 욕망을 부추겨 전쟁을 주도하거나 참여를 유도했다. 이념, 종교, 인종, 영토, 문제가 무엇이든 대치하는 쌍방의 어깨 위로 슬며시 기어 올라가 연기처럼 귓가로 피어올랐다. 그리고 문제를 해결할 수 있는 가장 빠르고 압도적인 방법이 바로 폭력임을 흔적 없이 속삭였다.

애국이란 힘을 갖는 것이다. 힘을 갖게 만든 지도자를 국민들은 영원히 기억하고 기릴 것이다. 그리하여 돈이 필요한 나라에는 돈을, 물자가 필요한 나라에는 물자를, 무기가 필요한 나라에는 무기를 공급하거나 그것들을 살 수 있는 자금을 지원했다.

세계는 난타전 속으로 빨려 들어갔다. 그 속에 정의는 없었다. 각자가 믿는 정의의 난립은 곧 정의 없음을 의미했다. 기준이 되는 정의를 말할 수 있는 최종 권한은 이 복잡한 세계 속에서 가장 강한 힘을 가진 집단 혹은 지도자로 판명된 자에게 있었다. 개인 혹은 집단이 그 정의에 따르거나 따르지 않는 문제는 개별적인 사안이었다. 어차피 역사는 강자의 관점에서 기록될 것이기 때문이었다.

조부 가문의 황금기가 바로 이때에 도래했다. 금맥은 난세에 드러났다. 그러나 난세에 휘말린 당사자들은 발밑을 내려다볼 시간이 없었다. 그들은 눈앞에 놓인 적과의 대치만으로도 전력이 다 소모될 지경이었다. 그 많은 국가 수많은 집단의 뒷마당으로 흘러 들어갔던 가문의 자금은 그 금맥을 타고 흘러나왔다. 대지의 금맥 위로 가문의 문장이 소리 소문 없이 찍혔다. 누구의 소유도 아니었던 미지의 풍요가 고스란히 가문의 차지가 되었다. 손만 대면 황금이 되는 미다스의 손이 그때 조부의 가문에게 주어졌다.

난세에는 금맥만 드러나는 것이 아니었다. 기존 계급을 뒤흔들어 상좌를 차지하기 위한 경쟁도 일어났다. 새로운 권력을 꿈꾸는 이들이 등장했다. 무사의 조부가 그러했듯이, 출중한 능력을 지녔으나 거리의 삶을 살았던 자들이었다. 조부의 가문은 그런 인재들을 골라 전폭적으로 지원했다. 인간도 금의 일부가 될 수 있었다. 다산 정책이 가문의 기조였던 만큼 인재를 양성하는 정책 또한 그와 다르지 않았다. 닦아 빛이 나면 금이 되고 그렇지 않으면 흙이 될 따름이었다. 흙도 디디기 위해 필요한 물질이었다.

새로운 인물들의 무모함과 대담함은 기존 권력을 재편성했다. 재력이 뒷받침되지 않는 용기는 객기에 지나지 않을 수 있었다. 그러나 그들에겐 조부의 가문이 있었다. 가문은 새롭게 권좌에 오른 자들의 아버지와 같은 존재로 군림했다. 권좌 중에는 당연히 왕좌도 있었다. 왕좌의 주인 또한 가문의 후원이 기반이었다. 그들은 국가의 이름으로 조부의 가문을 위한 여러 형태의 기구를 창설했다. 이때부터 가문의 금력은 실질적인 권력으로 자리 잡았다. 금권을 가진 가문의 힘은 정점에 이르렀다. 황금의 꽃을 피웠다.

전쟁으로 황폐화된 도시를 재건하기 위해 사람들은 힘을 모았다. 가문은 그곳에 돈을 부었다. 철도를 만들고 항만을 건설하고 도로를 뚫고 건물을 쌓아 올렸다. 거대한 부의 제국은 세계의 대동맥을 손에 쥐고 자잘한 모세혈관에 이르기까지 자신들의 세력을 촘촘하게 이식했다.

삼 대에 이르러 이들의 사업은 물질세계에서 비물질의 세계로 전이되었다. 그러한 변화의 핵심에 무사가 있었다. 그러나 무사가 처음부터 일족의 수장으로 주목을 받은 것은 아니었다. 무사는 소위 말하는 대기만성이었다.

어려서부터 겁이 무척 많았던 무사는 눈에 띄지도 않을 만큼 조용한 유년 시절을 보냈다. 조부의 일곱째 아들이었던 무사의 아버지는 역시 자신의 일곱째 자식인 무사의 그런 면을 범상히 보아 넘기지 않았다. 무사의 아버지는 말했다. 공포는 세상에서 가장 훌륭한 수단이라고.

그런 공포의 강도를 민감하게 체험할 기회가 누구에게나 주어지는 것은 아니니, 그 자체로 얼마나 값진 경험이겠냐며 조금 더 집중해서 그것의 실체를 바라보라고 무사의 아버지는 무사를 설득했는데, 이 역설적인 설득이 기묘하게도 무사에게 먹혔다. 다만 무엇을 위한 수단인지는 무사 스스로 풀어야 할 숙제로 남았다.

무사는 곰곰이 생각해야 했다. 자신의 공포를 다스리기 위해, 자신은 도태되고 말 거라는 공포에 압도되지 않기 위해. 무사는 공포를 다루는 방법에 관해 오랜 시간 연구했다. 무사와 띠를 이루던 일족들은 제각각 석유와 무기, 식량과 물류, 항공과 항만, 의약과 의학 그리고 환경과 과학에 이르기까지 다양한 분야에서 은밀하게 활동했다.

무사의 아버지가 진두지휘한 분야는 금융과 언론이었다. 금융은 본디 가문의 기틀이 되는 사업이었으므로, 일족 가운데 가장 유능한 후손이 이어받았다. 무사의 아버지는 의심의 여지 없이 훌륭하게 그 임무를 수행했다. 오히려 능력이 남아 손을 대기 시작한 영역이 언론이었다. 그것은 무사 아버지의 혜안이었으며,

장차 무사의 눈을 뜨게 한 바탕이 되었다.

무사는 십 대 후반에 이를 때까지 큰 두각을 드러내지 못했다. 그렇다고 무능한 편도 아니었으나 유능한 아버지에 비하자니 더욱 못 미쳐 보이는 면이 있었다. 그러나 그즈음에 무사는 이미 공포의 다양한 심리에 관해 꽤 깊은 이해가 있었다. 여러 종류의 공포를 어떻게 다스려야 하는지도 제법 구체적으로 생각하고 있었다. 그리고 마침내 삼십 년을 내다보는 대계를 설계하기에 이르렀다.

무사는 먼저 아이들의 마음속으로 들어가기로 마음먹었다. 자신의 유년을 떠올리며 무엇이 유년의 공포를 좌우하는지 정밀하게 되새겼고 그것을 그대로 만화와 애니메이션이란 형태로 재창조했다. 아름다운 동화 속에 잔혹한 공포를 실루엣으로 그려 넣었다. 공포란 드러나지 않을 때야 비로소 진정한 힘을 발휘할 수 있었다.

아무리 아름다운 이야기일지라도 그 뒤에 형체를 알 수 없는 공포가 숨겨져 있다면 아이들은 반드시 그 공포를 주시하게 되어 있었다. 자신도 그랬으므로 아이들도 그럴 것이었다. 그리고 그 시기에 심긴 공포의 흔적은 그대로 성인으로까지 이어질 것이었다. 그와 유사한 실루엣 혹은 형태를 느끼기만 해도 본능이 앞서 감지할 터였다. 그때의 감정을 무사는 알았다. 그런 감정이 불러일으키는 반응을 무사는 뚜렷하게 예측할 수 있었다.

무사는 그렇게 아이들의 미래를 선점했다. 이십 년, 삼십 년 후를 바라보고 미리 그들의 머릿속으로 들어가 그들의 생각을 인질로 잡을 생각이었다. 세대가 달라지면 그들은 모두 무사의 손아귀로 고스란히 떨어질 것이었다.

그때를 위해 무사는 또 그에 걸맞은 사업들을 준비했다. 잘게 쪼개진 영화의 프레임 속에 과거의 기억을 숨겨두었고 앞으로의 기억을 지배할 장치들을 심었다. 연극과 뮤지컬과 오페라에 익숙한 장면들을 배치했다. 장면에 선율을 입혀 사람들의 기억에 더욱 선명하게 각인했다.

대중의 의식 구조를 완전하게 지배하기 위해 가장 필요한 요소가 바로 공포였다. 공포의 전문가가 된 무사는 사람들이 오롯이 그 공포 한 분야에만 길들 수 있도록 사방을 화려하고 들뜬 환경으로 치장했다. 격렬한 스포츠와 현란한 연예 오락, 반복되는 리듬에 몰입하여 사고 능력 자체를 퇴보하게 만들었다.

그렇게 무언가에 시달리듯 빠져들다 보면 어느덧 상실의 공포에 직면하게 되고 고독의 늪에 더욱 밀접하게 다가서게 되어 있었다. 화려할수록 그 뒤에 기다리는 다양한 종류의 공포가 더욱 극명하게 돋아났다. 그러나 직접적으로 드러나지는 않았다. 엄습하듯 느낄 수 있었으나 실체를 확인할 순 없었다. 그게 핵심이었다. 어릴 때부터 어디선가 꾸준히 느껴왔던 형체를 알 수 없는 공포.

또래 집단에서 외면당할까 봐 두려워했고 경쟁에서 밀려날까 봐 두려워했다. 공동체 사회에서 버려질까 봐 두려워했고 사랑하는 사람을 잃을까 봐 두려워했으며 병에 걸릴까 봐 두려워했다. 기후가 온난해져 빙하가 녹을까 봐 두려워했고 소행성이 날아와 지구를 부숴버릴까 봐 두려워했다. 생활 전반에 온갖 공포가 도사리고 있었지만, 그것들은 언제나 실루엣으로만 존재했다.

그러한 공포의 실루엣은 마치 무사의 나직한 허밍에 맞춰 반응하듯 은연하게 드러났다. 사람들은 자연스럽게 무사가 설계한 집단 최면에 길들여져 있었다. 무사가 인위적으로 만든 공포가 아니었다. 무사는 인간 내면에 잠재한 공포를 이끌어내는 방식에만 관여했을 뿐이었다. 그러나 그 위력은 대단했다.

사람들은 자신의 내면에 도사린 공포와 직면하지 않기 위해 온갖 노력을 다했다. 생활 속에서 혼자 남겨졌을 때조차 혼자가 되지 않기 위해 인터넷을 끼고 살았다. 나의 생각보다는 다수의 생각에 편승해 혼자가 아님을 확인했다. 모두 한자리에 모여 같은 장면을 관람하며 같은 호흡으로 열광했고 모두가 하나 되는 현상에 깊이 안도했다.

급기야 미래에 올지 안 올지조차 알 수 없는 공포에 대처하기 위해 기금 모금에 열정적으로 동참하고 제도 변화에 참여했으며 그것을 위해 자신의 돈과 시간과 사고와 영혼까지도 지불했다. 그 모든 게 보이지 않는 공포를 피하기 위한 하나의 수단이었다. 이 세상에서,

사람들을 다스리기에 공포만큼 훌륭한 수단은 없었다.

공포로써 사람들의 마음을 움직일 수 있게 된 무사가 언론을 장악하는 것은 시간문제였다. 무사는 아버지가 닦아놓은 기반 위에서 굵직굵직한 대중 매체를 손에 넣었다. 거기에 디테일한 대

중 심리 조작이 더해지자 무사가 창출해낸 그 거대한 인프라는 어떤 산업으로 가져다 놓아도 막대한 부를 창출했다. 사람들의 호주머니가 무사의 호주머니와 다를 바 없다고 해도 과언이 아니었다.

결국 무사는 일족 사업의 근간이 되는 위치에 올라섰고 수장으로 자리하기까지 그리 오랜 세월이 걸리지 않았다. 무엇보다 가장 도드라졌던 점은 일족의 역대 수장 중에 가장 강력한 힘을 지닌 우두머리가 되었다는 사실이었다.

이미 무사의 존재가 암암리에 알려지던 시절부터 일족 일원 대다수는 물론이고, 심지어 일족이 아닌 가문에서조차 무사의 그늘 속으로 들어가길 바랐다. 무사는 강력했다. 잔혹했다. 목적이 수단을 정당화한다는 가훈의 집행자 같았다. 자신이 계획한 인류설계에 걸림이 되는 것은 그게 뭐든 다 제거했다. 대상이 조직이거나 개인이거나 상관하지 않았다. 심지어 일국의 지도자라 할지라고 깔끔하게 죽여 없앴다.

무사는 마치 조부의 꿈을 완성하기 위해 태어난 결정체요, 율법의 화신 같았다. 일족의 모든 염원을 몸소 실천하기 위해 존재하는 사람 같았다. 사람들은 무사가 특별히 어떤 행위를 취하지 않아도 두려워했다. 무릎을 꿇는 것조차 두려워 망설이는 자들도 있었다. 무사는 말 그대로 공포의 화신이었다. 그것은 어쩌면 무사가 공포를 다스리기 시작한 순간부터 이미 예정된 일이었는지도 몰랐다.

무사가 가문의 수장이 된 이후 세계의 금권은 또다시 재편되었다. 재력만을 놓고 보자면 그 자체로 무사의 가문을 넘어서는 가문도 존재했고 견줄 만한 기업도 물론 있었다. 이미 있는 부를 주체하지 못해 변기까지 금칠해도 이튿날 돈이 불어나 있는 가문도 있었고, 수도꼭지를 틀면 자원이 콸콸 쏟아지는 국가 권력도 있었으며, 보유하고 있는 자금은 물론 인력까지 자원으로 활용할 수 있는 종교 권력도 있었다. 그러나 이들 모두 무사의 가문이 가진 재능의 총합에는 미치지 못했다.

무사의 가문을 제외한 나머지 세력이 힘을 합친다면 당연히 무사 정도는 간단히 밀어버릴 수 있었다. 그러나 그들은 힘을 합칠 수 없었다. 일방적 지시만을 생업으로 삼았던 자들이라 소통이란 개념이 대뇌에 없었다. 간혹 교육 수준이 높은 일원들이 나서 소통을 시도해봐도 결론은 늘 마찬가지였다. 서로 각자 할 말만 떠들어대다가 그날 먹을 저녁 메뉴로 화제가 마무리되었다.

그들은 싸움을 원치 않았다. 일방적으로 두들겨 팰 수 있는 국가, 집단, 조직, 기업 들이 앞마당에 자갈처럼 널려 있는데 승산을 알 수 없는 싸움, 이겨도 성치 않을 서로 간의 분쟁을 일으키고 싶어 하지 않았다. 만나면 반갑다고 볼에 뽀뽀하고 헤어지면 또 만나요 손을 흔들었지만, 그 일련의 행위는 서로의 일에 간섭하지 말자는 묵시적 합의나 다름없었다.

어지러운 난세를 고스란히 목격했다. 절대 무너지지 않을 것 같았던 권력이 한순간에 무너져 내리는 것을 눈앞에서 지켜보았다. 그들은 그쯤에서 자기가 가진 것에 만족하기로 마음먹었다. 가진 것만으로도 차고 넘쳤으므로 만족하지 않을 이유가 없었다.

대등한 힘을 가진 세력들과 치고받지만 않는다면 별일 없이 잘 살 수 있을 거라고 그들은 믿었다.

그런데 어느 날 무사라는 인물이 나타나서 자꾸 집합을 거니까 이들은 당황했다. 각자의 구역에서 각자 알아서 잘살자는 암묵적 합의가 무색할 정도였다. 무사는 무시로 그들을 불러냈다. 그리고 뭘 자꾸 요구했다. 단 한 번도 남의 요구에 고개를 숙여본 적 없는 이들이라 처음엔 반항했지만, 제일 앞에 서 있던 세력가들이 맞고 나가떨어지는 꼴을 본 뒤로는 모두 꿀 먹은 벙어리가 되었다. 나가떨어진 몸뚱이를 한 손으로 치켜들고 갈기갈기 찢어서 대로변에 내던져버린 것 같은 공포를 느꼈다.

개의 먹이나 되어라.

누구에게도 아무에게도 맞아본 적 없는 이들에게 그것은 대단한 충격이었다. 무사는 그들에게 공포 그 자체였다. 별일 없이 잘살 수 있을 거란 믿음에 최초로 금이 가게 한 인물이었다.

물론 아주 단기간 자기들끼리 힘을 합쳐보려는 노력도 없지는 않았다. 그러나 그것은 앙증맞은 소꿉놀이 이상은 되지 못했다. 둘 또는 셋이 의견일치를 보이고 무언가를 계획하고 있을 때, 이미 그중 하나는 삐칠 준비를 하고 있었고 잠시 후에 삐쳤다. 그들은 기본적으로 서로를 믿지 못했으므로 아주 조금만 불신의 틈을 보여도 화들짝 놀란 고양이처럼 훌쩍 뒤로 물러나 자기 몸을 핥기 바빴다. 애초에 연합이라는 게 불가능한 집단이었다.

그런 세력, 가문, 다국적 기업들을 한곳에 모으려는 최초의 시도가 무사의 손에 의해 시작되었다. 해상 도시가 거론된 것이 그즈음이었다. 무사가 처음 자기 밑으로 헤쳐 모이라고 했을 때, 설마 자신들이 무사의 밑일 거라고 생각지 못한 세력들은 얼마 지나지 않아 해체되었다. 멀뚱멀뚱 자기 발밑만 내려다보다가 느닷없이 봉변을 당했다.

해상 도시에 대한 내용이 알음알음 알려지기 시작했을 무렵 재편된 세계의 금권은 안정화에 접어들었다. 그럴 수 있었던 까닭은 해상 도시의 설계와 더불어 그 용도를 그들이 더 잘 이해하게 되었기 때문이다. 알고 보니 그것은 다 같이 더 잘살아보자는 계획이었으므로 굳이 무사에 반기를 들 필요가 없었다.

세계를 함께 통치하는 미래의 모습을 무사가 보여주었다. 세계의 질서를 해상 도시에서 만들고 그 질서에 따라 제도를 정비하며 그렇게 정비한 범위의 경제를 통해 이를테면 연금처럼, 각자의 미래를 보장해주겠다는 것이 무사가 보여준 청사진이었다. 사실 자존심만 조금 굽히고 들어간다면 그것이 훨씬 더 안정적인 미래가 될 수 있다는 점에서 모두가 공감하는 면이 있었다.

세계의 자원은 고갈되고 있었다. 개발할 수 있는 지역 또한 점차 줄었다. 반면 인구는 늘었고 생각과 말은 두 배로 많아졌다. 무분별하게 파헤쳐도 제 몫을 가질 수 있었던 부의 시대는 이제 그 끝이 얼마 남지 않았다. 모두 알고 있었으나 알고 싶지 않은 사실이었다. 그러나 언제까지고 모른 척하고 있을 수만은 없었다. 언젠가는 반드시 벌어지고 말 일이었다. 누군가가 먼저 나서야 했다. 그게 옳았다. 결국 무사의 말이 옳았던 것이다. 이제는 세계의 자원을 규모 있게 운영하지 않으면 서서히 스러지는 가문이 생길 것이며 누가 먼저 거기에 해당할는지는 아무도 알 수 없었다.

그것을 깨닫게 된 세력가들은 너나없이 무사의 그늘 속으로 들어가길 희망했다. 미래에 대한 확신이 없을 때 확신을 가진 누군가가 이끌어주길 바라는 것은 재력 여부와 관계없었다. 그리하여 세계를 운영할 수뇌부로서의 해상 도시는 이제 세력가 모두가 바라는 공간이 되었다. 복작복작 사부작거리던 움직임을 멈추고 대의에 주의를 기울이게 되었다.

국가의 수장은 선거를 통해 선출되었다. 그런 절차 없이 권력을 연임한다면 이내 독재라는 비난을 들었다. 국민의 바람으로 권력이 이어져도 그것조차 기한은 정해져 있었다. 애초에 대계라는 것이 불가능했다. 때마다 정권이 바뀌었고 그때마다 정책도 달라졌으므로, 모든 국가는 가다 서다를 반복하는 자동차처럼 정체되어 있었다. 그나마도 이젠 낡아 소음과 공해만 쏟아낼 따름이었다.

그러므로 세계는 이제 국가주의 개념에서 벗어나야 했다. 국가가 아닌 인류를 위해 더 멀리 바라보고 더 길게 설계할 수 있어야 했다. 국가라는 단위로는 더 이상 발전을 도모할 수 없었다. 국가는 국민을 묶어두는 하나의 테두리로서만 존재해야 했다. 그 국가들을 이끌어 인류의 미래를 선도하는 것은 국가를 넘어선 개념, 다국적 기업이거나 다국적 기업보다 더 초월적인 존재여야 했다. 그것이 해상 도시의 존재 이유였고 무사가 그곳의 이 대 총수로 취임한 까닭이었다.

초대 총수는 무사의 아버지였다. 그가 노구를 이끌고 해상 도시의 개막을 주도한 것은 표면적으로 장로가 수장이 되는 모습을 보여주기 위함이었지만, 진짜 이유는 역시 무사 때문이었다. 무사의 뜻이 그러했던 것이다.

모두가 무사를 두려워했지만 정작 무사가 표면으로 드러난 적은 단 한 번도 없었다. 돌이켜보면 지난 행적이 모두 그랬다. 일족의 수장이 되었을 때도 무사는 모습을 드러내지 않았고 무사라는 이름의 세력, 무사의 의지일 거로 추정되는 요구, 무사가 지시했다고 하는 소문, 그런 것들로만 가득 채워져 있었다. 그 모든 과정 안에 무사의 실체는 없었다. 그는 세력가들에게 실루엣으로만 존재했다.

해상 도시에 관한 무사의 실질적인 계획은 아버지의 죽음 이후에 있었다.

아무도 무사에게 시선을 두지 않았던 시절, 관심과 애정과 격려를 이끼지 않은 유일한 사람이 아버지였다. 아버지는 일찌감치 무사의 재능을 알아보고 그의 재능이 여타의 어떤 이유로도 묻히는 일이 없도록 아낌없이 지원해준 후원자였다. 그런 아버지의 말년을 자신과 가문과 조부의 꿈이 담긴 결정체, 최고 권력의 위치에서 막을 내리게 하고 싶었다. 초대 총수는 그런 의지를 담은 무사의 선물이었다. 무사가 아버지에게 표할 수 있는 최대의 경의였다. 아버지 또한 그의 뜻을 충분히 이해했다. 무사의 순수하고도 깨끗한 첫 번째 목적이었다.

그리고 아버지는 무사가 말하지 않은 두 번째 목적도 이해했다. 무사에겐 약간의 시간이 더 필요했다. 해상 도시가 하나의 시각적인 형태로 분명한 실체를 드러내기 전에는, 어떤 세력이 무사의 계획에 실질적인 협력자가 될 수 있을지 가늠하기 어려웠다.

인간의 머릿속은 본디 공수표로 가득 차 있었다. 자신의 피해 혹은 혜택을 직접 눈으로 확인하기 전에는 어떤 말이나 약속도 거리낌 없이 남발할 수 있었다. 남을 속여서 이득을 본 경험이 축적된 인간일수록 더 그랬으므로 어찌 보면 해상 도시 최초 입주자들만큼 믿기 어려운 무리도 없었다.

이전 세계와는 전혀 다른 해상 도시만의 여러 가지 정책과 실무를 처리하는 과정에서, 가문과 기업과 세력가 들의 특색이 저절로 나타나게 될 터였다. 그것을 확인하기 위한 시간이 필요했다. 초대 총수인 아버지가 무사에게 해줄 수 있는 마지막 선물이었다. 그리고 해상 도시에 입주한 최초의 세력가들을 어느 정도 분류할 수 있게 된 시점에 이르러, 무사의 아버지는 마치 그때를 기다려왔다는 듯 조용히 숨을 거두었다.

해상 도시 입주자들은 무사가 후임으로 내세울 총수에 대해 호기심을 감추지 못했다. 여러 후보자를 도마 위에 올려놓고 왈가왈부 말이 많았지만, 모두 그들의 추측일 따름이었다. 추측만 무성하던 어느 날 공표된 무사의 취임 의사는 그러므로 놀라움 그 자체였다. 취임식에 직접 나서 해상 도시에 관한 향후 계획도 발표하겠노라 전해졌다. 입주자들은 혈류가 거꾸로 치솟는 듯한 기분을 느꼈다.

단 한 번도 보지 못한 무사의 모습을 직접 보게 된다는 것이 아마도 가장 먼저 피부에 와 닿는 충격이었을 테지만, 그 자체가 공포심을 유발할 정도는 아니었다. 두려움의 근원은 향후 달라질 해상 도시에 관한 소문에 있었다. 해상 도시에 이미 들어와 있는 세력가들의 입주 자격이 대거 제한될 거라는 풍문이었다.

제한은 곧 그 범위를 벗어나는 이들에게 박탈을 의미했다. 박탈보다 더 큰 공포는 이후 수반될 정보의 차단이었다. 그들은 이미 해상 도시에서 추진하는 사업의 내용과 방향과 능력에 대해 일정 부분 경험한 바 있었다. 항간에는 무사의 취임과 더불어 해상 도시가 지향하는 세계 질서의 재편이 본격적으로 가동될 거라는 말도 돌았다. 그들로서 핵심 세력에서의 배제는 곧 배척이었다. 해상 도시에서의 퇴거는 지배 계급에서 피지배 계급으로 강등됨을 의미했으므로 그들에겐 사활이 걸린 문제가 아닐 수 없었다.

게다가 입주자들의 적격성 여부가 이미 판명 나 있다는 항설까지 들려왔다. 해상 도시에 소속된 세력의 혈육과 가문 관계 인맥은 물론, 다국적 기업의 본부 및 세계 각국 지사에 이르기까지 모든 부분이 조사되었다는 내용이었다. 본부 사무실에 근무하는 인력은 물론, 지사 사무실의 말단 사원이 사용하는 개인 계정 소셜 네트워크까지 죄다 검토되었다고 했다. 간부들의 비밀 취급 인가 및 유지 기능에 대한 조사와 사상 검증, 직원 성향 조회까지 모두

끝났다는 말이었다.

그리고 그러한 소문들은 무사가 이 대 총수로 취임하기 사 주 전에 사실로 밝혀졌다. 소문 전체가 사실이라기보다 퇴거 명단 발표가 사실이었다. 어떤 기준으로 그 명단이 작성된 것인지는 알 수 없었으나 퇴거 세력이 대거 추려진 것만은 분명했다.

명단 발표와 더불어 퇴거 대상자들의 반발이 일었으나 거세지는 못했다. 왜냐하면 다음 총수가 누구도 아닌 무사였기 때문이다. 반발이고 뭐고 사 주 안에 짐을 싸서 나가지 않으면 그다음에 무슨 일이 벌어질지 알 수 없었다. 상황을 수습하고자 해도 일단 시킨 대로 나간 다음에 이후 행동을 모색해야 하는 형편이었다.

그들은 퇴거 대상에 올랐다고 해도, 지구촌 전체에서의 위치를 보자면 여전히 최상류 그룹이었다. 손에 쥔 것조차 잊고 무사에게 대항할 만큼 아둔하지는 않았다. 무사의 취임식에 그들은 참여할 수 없었다. 무사를 포함해 정확히 오백십삼 명만이 해상 도시 제 이 대 총수의 취임식을 확인할 수 있었다.

무사가 해상 도시의 이 대 총수로 취임하던 날, 하늘은 유난히 맑고 푸르렀다. 수가 보고 있는 홀로그램은 다양한 각도에서 촬영하고 기록한 영상들을 빠짐없이 채집하여, 그날의 날씨와 위치와 해상 도시와 관련한 각종 데이터를 기반으로 재구성한 것이라고 랭이 말했다. 홀로그램은 그러나 그런 과정의 이음새 하나 없이 깨끗하고 매우 생생했으므로 수 역시 그 장소, 그 단상 아래 서서 단상 위를 바라보고 있는 듯한 느낌을 받았다.

오백십이 명의 시선이 해상 도시의 취임 단상에 머물러 있던 날, 헬리콥터 한 대가 푸른 하늘 가운데 유에프오처럼 등장했다. 헬리콥터는 그 특유의 프로펠러 소리 하나 없이 나타났는데, 그럴 수 있었던 것은 정말로 프로펠러가 없었기 때문이다. 처음 보는 비행 물체의 모습이었다. 무언가 비교할 대상이 적절치 않았다. 그냥 그 물체를 보는 순간 가장 먼저 떠오른 것이 프로펠러와 꼬리 없는 헬리콥터였다. 빛을 반사하는 은빛 유리알 같기도 했다.

더 놀라웠던 것은 등장 방식이었다. 저 먼 하늘에서 점처럼 생성되어 서서히 커져오는 형태로 나타나지 않았다. 헬리콥터로 추정되는 물체는 취임 단상이 마련된 창공 한가운데서 갑자기 나타났다. 말 그대로 번쩍하고 등장했다. 마치 공간 이동이라도 한 것 같았다. 사람들이 놀라 지른 탄성이 그들의 발밑을 쓸고 지나갔다.

그러나 공간 이동은 아니었다. 인류 최초의 초기 완성형 메타패널이 등장한 순간이었다. 투명한 모습으로 형태를 감춘 채 창공을 날아온 비행 물체는 빛의 결정처럼 등장했다. 등장과 동시에 허공에서 부서지던 은빛이 사라지는 모습은 마치 빛을 털어내는 것처럼도 보였다. 탄두처럼 생긴 작고 검고 매끈한 유선형의 형체는 소리 없이 단상 위로 내려앉았다. 멀티 크래프트의 초기 프로토타입이라고 랭이 말했다.

유선형의 형체는 착륙과 동시에 다시 투명해졌다. 모습을 감춘 것이 아니라 물체의 외형이 투명해진 것이었다. 유선형 형체의 속이 훤히 들여다보였다. 그 순간 사람들이 또다시 탄성을 내질 렀다. 그들은 이 일련의 기술들이 개발되고 있다는 사실을 알았지만, 들어 아는 것과 실제로 눈앞에서 보는 것은 해와 달만큼이나 큰 차이였다.

조종석일 거로 예상되는 지점에는 아무도 없었다. 뒷좌석 소파에 두 사람이 편안한 자세로 앉아 있었다. 한 명은 말쑥한 정장 차림의 젊은 신사였고 다른 한 명은 머리를 양 갈래로 예쁘게 땋은 소녀였다. 그들 중 누구도 조종에는 관여하지 않은 듯 보였다. 남자가 먼저 내리고 이어 소녀가 내리는 것을 도왔다.

무사의 모습을 처음 본 입주자들은 누구랄 것 없이 입을 벌리고 있었다. 어린 딸을 데리고 나타난 것도 특이했지만 무엇보다 그는 젊었다. 마치 자신만 아는 불로의 약이라도 먹은 것 같았다. 사람들이 아는 연령대로는 전혀 보이지 않았다. 그리고 미남이었다. 조각 같은 외모를 지니고 있었다. 사람들은 웅성대며 무사의 발걸음 하나하나에 반응했다. 개중 눈치 빠른 사람은 그의 발걸음이 미세하게 부자연스럽다는 것을 곧 알았다. 어딘가 살짝 불편해 보였다.

그는 걸어 단상 중앙에 설치된 마이크 앞에 섰다. 그는 마이크를 점검하고 단상 바닥의 무언가를 발로 눌렀다. 단상 위로 둥근 단이 하나 솟았고 다시 그 위로 그보다는 조금 작은 크기의 단이 하나 더 솟았다. 남자가 단에서 물러나자 그 자리에 소녀가 올라섰다. 사람들은 의아한 표정으로 소녀를 바라보았다. 소녀가 선 양쪽 허공으로 소녀의 모습이 커다랗게 재생되었다. 홀로그램이었다. 그제야 사람들은 젊은 남자는 무사가 아니라는 사실을 깨달았다.

무사는 소녀였다. 아니, 소녀가 아니었다. 노년의 여성이었다. 백삼십 센티미터도 되지 않는 작은 신장에 검고 세련된, 그러나 너무 작아 앙증맞아 보이는 원피스와 양 갈래의 머리 모양이 순간 소녀처럼 보이게 했을 뿐, 무사는 소녀가 아니었다. 확대된 홀로그램으로 그 사실을 확인할 수 있었다. 확실히 제 연령대보다는 앳된 얼굴이었으나 인자한 미소 속에 걸린 눈가의 주름이 그의 나이를 가늠케 했다.

그러나 단상에 선 그가 무엇보다 무사임을 알게 해주는 단서는 역시 그 신비로운 눈빛이었다. 예상치 못한 성별과 외모 때문에 잠시 혼돈에 빠졌던 사람들은 이윽고 수면 위로 떠오르는 형상을 확인하듯, 서서히 드러나는 무사의 오라에 압도되었다. 다른 건 몰라도 그가 가진 분위기에 대한 소문만은 너무나도 명징한 사실로 드러났다.

거기에 모든 빛을 흡수하고 있는 새까만 원피스와 검정 에나멜 구두까지 합해져서 더욱 신비스러운 분위기를 자아냈다. 세련된 벨벳 느낌의 원피스는 탄소나노튜브라는 신소재로 직조한 거라고 랭이 설명했다. 육각형 결정 구조를 가진 판을 둥글게 말아 탄소나노튜브라는 신소재를 만들고 그것을 엮어 의상까지 제작했다는 사실은 이 소재의 활용이 이미 다양한 영역에서 특기할 만한 성과를 이루었다는 방증이라고도 덧붙였다.

입지 않은 것처럼 가벼운 이 신소재는 인간이 볼 수 있는 빛과 보지 못하는 빛은 물론 전파까지 모두 흡수하여 그곳에 색이 존재한다고 말하는 것 자체가 무색할 만큼 검었다. 무사에게서 풍기는 단호함과 우아함을 단 하나의 색으로 표현한다면 바로 저것이겠구나 싶을 만큼 강렬한 검정이었다. 게다가 이 일련의 느낌은 평소 무사를 상징하던 공포의 이미지와도 기묘하게 일치했다. 사람들은 침묵했다. 침묵 속에서도 눈을 떼지 못했다. 소리라도 날까 우려해 침도 함부로 삼키지 못했다.

홀로그램을 통해 보이는 무사의 동공에는 색을 알 수 없는 환상의 빛이 들어 있었다. 그것이 홀로그램 내의 빛의 간섭 때문인지 무사의 실제 동공 색깔인지는 알 수 없었다. 이윽고 무사의 목소리가 침묵의 세계를 가르고 해상 도시의 아고라로 낭랑하게 울려 퍼졌다.

반갑습니다. 여러분.

어떤 종류의 진실

무사의 연설이 이어지는 동안 수의 시선은 약간 엉뚱한 곳에 꽂혀 있었다. 무사 옆에 서서 미동도 하지 않는 남자가 그 주인공이었다. 무사의 수행 비서이거나 아니면 경호원일 터였는데, 어떻게 저렇게까지 꼼짝하지 않을 수 있는지 수는 자못 신기했다. 남자는 왼손으로 오른손을 덮어 두 손을 가지런히 앞으로 모은 채 정말 미동도 없이 서 있었는데, 어느 시점부터 수는 저도 모르게 그를 노려보고 있었다. 남자와 내기라도 하는 사람 같았다. 그런 수를 랭이 힐긋 보고 빙그레 웃으며 물었다.

"저 남자가 언제 움직일지 관찰하시는 거예요?"

수가 아, 하고 살짝 멋쩍은 미소를 지었다. 랭이 말했다.

"무사가 움직이라고 할 때까지 절대 움직이지 않을 겁니다."

"대단하네요. 어떻게 저렇게까지 꼼짝도 안 할 수가 있지?" 수가 중얼거리고는 물었다. "경호원인가요?"

"경호원은 사람을 지칭하는 말이고, 저건 경호 로봇입니다."

수가 깜짝 놀라며 다시 남자를 살폈다. 아무리 봐도 그가 로봇인 것을 알 수 있을 만한 구석이 없었다. 호오, 하고 수가 감탄하자 랭이 말했다.

"인류 최초로 이족 보행이 가능한 인공지능 안드로이드예요."

수는 그 말이 잘 믿기지 않았다. 남자가 로봇이었다면 저 이상한 비행물체에서 내릴 때 이미 눈치챘어야 한다고 생각했다. 랭이 수의 생각을 읽기라도 한 것처럼 말했다.

"움직임이 굉장히 자연스럽죠? 저 시기가 바로 은수 씨가 살던 모듈의 설정 시대입니다. 우스꽝스럽게 걷는 이족 보행 로봇을 줄곧 일반인에게 공개하던 때이기도 하고요. 저 때의 사람들은 그래서 그게 로봇 기술의 한계라고 믿었죠. 하지만 그건 그런 수준의 기술을 발표한 사람과 아무것도 모르는 일반인들에게나 해당하는 사실이었습니다. 그들이 몰랐던 거지 없었던 게 아니에요."

수가 랭을 돌아보자 랭이 말을 이었다.

"무사의 입장에선 굳이 그 사실을 정정해줄 필요가 없었습니다. 오히려 알리고 싶지 않은 진실을 그들이 알아서 은폐해준 셈이니 그냥 가만히 있으면 되는 거였죠. 그래서 저 취임식에 있었던 사람들은 인간이 가진 기술의 끝이 거기가 아니라는 걸 확실히 알게 됩니다. 일단 저 로봇부터 상당한 수준에 올라 있고 스킨 또한 거의 완벽하게 인간의 형태를 갖추고 있으니까요. 저 날 저

자리에 있던 누구도 저게 로봇인지 몰랐습니다. 무사가 정체를 밝히기 전까지는."

"왜 알리려고 하지 않은 건가요?"

"인간은 자신들이 이해할 수 없는 상황을 위협적으로 받아들이니까요. 굳이 분란을 일으킬 필요가 없다고 판단한 것 같습니다. 무사란 인물 자체가 뭐든 은밀하게 처리하는 걸 좋아하는 타입이기도 하고요."

"이해할 수 없는 상황이라."

"안드로이드가 경호원이라는 사실은 이 계통의 과학이 어느 정도 발전했는지의 척도가 되기도 하거든요. 인간을 수행 경호한다는 건 육체적인 능력만으로 되는 일이 아니니까요. 이족 보행 따위는 거론할 가치조차 없고 그걸 훌쩍 뛰어넘어 일반인들은 알 수 없는 어떤 경지에 이미 이르렀다는 말인데, 그건 분명히 두려운 일일 수 있습니다. 미지의 기술 자체도 공포지만, 그런 기능을 가진 로봇이 경호만 하라는 법이 없으니까요."

"말하자면 섀도 같은 건가죠?"

"섀도에 댈 건 아니지만 그래도 저 시대의 관점에서 보자면 무시무시한 일이기는 합니다. 사실 그게 무사의 취임식이 의도한 여러 가지 의미 가운데 하나이기도 했고요. 공포의 제왕이 단지 소문만은 아니라는 사실을, 세계를 지배하는 사람들에게 눈으로 직접 확인시켜주는 자리였죠. 너희가 직접 눈으로 보는 수준이 이 정도라면 그 뒤에 뭐가 있을지는 알아서 생각해라, 뭐 그런 함의가 있는."

그때 사람들의 탄성이 또 한 번 광장을 휩쓸고 지나갔다. 단상의 남자가 인간이 아님을 무사가 이제 막 밝혔기 때문이다. 로봇이 자기소개에 맞춰 공손하게 인사하자 사람들이 다시 한 번 감탄했다. 랭이 말했다.

"저게 경호 로봇인 것을 무사가 처음 밝혔을 때, 똑똑한 사람들은 아마 무사의 경호가 오직 로봇 한 대라는 사실에 뭔가 느끼는 바가 있었을 겁니다. 확실히 무사는 보이는 것보다 보이지 않는 부분에서 뭔가를 이끌어내는 탁월함이 있어요."

남자는 무사의 연설이 끝나고서야 비로소 본격적으로 움직이기 시작했는데, 단상 아래 천이십사 개의 눈이 남자의 움직임 하나하나를 경이로운 눈길로 바라보았다. 정말 미세하게 부자연스러운 걸음걸이를 제외하고는, 어느 면으로 보나 그가 로봇임을 알 수 있는 구석이 없었다. 로봇은 조심스럽게 무사가 단 위에서 내려오는 걸 보조한 뒤, 딱 한 보 뒤에 서서 무사를 보좌했다. 원형으로 솟았던 이 단 단이 다시 사라졌다. 무사가 손짓하자 단상 아래 있던 오백십이 명 가운데 맨 앞줄에 앉아 있던 열두 명이 일어나 단상으로 올랐다. 랭이 말했다.

"저들이 열세 명의 평의회 구성원입니다. 물론 무사가 거기 의장이고요."

"그럼 저 사람들은 전부 무사 가문 사람들인가요?"

"아니요, 그렇지는 않습니다. 통합을 외치는 마당에 그렇게 할 수는 없었겠지요. 무사를 제외하고 여섯 명만 무사 가문 사람들이고 나머지는 무사 가문에서도 함부로 하기 어려운 분야의 수장들로 조합되었습니다."

단상 위에서는 마침맞게 그 열두 명의 소개와 인사가 이어졌다. 과연 그들의 손에서 인류의 운명이 좌지우지된다고 해도 과언이 아닐 만큼 막강한 권세를 자랑하는 이들이었다. 십이 인의 소개가 끝나고 이어 평의회의 역할과 기능에 관해 짤막하게 소개되었다. 소개가 끝나자 입주자들의 박수가 이어졌고 그러는 동안 단상 전체가 움직이기 시작했다.

단상이 있던 자리 뒤편으로 모두 스물한 대의 비행체가 정렬해 있었다. 무사가 타고 온 형태와 비슷했지만 메타패널 같은 기능은 없다고 랭이 말했다. 사전에 입주자들이 나눠 받은 브로치에서 가이드 홀로그램이 재생되었다. 그 안내에 따라 입주자들은 비행체에 스무 명씩 나눠 탑승했다. 한 대에는 열두 명의 평의회 의원들만 탔고 무사는 자신이 타고 온 크래프트에 올랐다. 그리고 그들 모두가 동시에 수직으로 상승했다. 랭이 말했다.

"저들도 해상 도시의 전모를 저 때 처음 보는 겁니다. 저 때까지는 단상이 있던 외곽, 해상 도시 제일 가장자리 부분을 둥글게 에워싸고 있는 서른여섯 동의 건물만 공개되었거든요. 저들은 베일에 싸여 있던 안쪽 건물들이 건물인지도 몰랐습니다. 모두 해상 도시의 어떤 기능을 수행하는 기관으로만 생각했던 것 같습니다."

비행체들이 수직으로 상승하여 내려다보는 해상 도시의 풍경은 매우 익숙한 모습이었다. 랭의 말처럼 도시 외곽을 서른여섯 동의 건물이 서로 겹치는 모양으로 둥글게 에워쌌고, 그 안쪽으로 스물네 동의 건물이 있었으며, 그 안으로 다시 열여섯 동의 건물이 서 있었는데, 각 건물의 규모가 대단했다. 모조 도시에 댈 건 아니었지만 그래도 모듈에서는 볼 수 없었던 엄청난 규모였다. 그리고 다시 열두 동의 건물과 여덟 동의 건물이 겹을 이루며 이어졌고, 가장 중앙에 세 동의 건물이 서 있었다. 그 세 동의 중심에 돔 형태의 건물이 씨방처럼 자리 잡고 있었다.

수가 "어?" 하고 놀라자 랭이 맞는다며 고개를 끄덕였다.

"모조 도시만큼 매끄럽게 장미 모양을 한 것은 아니지만 무엇을 표현하려고 했는지 정도는 알 수 있을 디자인이죠. 지금의 모조 도시에는 그러니까 저 때의 영광을 재현하고 싶은 열망이 그대로 담겨 있습니다."

가운데의 돔 건물을 뺀 나머지 아흔아홉 개의 건물은 그래도 훌륭히 아름다운 유선형을 그리고 있었다. 모조 도시처럼 자연스럽게 물결치는 모양까지는 아니었어도 웃는 입 모양의 유선형들이 꽃잎을 표현하기에 충분했다. 다만 그 간격이 조금 촘촘해서, 모조 도시가 만개한 장미 같았다면 해상 도시는 아직 덜 핀 장미에 가까웠다. 그래서일리야 없겠지만, 모조 도시에서는 볼 수 없었던 꽃받침 모양의 테두리가 있었다. 그것이 해상 도시를 지지하고 있는 틀이라고 랭은 말했다.

그런데 그 모든 감상을 잊게 하는 특이점이 하나 있었다. 바로 해상 도시가 해상에 있지 않다는 사실이었다. 도시는 바람의 결이 만든 별 모양의 사구 어느 한 지점에 홀로 피어 있었다. 수가 저긴 사막이지 않으냐는 표정으로 손가락을 들어 가리키자 랭이

모조 사회 2

웃으며 대답했다.

"이제 곧 재미있는 장면을 보실 거예요."

랭의 말처럼 곧 묘한 장면이 펼쳐졌는데, 수의 눈에는 그것이 재미있다기보다 경이로운 수준에 더 가까웠다. 수의 두 눈이 놀라움을 느끼는 만큼 동그래졌다. 사막 모래가 잠시 꿈틀거리는 것 같더니 그 거대한 도시 전체가 마치 수면에서 솟아오르듯 떠오르기 시작했던 것이다. 수는 순간 다시 모조 도시로 돌아간 것 같은 착각에 빠졌다. 수가 알고 있는 시대에는 저런 일이 가능하지 않았기 때문이다.

도시는 모래 먼지를 흩뿌리며 서서히 하늘로 솟아올랐다. 마치 대지가 기울어지기라도 하는 것처럼 엄청난 엔진 소리가 창공을 뒤흔들었다. 도시는 섬처럼 떠올라 구름처럼 움직였다. 바람에 떠밀리듯 아주 서서히, 어딘가로 흘렀다. 해상 도시 입주자들도 난생처음 보는 광경에 압도되었다. 그들이 탄 크래프트는 마치 꽃을 쫓는 꿀벌들처럼, 그 위를 따라 움직였다. 랭이 말했다.

"저곳에서 멀지 않은 곳에 바다가 있습니다."

도시의 경이로운 움직임을 뚫어지게 쳐다보던 수가 말했다.

"해상 도시가 아니라 거대한 공중 도시네요."

"그러네요." 랭이 웃었다. "하지만 대개는 바다에 머물러 있습니다."

"그러면 저 때는 자신들의 도시가 날 수도 있다는 사실을 입주자들에게 보여주기 위한 거였나요?"

"사실 입주자들이 탄 크래프트를 띄운 것은 별 의미가 없었습니다. 도시 전체를 보여주기 위한 용도가 전부니까요. 하지만 도시 자체를 띄운 것은 약간의 복선으로 연출된 겁니다. 훗날 저렇게 공중으로 띄워야만 하는 상황이 올 것을 미리 암시하는 거예요. 그리고 장소도 일시적인 게 아닙니다. 저 사막은 해상 도시가 주기적으로 정착해서 한동안 머물다 가는 곳이거든요."

"왜요?"

"바로 저곳에 바이러스 연구소와 머신 센터가 있습니다."

랭이 팔을 들어 마치 지휘자처럼 공중에서 손을 몇 번 휘젓자 방 안 전체의 영상이 앞으로 돌아갔다. 해상 도시가 최초 부상한 후 이동할 때의 모습이었다. 그러고 보니 도시가 뜬 후, 사막엔 꺾인 꽃의 남은 줄기처럼 둥근 모양의 기둥이 하나 솟아 있었다. 기둥은 도시와 분리됨과 동시에 조금씩 사막 아래로 하강하고 있었다. 랭이 바로 저곳이라는 듯 수를 돌아보았다. 수가 사막 아래로 사라져가는 기둥을 노려보다가 물었다.

"혹시 그 바이러스라는 게 아까 말씀하신 소멸 바이러스……."

랭이 고개를 끄덕였다. 알았지만 알아도 놀라운 일이라는 듯 수가 눈을 동그랗게 뜨고 입을 벌린 채 잠시 그러고 있다가 물었다.

"그런 바이러스 연구소를 왜 저기다가……."

"안정성 때문이었습니다. 만에 하나의 사고를 염두에 두었던 건데…… 그조차 결국 의미가 없게 되었죠."

랭이 다시 손을 들어 홀로그램을 재조정했다.

해상 도시가 유유히 하늘을 나는 풍경이 빠르게 지나가고 우아하게 해상 위로 내려앉은 모습에 이르러 멈췄다. 꿀벌처럼 꽃잎 위를 맴돌던 스물두 대의 크래프트도 해상 도시 위에 착륙했는데, 이번에는 도시의 가장자리가 아니라 중앙 돔 바로 앞에 내려앉았다. 입주자들이 크래프트에서 내릴 때의 모습이 재미있었다. 탑승할 때와 절차가 달랐다.

크래프트의 양옆이 통째로 열렸고 입주자들은 의자에 그대로 앉아 있었다. 마치 유모차처럼 의자 위로 투명한 캐노피가 생성되었고 의자 아래로는 아무것도 없었다. 그들은 공중에 떠 있었다. 자기 부상 원리인데 다만 신소재를 사용했다는 점이 외부 세계에는 알려지지 않은 기술이라고 랭은 말했다. 크래프트의 양옆으로 의자 전체가 열 개씩 줄을 맞춰 미끄러졌다. 미끄러졌다고밖에 표현할 수 없을 만큼 부드럽게 움직였다. 입주자들도 아직은 얼떨떨한 표정이었다.

의자 좌측에 항공기 조종간 모양의 스틱이 솟아 있었으나, 입주자들이 그것을 조작하지는 않는 것으로 보아 자율 주행인 모양이었다. 무사를 필두로 마치 피리 부는 사람의 뒤를 따르는 아이들처럼 입주자들의 의자가 줄을 이었다. 그들은 모두 돔으로 들어갔다. 랭이 말했다.

"저 날 해상 도시 컨벤션의 주제가 바로 인류가 앞으로 나아갈 방향이었습니다. 실제로 그 방향이 도시 전체에 구현되어 있었고요. 저 때까지 인간이 이룬 모든 과학 기술이 저 도시에 총망라되어 있었다고 해도 과언이 아닙니다. 입주자들은 아마 무슨 미래

체험 학습장에라도 온 것 같은 기분이었을 겁니다."

돔 안의 일부에는 과연 전시관 같은 코너가 있었는데, 그곳에는 이제까지 인류가 진화시켜온 과학 기술의 발달 과정이 잘 전시되어 있었다. 그런데 신기했던 건, 수가 살았던 모듈의 시대에는 아직 일반인에게 공개도 되지 않았던 기술들이 전시관에선 이미 완성된 기술로 명명되어 있었다는 사실이었다. 대표적인 예로 스마트폰의 발전사가 그랬다.

수가 기억하는 스마트폰은 이제 겨우 접고 펼치는 수준이었는데, 전시관에 진열된 스마트폰의 발전사엔 펜처럼 옷 어딘가에 꽂아놓았다가 두루마리처럼 펼쳐 볼 수 있는 형태에서부터, 원더우먼의 팔찌처럼 손목에 감아두었다가 화면을 뽑아 쓰는 수준에 이르기까지, 접거나 말거나 쓰거나 감아서 소지할 수 있는 사물 네트워크가 다양하게 진열되어 있었다.

그중에서도 수의 눈길을 사로잡은 것은 그 발전상의 맨 끝에 있는 기묘한 문양의 매트릭스 코드였다. 지나온 과정대로 이해하자면 저 코드 하나가 스마트폰을 대신한다는 말이었는데, 수로서는 이해할 수 없는 일이었다. 저도 모르게 고개를 갸우뚱하고 있는 수를 힐긋 돌아본 랭이 말했다.

"은수 씨가 살았던 모듈 시대에는 스마트폰이 마술 지팡이 같은 역할을 했다고 저는 배웠습니다. 아마 접거나 펼치는 수준이 은수 씨가 살았던 때의 기술 정도죠? 그런데 지금 보신 것처럼 네트워킹 디바이스가 다양한 형태로 진화합니다. 안경, 모자, 어디에나 부착할 수 있는 브로치, 목걸이 형태의 물건들이 개발되는데 그것의 정점이 바로 저 멀티텍 스티커입니다."

"저 매트릭스 코드가 스티커인가요?"

"네. 손목에 부착하면 문신처럼 피부 속으로 스며 흡착됩니다."

"그런데 저걸로 뭘 하려면 화면 같은 게 있어야 하지 않나요?"

랭이 웃으며 대답했다.

"홀로그램 화면이 뜨죠."

수가 아, 하고 고개를 끄덕이자 랭이 말을 이었다.

"저 시기에 일반인들이 알고 있는 홀로그램은 워낙 고온이라 손을 댈 수 없었습니다. 그러나 해상 도시의 기술로는 이미 가능했죠. 저 시대를 기준으로 보자면 저 멀티텍 스티커야말로 정말 마법의 도구입니다. 스마트폰의 기능을 하는 건 말할 것도 없고 자신이 소유한 모든 물건을 원격 조정할 수 있을 뿐만 아니라 사회적 신분까지 저것으로 모두 확인할 수 있었으니까요."

"신분."

"신분증이나 여권 같은 걸 보여줘야 하는 때에 저 멀티텍으로 홀로그램을 띄우면 바로 확인이 됩니다. 그 자리에서 카피해서 제출하는 것도 가능하고요."

"물건을 원격 통제한다는 건, 집에 있는 전자기기를 외부에서 작동하고 그러는 걸 말씀하시는 건가요?"

랭이 고개를 끄덕였다.

"전자기기를 끄고 켜는 게 아마 일반인들에게 공개된 기본 기술이었을 텐데, 해상 도시의 기술은 이미 그 이상이었죠. 가령 멀티텍을 열면 밖에서도 냉장고 안을 들여다볼 수 있을뿐더러, 거기 든 식품들의 신선도까지 수치화되어 표시됩니다. 필요한 물건을 그 자리에서 주문하는 기능 같은 건 기본이고요. 그 외에도 다른 곳에 있는 자신의 차를 자율 주행으로 불러온다거나 사무실혹은 집에 있는 컴퓨터를 바로 연동해서 이용한다거나, 다양한기능들이 많습니다. 그러니까 개인적인 일이라면, 뭘 하기 위해서 꼭 거기에 가야 한다는 개념이 사라진다고 보시면 됩니다."

"그런 게 인류가 나아갈 방향이라는 얘기인 거죠?"

"기술로는 그렇습니다. 하지만 무사의 저의는 다른 곳에 있었습니다."

랭이 수를 가만히 쳐다보았다. 너는 똑똑하니 한번 맞혀보라는 눈빛이었다. 무사와 입주자들이 이어 방문한 곳은 홀로그램으로 가득 채워진 병원이었다. 누가 봐도 미래의 병원은 저런 모습일 거라는 걸 쉽게 알 수 있을 만큼 첨단화된 시설이었다. 입주자들이 홀로그램 가이드의 통제에 맞춰 시설 곳곳을 시종 감탄스러운 눈빛으로 구경하고 있었다. 수가 랭을 마주 보고 말했다.

"통제."

랭이 씩, 한 번 웃어 보이고 방 안을 가득 채운 병원의 정경을 가리켰다.

"지구의 모든 인간이 멀티텍을 몸에 붙이기만 한다면, 그들을 통제하는 건 일도 아니게 되는 거죠. 그러나 편리하다는 이유 하나만으로 모든 인간이 자율적으로 저 멀티텍을 붙이지는 않을 것으로 무사도 예견했습니다. 그래서 가장 심혈을 기울인 분야가 바로 의료 부문입니다."

"의료."

"인간이라면 피할 수 없는 영역이니까요. 전 세계 의료 산업이 휴먼케어라는 방식을 도입하도록 해상 도시가 주도하는데요, 멀티텍을 붙이면 환자는 물론 건강한 사람들까지도 각종 의료 기관과 상호 정보 교환이 가능하도록 스마트 시스템을 구축하는 겁니다. 사람들의 신체 정보를 실시간으로 확인할 수 있어서 우리가 흔히 말하는 응급 골든타임 확보는 물론, 원격 의료 행위도 가능해요. 말하자면 세계 어디서나 같은 의료 정보를 확인할 수 있는 거죠."

마침맞게 홀로그램에서도 그 장면이 시연되고 있었다. 다른 장소에 있는 두 의료 기관이, 한 환자의 상태를 홀로그램으로 실시간 확인하며 협력해서 의료 행위를 하는 모습이었다. 가상현실을 구현하여 그 안에서 하는 의료 행위가, 실제 도구를 통해 실연되는 게 무척 인상적이었다. 랭이 말했다.

"저건 제가 구시대 사람이었다고 해도 분명 매력적이라고 느꼈을 시스템입니다. 우리 공동체에선 나노믹스가 하는 방식을 저 때는 인력으로 했다는 차이가 있지만, 전문가들의 실시간 협력이란 실로 놀라운 시너지를 발휘하거든요. 환자가 아닌 사람은 몰라도 일단 환자가 한번 돼보면, 저런 서비스를 받을 수 있다는 자체를 거의 신봉하게 된다고 할까요? 하지만 저기에는 경제력이 뒷받침되어야 한다는 맹점이 있었습니다. 그래서 사회적 지위나 경제력이 상위에 속하는 사람들에게 더 좋은 호응을 얻었죠."

그리고 홀로그램의 다른 코너를 가리켰다.

"저들이 이제 그 바로 아래 단계의 삶을 사는 사람들입니다. 건강한 사람도 멀티텍 하나로 자기 몸의 상태를 실시간으로 체크할 수 있다는 슬로건이 붙었죠. 이상이 생기면 병원 주치의와 자동 연결해서 일차 상담을 받을 수 있기 때문에 한층 더 가까운 의료 서비스라고 할 수 있습니다."

랭이 다시 뒤로 돌아 다른 코너를 가리켰다.

"하지만 결정적으로 대중의 지지를 얻은 것은 바로 의료 투명성의 확보입니다. 그간 병원과의 관계에서 환자란 일방적인 약자였기 때문에, 언제 어디서든 누구나 이전 의료 행위의 상태를 확인할 수 있다는 건 거의 투명성의 혁신처럼 여겨졌으니까요. 저 지점에서 대중들은 열광했고 보험에 가입할 수 있는 정도의 여력이 있는 사람이면 누구나 다 멀티텍을 심었습니다."

"정말 야금야금 모든 사람들 몸속에 심었네요."

"그래도 여전히 저런 시스템 자체를 불신하는 사람은 있기 마련이죠. 그렇지만 인류는 언제나 다수가 선택한 길에서 벗어난 자들에게 가혹했습니다. 대다수가 멀티텍을 심게 되자 사회 시스템이 저절로 멀티텍 사용 구조로 바뀝니다. 이제 멀티텍을 사용하지 않는 사람들은 모든 생활에서 이루 말할 수 없는 불편함을 겪게 되죠. 결국 산속에 들어가 혼자 사는 사람이 아닌 다음에야 항복할 수밖에 없는 상황이 되고 맙니다."

수가 무슨 말인지 알 것 같다는 듯 고개를 끄덕였다. 랭이 말했다.

"은수 씨가 기억하는 시대에서 저 지점까지 이르는 데 불과 삼

십 년이 채 안 걸립니다."

수가 깜짝 놀랐다.

"삼십 년이요?"

"무사의 연구는 곧 기술적 특이점singularity에 이르거든요. 마치 한순간에 공간 이동이라도 한 것처럼 말이죠. 저 때 그 오만 기술을 개발한 사람들은 자기들이 만들어놓고도 그게 뭔지 잘 모르게 되는 시기를 맞게 됩니다."

자기들이 만들고도 그게 뭔지 모른다는 말이 수는 퍼뜩 이해되지 않았지만, 곰곰이 곱씹어보자 어떤 깨달음이 오면서 얼핏 소름마저 일었다. 수가 저도 모르게 중얼거렸다.

"무시무시하네요."

"정말 무시무시한 건 저 무사라는 할머니죠. 살아 있다면 저도 저 사람은 한번 만나보고 싶을 정도예요. 저 아이디어가 모두 무사에게서 나왔다는 사실은 차치하고, 그것을 단계별로 차근차근 실현시켰다는 게 놀라워요. 저게 무슨 동네 하나를 바꾸는 것도 아니고 전 지구를 다 바꿨으니 보고도 믿기지 않는 게 사실입니다."

랭의 말에 수도 공감했다. 수 역시 보고 들으면서도 저 내용이 실세로 일어난 일이라고 믿기지 않았다. 자신이 살았던 모듈 시대에 모든 면이 스크린인 아이맥스 영화관에 들어가, 한 편의 영화를 보고 있는 듯한 느낌이었다. 랭이 말했다.

"저 멀티텍은 일단 초국가적이라는 점에서부터 사각이 없습니다. 아까 말씀드린 것처럼 여권 기능을 하는 것은 물론이고, 이 멀티텍 하나만으로 어디 사는 누구인지, 어떤 몸 상태를 가졌는지,

업무 영역, 쇼핑 패턴, 기타 모든 개인 정보를 무사가 손가락 하나 까딱하지 않고 말로 지시하는 것만으로도 확인이 가능해진 거예요. 누구도 복제할 수 없는, 세상에서 가장 정확한 생체 인식 신분증이니까요."

무사와 입주자들은 이제 또 다른 곳으로 장소를 옮겨 끝도 없이 이어지는 최첨단 시스템들을 구경하고 있었다. 하지만 수의 생각은 여전히 멀티텍에 머물러 있었다. 뭔가 석연치 않은 느낌이 남아 있었다. 그것을 수 스스로 통제라고 말했는데 그 통제에 무슨 의미가 있는지 수는 문득 궁금해졌다. 솔직히 저 정도면 무소불위의 권력을 가진 사람으로서 뭘 더 통제하고 그러는 게 오히려 귀찮은 일일 수도 있었을 텐데. 그 이유를 물으니 랭이 대답했다.

"세계의 구십 퍼센트가 넘는 사람이 멀티텍을 심은 시점에 무사의 슈퍼컴퓨터에선 인류의 등급을 매기고 있었습니다."

"등급을요?"

"네. 아까 무사의 저의를 통제라고 말씀하셨죠? 맞는 말씀인데 통제하고자 하는 지점이 약간 다릅니다."

"인간을 통제하려는 게 아니었나요?"

맞는다 틀린다 대답 없이 고개만 몇 번 끄덕인 랭이 말을 이었다.

"지식인으로서 어떤 권력자가 되거나 권력자가 지식을 얻어 어떤 신념을 갖게 되면, 공통적으로 나타나는 아주 기이한 현상이 하나 있습니다. 유독 지구를 걱정하는 마음이 커진다는 거예요. 물론 그들의 관점에서 말이죠. 그들이 사는 세계가 커서인지는 몰라도, 이 작은 지구에 한정된 자원이 너무 빠르게 고갈되고 있다는 두려움을 보통 사람들보다 훨씬 크게 느낍니다. 그것이 마치 자기 개인의 것이라도 되는 것처럼 말이죠. 지구가 원천 재생 능력보다 더 빠르게 망가져가는 상황에서 그 주범이 다름 아닌 인간이라는 것을 매우 개탄스럽게 생각합니다. 물론 누구나 다 그런 생각에 동의하고 함께 걱정도 하겠지만, 권력자가 같은 걱정을 하면 사태가 달라집니다."

거기까지만 듣고도 수는 마치 찬 음료가 한 번에 몸속에 들어온 것처럼 떵한 느낌을 받았다.

"그래서 멀티텍을 통해서 위험군의 등급을 매기고 그들을 실시간으로 감시하고 검열하는 건가요?"

랭이 입술을 야무지게 오므리며 고개를 흔들었다.

"아니요."

수가 저도 모르게 미간을 찌푸리고 랭을 쳐다보았다. 그게 아니면 도대체 뭐냐는 의문이 담긴 눈빛이었다.

"통제한다는 말은 인류의 행태를 감시하겠다는 게 아니라, 숫자의 봉제를 의미합니다."

수는 그 말이 퍼뜩 이해되지 않아 한동안 멍하니 랭을 바라보기만 했다. 그러다가 끊어졌던 회로가 다시 연결된 사람처럼 중얼거렸다.

"바이러스."

랭이 고개를 끄덕였다. 수가 다시 중얼거렸다.

"이건 정말 영화에서나 나오는 얘기인 거 같은데."

"제가 말씀드렸잖아요. 진부한 이야기란 결국 그것이 이루어질 거라는 걸 예견하는 증거이기도 하다고."

숫자의 통제라니. 생각만으로도 아찔해지는 말이었다. 수가 물었다.

"등급이란 그러면 뭘 의미하는 겁니까?"

"인류를 재건한다고 했을 때, 꼭 필요한 인원을 추려내는 작업입니다. 분야 분류별로 일급에서부터 오급까지 나뉩니다. 이 작업을 본격적으로 착수할 수 있었던 가장 큰 토대가 바로 인공지능의 발전이고요. 인류에 필요한 생산성은 이제 거의 모든 분야에서 로봇으로 맞출 수 있게 되었으니까요. 그것을 소비하는 과정에서 경제 균형만 맞출 수 있는 수준이면 인간의 수는 충분했고, 그 구성원을 꼭 필요한 사람들로 추출해내는 기준이 바로 등급인 겁니다."

"그럼 굳이 등급을 그렇게 세분화할 필요가 있나요?"

"권력의 핵심이 자원 배분에 있으니까요. 무사가 꿈꾸었던 재건 이후의 세상은 아마도 고대의 시스템인 절대 왕정 국가를 모델로 삼은 게 아닐까 추측됩니다. 계급 제도가 부활하는 건데, 일이 진행된 과정으로 봐서 고대와 달랐던 건 시민 혁명 같은 것은 일어날 수 없는 구조라는 점이죠."

수는 얼마간 얼빠진 표정으로 여전히 최첨단의 기술들을 선보이고 있는 홀로그램을 바라보았다.

"그래서 그 등급에 해당하지 않는 사람들은 바이러스로 소멸

시켜버리는 건가요?"

"네. 저기 어디 아프리카 콩고쯤에서 자연 발생한 바이러스라는 식으로 위장해서요. 그래서 소멸 바이러스를 개발하기 이전에 이미 몇 차례, 백신으로 통제 가능한 바이러스를 확산해서 임상 실험을 해봅니다."

"임상 실험이요?"

"네. 인간을 대상으로 여러 가지 종류가 다른 바이러스를, 일정한 기간을 두고 확산시킵니다. 그 과정에서 살상력을 가늠해보고요."

"어떻게 그런……."

"어느 날 갑자기 세상에 없던 강력한 바이러스가 나타나서 순식간에 사람들을 감염시키고 죽음으로 내몰다가, 또 어느 날 갑자기 종적도 없이 사라져버린 일들이 실제로 존재했습니다. 구시대 인류 역사에도 나와 있던데요."

알고 있었다. 수도 세상에 그런 바이러스가 존재했다는 사실을 알고 있었다. 하지만 그게 계획된 일들이었다는 사실은 쉬이 믿기지 않았다. 랭이 말했다.

"그런데 이 바이러스가 쉽지 않았던 것이 너무 강력해도 확산이 어렵다는 점이었습니다. 바이러스란 숙주가 있어야 생존할 수 있는데, 숙주가 너무 빨리 죽어버리면 자신도 함께 죽기 때문이죠. 그래서 그 많은 임상 실험을 통해 개발한 게 바로 소멸 바이러스입니다. 공기 감염이지만, 감염된 숙주가 사망에 이르는 시간을 신약으로 조절할 수 있게 만든 거예요."

수는 순간 온몸에 소름이 돋았다. 랭의 말이 이어졌다.

"소멸 바이러스가 몸속에 침투하면 일정 기간의 잠복기를 거칩니다. 사람들에게 충분히 퍼질 시간을 버는 셈이죠. 그리고 조금씩 증상이 나타나는데, 꼭 있어야 할 자리의 세포가 하나씩 소멸하면서 몸에 이상이 생깁니다. 사람들은 처음에 이것이 암의 일종이라고 생각했습니다. 크게 보자면 그것도 세포 변형의 일종이니까요. 그러니 당연히 병원을 찾겠죠. 병원은 거기에 맞는 화학 요법과 신약을 처방합니다. 물론 이 처방 또한 해상 도시에서 개발한 거고요. 환자는 그게 뭔지도 모르면서 부르는 대로 돈을 내고 치료를 받습니다."

랭은 다시 생각해봐도 어이가 없다는 듯 코웃음을 한 번 치고 말했다.

"그러니까 이게 말하자면 야바위 같은 거예요. 치료를 받으면 병원체가 일 보 후퇴했다 이 보 전진한다, 이런 식으로 설계되어 있었으니까요. 인간은 본래 그때까지 다른 질병도 그런 식으로 관리하고 있었으니까 그게 뭐, 특이한 패턴은 아닙니다. 환자는 환자인 동시에 고객이기도 하니까요. 다만 이건 가진 돈을 다 털어 치료를 거듭해도, 희망만 연장하다가 결국 새까맣게 쪼그라들어 흔적도 없이 사라지게 된다는 점이 다를 뿐이죠."

수가 충격 받은 표정으로 한동안 멍하니 있자 그 모습을 무심코 바라보던 랭이 가만히 홀로그램을 멈추고, 해상 도시의 전체 조감도를 올렸다.

"최초 입주자 오백십삼 명이 저 가운데 세 개의 건물에서 생활하게 됩니다. 그리고 등급 분류가 완료되는 시점에서 일급은 그 뒤의 여덟 동, 이급은 그 뒤의 열두 동, 삼급은 열여섯 동, 사급은 스물네 동, 오급이 마지막 서른여섯 동의 건물에서 생활하도록 설계되었습니다. 임시 거주 공간이므로 쾌적한 환경은 아니었습니다. 오히려 작은 공간에 더 많은 것들을 채울 수 있게 효율성 위주로 설계되었죠."

조감도를 끌어당겨 건물의 내부를 몇몇 보여주었다. 그곳은 마치 영화에서나 보았던 우주선의 개인 침실 같았다. 수가 살았던 모듈의 시대로 말하자면 고시원이나 다름없었다. 그나마도 이급 이하부터는 방이 조금씩 커지는 대신 함께 생활하는 사람의 수가 점차 많아지도록 설계되어 있었다.

"입주가 끝나면 해상 도시는 곧 공중 도시로 얼마간을 지낼 예정이었고, 그동안 지상에 남은 인간들을 본격적으로 몰살한다는 계획이었습니다. 그리고 그 일이 마무리되면 바이러스 소멸 작업과 공기 정화 작업을 거친 다음, 모든 걸 다시 시작한다는 게 무사의 큰 그림이었죠."

"말도 안 돼."

수의 독백을 끝으로 한동안 침묵이 흘렀다. 해상 도시의 조감도를 무심히 바라보던 수가 잠시 영혼이 나갔다가 돌아온 사람처럼 물었다.

"모든 게 무사의 계획대로 되었나요?"

랭이 가만히 생각하다가 대답했다.

"그 질문에만 답을 하자면 계획대로 되지는 않았습니다."

랭이 조감도를 내리고 다른 홀로그램을 공간 속에 펼쳤다.

얼핏 보기엔 흡사 유엔 총회장 같은 곳이었으나 유엔 총회장은 아니었다. 대단히 넓고 크고 위엄 있는 공간이었다. 그곳에 많은 사람이 모여 앉아 있었고, 홀의 전면 양쪽에 드리운 대형 스크린을 바라보고 있었다. 스크린의 영상을 가만히 보니 해상 도시의 가장자리를 촬영한 장면이었다. 그리고 이어지는 내용을 살펴보니 해상 도시에 대해 적대적인 보고가 담긴 영상이었다. 랭이 말했다.

"기억하시겠지만 해상 도시에서 축출된 세력이 있었죠. 그들이 모두 부나 권력에서 뒤처진 사람들이었기 때문에 축출된 것은 아니었습니다. 한 번 말씀드렸다시피 초대 총수로 취임했던 무사 아버지의 아주 중요한 임무 중의 하나가 무사의 철학과 맞지 않는 세력을 솎아내는 작업이었으니까요. 그들이 바로, 저들입니다. 무사의 선택을 받지 못했다 뿐이지, 저들도 어쨌든 지구라는 땅덩어리에서 최상위 먹이 사슬을 점유한 사람들이었으니 허수아비는 아니었습니다. 적어도 아무런 대비 없이 손을 놓고 있다가 잡아먹히고 마는 수준은 아니었죠."

"그래서 자기 세력들과 그 대비책을 논의하자고 모인 건가요?"

"이미 그것은 수차례 논의되었고요, 그 모든 것이 무용했다는 사실을 보고하는 자리입니다."

수의 미간이 찌푸려졌다. 랭이 말했다.

"저들도 자본과 인력이 부족하지는 않았으니까 처음엔 여론전으로 세를 장악하려고 했습니다."

"여론전이요?"

"자본 소득의 극대화, 그로 인한 양극화, 인공지능의 일자리 위협, 다국적 기업의 노동 착취, 국제기구의 사유화, 탈세, 정경 유착, 유전자 변형 식품, 항생제, 백신에 이르기까지 그간 해상 도시 입주자들이 직간접적으로 관여한 사항은 물론, 심지어 자기들이 벌인 일들까지 모두 해상 도시의 세력이 저지른 일인 것처럼 까발립니다."

랭은 홀로그램을 약간 앞으로 돌려 회의장의 스크린을 가리켰다.

"지금 저기 나오고 있는 내용입니다. 탐사 보도를 전문적으로 하는 조직에 정보를 흘리고 자금을 후원해서 지난 일들의 진실을 폭로하죠. 그런데 저게 먹고 먹히는 싸움에서 먹히지 않으려고 벌인 일들인데, 어쩌다 보니 소 뒷걸음치다 쥐 잡은 격으로 진실의 수호자가 돼버린 겁니다. 아마 처음엔 자기들도 얼떨떨했을걸요? 그러다가 곧 자신들이 마치 정의의 수호자라도 된 것처럼 행동하기 시작했는데, 안타깝게도 저들은 대중 심리 조작이 바로 무사의 전공이라는 사실을 놓치고 있었습니다."

수도 그 사실을 떠올렸다. 랭이 말했다.

"어떤 종류의 진실은 덮는 것보다 부풀리는 것이 은폐에 더 효과적이다, 라는 전략이 바로 저 지점에서 퍼지기 시작한 겁니다. 저 내용을 진실이라고 하기엔 너무 음모론적인 색채가 강해서 그 자체로도 믿기 어려운데, 그걸 더욱더 소설처럼 각색해서 퍼뜨리죠. 주류 언론은 물론이고 소셜 네트워크조차 무사가 쥐고 있었으니까, 제가 보기엔 애당초 싸움이 안 되는 대결이었습니다. 그걸 저들은 지고 나서야 깨달은 거고요. 저들도 사실 참 똑똑한 자들인데, 사람이 눈꺼풀에 정의라는 막이 한번 씌면 사리 분별이 좀 무뎌지는 것 같아요."

그렇지 않으냐는 듯 수를 한 번 돌아본 랭이 아무래도 상관없다는 듯 고개를 끄덕이며 말을 이었다.

"결정적으로 저들이 대중의 마음을 사로잡을 수 없었던 이유는, 이미 거의 모든 사람이 멀티텍을 사용하고 있었다는 것입니다. 인간이란 본래 습관의 동물이라 자기가 한번 결정해서 받아들인 걸 다시 의심하는 짓은 잘 하지 않으니까요. 멀티텍이 통제의 수단이라는 진실을 아무리 떠들어봐야 아무도 귀담아듣지 않았죠."

"그럼 저들도 무사의 바이러스 계획에 관해 알고 있었나요?"

"아니요, 그렇지는 않았습니다. 저들이 말한 통제는 말 그대로 감시 수단의 통제였습니다. 그로 인해 자신들의 세력이 잠식당하는 걸 두려워했던 거지, 그게 설마 다른 의미의 통제일 거라고는 짐작조차 못 했어요. 만약 짐작이라도 했다면 최악의 상황까지는 벌어지지 않았을지도 모릅니다."

"최악의 상황."

"저들이 마지막으로 선택한 방법이죠."

랭이 홀로그램을 가리켰다. 스크린에 군복을 입은 건장한 남자의 모습이 떠 있었다. 자잘한 소개가 이어지더니 곧이어 그의 군사 활약상이 영상으로 그려졌다. 랭이 말했다.

"저 남자는 외인부대 출신의 용병입니다. 게릴라전의 명수인데, 여덟 명의 분대 병력으로 백여 명의 중대 병력을 순식간에 해체해버릴 만큼 막강한 전투력을 지녔습니다. 그런데 수천 명 단위로 움직이는 연대 병력의 지휘에도 아주 탁월해요. 외인부대를 운영했던 나라에서 저 남자를 어떻게든 자기 나라 군대에 남게 하려고 온갖 방법을 다 썼지만, 아무것도 받아들이지 않았다고 합니다. 거기에는 군인으로서 상당히 명예로운 제안도 많았는데 전부 다 거절했어요. 그런 인물이다 보니 저 시대 용병 중에는 그를 모르는 사람이 없을 정도였다고 하더군요."

수가 랭을 가만히 쳐다보고 있자 랭이 말했다.

"네. 저들이 내린 최종 결론이 군사 행동이었습니다. 용병 부대를 모집해서 만여 명의 여단 병력을 만들었는데, 용병으로 그런 병력을 구성한 것도 쉬운 일이 아니었지만 그들을 통제하는 건 더 어려운 문제였습니다."

랭이 영상 속의 남자를 가리켰다.

"용병들 사이에서 전설로 불리는 사람만이 가능한 일이 아니었을까요? 돈만으론 움직일 수 없는 저 남자를 저 일에 끌어들인 노력만 보더라도 저들이 얼마나 군사 작전에 사활을 걸었는지 알 수 있습니다."

차분하게 얘기하는 목소리와 달리 속에서는 뭔가 갑갑함을 느꼈던지, 랭이 어디선가 고무줄 비슷한 걸 꺼내 찰랑거리는 머리카락을 하나로 잡아 묶어 올렸다. 그러고는 머리를 두어 번 흔들고 말했다.

"저 날이 해상 도시 무력행사 결의안을 가결하는 날이었습니다. 아무래도 군사 행동이다 보니 쉽사리 결정을 내리지 못하는 사람들이 있었죠. 물론 군사 행위 자체의 두려움은 아니었습니다. 이길 수 있을 것인가에 관한 두려움이었죠. 지면, 진짜 그걸로 끝이었으니까. 그래서 대항 주도 세력이 마지막으로 그들을 설득하기 위해 마련한 자리라고 봐도 무방해요."

랭이 잠시 말을 멈추고 수를 힐긋 돌아보았다.

"얼마나 막강한 군대를 만들었는가, 그리고 그들을 통솔하는 사람은 누구인가. 저 자리는 그러니까 대항군 지휘관으로 임명된 류건 씨를 소개하는 자리였다고 해도 과언이 아닙니다. 그가 저들의 희망을 이뤄줄 마지막 한 수였으니까요."

수는 순간 전기라도 오른 사람처럼 몸을 한 번 부르르 떨었다. 수가 감전된 사람의 표정으로 랭을 바라보더니 다시 홀로그램 속의 스크린을 보았다가 재차 랭을 돌아보았다. 외모가 전혀 달라 수가 쉬이 떠올리지 못할지도 모른다고 랭 역시 예상은 했었지만, 그래도 그토록 실감 나게 망치로 한 대 얻어맞은 표정을 보니 랭은 당황스러웠다. 수가 영혼이 반쯤 나간 목소리로 독백했다.

"대항군 지휘관."

"저도 알파 구역에서 아주 잠깐이나마 저 때의 류건 씨였을 법한 모습을 본 적이 있습니다. 죽음 앞에서 죽음을 맞이하러 가는 것 같은 강렬함을 실제로 마주한 건 저도 처음이라서, 좀 놀랐습니다. 정말 저런 사람이 존재하는구나, 그런 생각을 했어요."

랭은, 수가 자신과 류건 사이에서 느끼는 간극을 메울 수 있도록 어느 정도 시간을 준 뒤, 이윽고 회의장의 홀로그램을 내렸다. 그리고 다른 홀로그램을 올렸다.

해상 도시가 내려다보이는 사막이었다. 사막 사구의 둘레를 탱크와 장갑차와 기타 수는 알지 못하는 여러 가지 형태의 야전포들이 에워싸고 있었다. 이미 포격이 몇 차례 시도된 후였는지, 해상 도시 일부에서 연기가 치솟고 있었다. 또다시 포격 지시가 떨어졌고 그것이 건의 목소리라고 랭이 말해주었지만 수로서는 너무나 생소했다.

해상 도시를 반달 모양으로 에워싼 곡사포에서 폭음과 동시에 연기가 치솟았다. 곡사포 후폭풍으로 모래 먼지가 자욱하게 피어올랐다. 발포가 끝나자마자 바닥에 웅크리고 있던 네댓 명의 병사가 벌떡 일어나 분주하게 움직였다. 해상 도시에서 불꽃이 번쩍였다. 불꽃이 인 자리를 바로 검은 연기가 가득 메웠다가 사라졌다. 불길의 수가 점차 늘었다.

그때 해상 도시 주변으로 사막 바닥 곳곳이 열리면서 검은 구멍으로 모래가 쏟아져 들어갔다. 곧이어 그 모래들이 변신이라도 한 것처럼 장갑차가 쏟아져 나왔다. 하수구에서 쏟아져 나오는 바퀴벌레라도 본 양 수가 몸을 움찔했다. 건의 지시로 곡사포 사격이 한 번 더 이루어졌다. 뒤이어 포대 전열이 뒤로 빠졌다. 탱크 부대가 그 앞으로 나섰다.

시멘트 바닥을 뚫어대는 공사판 드릴 소리 같은 소음이 난무

했다. 기관총 소리였다. 그 사이사이로 포격이 이루어지자 음소거가 된 것처럼 다른 소리가 사라졌다가 다시 살아났다. 탱크는 팔을 움츠리듯 포신을 뒤로 당기며 불을 뿜었다. 탱크가 대항군 부대 전열로 맹렬하게 달려오는 장갑차 부대를 포격했다. 전진과 후진을 반복하는 캐터필러의 기계음이 탱크의 분주함을 대변해주었다.

그러나 탱크의 자주포로도 상대의 장갑차를 완전히 때려 부수지는 못했다. 진행만 막을 따름이었다. 대항군의 탱크 포격으로 기동을 멈춘 해상 도시 장갑차가, 꽁무니에서 병사들을 쏟아냈다. 어미 벌레에서 알을 깐 새끼들이 쏟아져 나오는 것 같아 수는 또 몸을 움찔했다. 그런데 병사들은 인간이 아니었다. 로봇이었다. 완전한 인간형 로봇은 아니었지만, 머리가 없고, 크기가 더 크고, 골격만 있다 뿐이지 인간과 같은 구조였다.

로봇의 가슴이 열리고 구식 전화기의 다이얼 같은 무기가 튀어나왔다. 다이얼은 한 칸씩 자리를 옮기며 미사일을 토해냈다. 미사일은 소형이었지만 대항군 탱크의 포격을 멈추기에 충분한 화력이었다. 명중률 또한 대항군과는 비교가 안 될 정도로 정확했다. 양팔에선 엄청난 구경의 기관총이 돌아가는 중이었다. 로봇의 수가 점차 늘었다.

대항군 사이에서 약간의 동요가 일었다. 그러나 지시를 내리는 건의 목소리에는 전혀 흔들림이 없었다. 마치 다음 일을 예견이라도 하는 사람처럼 즉각적이고 효율적으로 대응했다. 탱크 포격으로 로봇 하나하나를 다 상대할 수 없는 시점에 이르자, 창공으로 상륙기동 헬리콥터가 날아왔다. 전투 부대원들이 그 아래로 부스러기처럼 떨어져 내렸다. 랭이 말했다.

"국가 간의 전투가 아니었기 때문에, 병력 수송은 가능한데 직접 타격할 수 있는 공격용 전투 항공기는 저 나라에서 허가해주지 않았을 거라고 우리 군사동 사람이 말하더군요. 아무리 많은 돈을 받아도, 자국을 공격할 확률이 제로가 아닌 다음에야 영공을 내줬을 리 없다는 말이었습니다."

반면 해상 도시에서는 대단히 많은 수의 드론을 날렸다. 해상 도시의 로봇 병사와 공중으로 날린 드론 화기들은 대항군의 전력을 압도하는 수준이었다. 하지만 어쩐 일인지 선제공격에서 밀린 전세를 뒤집지는 못했다. 랭은 건의 귀신같은 용병술 때문에 계속해서 밀리는 형국이라고 말했다.

"아마 해상 도시에서도 저런 상황까진 예측하지 못했을 겁니다. 첨단 무기를 보유한 자신들이 구식 무기를 사용하는 인간들에게 밀릴 거라고는 생각도 해보지 않았을 테니까요. 그런데 류건 씨는 이미 해상 도시의 전투 무기들을 거의 꿰고 있었습니다. 물론 대항 세력이 제공한 정보 덕에 사전 연구가 가능했겠지만, 저것이 바로 류건 씨의 마음을 움직인 동기가 아니었을까 우리는 추측하고 있습니다."

수가 랭을 돌아보았다. 랭의 말이 이어졌다.

"세상 모두가 음모론이라고 치부했던 사실이 실은 진실이었다는 걸, 류건 씨가 알게 되었던 거죠. 전모를 다 파악하진 못했어도 저렇게, 저 시대에 전혀 볼 수 없었던 군사 무기를 확인하는 것만으로도 류건 씨의 마음은 움직였을 겁니다. 수십 년 동안 전투 전문가로 살았는데, 듣도 보도 못한 무기들을 확인하는 순간 대항 세력의 주장이 진실이었다는 것을 깨달았겠죠."

정말로 드론 떼가 나타날 것을 예견이라도 한 양, 기다렸다는 듯 전자 그물망이 하늘을 뒤덮었다. 드론들은 힘을 잃은 메뚜기 떼처럼 속절없이 추락했다. 탱크 뒷줄에 포진해 있던 대항군의 장갑 기동대가 일제히 출동했고, 적정 전선에 이르러 인간 병사들을 잔뜩 토해냈다. 건이 병사들에게 로봇의 표적 부위가 가슴 바로 위라는 사실까지 지정해주는 것을 보면, 랭의 말이 사실인 모양이었다. 건은 이미 모든 것을 알고 있었다. 압도적인 화력을 자랑하는 신식 병기들을 구식 무기로 거의 쓸어내다시피 완벽하게 제압해 나갔다.

"제아무리 병기가 훌륭해도 전술이 부재할 때 나타나는 전형적인 현상이라고 우리 군사동 사람이 그러더군요. 군사동 사람도 보는 내내 감탄을 금치 못했던 걸 보면, 류건 씨의 용병술이 뛰어나기는 했었나 봅니다."

랭이 갑자기 홀로그램을 분할했다.

다른 홀로그램에 나타난 공간은 대항 세력의 지도자들이 모인 홀이었다. 그들은 무슨 리셉션이라도 하는 것처럼 예닐곱 명씩 원형 테이블에 앉아, 육류나 해산물류를 메인 요리로 와인을 곁들여 식사하는 중이었다. 홀의 전면에는 커다란 스크린이 내려와 있었다. 스크린에서 전투 장면이 실시간으로 중계되었다.

대항 세력 지도자들은 마치 고급 식당에 앉아 영화 관람이라도 하는 사람들처럼 화면을 쳐다보며 입을 오물거렸다. 탄성을 내지르거나 저런 저런, 저기선 저러면 안 되지, 같은 말도 안 되는 훈수를 지껄이며 식사를 즐겼다. 입술이 하나같이 번들거렸다. 건이 전선을 압도해 나가는 지점에 이르러서는 여러 테이블에서 환호가 터져 나오기도 했다. 랭이 말했다.

"저 때부터 저들은 자신들의 승리를 확신했습니다."

전선이 압축되고 포위망이 좁아지자 사막 구릉에 덩그러니 남은 몇 대의 지프가 모습을 드러냈다. 천장과 양 문이 제거된 완전 개방형 전투 지프에 건이 올라 있었다. 건의 모습이 화면에 클로즈업되자, 홀에 앉아 있던 지도자들이 환호했다. 마치 자기들이 지지하는 사 번 타자라도 등장한 것 같았다.

건의 머리 위로 기관총의 검은 총신이 길게 뻗어 있었지만 쓸 일은 없었다. 목과 어깨를 문신으로 도배한 남자가 무표정한 얼굴로 운전대를 움켜쥐고 있었다. 건이 탄 지프의 좌우로 몇 대의 무장 지프가 더 있었고, 사구의 반대편에도 같은 지프들이 서 있었다. 옅은 갈색과 황토색 얼룩이 잘 어우러져, 딛고 선 모래의 색과 조화롭게 어울렸다. 그때 사막 전체가 진동하며 모래가 물결치기 시작했다.

"아마 저 때 무사가 바이러스 연구소를 포기하기로 한 게 아닐까 생각합니다. 문제는 대항군이 저곳에 바이러스 연구소가 있다는 사실을 몰랐다는 겁니다. 그저 첨단 병기가 숨겨져 있을 것으로만 생각했지, 자신들의 몸뚱이를 집어삼킬 바이러스가 있을 거라고는 상상도 못 했죠."

랭이 비웃듯 작게 코웃음을 쳤다. 랭의 가슴이 크게 부풀어 올랐다가 가라앉았다. 홀로그램 속에서 건의 목소리가 흘러나왔다.

에이 팀 작전 준비.

구릉 지프에서 대기 중이던 병사들이 차례로 옷을 벗거나 갈아입거나 다른 장비들을 챙겼다. 옷은 검은색이었다. 기존에 입었던 황색 전투복과 모양이 달랐고 장비도 달랐다. 랭이 말했다.

"여덟 명이 한 분대가 되어 네 개의 분대, 그렇게 서른두 명의 소대 병력으로 게릴라 팀원을 구성했습니다. 그들이 에이 팀이고요, 진두지휘는 류건 씨가 직접 합니다."

바로 그때 해상 도시가 공중으로 떠오르기 시작했다. 예상한 일이었다고 해도 직접 눈으로 보니 믿기지 않았던지, 건의 눈이 커다랗게 확대되었다. 건이 그럴 정도였으니 다른 사람들은 말할 것도 없었다. 그날 그 지상에 존재했던 모든 사람의 동공이 팽창했을뿐더러, 먼 곳에서 중계방송을 보고 있던 지도자들도 다르지 않았다. 고기를 씹다 말고 멈췄고, 포크를 입으로 옮기다 말고 정지했고, 마시던 와인 잔에는 붉은 립스틱 자국이 찍혔다.

사막 모래 속에 파묻혀 있을 때는 크기를 실감할 수 없었던 도시가 전모를 드러내자, 그야말로 경이로웠다. 거대한 도시가 모래 먼지를 흩뿌리며 하늘로 솟아오르는 장면은 수 역시 다시 보아도 장관이었다. 앵글이 다르니 실감도 달랐다. 검은색 헬멧을 쓴 건이 고글을 내리자 통신 신호가 반짝였다. 건의 목소리가 들렸다.

자, 에이 팀 잘들 들어, 살아 나가야 돈도 받는 거야.

그러자 여기저기서 기합 소리가 들려왔다. 나머지 병사들은 에이 팀의 통신을 들을 수 없었다. 그들은 모두 난생처음 보는 광경에 여전히 압도되어 자신들이 전투 중인지도 잊고 있었다. 어마어마한 엔진음에 지상의 모든 소리가 묻혔다.

에이 팀이 대기 중인 지프 위로 헬기들이 날아와 줄사다리를 내렸다. 모두 네 대였다. 에이 팀이 각자의 머리 위로 드리운 사다리에 발을 걸치고 몸을 실었다. 그러나 오르지는 않았다. 그대로 매달린 채 허공으로 솟았다. 건이 지상 병력 지휘관들에게 남은 임무를 지시하고 통신 신호를 에이 팀 전용으로 전환했다. 건의 목소리가 들렸다.

이 팀 동쪽, 삼 팀 서쪽, 사 팀 남쪽, 우리 일 팀이 북쪽으로 들어간다. 목표는 중앙 건물과 그 둘레의 세 동이다. 헤매지 말고 정신들 차려.

해상 도시가 남쪽으로 이동 중이었으므로 일 팀이 가장 먼저 해상 도시를 따라잡았다. 북쪽 진입로 쪽으로 낮게 따라붙은 일 팀의 헬기가 아직도 화염에 휩싸인 북쪽 도로 한 곳에 병사들을 떨어뜨리고 물러나 뒤로 처졌다. 건의 목소리가 들렸다.

일 팀 진입 완료. 이동 개시.

일 팀 여덟 명이 각자 총을 꺼냈다. 전투화의 굽을 툭 치자 바퀴가 두 개 튀어나왔다. 사주 경계 대형을 만들어 시내로 이동했다. 바퀴는 엔진 구동이었다. 별다른 몸의 반동 없이도 잘 굴러갔다. 그때 허공 어디선가 폭음이 한 번 울리더니 다급한 통신이 들어왔다. 동쪽과 서쪽으로 접근 중이던 이삼 팀의 헬기가 모두 공중에서 폭파되었고 사다리에 매달려 있던 팀원들은 모두 지상으로 추락 중이라는 보고였다.

떨어지는 팀원들은 낙하산을 가용할 만한 고도가 아니라며 염려스러운 의사를 통신으로 표하고, 일 팀의 성공을 기원했다. 너무 낮은 고도에서 강하하면 다리가 부러지거나 허리가 부러지거나 둘 다 부러져서 죽을 수도 있었다. 이때까지만 해도 팀원들은 해상 도시가 헬기를 공격한 것으로 생각했는데, 건으로서는 그 사실을 이해할 수 없었다. 건이 파악하기로 해상 도시 내부에는 항공기를 떨어뜨릴 만한 고사포가 없었기 때문이다.

남은 사 팀의 헬기가 허공에서 무언가에 부딪혀서 폭발했다는 보고를 듣고서야 건은 그것이 포격에 의한 폭발이 아니라는 사실을 알아차렸다. 사 팀은 사다리에 매달려 있던 팀원들마저 보이지 않는 무언가에 매우 강하게 부딪혀 대부분 의식을 잃었고, 그나마도 정신을 잃지 않은 팀원의 보고를 통해 알게 되었다.

"저 사실도 밝혀지지 않았던 내용입니다. 홀로그램에는 나오지 않았지만 저들이 부딪힌 건, 해상 도시의 돔입니다."

랭이 해상 도시의 두꺼운 바닥을 가리켰다.

"저 바닥 전체가 다, 쉽게 말해서 수십 개의 필터로 이루어진 거대한 공기 청정기라고 보시면 됩니다. 그리고 투명한 돔이 가장자리에서부터 서서히 올라가며 둥글게 차폐막을 만들어내는 거고요. 일 팀을 제외한 나머지 팀이 해상 도시에 접근했을 때는 이미 그 높이만큼 차폐막이 올라가 있었는데, 보이지 않으니 알 방법이 없었던 겁니다."

수가 중얼거렸다.

"정말로 돔 시티가 맞는 거였네요. 나는 중앙 건물 때문에 돔 시티라고 소문이 난 줄 알았는데 그게 아니었어."

"뭐 때문에 그런 설이 만들어졌는지 우리로선 알 수 없죠. 어쨌든 중요한 건, 해상 도시에서 이미 공기 차폐막을 올렸다는 사실입니다."

"무사가 이미 바이러스를 퍼뜨렸다는 말인가요?"

"아니요, 그건 아닙니다. 무사는 바이러스를 퍼뜨리지 않았어요."

랭이 일단 홀로그램을 보자는 듯 손가락으로 앞을 가리켰다.

시작도 하기 전에 전력의 칠십오 퍼센트를 잃은 건, 맡은 임무를 모두 수행할 수 없을 거라는 걸 알았다. 어쩌면 살아 나가는 일조차 어려울지 모른다는 생각도 했을 거라고 랭은 말했다. 건은 팀의 전력을 하나로 모을 필요가 있었다. 중요도에 따른 우선순위를 재빠르게 따져본 건은, 중앙 돔 건물에 위치한 슈퍼컴퓨터를 무력화하는 것에 전력을 집중하기로 했다. 슈퍼컴퓨터가 몇 가지 임무를 수행하는지는 알 수 없었으나, 어쨌든 시스템 전체를 마비시키는 일에는 분명히 관여되어 있다고 보고를 받은 바 있었다. 요인 암살 임무는 그 후에 생각해도 늦지 않았다.

돔까지는 별다른 저항 없이 도착할 수 있었다. 이동 중에 종종 사람들을 목격했지만 그들은 팀원들을 보는 순간 숨었고, 비무장이었으므로 전투 병력이 아니었다. 건은 민간인은 신경 쓰지 말라고 지시했다.

문제는 돔에 도착했을 때 일어났다. 도착하자마자 진입도 하기 전에 두 명의 팀원을 잃었다. 보이지 않는 곳에서 날아온 탄환이 한 명의 성대를 뚫었고, 몸을 숙이는 사이 또 한 명의 목덜미를 뚫었다. 핏빛 안개가 허공에 분사되었다.

남은 여섯 명이 미친 듯이 몸을 굴리며 엄폐물을 찾아 숨었다. 몸을 숨기고 건물을 샅샅이 살피며 저격수의 위치를 확인했으나, 찾을 수 없었다. 그때 이상한 물체 하나가 건의 눈에 띄었다. 마치 물방울처럼, 윤곽만 일렁이고 내용물은 투명한 무엇인가가 느린 속도로 도로 위를 이동 중이었다. 건이 총을 겨누고 그 물체를 맞혔다. 그러자 투명한 물체가 뒤로 나자빠지며 형태를 드러냈다. 그것은 안드로이드였다.

자빠졌던 안드로이드가 벌떡 일어나 건이 있는 곳을 향해 삼점사로 연사했다. 드르륵드르륵하며 총탄이 쏟아졌다. 팀원들의 통신에서 쌍욕들이 터져 나왔다. 도대체 저게 뭔가 싶은 와중에, 알 수 없는 상대가 총을 맞고도 벌떡 일어나니 당황스러울 수밖에 없었다. 그래도 여섯 명은 안드로이드를 향해 일제사격을 가했다. 집중포화를 맞은 안드로이드가 그제야 부서져 내렸다. 누군가 욕지거리를 내뱉었다. 대체 몇 발을 먹여야 하는거야. 그러는 사이 다른 곳에서 날아온 탄환에 또 한 명의 대원이 쓰러졌다.

나머지 팀원들이 다시 뒹굴며 새로운 엄폐물을 찾았고 조금 전과 똑같은 행동을 되풀이했다. 누군가 물었다.

보이질 않는데 이게 싸움이 돼?

누군가 대답했다.

이제 와서 안 되면 어쩌자고. 빤스라도 벗어서 휘둘러보게?

누군가의 욕지거리가 이어졌고 건의 대답도 이어졌다.

집중해! 잘 보면 보인다. 일단 벽을 등지고 몸을 숨길 수 있는 곳으로 이동한다.

건으로서도 달리 할 말이 없을 터였다. 보이지 않는 로봇들은 완전히 보이지 않는 것은 아니었지만, 무언가 투명한 물질이 이동한다는 정도로만 확인이 되었으므로 상대하기가 쉽지 않았다. 온 신경을 집중하면 알아볼 수 있었지만, 잠시라도 흐트러지면 바로 이동 경로를 놓쳤다. 건으로서는 예상치 못한 복병이었다. 보이지 않는 상대와 싸우는 것은 건도 처음이었다. 랭이 말했다.

"저 때는 초기 완성형 메타패널에서 아직 크게 발전하지 않은 시기라, 은폐가 완벽하지 않았습니다. 그래서 저렇게 유심히 보면 물체가 이동하는 과정을 볼 수 있었죠."

"지금의 메타패널은 그럼 완전히 다른가요?"

"비교할 수 없을 만큼 다르죠. 하지만 초분광 기술도 발전해서 창과 방패의 대결이 끝없이 이어지고 있는 형국이에요."

"초분광 센서." 수가 들어본 적 있다는 듯 고개를 끄덕였다. "글라스를 착용하면 섀도를 확인할 수 있었던 게 그런 이유였군요."

"섀도는 보이지 않는 게 문제가 아니라 속도와 전투 기술이 문제입니다. 속도도 그냥 빠르기만 한 게 아니라 기이한 경로로 이동해서 움직임을 예측할 수 없다는 게 난관이죠."

"기이한 경로?"

"가령, 분명히 곡선으로 이동했는데 직선이 아니면 도착할 수 없는 위치에서 나타난다든가, 위로 이동했는데 아래에서 나타난다든가 하는 겁니다. 순간 이동이 아닌데 순간 이동인 것처럼 착시를 일으켜서 얼떨결에 당하죠. 섀도는 그래서 알고도 당한다는 말이 더 맞습니다. 그런 놈이 설상가상으로 잘 보이지도 않으니까요."

랭이 말하는 사이 돔 건물의 벽면으로 이동하는 과정에서 또 한 명의 대원이 쓰러졌다. 건은 몸을 숨기고 적외선 고글로 기능을 바꾸어 사방을 살펴보았는데 소득이 없었다. 안드로이드라서 체온이 확보되지 않았고, 엷게 배출되는 열은 주변 사물과 혼동되어 오히려 육안으로 허공을 노려보다 발견하는 게 더 수월했다. 실제로 그렇게 해서 몇 대를 더 부쉈다. 누군가 말했다.

저런 게 도대체 몇 개가 더 있는 거야?

다른 팀원이 대답했다.

쏟아지지는 않는 걸 보니까 쟤들도 많진 않아.

건이 다시 사격을 시작했고 남은 셋이 같은 곳으로 화력을 집중했다. 누군가 말했다.

이래가지고 점심은 먹겠냐?

때 지난 지가 언젠데 인제 와서 점심 타령이야?

쟤들 잡다 보니까 배고프네.

그때 건이 말했다.

레이저 포인터를 올려.

동시에 네 줄기의 붉은색 레이저 빔이 발사되었다. 레이저를 허공에 휘두르다 보니 과연 중간에 끊기는 지점이 나타났다. 재빠르게 끊기는 지점으로 탄착점을 맞춰 사격하자 로봇의 은신이 깨졌다. 총알 세례를 퍼부었다. 랭이 말했다.

"사격에는 워낙 도가 튼 용병들이라서 레이저 포인터는 잘 안 쓰는데, 일괄 지급된 저 총에는 기본 사양으로 달려 있었나 봅니다."

보이지 않는 건 여전했고 팀원의 위치도 바로 노출되었지만, 위치는 문제가 아니었다. 방어의 여부는 엄폐물에 있었다. 로봇의 눈에는 자신들이 다른 형태로 보일 것으로 건은 확신했다. 위치를 버리는 대신 이쪽에서도 로봇을 발견하는 횟수가 늘었다. 보는 족족 고물로 만들며 조금씩 전진과 엄폐를 반복했고, 마침내 돔 내부로 진입했다.

내부로 들어서자마자 폭탄 작업을 시작했다. 가는 길목마다 둘은 폭탄을 붙이고 둘은 엄호했다. 본래는 건물을 통째로 다 날려버릴 계획이었지만, 다른 분대를 잃는 바람에 폭탄이 부족했다.

건이 확보한 좌표상으로 슈퍼컴퓨터가 있는 위치에 거의 다다라서 팀원 한 명을 더 잃었다. 한 명은 다리에 총상을 입었다. 건과 남은 한 명이 총구에서 불을 뿜으며 로봇을 제거하긴 했어도, 로봇이 아직 얼마나 더 있을지 알 수 없었다. 총상을 입은 팀원은 이제 기동할 수 없었다. 건이 재빠르게 지혈했다. 팀원이 말했다.

나는 여기서 대기 타다가 막판에 폭죽이나 터뜨리지 뭐.

건이 팀원의 볼을 두어 차례 두들기고 조금만 버티라고 말했다. 사실 남은 둘도 살 수 있을지, 이제 알 수 없었다. 그때 건의 고글로 통신 신호가 떴고 지상에서 보고가 들어왔다. 사막 지하 연구소 폭파 명령이 떨어졌다는 말이었다. 그것은 건의 지시와 달랐다.

건은 이 부대의 최종 지휘권자가 자신임을 분명하게 밝히고, 수색을 통해 인력을 색출하고 나머지는 기능만 정지하라고 다시 명령했다. 그때 민간인의 말투가 끼어들더니 난데없이 건의 전공을 치하하기 시작했다. 건이 개소리 집어치우고 지금 내린 명령을 취소하라고 말했지만, 민간인은 웃으며 거절했다. 밟은 싹은 다시 나지 못하도록 뿌리까지 도려내는 게 원칙이라고 말했다.

우리 대장님도 잘 아실 텐데?

그는 지하 일은 자기들이 알아서 할 터이니 거기 일이나 잘 마무리해달라며 통신을 끊어버렸다. 건이 다시 통신을 연결하려고 정신을 팔고 있는 사이 남은 팀원의 총구에서 불길이 솟았으나 곧 멈췄다. 팀원은 팔을 잃고 이어 미간도 뚫렸다.

건은 엄폐물에 몸을 숨긴 채 대응 사격을 하지 않았다. 숨을 몰아쉬며 옆을 돌아보니 총상을 입은 팀원도 상태가 좋지 않았다. 더는 방법이 없다는 걸, 건도 이제 인정해야 했다. 건은 품속에서 딱 한 번 사용할 수 있는 전자기펄스 탄을 꺼냈다. 피해 반경이 넓지 않았다. 슈퍼컴퓨터에 가까이 다가가서 터뜨릴수록 차폐 장치를 무용화할 수 있는 확률이 높았지만, 더는 다가갈 수 없었다.

기운이 남아 있을 때 사용해야 했다.

건은 탄의 안전장치를 제거하고 크게 한 번 숨을 들이마시고는, 있는 힘껏 던졌다. 전자기펄스 탄은 포물선을 그리며 날아가다가 허공에서 폭발했다. 순간 그 주변에 있던 안드로이드들이 모두 허물어져 내렸다. 건이 다리에 총상을 입은 팀원에게 말했다.

나가자.

팀원이 눈을 뜨고 건을 바라보았다.

여기서 누군가는 이걸 터뜨려야지.

예정대로 나가서 처리하면 돼.

건이 팀원을 들어 올리려고 하자 팀원이 건의 어깨를 쥐고 말했다.

왜 이래 아마추어처럼. 날 데리곤 못 나간다는 걸 알잖아. 나는 너랑 언제나 한 팀이었다는 사실만으로도 여한이 없다. 또 뭐가 몰려올지 모르니까 어서 나가. 기운 빠진다.

건이 말했다.

총 한 발 맞은 거 가지고 대사 읊고 앉았네. 장난칠 시간 없어.

세 발이거든?

건은 팀원이 뭐라고 더 지껄이거나 말거나 둘러업고 뛰었다. 팀원도 작은 덩치가 아니었지만, 건이 워낙 건장했다. 수가 물었다.

"원격으로 폭파해도 되지 않나요?"

랭이 대답했다.

"돔 내부는 전자기펄스 영향력 안에 있어서 안 됩니다. 나가서 외부에 폭탄을 설치하고 그걸 사격으로 터뜨려 연쇄 폭발을 유도하거나, 저 사람 말처럼 직접 수동 폭파하는 방법밖에 없어요."

둘이 돔의 외부로 나오는 동안 다행히 그 어떤 저항에도 맞닥뜨리지 않았다. 드문드문 안드로이드들이 나자빠져 있는 거로 봐서, 전자기펄스 탄의 위력이 생각보다 좋았던 모양이었다. 외부로 나온 건은 팀원을 내동댕이치다시피 내려놓고 숨을 헐떡거리며 말했다.

이래서 유격대는 작은 놈으로 뽑아야 해.

팀원이 낄낄거리며 말했다.

그래도 안 본 사이에 운동 좀 했나 본데? 응?

건은 말하는 와중에도 부지런히 손을 놀려 입구에 폭탄 하나를 설치했다. 팀원을 다시 둘러업고 뛰었다.

팀원이 말했다.

뛰다가 죽겠다.

꽤 먼 거리까지 뛰어나간 건이 팀원을 다시 내동댕이치고 엎드려 숨을 골랐다. 숨이 쉬이 안정되지 않아 총을 겨누고도 적잖은 시간 동안 노려보기만 했다. 그리고 얼마 후 눈을 한 번 감았다 뜬 건이, 호흡을 멈추고 방아쇠를 당겼다. 입구 폭탄에서 불길이 치솟았다. 잠시 후 그 폭발에 호응하듯 내부에서도 폭발이 일어났고 곧이어 연쇄적으로 폭탄이 터져 나갔다. 건이 총을 내던지고 팀원 옆에 누워 하늘을 바라보았다. 팀원이 말했다.

죽었다 깨어나도 임무 완수는 하는구먼.

요원 암살까지 끝나야 완수야.

아, 난 그건 못 해.

나도 못 해. 총알도 없어.

그럼 이제 집에 가자. 나 빨리 수혈 받아야 해. 나 알에이치 마이너스야.

건이 피식거리며 자리에서 일어나 팀원을 둘러업었다.

그때 총성이 한 번 울렸고,

건이 쓰러졌다.

잠시 후 누군가 다가와 팀원의 혈액을 찍어보더니 말했다.

알에이치 플러스구먼.

공생을 위한 최적화

탄환은 팀원의 뒤통수를 관통해서 건의 견갑골로 들어가 박혔다. 건이 숨을 헐떡거리며 몸을 돌려 누웠다. 작은 키의 할머니가 건 옆에 서서 화염에 휩싸인 건물을 바라보고 있었다. 할머니가 힐긋 건을 내려다보고 말했다.

애가 진짜 알에이치 마이너스였으면 내가 살려주려고 했는데, 아쉽게도 아니야.

건이 가만히 할머니를 바라보다가 말했다.

나도 아닙니다.

할머니가 싱긋 웃었다.

그래 알아. 너도 아니더라고. 하지만 너는 죽이지 않을 거야.

그제야 건은 이 할머니가 누군지 생각난 모양이었다. 요인 암살 목록 일호에 올라 있던 사람이었다. 건이 중얼거렸다.

무사.

그래. 내가 무사야. 너는, 내 이름을 그렇게 부를 자격이 있어. 머저리들이 날 그렇게 불렀다간, 바로 그 자리에서 황천길로 가는 건데 넌 그래도 돼.

무사의 시선이 여전히 건물을 향하고 있었으므로 건도 누운 채로 고개를 돌려 건물을 바라보았다. 언제 어디서 날아왔는지 수많은 드론이 건물 위를 가득 메우고 불길을 잡는 중이었다. 무사의 곁에는 말쑥하게 양복은 빼입은 신사 한 명이 서 있었냐. 무사가 건에게 물었다.

네 임무가 성공했는지 궁금해?

건은 아무 대꾸도 하지 않았다. 무사가 말했다.

넌 대단히 유능한 놈이야. 저 머저리들을 만나기 전에 날 먼저 만났더라면 네가 여기 이렇게 누워 있는 일은 없었을 텐데.

건이 말했다.

하도 뛰었더니 누워 있는 것도 나쁘지 않습니다.

무사가 즐겁다는 듯이 웃었다.

그래. 난 아무리 어려운 상황이라도 유머를 잃지 않는 사람이 좋더라.

그리고 귀엽다는 듯이 건을 한 번 내려다보고는 말을 이었다.

네 임무는 십 퍼센트 성공했다. 거의 불가능한 일을 그 정도나 떼어 갔으니 확실히 네가 보통 놈은 아니야.

왜 아니겠습니까. 총을 맞았는데 안 우는 것만 봐도 알 수 있죠.

그런데 문제는 그 십 퍼센트가 어떤 부분이냐는 거야. 일이란 게 말이지, 모든 일이 다 똑같은 비중을 가진 게 아니거든. 사람하고 똑같아. 모든 사람이 다 똑같은 비중을 가진 게 아니잖아? 그래서 너도 여기 있는 사람을 다 죽이는 게 아니라 몇 명만 죽이러 온 거잖아. 그중에 내가 일 순위였을 테고, 그렇지?

건은 아무 대꾸도 하지 않았다. 가만히 누워 하늘을 바라보았는데, 하늘 한구석에서 이상한 무지갯빛이 반짝이고 있었다. 수도 처음엔 뭔가 날아오는 줄 알았는데, 그건 그냥 빛이었다. 무사가 건을 내려다보곤 옆에 있는 신사를 올려다보며 물었다.

얘 지금 내 얘기 듣고 있는 거지?

그러자 신사가 건의 옆으로 다가오더니 정강이를 지그시 밟았다. 건이 비명을 질렀다. 신사가 말했다.

집중해.

건이 놀라 신사를 올려다보았다. 사람이 밟는 무게가 아니었던 것이다. 무사가 말했다.

네가 지금 본 게 공기 차폐막에 부딪혀서 반사되는 빛이야.

그러더니 손을 들어 하늘 전체를 가리켰다.

네 눈에 보이지 않을 뿐, 여긴 지금 둥근 막이 둘러져 있어. 왜 그게 있는가 하면, 이제 지구의 대기를 마셔서는 안 되기 때문이야.

무사가 발로 땅을 한 번 굴렀다.

이곳은 땅 전체가 공기 청정기나 다름없다. 너는 지금 땅바닥에 얼굴을 처박고, 이제 막 정화되어 나온 가장 신선한 공기를 마시고 있는 거야.

건은 그러나 무슨 말인지 이해하지 못했다. 그러는 사이 돔의 진화가 끝난 모양이었다. 무사가 찬찬히 걸음을 옮겼다. 신사가 건의 팔을 잡아 질질 끌며 그 뒤를 따랐다. 건이 끌려가다 벌떡 일어섰다. 그리고 신사를 향해 주먹을 날렸다. 정말 과장이 아니라 딱 종이 한 장 차이로 신사가 얼굴을 피했다. 우연이라고 생각한 건이 다시 한 번 주먹을 휘둘렀는데, 이번에도 종이 한 장 차이였다. 신사가 손을 들자 무사가 말했다.

때리진 마. 안 그래도 등 때문에 아플 텐데.

신사가 손을 내렸다.

건은 그게 더 기분 나쁜 표정이었지만 대항하지 않았다. 순순히 그들을 따랐다. 무사가 걸어가며 말했다.

역시 넌 똑똑하구나. 많은 인간이 굳이 끝을 보고서야 자기가 잘못했다는 걸 깨닫는데, 거기까지 안 가고도 상황 판단이 되는 걸 보면 너는 통찰력이 아주 좋은 놈이야.

계속 칭찬을 해주시니 제가 춤이라도 춰야 하는 겁니까?

나쁘지 않지.

그 말을 끝으로 그들은 한동안 걷기만 했다. 그러다가 어느 지점에 이르사 무사가 말했다.

춤을 추기 전에 저길 먼저 한번 봐라.

무사가 가리킨 곳은 돔 건물의 중앙이지 싶은 곳에 우뚝 솟은 원형 타워였다. 투명 타워 안에는 금으로 만든 나무뿌리 같은 게 담겨 있었다. 수는 얼핏 인삼주를 떠올렸다. 하지만 건은 그게 뭔지 아는 눈치였다. 무슨 전위 예술가의 설치 미술품처럼 생긴 그것이 실은 범상치 않은 컴퓨터라는 건 사실 누구나 조금만 생각해보면 알 수 있을 퀴즈였다.

외관상으로는 아무런 타격도 입지 않은 것처럼 보였다. 하지만 차폐막일 것으로 추정되는 보호막 몇 겹이 부서져 있었다. 십 퍼센트. 무사가 그렇게 말했던 걸 수는 떠올렸다. 무사가 원형 타워에서 조금 떨어진 곳을 가리켰다. 원래의 모양은 인삼주의 미니어처일 것으로 추정되는 물체 하나가 부서져 있었다. 무사가 물었다.

저게 뭐일 것 같으냐.

건이 가만히 생각하다가 대답했다.

십 프로.

무사가 재미있는 말이라는 듯 유쾌하게 웃었다.

그래 맞아. 너의 그 회심의 펄스 탄은 아무 의미 없는 짓이었는데, 옛날 방식으로 터뜨린 폭탄이 밥값을 했어. 메인 컴퓨터가 통제하는 부속의 십 퍼센트를 망가뜨렸다. 그런데 그 십 퍼센트가 뭐냐면, 바이러스의 소멸과 백신 제조에 관한 알고리즘이야.

건이 중얼거렸다.

바이러스?

무사가 신사를 돌아보자 신사의 눈에서 안광이 뻗어 나가더니 홀로그램이 재생되었다. 건이 그제야 자기가 누구한테 밟혔는지 알겠다는 표정을 지어 보였다. 그러나 홀로그램의 내용이 너무도 기이해서 그런 걸 따질 상황이 아니었다.

홀로그램은 사람의 알몸이었다. 어떤 남자였는데 곧 남자의 몸이 투명해졌다. 장기가 보였다. 폐에 아주 조그만 점 하나가 생성되었다. 개수가 늘었다. 점들이 점점 커지더니 구멍을 만들었다. 다시 피부가 재생되었고, 남자가 몹시 괴로워했다. 머리카락이 빠지고 코피가 흘렀다. 잠시 후 각혈이 시작됐는데, 그러고 보니 피부색도 검어지고 있었다. 피부가 점점 검어지고 쭈글쭈글해지고 급기야 신체 일부가 부스러지기 시작했다. 그러더니 끝내 재처럼 모두 부서져 사라졌다. 무사가 말했다.

저 밑에 있는 머저리들이 지하 연구소를 폭파하고 굉장히 신났을 텐데, 사실 제일 신난 건 저 바이러스들이야.

그렇지 않겠냐는 듯 무사가 건을 한 번 올려다보고 말을 이었다.

그 자리에 있던 놈들은 이제 한 달 안으로 다 저렇게 부서져 사라지고 말 거다. 그 연구소에 그나마 시기를 늦추는 약이 있었는데, 그게 아직은 절반도 유통이 안 됐단 말이지. 그 약도 전부 태워 먹었을 테니까, 백신은 고사하고 이제 다른 약도 없는 거야. 저 바이러스는 공기 전염인데 숙주가 없으면 살 수가 없거든? 그래서 인간이 없으면 저 넓은 사막에서 유출되어봐야 얼마 못 산단 말이야. 그런데 어쩌냐. 저기 있던 놈들은 그걸 모르니 이제 집으로 돌아가 자기 가족부터 잡아 잡술 판인데. 그러니까 사라지는 게 오늘이냐 내일이냐의 차이일 뿐이지, 별 의미는 없어.

건은 여전히 무슨 말인지 잘 이해되지 않는 표정이었다. 무사가 말했다.

아무리 사악한 바이러스라도 그에 맞는 백신만 있으면 그냥 감기에 불과하거든? 문제는 백신이 없을 때인데, 네가 때려 부순 게 바로 그 백신을 만드는 설계도라는 말이다.

건이 두 눈을 끔벅거렸다.

그래서 말인데, 한번 물어보자. 저런 바이러스를 만든 사람이 있어. 그 사람은 바이러스를 잘 통제할 수 있었지. 백신도 만들 수 있었고, 소멸도 시킬 수 있었어. 그런데 어떤 놈이 잘 통제되고 있는 바이러스 캡슐을 다 때려 부숴서 그만, 바이러스가 유출되고만 거야. 그런 일이 없었으면 가장 좋았겠지만 이미 벌어진 일이니 어쩌겠어. 다행스럽게도 백신과 소멸 방법이 있으니 좀 번거롭겠지만 치료하고 소멸하면 되는 일이었지. 그런데 또 다른 놈이 갑자기 잘난 척하면서 나타나서는, 백신은 물론 소멸 설계도까지 모두 부숴버린 거야. 그래서 이제 다 죽게 생겼다.

무사가 건을 올려다보았다.

네가 볼 때 이 세 놈 중에 가장 나쁜 놈이 누구인 것 같냐?

건이 아무 대답도 하지 못하자 무사가 다시 물었다.

칼을 발명한 놈이 나쁘냐, 그걸로 사람을 죽인 놈이 나쁘냐.

건이 여전히 바라보고만 있자 무사가 다그쳤다.

그러니까 저 바이러스로 세상 사람이 다 죽어 나가면, 셋 중 누가 결정적 원인을 제공한 사람이냐고.

건이 대답했다.

농담치곤 지독하네요.

무사가 웃었다.

그래서 잘 모르면 함부로 행동하질 말아야 하는 거야. 네가 아는 정의가 실은 정의가 아닐 수도 있거든. 빈대를 잡으려고 초가삼간을 태운다는 말이 괜히 있겠니? 경솔한 인간은 바로 눈앞에 보이는 알량한 정의를 구현한답시고, 그 뒤에 뭐가 있는지도 모르고 홀랑 다 태워버리지.

건의 눈빛이 어두워졌다. 무사가 품에서 조그마한 시험관 모양의 막대기를 하나 꺼냈다.

이게 바로 그 백신이다. 딱 하나 남았지.

건이 조금 놀란 눈으로 무사를 바라보았다.

문제는, 이걸로 다시 연구를 시작해도 우리 대에는 만들 수 없다는 거야. 이게 수프에 시금치를 넣고 휘휘 돌리면 만들어지는 그런 물약 같은 게 아니거든. 그런데 여기도 땅을 파봐야 나올 건 공기밖에 없기 때문에 머지않아 지상으로 다시 내려가야 한다. 한데 백신이 없으면 인간은 종을 유지할 방법이 없어. 저 바이러스는 자연 소멸하지 않거든.

무사가 부서진 컴퓨터를 가리켰다.

소멸도 소멸이지만 무엇보다 저 백신 알고리즘이 중요했던 건, 이 바이러스가 변이해가는 과정을 추적할 수 있다는 점 때문이었다. 바이러스는 생각보다 생명력이 강한 경우도 있어서, 백신이 나오면 그것에 대항해 변종이 발생하기도 하거든. 그러니 그 과정을 추적할 수 없으면 이 백신조차 별 의미가 없는 거야.

무사가 신사를 쳐다보고 건의 상의를 가리키자, 신사가 느닷없이 건의 전투복 상단을 찢고 결박했다. 신사의 힘을 건은 이길 수 없었다. 건이 이리저리 몸을 움직여보았지만 예상대로 의미 없었다. 무사가 말했다.

하지만 다시 연구하는 데 시발점은 될 수 있지.

무사가 백신을 들어 올리더니 그대로 건의 가슴에 꽂았다. 건의 눈이 휘둥그레졌다. 수의 눈도 휘둥그레졌다. 둘 다 무슨 상황인지 이해하지 못했다. 무사가 말했다.

시간이 별로 없는데, 나는 여기 남아서 할 일이 많다. 막을 수 있는 만큼은 막아봐야지. 이 땅에서 인류라는 종을 완전히 없애버릴 수는 없지 않느냐. 너도 내려가봐야 죽는 거 말고는 딱히 할 일이 없어 보이니, 본래 내가 하려던 일을 네가 대신해야겠다. 다시 못 깨어날 수도 있겠지만, 이래 죽으나 저래 죽으나 매한가지 아니냐. 그래도 기왕 죽는 거, 네가 벌인 일에 대해 책임지려는 노력 정도는 해봐도 좋겠지.

건의 눈이 가늘어졌다. 무사가 말했다.

나는 내가 할 수 있는 일을 할 테니, 너는 네가 할 수 있는 일을 해라.

영상이 멈췄다. 랭이 말했다.

"이후의 데이터는 소실되어 구하지 못했습니다. 우리가 수집한 데이터로 영상을 복원하고 재구성하면서 추측하는 바로는, 저때 무사가 류건 씨의 몸에 바이러스 백신을 넣어두었다는 사실을 기록에 남겼을 거라고 봅니다. 어쨌든 류건 씨를 업로딩 실험체로 쓰려는 의도도 있었지만, 육체까지 액체 질소 탱크에 보관한 이유는 확실히 후세에게 바이러스 연구를 이어가라는 뜻이었을 테니까요. 그런데 기록이 없었습니다. 아마 어떤 경로에서 소실되었을 거로 우리는 짐작합니다."

수가 멀뚱멀뚱 랭을 쳐다보았다. 무슨 얘기가 더 이어지리라는 걸 이제 알았기 때문이다. 랭도 말하면서 상대의 반응을 확인하는 자기 습관을 파악한 수가 웃겼던지 피식 웃고 말했다.

"아쉽게도 우리가 저 해상 도시 전투 후반부 데이터를 복원한 게 그리 오래되지 않았습니다. 마지막 자료를 최근에 확보할 수 있었거든요. 한시라도 빨리 구할 수 있었다면 좋았을 텐데 너무 아쉽습니다. 그랬으면 어떻게든 류건 씨의 육체부터 확보하려고 노력했을 거예요. 자료들이 워낙 산발적으로 흩어져 있었고, 중간에 소실된 것들이 많아 현재로선 저만큼이나마 복원해낸 것도 용한 일이기는 합니다."

수가 물었다.

"하지만 저 일은……, 거의 삼백 년 전의 일이 아닌가요?"

"그랬지만 한 칠십 년 가까이는 인류가 생존하는 것 자체가 목적인 암흑기였고, 이후 류건 씨를 발견한 것도 한참 뒤였던 걸로 저는 알고 있습니다. 문제는 발견하고서도 류건 씨의 존재 의미를 알지 못했다는 거죠. 상당히 오랜 시간 단순히 냉동 인간 연구의 어떤 결과물이었을 거라고만 추측했던 것 같습니다. 실제로도 어떻게 안전하게 살려낼 것인지에 관해서만 연구했다니까요. 그러다가 정신 업로딩이 별도로 되었다는 사실을 최초로 발견하신 분이 바로 은 박사님의 어머니, 그러니까 은수 씨의 할머니셨고, 그것을 육체 없이 뇌 영역만 따로 뽑아내는 데 성공하신 분이 아버님이시죠."

"그러면 그때까지 오……, 대항군……, 오빠 몸에 바이러스 백신이 있다는 걸 아무도 몰랐다는 거예요?"

"지금도 모조 사회에서는 아마 모를 겁니다. 알몸의 류건 씨가 대항군 지휘관이라는 사실을 알아낸 것도 아버님이셨으니까 그 전까지는 정말 아무것도 몰랐습니다. 재미있는 건, 은수 씨가 어렸을 때 류건 씨의 의식을 활성화해서 대화를 종종 나눴다고 했는데, 그때 류건 씨가 바이러스 얘기를 하지 않은 거로 봐서 아마 류건 씨도 몰랐던 것 같습니다. 그때의 기술로는 업로딩이 완전할 수 없었기 때문에 기억의 상당 부분이 소실된 게 아닐까 생각합니다."

랭이 수를 돌아보았다.

"저는 박사님의 성격으로 미루어 류건 씨의 정신을 두뇌 수용체로 분리한 이후에, 육체를 그냥 폐기해버리지 않았을 거라고 확신합니다. 그럴 거였으면 그냥 류건 씨의 몸에 개의 의식을 심었을 테니까요. 하지만 이제 막 죽은 자의 몸에 심었죠. 그래서 지금도 우리 요원 몇몇이 찾고 있지만, 확신을 가진 건 오로지 저뿐이라 진척이 있진 않습니다. 저는 혹시라도 은수 씨가 업로딩을 하면, 지금은 찾을 수 없는 기억도 어떤 전기화학적 작용에 의해 나타나지 않을까, 일말의 기대를 하고 있습니다."

"지금은 찾을 수 없는 기억이요?"

"박사님이 평소 어딜 가도 은수 씨를 데리고 다니셨으니까, 은수 씨가 보셨던 홀로그램 시절보다 더 어렸던 때도 다르지 않았을 것으로 생각합니다. 그 어릴 때 다녔던 모든 장소 중에 지금은 기억하지 못하는 새로운 장소가 나온다면, 그 근처 어딘가에 류건 씨의 몸이 있을 수도 있다고 생각하는 거죠."

과연, 있을 수 있는 일이라고 수는 생각했다.

"그럼 제가 지금 기억하는 장소는 이미 전부 찾아보신 건가요?"

랭이 고개를 끄덕였다. 수가 말했다.

"제가 업로딩을 해야 하는 이유가 백만 가지는 되네요."

랭이 웃고 시각을 확인하더니 자리에서 일어섰다. 수가 물었다.

"말이 나온 김에 한 가지 궁금한 점이 있는데요, 제가……, 감정이 무언가 무덤덤한 건, 그러니까 홀로그램을 볼 때는 너무 슬프고 고통스러웠는데 막상 보지 않으면 그게 좀, 뭐라고 설명하기가 어려운데……."

"말하자면 홀로그램을 볼 때는 누군가를 죽이고 싶었는데 보지 않으면 그런 마음이 들지 않는 이유가 궁금하신 거죠?"

수가 눈을 동그랗게 뜨고 랭을 바라보았다. 랭은 그 무슨 의식을 기호로 바꾼다던 홀로그램을 들고 있지 않아도, 원래 사람 마음을 잘 읽는 모양이라고 수는 생각했다. 랭이 대답했다.

"그게 아직 은수 씨의 실제 의식이 업로딩되지 않아서 그렇습니다. 말하자면 영상에서 본 사람이 은수 씨 자신이기는 하지만, 그래서 이성적으로는 분명히 아는 것 같지만, 감정적으로는 여전히 타인의 슬픔에 감정 이입하는 수준에 머물러 있는 거예요. 쉽게 말해서 슬프긴 하지만 여전히 남의 일인 것으로 몸이 반응하는 겁니다. 영화에서 본 악당에게 직접 복수를 하러 나서지는 않는 것처럼 말이죠."

"그렇다면 업로딩이 단순히 기억을 되돌리거나 의식을 되살리기만 하는 게 아니라는 거네요?"

"네. 지금도 은수 씨 자신임에는 의심할 여지가 없지만, 과거의 기억이나 경험까지 모두 은수 씨가 체감적으로 느끼시려면 결국, 업로딩을 해야 합니다."

"업로딩을 해야 하는 이유가 백만 한 가지가 되었네요."

방을 나온 랭과 수는 다시 물관부를 타고 이동해서 어느 줄기의 가장자리까지 이르렀다. 전날 잠시 나와 산책했던 곳과는 다른 곳이었다. 처음 이 공동체에서 밖을 보았을 때처럼 환상적인 풍광이 펼쳐졌다. 처음엔 놀라느라 제대로 감상하지 못했는데, 조금 여유가 생긴 시점에서 보니 몽환적인 느낌마저 들었다. 해는 아직 정오의 궤적으로 올라서지 않았지만 빛의 기둥이 곳곳에 서 있었고, 그 뒤로 보이는 물과 풀과 꽃과 나무와 바위의 색들이 그 빛과 어우러져 오색으로 반사되었다. 수가 말했다.

"그러고 보니 제가 기억하는 세상과 풍경의 색도 조금 다르네요."

수의 마음에 생긴 여유를 느꼈는지 랭도 미소 띤 얼굴로 고개를 한 번 끄덕여 보이고 대답했다.

"맞습니다. 다릅니다. 더 아름답지 않나요?"

수도 고개를 끄덕였다. 더 아름다운 정도가 아니라 동화에서나 볼 법한 몽환의 세계 같았다. 랭이 말했다.

"제가 보기에도 구시대의 풍경보다 지금이 훨씬 아름답습니다. 그런데 저건, 바이러스가 연출하는 색이에요. 바이러스가 빛과 공기와 다른 입자들과 간섭해서 생기는 현상이죠. 그러니까, 저렇게 보이는 곳엔 소멸 바이러스가 떠 있다고 보시면 됩니다."

수가 눈을 동그랗게 뜨고 랭을 쳐다보자 랭이 빙그레 웃으며 말했다.

"우리를 현혹하는 아름다움 속에 치명적인 독이 퍼져 있는 셈이죠. 그건 마치 아름다움의 원리 같지 않나요? 아름다움의 이면엔 항상 저렇게 보이지 않는 위험이 존재하는 것 같습니다."

그러더니 수의 슈트를 가리켰다.

"그래서 우리는 외부로 나가기 전에 항상 슈트를 입어야 하고, 나노믹스에 의지해야 합니다."

수가 슈트를 입지 않고 산책 나왔던 때를 떠올리고 묻자 랭이 대답했다.

"아, 우리가 만든 구조물과 혼합된 지역은 일정 구역까지 바이러스 방어막이 형성되어 있습니다. 약간의 안전지대가 있는 거죠."

뒤이어 랭이 짝, 하고 박수를 한 번 치고 말했다.

"자, 이제 정말 새 슈트를 시험해볼 기회가 왔네요. 나노 휠의 기능은 공용을 사용할 때와 다르지 않습니다. 대신 끈이 없으니까 끈이 지나가던 어깨 부위에 엄지를 대고, 끈을 쓸어내리듯이 어깨를 한 번 쓸어내리시면 됩니다."

랭이 먼저 시범을 보였다. 정말 육각형의 나노믹스를 등에 멨을 때처럼 의자가 생성되었다. 곧이어 나노 휠도 만들어졌다. 수도 어색함 없이 랭을 따라 했다. 랭이 말했다.

"당연히 개인 운용도 가능하지만, 우리는 대화를 좋아하니까 둘을 합치겠습니다."

두 개의 휠이 합쳐졌고 의자도 전과 같이 나란한 모양새가 되었다. 이윽고 휠이 출발했는데, 출발하자마자 초록빛으로 둘러싸인 터널로 들어갔다. 터널 바닥으로 얕은 물길이 흘렀다.

"지금 지나는 곳은 잎의 표피 아래 있는 잎맥 물관이에요. 어느 잎맥이나 다 이용할 수 있는 건 아니지만, 연결되어 있는 곳은 외부로 가는 것보다 빠른 지름길입니다."

한동안 온통 초록색으로 빛나는 둥근 통로를 지났다. 정말 식물의 잎 속을 달리는 모양이었다. 마치 둥글고 천장이 막힌 워터슬라이드를 타는 것 같았다. 생각보다 조금 긴 시간을 달려 수가 약간의 폐소 공포를 느끼려는 찰나, 잎맥을 빠져나왔다.

거대한 수목의 잎이 광장처럼 펼쳐졌고 그 앞으로 어마어마한 두께의 나무 기둥이 버티고 있었다. 휠은 망설임 없이 거대한 나무껍질의 홈을 따라 내려가기 시작했다. 수직과 수평 이동을 반복했는데, 그나마도 한 번 경험한 탓인지 그렇게 눈이 휘둥그레질 만큼 긴장되진 않았다. 침을 한 번 꼴딱 삼킨 수가 물었다.

"그 안전지대라는 걸, 사람들이 생활하고 이동하는 전역에 만들 수는 없는 건가요?"

랭이 잠시 생각하더니 대답했다.

"이론적으로는 가능하리라고 보는데 그러려면 역시 비용이 문제죠. 동네 하나가 아니니까요. 우리가 어떻게든 백신을 만들려는 이유도 사실은 그 때문이라고 할 수 있습니다. 안전도 안전이지만 비용 절감의 문제가 지금으로선 더 크거든요. 게다가 이 바이러스가 종종 변종으로 등장하는 경우도 있어서 그것까지 잡아내려면 유지관리 비용이 만만치 않을 겁니다."

공동체도 사람이 사는 곳이었다. 무언가를 하려면 비용이 들지 않을 리 없었다. 수가 고개를 끄덕이다 물었다.

"그럼 이미 감염된 사람에게는 나노 메디도 소용이 없나요?"

"난제예요. 이 바이러스의 문제가 소멸이잖아요? 나노 메디가 치료를 하려고 해도 존재가 있어야 가능한데 이미 소멸해버린 걸 재생하는 일은 비교도 할 수 없을 만큼 복잡합니다. 적지 않은 시간이 걸리는데, 문제는 소멸과 회복의 시간 격차가 아직은 너무 크다는 점이에요. 현재로선 전염을 막고 감염자의 생명을 연장하는 정도가 전부입니다. 우리는 사실, 지금은 바이러스와 함께 생활한다고 생각해요. 현재로선 이길 수 없으니까 존재를 인정하고 더불어 사는 가장 효율적인 방법을 모색하는 거죠. 물론 여전히 백신도 연구하고 있지만."

살인 바이러스와 함께 생활한다? 말은 그럴듯했지만 쉽지 않은 일이라고 수는 생각했다. 어쩔 수 없이 그렇게 살아야만 한다면 그래야 하겠지만, 인정하고 싶지 않은 걸 인정하고 사는 건 포기와 다르다는 걸 수는 알았다.

그때 휠의 전면에 도착을 알리는 사인이 떴다. 이제는 익숙한 삼차원 홀로그램이었다. 홀로그램은 이내 형태를 바꿔 수와 랭의 몸을 한 차례씩 입사하더니, 이윽고 이름과 코드와 목적지를 입력하라는 사인을 띄웠다. 랭이 말했다.

"랭. 바이오 이공일사 공사일류. 상황실."

본부동 암벽 한쪽에는 여전히 수정 같은 물줄기를 쏟아내는 폭포가 있었다. 홀로그램이 반짝 점멸하고 승인 사인을 표시하더니 사라졌다. 그런데 이번에는 암벽 표면이 갈라지지 않았다. 암벽 귀퉁이 한구석에서 정육각형의 도형이 딱 하나만 튀어나왔다. 휠이 이동했다. 도형의 게이트가 열렸다. 수가 신기하다는 듯이 말했다.

"암벽이 갈라지지 않는군요."

랭이 웃었다.

"은수 씨는 갈라지는 걸 먼저 보셔서 안 갈라지는 게 더 신기한 모양이군요. 본부동 공간 이동은 몇 년에 한 번 있을까 말까 한 일이에요. 그날 은수 씨가 기가 막히게 날을 잘 맞추신 거죠. 물론 우리가 일을 벌여서 그런 거지만."

휠이 도형 내부로 들어가 조용히 자리를 잡았다. 그와 동시에 수와 랭의 휠도 처음처럼 다시 분리되었다. 수의 발이 땅에 닿도록 의자가 서서히 내려앉았다. 수가 의자에서 일어서자 의자가 접히며 본래의 형태로 되돌아갔다. 랭이 옷의 어깨 부분을 두드리자 조그마한 홀로그램 화면이 생성되었다. 홀로그램의 한 부분을 터치하자 랭의 얼굴 위로 고글이 생성되었다. 수가 이곳에서 처음 그 장면을 보았을 땐 완전히 마술이었는데, 내용을 알고 보니 이젠 기술로 보였다. 랭이 고글을 조정하며 말했다.

"저도 저번 공간 이동 이후에 상황실은 처음 가는 거라 안내를 받아야 합니다."

본부동은 공간 전체가 옅은 자줏빛이었다. 랭이 허공에 대고 말했다.

"도착했어요. 상황실 좌표 받았습니다. 이동합니다."

수는 랭을 따라 미로 같은 길을 얼마간 걷다가 자줏빛 구슬 모양 물체에 도착했다. 랭이 그 물체 속으로 들어가 뭔가를 조작하자 소파가 생성되었다. 수와 랭이 앉자 이동을 시작했다. 구슬은 암벽 동굴 같은 공간을 상하좌우로 굴러가며 이동했는데, 어떤 부분은 돌이고 어떤 부분은 흙이었으며 한동안은 나무뿌리처럼 복잡한 공간을 지나쳐 갔다. 그러나 그 어느 곳을 지나더라도 나노 휠을 탔을 때처럼 아무런 진동도 느낄 수 없었다.

이럴 바엔 그냥 나노 휠을 계속 이용하면 되지 굳이 갈아타는 이유가 뭔지 수는 문득 궁금해졌다. 랭에게 물었다. 해답은 의외로 간단했다. 나노믹스도 어쨌든 기계이므로 에너지를 충전할 시간이 필요했던 것이다.

"공용이 있을 때는 되도록 공용을 쓰면서, 개인 나노믹스는 항상 최고 수준으로 에너지를 유지하려고 하죠. 언제 어디서 무슨 일이 벌어질지 모르는데, 그때 의지할 수 있는 건 나노믹스밖에 없으니까요."

한동안 미로의 세계를 굴러다니다가 마침내 구슬이 멈췄다. 수와 랭이 내리자 구슬은 스스로 움직여 어딘가로 사라졌다. 구슬도 그 나름대로 이곳 아닌 어딘가에 가서 충전을 해야 하는 모양이었다.

상황실에 도착하자 별도로 제스처를 취하지 않아도 알아서 문이 열렸다. 상황실 역시 요정의 방처럼 은은한 자줏빛으로 둘러싸여 있었다. 이제 보니 과학동이나 보건동과는 달리, 공간이 정확히 육각으로 이루어져 있었다. 육각의 벽면은 빛뿐 아니라 나무줄기인 듯 보이는 기둥과 잎과 그 외의 화초들이 한데 어우러져 있어서, 넓은 화원에 들어와 있는 느낌이었다. 벽면 일부에는 암벽까지 그대로 드러나 있어 이제까지 거쳐왔던 세계가 하나의 소공간으로 압축된 것도 같았다.

랭의 말대로라면 이 모든 환경에서 인위는 최소한이었다. 아니, 공생을 위한 최적화였다. 보이는 것만으로 판단하자면 맞는 말인 것도 같았고 아닌 것도 같았다. 너무 진짜 같아 거짓처럼 느껴지는 것일 수도 있었다. 환경과 공생을 실현한 세상이라는 게 믿기지 않는지도 몰랐다. 그 자체가 너무 이상적인 말이었다.

랭과 진이 가볍게 포옹했고 그곳에 있는 다른 사람과도 인사하거나 포옹했다. 오래간만에 만난 사람도 있는 모양이었다. 수는 약간 어색하게 서 있다가 진이 곧 환하게 웃으며 다가와 악수를 청하자 두 손으로 악수했다. 진은 왠지 모르게 사람을 공손하게 하는 뭔가가 있었다. 진이 그런 수를 매우 기특하다는 눈빛으로 바라보았다.

"어려운 시간이었을 텐데 고생하셨습니다."

수가 목례로 답례했다. 진이 이윽고 본부동 사람들에게 수를 소개했다. 몇몇은 당신이 말로만 듣던 그 사람이로군요, 하는 표정을 감추지 않았다.

상황실 중앙에는 대형 지구본 같은 홀로그램이 떠 있었다. 구체 속의 풍경은 만화경 같았다. 신비로운 색과 빛이 수면 위로 반사되는 도형들처럼 짝을 이뤄 맴돌았다. 그러다 점차 형태를 잡아가며 하나의 세계를 만들었다.

언뜻 그것이 익숙한 세상의 모습이라는 느낌이 들 무렵, 둥근 홀로그램이 펼쳐지더니 벽면 한쪽으로 다가가 벽 한 면을 다 채웠다. 화면이 분할되었다. 하나하나가 정육각형의 모양이어서 벽 전체가 벌집 화면으로 도배된 느낌이었다. 둥근 홀로그램 주위로 둥글게 앉아 있던 본부동 사람들의 좌석이 분할 홀로그램에 맞춰 변환되었다.

확실히 둥글 때보다 화면 하나하나의 영상이 무엇인지 금방 식별되어, 평면 분할은 수를 위한 배려가 아닐까 싶었다. 특이한 것은 벌집의 각 칸이 오목과 볼록으로 교차 배치되었고 오목과 볼록의 내용이 다르다는 점이었다.

볼록 튀어나온 부분엔 아주 익숙한 영상들이 펼쳐져 있었다. 수가 살던 세계의 모습이었다. 그곳이 마치 지금 생중계라도 되고 있는 것처럼 입체적으로 율동했다. 어느 곳은 수가 다녔던 학교의 인근 모습이었고, 어느 곳은 수가 자주 가는 수목원이었으며, 또 다른 곳은 도시가 한눈에 내려다보이는 전망대였다. 다양한 영상 가운데 수가 기억하는 쇼핑몰의 사고 현장도 있었다.

대형 건물 전체가 무너져 내렸고 대지가 갈라져서 처참하기 이를 데 없었다. 처음 보는 장면이라 수는 잠시 넋을 놓고 바라보았는데, 서서히 그때의 악몽이 되살아나 이내 시선을 돌렸다. 볼록 화면 옆에 오목하게 들어간 영상들은 뭔지 알 수 없었다. 그 화면 하나하나를 유심히 살펴보던 수가 문득 뭔가를 떠올리고 짧은 탄성을 내뱉자 진이 말했다.

"과학동에서 아주 잠깐 보셨는데, 그걸 알아보시는군요."

너무 이상했기 때문에 알아보지 못하려야 못할 수가 없었다.

"오목한 부분에 나오는 건 알파 구역의 실제 환경입니다. 은수 씨는 그걸 신경회로 컨트롤러가 잡은 원본 영상으로 보셨죠. 저건 우리가 촬영한 영상입니다."

오목 화면의 각 영상은 마치 감옥 도시 같았다. 천장이 암벽으로 이루어진 황폐한 공간 속에, 공장 시설과 생산 파이프라인이 끝도 없이 이어져 있었다. 감옥처럼 느껴졌던 이유는 그곳에서 움직이는 사람들 때문이었다. 그들은 모두 노란색이나 파란색이나 회색의 점프 슈트를 입고 있었고 하나같이 반삭발 상태였다. 죄수들이 아니고선 그런 모습으로 있을 이유가 없었다. 진이 말했다.

"그 옆의 화면에 나오는 건 그 지역을 신경회로 컨트롤러가 조작해놓은 모듈 영상이고요. 일단, 이쪽으로 앉으시죠."

머뭇머뭇 화면에서 눈을 떼지 못하는 수를 진이 방 한편에 마련된 소파로 데려갔다. 진이 테이블의 홀로그램을 조작하자 다기 세트가 솟았고 차가 만들어졌다. 마음이 진정되는 차라고 진이 말했다. 바로 그 대목에서 랭이 뭔가를 눈치채곤 말했다.

"왜, 결과가 안 좋아?"

진이 고개를 끄덕이는 것도 아니고 아닌 것도 아닌 모양으로 잠시 있다가 대답했다.

"그게 참 뭐라고 말하기 어렵네. 아무튼 전과 달리 노박의 부하가 대단히 많이 배치되어 있어. 심지어 섀도도 오가고."

"섀도까지?"

"그래. 그런데 섀도가 은수 씨 목걸이나 뭐 그런 걸 알아서 내려오는 건 아닌 것 같고 모조가……, 춘춘 할머니 말씀을 기억하고 있는 것 같아."

"우리 할머니 말?"

랭이 고개를 외로 꼬곤 잠시 생각에 잠겼다. 그때 수가 중얼거렸다.

"지진이, 지진이 아닐 수도 있다."

랭이 수를 돌아보자 수가 말했다.

"할머니가 모조한테 알려준 말이 그거였는데요."

랭이 손바닥으로 이마를 짚고 고개를 뒤로 젖혔다. 진이 미소 띤 얼굴로 잠시 수를 바라보다가 이내 표정을 정리하고 말을 이었다.

"아무튼 그래서 목걸이를 찾는 게 대단히 어렵게 됐다. 저들도 계속 거기 있지는 않을 테니 언젠간 철수하겠지만, 문제는 시간이니까."

랭이 물었다.

"노박은 왜. 노박은 왜 부하를 깔았어? 우리 존재를 눈치챈 것 같아? 그래서 거길 조사하는 거야?"

"그건 아직 확실히 알아내지 못했어. 뭔가 은폐에 가까운 작업이 포함된 거로 봐서, 춘춘 할머니 말씀대로 지진이 아닌 경우가 정말 있다면 거기에 노박이 개입된 게 아닐까 싶어서 조사하는 중이야. 그 역시도 새도가 껴서 쉽지가 않아."

"빌어먹을 놈의 새도. 만약 노박이 우릴 눈치챈 거면 정말 시간이 없네? 우리도 뭔가 준비해야 하는 거 아니야?"

"안 그래도 최고위원회에 보고를 올렸다. 그 안건에 관해서 검토 중일 거야."

랭이 한숨을 쉬며 몸을 뒤로 젖혔다. 소파 등받이가 자세에 맞춰 늘어나 다시 형태를 갖추었다. 랭이 중얼거렸다.

"일단 미스 매칭 연산 결과가 좋게 나오기를 바라는 수밖에 없는 건가."

수가 머뭇거리다가 물었다.

"뭔가 준비를 해야 한다는 건, 전쟁 같은 건가요?"

진이 대답했다.

"그런 경우의 수를 대비해놓는 거죠."

수가 심난한 표정으로 허공 어딘가를 바라보고 있자 진이 말했다.

"혹시 그 일이 은수 씨 때문에 벌어진 게 아닌가 걱정하시는 거면 그럴 필요 없습니다. 이미 그전부터도 노박의 무인 군사 크래프트가 수시로 우리 지역을 탐사했고, 그게 아니어도 언젠가는 맞닥뜨려야 할 일이었습니다."

"하지만 제가 계기가 된 건 맞죠?"

"정확히 말하면 우리가 계기를 만든 겁니다. 은수 씨가 필요했던 건 우리고, 우리가 무리하게 은수 씨를 찾다가 벌어진 일이니까요."

랭이 말했다.

"오히려 은수 씨가 아니었다면 알지 못했을 끔찍한 상황들을 알게 되어 다행이죠. 알파 구역에서 벌어진 대학살의 현장을 우리가 직접 보지 못했더라면, 그런 일이 있을 거라고 짐작조차 못했을 겁니다. 그리고 우리가 그것을 목격한 이상, 더는 이전처럼 관망만 하고 있을 수도 없고요. 어떤 방식으로든 이제 매듭을 지어야 하는 상황입니다. 더 준비해서 하느냐 아니냐의 차이가 있을 뿐이에요."

수가 중얼거렸다.

"대학살?"

그때 본부동 사람이 랭을 돌아보며 말했다.

"과학동 소속 뇌 과학 연구원 파로라는 분한테 통신이 들어왔는데요, 홀로그램으로 연결할까요?"

랭이 시각을 확인하며 "아직 회식한다고 수다나 떨고 있을 때인데 왜……," 하더니 몸을 벌떡 일으키며 다급히 연결해달라고 말했다. 곧 파로의 홀로그램이 생성되었다. 파로가 말했다.

"대장, 내가 회식하다가 우리 연구실에서 통신이 들어와서 지금 연구실로 왔거든? 회식이 아직 끝난 건 아니고, 내가 낸 슈트

아이디어를 슈트 팀에서도 기가 막힌다고 그래서 그걸,"

랭이 버럭 소리를 질렀다.

"됐고! 연산 결과 나왔어?"

"어, 나왔어."

파로가 말하고는 머뭇거렸다. 파로의 표정을 보고 랭이 깊은 탄식을 내뱉었다. 수가 물었다.

"안 좋은가요?"

파로가 대답했다.

"네."

진이 물었다.

"실패 확률이 얼마로 뜨는데?"

"그게……, 확률 자체를 연산할 수 없다고 나와요."

랭과 진과 수, 세 사람 모두 파로의 말을 퍼뜩 이해하지 못했다. 랭이 물었다.

"뭐가 잘못된 거 아니야?"

"아니, 대장. 나도 그런 줄 알고 다 살펴봤는데 잘못된 게 없네. 연산 과정에는 전혀 문제가 없어. 그 미스 매칭 부분이 뭔가 우리 테크로는 연산할 수 없는 영역인 거 같아."

랭이 중얼거렸다.

"그럴 리가 없는데."

"그럴 리가 없는데, 그래. 대장."

수가 불쑥 말했다.

"그냥 하죠?"

랭과 진이 수를 돌아보았다.

"어차피 실패 확률이 얼마든 그냥 할 생각이었습니다."

랭이 말했다.

"아니 그건,"

수가 랭의 말을 끊었다.

"아니요, 줄곧 생각해봤는데요. 이건 별로 의미가 없는 것 같아요. 이제 저의 진짜 과거를 전부 알았고 제가 누군지도 알았는데, 저는 그게 저인 것 같지 않습니다. 제 오빠에 관한 감정을 제외하곤 그때의 기억에서 아무런 감정도 느낄 수 없어요. 이런 상태로 살 바엔 과거 일 전부 다 잊고 그냥 여기 공동체에서 받아주면 받아주는 대로 살아야 하는 거 아닌가요? 새로운 삶에 적응해서? 하지만 제가 누군지 몰랐으면 모를까, 알게 된 이상 그렇게 살 수는 없습니다."

수는 단호했다. 그러나 진도 단호했다.

"은수 씨 마음은 이해합니다. 하지만 그렇게 감정적으로 접근할 문제가 아닙니다. 만약 은수 씨의 자가 생체 업로딩이 실패한다면, 은수 씨 개인의 문제만으로 끝나지 않아요."

수는 내 머리통인데 왜 내 개인의 문제가 아니냐고 순간 내뱉고 싶었지만, 이내 진의 말을 인정할 수밖에 없었다. 자신이 자신으로서의 책임을 지지 못한다면, 이제까지 잃은 것과 앞으로 잃을 것들이 너무 많았다. 가슴이 턱 막히는 기분이었다. 진이 말을 이었다.

"방법이 없는 건 아닙니다."

랭이 맞장구쳤다.

"그래. 없지 않지."

그때 파로가 말했다.

"전 그럼, 다시 슈트 팀에 들렀다가 일정이 마무리되는 대로 다시 연락드리겠습니다."

랭이 고개를 끄덕였다. 수가 눈빛을 반짝이며 진을 바라보고 있었다. 파로의 홀로그램이 사라지자 진이 말했다.

"게릴라전을 감행하고서라도 찾아오는 방법이 있습니다."

그건 자신의 예상과 달랐는지 랭의 눈이 동그래졌다.

"국지전이 아니고 게릴라야?"

"은수 씨의 목걸이가 박사님의 업로딩이라고 우리나 확신하지, 다른 사람들은 달라. 그게 뭔지 분명하게 알지도 못하면서 선제공격으로 국지전을 시작한다는 걸 대의원회에서 승인할 리가 없어. 그리고 국지전으론 승산이 없어. 우리 군사동에 그걸 이끌 능력을 가진 사람이 있어?"

랭은 반박하지 못했다. 전부 시뮬레이션만 해봤지 실제 전투의 형태를 갖추고 싸워본 사람은 단 한 명도 없었다. 그것은 군사동뿐만 아니라 공동체 전체를 봐도 그랬다. 랭이 자신 없는 목소리로 말했다.

"하지만 우리 기술이 월등하잖아."

진이 눈을 동그랗게 뜨고 반문했다.

"조금 전까지 해상 도시 전투 영상을 보고 왔다고 하지 않았어? 설혹 우리한테 그만한 전술이 있다 해도 군사 기술만 놓고 보면 저쪽 도시도 만만치 않아. 수적으로는 오히려 우리가 열세고. 그러니 이길 수 있다 해도 피해가 클 거고, 이번 일을 그렇게 무모한 확률로 감행할 순 없어."

"그럼 대장이 직접 유격대를 이끌 거야?"

"나도 그런 경험은 없지."

한동안 침묵이 흘렀다. 랭이 불쑥 말했다.

"지금 공동체에서 게릴라전에 실전 경험이 있는 사람은 오직 한 명뿐이지."

진이 고개를 끄덕였다.

"국지전처럼 확대시키지 않아도 임무를 성공할 확률이 높고."

"그럼, 류건 씨한테 과거를 알려줄 거야?"

"아니. 몰라도 할 수 있어. 몸이 기억하니까."

수가 두 사람의 대화를 알아듣지 못해 눈만 끔벅거리자 랭이 한동안 수를 바라보다가 말했다.

"진은 본래 류건 씨의 과거를 알려주지 않을 생각이었습니다."

진이 정정했다.

"그렇게 결정했던 건 아니야. 심각하게 고민해봐야 한다는 거였지."

"어쨌든 그 부분에 관해서는 저도 섣불리 판단해선 안 된다고 생각했습니다. 류건 씨는 특별한 신념을 가진 사람이었거든요. 이미 보셔서 아시겠지만 류건 씨는 외인부대 시절 그 좋은 제안도 다 거절했습니다. 그 이유가 다름 아니라, 어떤 이유로든 사람을 죽이는 일에 회의를 느꼈기 때문이에요. 그 회한이 너무 강렬해서 심지어 신경회로 컨트롤러마저도 통제하지 못했습니다. 그런 사람이 대항 세력의 제안을 받아들였던 건, 더 큰 독재를 막아야 한다는 신념 때문이었을 겁니다."

랭이 수를 가만히 바라보았다. 자신의 말을 어느 정도까지 이해하고 있는지 가늠하는 눈빛이었다. 수가 중얼거렸다.

"그런데 과거를 알게 되면 자신이 우려했던 독재와는 비교조차 할 수 없는 재앙의 원인이, 바로 자신일지도 모른다는 자책에 휩싸일 수 있다."

진이 고개를 끄덕이고 말했다.

"모듈은 보통 본래의 삶과는 전혀 동떨어진 직업군을 선택해서 매핑합니다. 그런데 은수 씨는 수학 교사로 잡혔죠. 어떤 한 가지 사실에 매우 집약적으로 의식이 몰리면 신경회로 컨트롤러도 통제하는 데 한계를 느끼기 때문이에요. 기억하시겠지만 은수 씨의 블랙 오팔 목걸이가 모듈에서 그대로 구현되었던 것도 같은 원리이고요. 그런데 류건 씨는 심지어 모듈에서조차 직업이 용병으로 매핑되어 있습니다. 그때의 회한이 모듈에서도 그대로 살아남아 있고요. 신경회로 컨트롤러가 잡지 못할 정도의 회한이라면, 과거를 알게 된 류건 씨의 남은 삶이 과연 행복할 수 있을지 염려하지 않을 수 없습니다."

랭이 덧붙였다.

"그 과거가 회한 정도가 아니라 인류를 망가뜨리는 데 기여했다는 사실로까지 확장되면, 이건 제가 생각해도 너무 감당하기 어려운 무게예요."

진이 말했다.

"그나마 다행스러운 건, 은 박사님께서 업로딩한 류건 씨의 의식은 업로딩된 게 없다는 사실입니다. 우리가 류건 씨에게 과거를 알려줄 방법은 영상 자료밖에 없는데, 이건 은수 씨도 겪으셨다시피 본인의 통각으로까지 받아들여지진 않습니다. 그러니 지금 은수 씨와 같은 고민에 빠질 수 있죠. 하지만 은수 씨와는 조금 다른 게, 류건 씨의 과거는 고통으로 점철되어 있습니다. 체감적인 고통은 없어도 죄책감은 느낄 수 있어요. 류건 씨의 성정으로 미루어 남은 평생을 그 죄책감 속에서 살아갈 수도 있습니다. 그래도 과거를 알려주는 게 옳을까요?"

수는 잠시 머리가 멍해지는 느낌이었다. 자신의 감정을 돌이켜 보았지만 차라리 몰랐던 게 나았다고 말할 수 있을지 알 수 없었다. 하지만 진의 말처럼 자신과 건의 과거는 판이하게 달랐다. 그런 기억이라면 차라리 모르는 게 나을지도 모른다는 생각이 직감적으로 들었지만, 나였어도 그러길 바랐을까, 의문은 다시 원점으로 돌아왔다. 진이 덧붙였다.

"어쨌든 최종적으로는 본인이 선택할 문제지만, 서로신 일단 이런 방법이 있다고 알리는 것 자체를 미뤄두고 싶은 마음입니다."

수도 결국 그 말에 동감할 수밖에 없었다. 미룰 수만 있다면 언제까지고 미뤄두고 싶다는 생각이 들었다. 미루고 미루면서 천억 번쯤 고민하다 보면 좋은 답이 나오지 않을까. 얼마간 생각에 잠겨 있던 수가 물었다.

"그럼 오빠는 저와 함께 지냈던 십 년 내내 그 사실을 모두 기억 속에 품고 살았던 건가요?"

진이 고개를 가로저었다.

"아니요, 그건 아닙니다. 그랬다면 바이러스 백신도 기억했을 거예요. 당시의 업로딩 기술이 불완전했던 요인도 있겠지만, 사람이 너무 심한 고통을 겪으면 때로 그 기억 자체를 스스로 지워 버리는 경우도 있습니다. 그래서 기억은 없고, 다만 그때의 감정들이 이곳저곳에 남아 류건 씨의 마음을 항상 슬픔 속에 머물게 하는 거죠. 모듈에서 형성된 류건 씨의 자아는, 자신의 인생에서 단 한 번도 행복했던 적이 없다고 믿고 있어요. 그뿐만 아니라 정의도 신념도 그 무엇도 아무 의미 없다고 생각합니다. 그저 눈앞에 보이는 무언가에 반응하며 하루하루를 살아가는 식이에요."

랭이 황급히 진의 말을 보강했다.

"어, 그런데 은수 씨와 지냈던 십 년은 오히려 류건 씨의 삶에서 가장 행복했던 때라고 해도 과언이 아닙니다. 그런 기억의 증거를 여러 군데서 발견할 수 있습니다."

수는 문득 울컥한 기분을 느꼈지만 재빠르게 억눌렀다.

"지금은 그때를 전혀 기억 못 하는 거죠?"

이미 답을 아는 질문이었지만 다시 묻지 않을 수 없었다. 진이 대답했다.

"은수 씨에 관한 기억도 강렬하긴 했던지 신경회로 컨트롤러를 뚫고 나왔습니다. 하지만 누군지는 몰라요. 분명히 아는 사람인데 어떻게 아는지 고민하는 단계입니다. 다시 말해서 어떻게 안다고 그럴듯하게 상황을 꾸미면 그대로 믿고 말 입장이에요."

수가 다시 물었다.

"그러면 이제 앞으로도 영원히 기억할 수 없는 건가요?"

"기억을 들려준다고 해도 감정을 체감할 순 없겠죠. 지금 당장 류건 씨에게 가서 은수 씨가 당신에게 어떤 존재였다고 말해주어도, 머리로는 이해할지 몰라도 감정을 느낄 수는 없을 거예요."

수가 손바닥으로 이마를 가리고 고개를 숙였다. 한동안 침묵이 흘렀다. 어느 정도 마음을 진정시킨 수가 물었다.

"그때의 기억만 복원할 순 없나요?"

진이 수를 가만히 바라보다가 랭을 쳐다보았다. 랭이 말했다.

"현재는 신경회로 컨트롤러를 제거해놓은 상태인데요, 제거한 순간부터 현실 인식이 되기는 하지만 모듈에서의 기억은 그대로 남아 있습니다. 말하자면 그게 그냥 과거의 기억이 되는 거예요. 그러나 이제 류건 씨도 그게 가짜라는 걸 인지하고 있으니까 만에 하나 은수 씨의 업로딩 의식을 류건 씨에게 보여주었을 때, 그 기억이 집약적으로 되살아나면 류건 씨의 신경회로가 스스로 복원할 가능성이 있긴 합니다. 아주 희박한 확률이지만 은수 씨도 이미 류건 씨를 스스로 복원해냈고, 류건 씨도 컨트롤러가 있을 때부터 은수 씨의 존재를 인지하고 있었으니까 모르는 일이라고 생각해요."

수의 표정이 조금 달라졌다.

"그러니까 해보지 않고는 모르는 거네요?"

하지만 랭의 표정은 달라지지 않았다.

"그런데 은수 씨의 업로딩 속엔 대항군 지휘관에 관한 이야기가 담겨 있어요. 류건 씨의 기억이 복원되었을 때 그것만 쏙 빼고 돌아오면 더할 나위 없이 좋겠지만, 그럴 리가 없겠죠. 정말 모든 운이 다 따라줘서 스스로 그 시절의 기억을 지운 것처럼 이번에도 그것만 복원하지 않을 수도 있겠지만, 문제는 그렇게 되지 않았을 때이니까요."

진이 덧붙였다.

"그 기억만 빼고 살아나도 문제의 여지는 있습니다. 은수 씨의 업로딩을 통해서 제가 본 류건 씨는 은수 씨와의 시간을 행복하게 느끼기도 했지만, 업로딩된 자신의 정체에 관해 끝없이 회의했던 것으로 기억합니다. 이번에도 그러지 말라는 법이 없죠. 그러니 그건 잊고 행복한 시간만 기억하라고 한다면 순순히 받아들일까요?"

수가 허공 어느 한 지점을 초점 없이 바라보았다. 공기 중에 둥실 떠오른 생각의 웅덩이 속에 잠긴 듯 한동안 또 침묵이 흘렀다. 진이 먼저 침묵을 깨고 뜻밖의 의견을 내놓았다.

"저는 이럴 수도 있다고 봅니다. 은수 씨와의 기억이 행복했다면, 나머지는 감수할 가치가 있다고 생각할 수 있어요. 허허벌판에 혼자 서서 바라보는 세상의 끝과 누군가와 함께 바라보는 풍경은 분명히 다릅니다. 고통의 감도도 마찬가지고요. 이 모든 결정은 어쨌든 언제가 되었든 류건 씨 스스로 해야 할 문제지만, 거기엔 은수 씨의 역할이 아주 크게 작용할 거라고 봅니다."

또 얼마간의 침묵이 흘렀고 랭의 작은 한숨이 그 사이로 흘렀다.

"류건 씨가 한다고 해도 문제네. 구시대처럼 건빵 바지 입고 싸울 수도 없고, 어느 천년에 강화 슈트를 익혀서 나가냐."

진이 랭을 물끄러미 바라보더니 말했다.

"류건 씨는 이미 강화 슈트 훈련을 받고 있어."

랭이 이잉? 하고 놀라면서 물었다.

"뭐지?"

"내가 하라고 한 건 아니고, 류건 씨가 스스로 한다고 고집을 부려서 어쩔 수 없었어. 지금도 아마 군사동에서 훈련 중일걸."

"왜지? 강화 슈트가 꼭 마음에 들었나?"

"왜냐하면, 류건 씨도 대학살 현장을 목격했기 때문이지. 과거의 자신은 잊어도 유전자에 새겨진 정의감은 사라지지 않아서, 그곳으로 되돌아가 그것들을 쳐부수어야 한다고 생각하는 모양이던데. 이를 악물고 열심히 훈련해서 지금은 벌써 군사동 사람을 능가한대."

"다른 의문점도 없고 그냥 그 생각에만 꽂힌 거야?"

진이 고개를 끄덕이자 랭이 중얼거렸다.

"믿기 어려울 정도로 단순하네."

"덕분에 정탄 씨도 덩달아서 같이 훈련을 받고 있지."

랭이 이번에도 이잉? 하는 소리를 내고는 물었다.

"도대체 왜지?"

진도 알 수 없다는 듯 눈썹을 치켜세우며 입술을 삐죽 내보였다.

"아는 형이 그걸 하니까, 그냥 따라서?"

랭이 어이없다는 듯 수를 돌아보며 말했다.

"우리도 좀 그렇게 단순하게 살아봤으면 좋겠다고 생각할 때 없어요?"

슬퍼하다 웃으면 안 될 것 같았지만 그래도 수는 웃었다. 울면서 웃은 적도 많으니 어쩔 수 없었다. 진이 랭에게 말했다.

"게릴라전을 감행해서 목걸이를 찾아내도 남는 숙제는 있어. 노박이 우리를 동맹 연합군의 잔재라고 인식해주면 가장 좋겠지만 만약 그렇지 않으면 머지않아 전면전으로 확대될 수 있으니까."

랭이 대꾸했다.

"새삼스럽다고 생각하지 않아. 대장도 조금 전에 언젠가는 맞닥뜨려야 할 일이었다고 말했잖아."

진이 고개를 끄덕였다.

"그래. 다만 그렇게 되면 우리 공동체와 저 도시 둘 중의 하나는 끝을 봐야 한다는 게 아쉬울 뿐이야. 두 세계가 병존할 수 없다는 게 너무 안타까워."

랭이 물끄러미 진을 바라보다가 말했다.

"대장, 그건 너무 이상적인 생각이야. 나는 지도자가 그렇게 이상만 쫓아서는 안 된다고 생각해."

진이 빙그레 웃으며 대답했다.

"조언 고맙구먼."

그러고는 수를 보며 말했다.

"그래서 아직은 은수 씨가 류건 씨를 오빠라고 알은체해서는 안 될 것 같습니다. 은수 씨가 누구라고 설명할지는 좀 생각해보죠. 그리고 말이 나온 김에 정탄 씨 말인데요. 아까 제가 과거의 의식이 어느 한 곳에 집약적으로 몰리면 신경회로 컨트롤러가 통제하지 못할 수도 있다고 말씀드렸잖아요? 그 현상이 정탄 씨에게도 나타났고, 정탄 씨에게는 그 대상이 은수 씨였습니다. 은수 씨를 잊지 않으려고 직업까지 정신과 의사로 매핑되었을 정도니까 단순한 호기심이라고 할 수 없어요."

수가 일순 표정이 일그러지며 저도 모르게 뒤로 몸을 뺐다.

"제가요? 왜요?"

"정탄 씨가 어렸을 때 은수 씨를 보고 한눈에 반해서 오랜 세월 잊지 못했는데, 그게 신경회로를 뚫고 나올 정도면 그냥 일시적인 감정이라고 보기 어렵습니다. 실제로 은수 씨의 부상이 열여섯 군데가 부러지고 찢긴 정도로 끝날 수 있었던 건, 그 충격을 전부 정탄 씨가 몸으로 막았기 때문입니다. 어떤 감정이 사람을 그렇게 행동하게 할 수 있을까요?"

그게 뭔지 너도 좀 생각해보라는 듯 삼시 수의 눈을 바라보던 진이 말을 이었다.

"사실 정탄 씨가 아니었다면 우리도 은수 씨를 구해낼 수 있었을지 알 수 없어요. 현장에서 뇌사해버리면 우리도 손쓸 방도가 없거든요. 그래서 우리 공동체도 정탄 씨에게 대단히 감사해야 할 처지입니다. 실제로도 정탄 씨를 살려내기 위해서 어마어마하게 심혈을 기울였고요. 거의 뇌사 직전까지 갔던 터라. 뭐 그래서 정탄 씨의 편을 들겠다는 건 아니고, 그냥 엄연한 사실이 그렇다는 겁니다."

진이 수의 눈치를 살짝 살피곤 다시 말했다.

"이건 전적으로 제 생각인데요, 은수 씨가 정탄 씨를 그렇게 미워할 이유는 없다고 봅니다. 아버지를 도와서 뭔가를 하긴 했어도 알고 한 게 아니니까요. 자기도 목숨이 위태로운 상황에서 누군가를 자신보다 먼저 생각할 수 있다는 건 굉장히 고귀한 감정이라고 저는 생각합니다. 누군가가 그럴 정도로 자신을 좋아해준다는 건 진짜 특별한 경우인데, 안타깝게도 은수 씨가 정탄 씨와 정탄 씨의 아버지를 혼동하고 있는 것 같아서 실례를 무릅쓰고 양해 없이 제 생각을 말씀드렸습니다."

진이 랭을 보고 물었다.

"나랑 생각이 달라?"

랭이 일 초의 망설임도 없이 대답했다.

"아니, 대장 말이 맞아. 그런데 나는 대장이 이렇게 길게 얘기하는 걸 난생처음 보네."

진이 대꾸했다.

"그러니까."

수가 다소 벙찐 표정으로 진과 랭을 번갈아 보았다.

과학의 능력

강화 슈트는 나노 슈트와 외견상으론 큰 차이가 없었다. 다만 강화 슈트는 슈트를 이루는 나노믹스의 기능이 전적으로 전투에 최적화되어 있을 따름이었다. 가령 슈트 어깨에 지정된 문양을 그려 홀로그램을 띄우면, 다양한 의상이 나열되는 대신 다양한 전투 기능이 펼쳐지는 식이었다. 그중엔 섀도처럼 몸을 숨기는 기능도 있어 수는 매우 신기했다. 마치 체험 학습 현장에 나와 있는 기분이었다. 자하비가 말했다.

"처음엔 은수 씨의 전투 취향을 완전히 파악한 게 아니라서 무작위로 기능이 나열될 텐데, 자주 사용하시다 보면 은수 씨가 선호하는 순서대로 추천이 뜰 겁니다."

강화 슈트의 가장 놀라운 기능은 수와 정신 감응이 가능하다는 점이었다. 수가 생각하는 어떤 형상을 슈트가 인지하고 그것을 그대로 실현해서 육체적 한계를 극복하게 해주는 것이었다. 자하비가 지시했다.

"도하!"

자하비의 지시에 따라 수는 과감하게 물속으로 뛰어들었지만 곧 잠기고 말았다. 열 번도 넘게 반복하고 있는데 잘 되지 않았다. 자하비가 말했다.

"하고자 하는 행동을 머릿속에서 아주 구체적으로 그리셔야 합니다. 혹시 이게 될까 그런 의심을 품으면 안 돼요. 그게 슈트와의 감응을 끊습니다. 처음이 어렵지 한번 감을 잡으면 그다음부터는 그게 어떤 느낌인지 아니까 문제없을 거예요. 자, 다시 준비."

수가 다시 물가에 섰다. 자하비의 설명을 머릿속으로 재차 되새긴 다음, 심호흡하고 다시 한 번 힘차게 발을 내디뎠다. 발을 물에 담그자마자 이번에도 발목까지 잠기는가 싶더니, 이내 뭔가가 발바닥을 지지해주는 느낌이 들었다. 그러면서 다른 쪽 발을 내딛는 게 가능해졌다. 그 짧은 순간 어떤 확신이 일면서 수는 마치 늪지 위를 뛰는 것처럼 저벅저벅 뜀을 뛰다가, 이윽고 수면 위로 발이 가볍게 뜨는 느낌을 받았다.

그러더니 정말 뛰면서도 믿기지 않을 만큼 가볍게, 흡사 날기라도 하는 것처럼 부드럽게 수면 위를 달려 나갔다. 속도도 점점 붙어 순식간에 맞은편 강변에 도달했다. 수의 눈빛이 성취감으로 번들거렸다. 자하비의 말처럼 감이 잡혔다. 시키지도 않았는데 수는 다시 물 위를 달려 자하비에게로 되돌아왔다. 신기하게도 그렇게 바람처럼 달려 백 미터가 넘는 거리를 왕복 주파했는데, 숨이 하나도 차지 않았다. 온몸에서 아드레날린이 용솟음치는 게 느껴질 정도였다. 자하비가 말했다.

"은수 씨는 진짜 운동 신경이 탁월하네요. 보통 백 번은 해야 간신히 감을 잡는데, 와." 그러고는 옆을 가리키며 말했다. "정탄 씨는 이걸 오백 번도 넘게 했어요."

옆에 서 있던 탄이 쿨럭, 하고 기침했다. 수가 탄을 돌아보고 다시 물 위를 바라보았다. 한 번 더 해보고 싶다는 욕망이 치솟았다.

"감이 왔을 때 확실하게 잡아야죠."라는 자하비의 말에 수는 또 내달렸다.

이번에는 수면 위를 달려 건너편에 도착한 뒤, 서지 않고 그대로 나무 위로 뛰어올랐다. 거대한 나무 기둥을 발판 삼아 표범처럼 뛰어오르더니 체조 선수처럼 몸을 날려 허공으로 뻗은 나뭇가지를 잡고 다시 몸을 튕겨 올렸다. 두 팔을 옆구리에 붙이고 온몸을 쭉 뻗어 날렸다. 길고 가는 수의 몸이 짧은 머리카락을 흩날리며 하늘로 솟구쳤다. 수의 머리 위로 햇살이 부서져 내렸다.

강 건너에서 구경하던 사람들의 입에서 함성이 터져 나왔다. 몇몇은 손뼉까지 치며 환호했다. 탄은 마치 자기가 날아오르기라도 한 양 환하게 웃으며 하늘로 솟구친 수에게서 눈을 떼지 못했다. 수의 모습이 한 폭의 그림 같다고 탄은 생각했다.

솟구쳤던 수는 이윽고 다른 가지를 잡아 다시 몸을 튕기고 뛰어올라 나뭇잎 위로 떨어져 내렸고, 미끄러지듯 그 위를 굴러

내려오더니 재차 도움닫기를 시도해 다른 가지로 옮겨 탔다. 오르고 구르고 달리고 그 어떤 장애물도 장애가 되지 않는 파쿠르의 달인처럼 온 사방을 헤집고 다니다가 물 위를 뛰어 다시 건너왔다.

군사동 교관들과 탄과 건과 진과 랭과 파로까지 경이로움을 금치 못했다. 자하비가 말했다.

"류건 씨보다도 나은데요?"

건이 조용하게 반박했다.

"에이, 그건 아니지."

수가 환하게 웃으며 자기도 어떻게 그럴 수 있었는지 모르겠다며 어리둥절해했다. 건이 반발했다.

"어리둥절해하면서 은근히 교관의 말을 인정하지 맙시다."

랭이 뿌듯하다는 듯 말했다.

"과학의 능력입니다. 지금은 자신을 믿기만 하면, 생각만으로도 힘을 지배할 수 있는 시대니까요. 구시대처럼 타고난 물리적 강점만으로 힘의 우위를 논하는 건, 이제 바보들이나 하는 짓입니다. 과학은 신체적으로 약자에 속한 사람들의 제약을 이미 오래전부터 해방해오고 있었으니까요."

진도 뿌듯함을 느꼈는지 거들었다.

"지혜가 육체의 힘을 지배한다는 걸 눈으로 확인할 수 있는 시대가 된 겁니다. 고대로부터 물리적인 힘은 언제나 지혜로부터 열등감을 느껴왔습니다. 그래서 지혜의 존재를 부정하기 일쑤였는데, 그런 억압적 부정이 계속해서 이어질 수는 없는 법이니까요. 언제나 그래왔듯 부정의한 것들은 역사 속에서 퇴보하기 마련입니다."

파로가 두 눈을 끔벅이며 중얼거렸다.

"두 대장이 오늘 굉장히 흥분하셨네요?"

탄이 말했다.

"은수 효과라고 불러도 무리가 없을 것 같지 않습니까? 은수 씨의 행동 하나로 사람들의 분위기가 완전히 격앙되지 않았습니까?"

파로가 중얼거렸다.

"그건 좀⋯⋯."

그러나 탄은 파로에게 눈길도 주지 않았다.

어쨌거나 강화 슈트의 정신 감응 기능은 확실히 경이로운 성능이었다. 심지어 한번 익힌 동작은 저절로 기억해내기까지 했다. 익숙해지자 나중에는 시청각 훈련으로 먼저 자신이 그렇게 움직이는 형상을 이미지화하고 기억하는 것만으로도 슈트가 자동 반응했다. 사람은 스스로 믿기만 하면 될 뿐이었다. 급기야 격하게 구르고 오르면서도 대화를 나눌 수 있는 경지에 이르렀다. 수는 매번 경험하면서도 매번 신기했다.

그것으로 이번 작전에 수가 참여하느냐 마느냐의 논쟁은 일축되었다. 설상가상으로 이튿날 벌어진 전투 시뮬레이션에서 수가 속한 팀이 오 대 영의 스코어로 이기는 바람에 오히려 가야 한다는 쪽으로 의견이 기울었다. 결국 수가 자신도 작전에 참여하겠다고 부렸던 고집이 억지가 아니었음을 스스로 증명해 보인 셈이었다. 랭이 감격스러운 얼굴로 말했다.

"역시 우리 할머니 수제자답습니다."

그러면서 수가 모조 사회에서 지녔던 원형 목걸이와 아주 비슷한 형태의 펜던트를 강화 슈트에 끼워주었다. 그러고 보니 슈트 가슴께에 그런 것을 끼울 수 있는 조그마한 공간이 있었다.

"아직 업로딩도 하지 않았는데 조금 이른 듯싶지만, 그래도 은수 씨의 몸이 많은 걸 기억하고 있는 거로 봐서 미리 드리는 게 나을 것 같습니다. 혹시 모르니까요. 은수 씨를 위해서 우리가 제작한 겁니다. 모조 사회에서 썼던 컴퓨터보다 월등히 우수합니다. 비교 자체가 모욕일 만큼." 랭이 빙그레 웃으며 말을 이었다. "솔직히 은수 씨가 이 컴퓨터의 전 기능을 완전히 사용하는 상상만으로도 가슴이 벅차네요."

수도 가슴에 한 손을 얹고 잠시 눈을 감았다가 떴다. 모든 게 잘되리라는 확신이 들었다.

푸른 바다 표면 위로 끝이 하얀 파란색 시멘트를 한 삽씩, 두껍게 떼어 발라놓은 듯한 파도를 뚫고 유리알 같은 빛의 무리가 뛰어올랐다. 무리는 허물처럼 따라 오르던 물길을 모두 벗어버리고 빛도 털어냈다. 탄두처럼 생긴 작고 검고 매끈한 유선형의 형체가 드러났다. 형체들은 속도를 늦추지 않고 한 차례 더 도약하여 창공으로 치솟았고, 이내 화살촉 같은 선을 그리며 뾰족하게 편대를 갖추었다. 그 대열의 선두에 노박이 있었다.

열세 대의 비행체 가운데 유인 비행체는 노박의 멀티 크래프트가 유일했다. 본래는 열두 대로 구성된 무인 탐사 팀이었다. 팀은 매일 삼 개조로 편대를 나누어 탐사에 나섰는데 목적은 간단했다. 사람이 살 수 있는 대륙을 찾는 것, 혹은 식민 구역으로 쓸 만한 지하 또는 해양 지각을 찾아내는 것이었다.

위성에서 전파를 쏘아 탐사하는 일도 물론 병행했지만 아무래도 가까운 곳까지 다가가 살피는 것만큼 정확할 수는 없었고, 생화학으로 오염된 대지까지 파악하기란 쉽지 않았다. 그런데 언제부터인가 무인 탐사 무리에 가끔 노박이 합류하는 것이었다. 그러면서 목적도 달라졌다.

개인이 지휘할 수 있는 탐사 편대가 아니었으나 노박은 개인이 아니었다. 모조 도시 권력의 한 축이었다. 그는 현직 시의원이자 평의회 의원 후보자였다. 만약 모조라는 인물이 이 세계에 존재하지 않았다면, 지금쯤 총수를 맡고 있을지도 모를 인물이었다. 그렇다는 사실을 누구보다 노박이 잘 알았다.

모조 사회는 국가보다는 거대 기업의 형태와 더 비슷했다. 어차피 국가라고 부를 만한 곳이 그들 입장에서는 지구상에 하나밖에 남지 않았고, 해서 별다른 국호도 없었다. 그러나 도시 국가로서의 연호는 필요했으므로 총수의 이름을 따 연호를 매겼다. 그게 전통이었다.

바로 그런 연유로, 모조 사회가 아니라 노박 사회가 되어야 한다고 믿는 이들이 여전히 존재했다. 모조는 이해했다. 반도半島가 도시 문명국가로 성장하는 과정에서 그들이 말하는 순혈 계통이 아닌 자가 총수에 앉은 것은 모조가 처음이었으니, 그럴 만했다.

노박은 반도에 도시 문명이 시작되기 이전부터 귀족이었던 가문의 혈통이었다. 지배 계급이 아니었던 적이 없었으므로 지배 계급이 아닌 것을 상상해본 적도 없는 가문의 후손이었다. 이제까지 지속해왔던 도시 연호에 순혈이 아닌 자의 이름이 채워진다는 것을 노박과 노박의 무리는 도저히 받아들일 수 없었다. 그들에게 그것은 잃어버린 세월, 지워버리고 싶은 암흑 시기나 다름없었다.

그러나 그들의 윗세대는 그들의 부정을 부정했다. 모조의 등장과 더불어 그들의 무능함이 빛을 발했고 음영 또한 극명해졌기 때문이다. 평의회는 혈통이 아니라 도시를 위해 모조를 선택할 수밖에 없었다.

모두의 선택이 아니라 다수결에 의한 결정이기는 했어도, 모조를 인정하는 이들에겐 모조가 미래였고 모조에겐 그럴 만한 능력이 있었다. 심지어 모조를 반대하는 의원들까지도 그 사실만은 인정했다. 모조의 능력을 모르는 것은 오로지 그들의 자식 세대뿐이었다. 자식들은 차세대를 바라보고 있음에도 미래보다 과거에 더 속박되어 있었다.

노박과 노박의 패거리들이 느낄 수치심을 모조도 모르는 바는 아니었다. 그러나 안다고 해서 우스운 것이 우스워지지 않는 것도 아니었다. 그들이 말하는 순혈은 멍청했고 모조는 그런 그들이 우스웠다. 선조가 이룬 문명을 그들은 지켜낼 수 없었다. 그들이 가진 것이라곤 오만함이 전부였다.

그런데 그 오만함의 우두머리 격인 노박이 어느 날 갑자기 직접 탐사에 나서기 시작했다. 규정 위반이라고는 해도 그런 일까지 모조가 일일이 간섭할 수는 없었다. 모조가 간섭하지 않는 이상 노박을 간섭할 수 있는 사람은 없었다. 아버지가 있었으나 아버지는 간섭하지 않았다. 평의회 의장은 자기 아들이 뭘 하고 다니는지도 몰랐다.

노박의 행동이 무슨 의도에서 비롯된 건지 모조는 알 수 없었다. 공식적인 보고 자료로는 의도를 파악할 수 없었다. 물론 아무의도 없이 시작한 행위일 수도 있었다. 노박은 대체로 맹목적이었고, 어떤 계획이나 생각을 깊이 하고 움직이는 부류가 아니었다. 그럼에도 아직 제거되지 않은 소멸 바이러스로부터의 안전이 확보되지 않은 상태에서, 바로 그런 이유로 탐사는 무인 크래프트가 전담하고 있는 상황에서 노박이 직접 현장에 나가려는 데는 의심을 품지 않을 수 없었다. 그 의도가 무엇인지, 단지 충동적인 무분별에서 비롯된 행동일 따름인지 모조는 궁금했다.

노박의 삼각 편대가 성층권까지 치솟았다 하강했다. 노박의 멀티 크래프트는 좌우측으로 무인 크래프트를 여섯 대씩 달고 유연하게 비행을 선도했다. 대류권에 접어들면 산맥과 지표면에 맞닿을 듯 날았고 대양이 펼쳐지면 곧바로 잠수 모드를 선택했다. 심해로 파고들어 해저까지 싹 훑었다. 물론 노박이 직접 조종하는 것은 아니었다. 노박은 의지만 표현할 뿐 실질적인 조종은 멀티 크래프트의 몫이었다.

처음에는 산책한다는 기분으로 탐사에 나섰다. 만사 일이 안

풀리니 답답해서 날았고 날다 보니 좋았다. 그런데 그 과정을 수차례 반복하다 보니 몇 가지 의문점이 생겼다. 자신의 도시를 제외한 지구의 모든 지역이 오염되었다고 탐사 팀은 끊임없이 보고했지만, 이 넓은 뭍과 물에 인간이 살 수 있는 공간이 그토록 없다는 게 잘 믿기지 않았다.

심지어 바이러스에 의한 돌연변이 종이라고는 해도, 거대한 숲이 형성된 지역도 광활하게 분포되어 있었다. 그런데도 바이러스의 위험이 남아 인간의 접근이 허용되지 않는다니, 직접 보니 더욱 실감 나지 않았다. 몇몇 대륙은 너무나도 울창해서 대지가 보이지 않을 정도였다. 그 속에 뭐가 있을지 알 수 없다고 노박은 생각했다. 단지 거대 수목이 존재한다는 이유만으로 그곳이 바이러스 지대라고 단정해버리는 걸, 노박은 쉽게 수긍할 수 없었다.

물론 그런 의문을 노박이 처음 가진 것은 아니었다. 당연히 채취가 이루어지지 않았을 리 없었다. 그러나 그곳에서 발견한 돌, 물, 풀, 흙, 나무와 공기와 몇 가지 비정상적인 형태의 생명체들을 검사해본 결과, 아직도 인간에게는 치명적인 바이러스가 잔존했다. 오랜 기간 꾸준히 탐사를 지속했으나 인간이 살 수 있는 땅의 발견은 여전히 요원했다. 지표는 고사하고 협소하게나마 지하 세계 네 곳에 식민 터전을 마련한 것만으로도 다행이라고 생각해야할 상황이었다.

그러니 도시가 성장하던 초창기 시절, 반도에서 대륙으로 추방당한 분리주의 세력들이 모두 죽었다고 믿는 것도 당연한 일이었다. 모든 시민이 그렇다고 배웠고, 내리 믿었고, 아무도 의심하지 않았다. 노박도 한때는 그렇다고 믿었다. 정확히 말하자면 믿었다기보다 그들의 생존 따위엔 관심조차 없었다. 그러나 당연히 되어야 했을 총수에서 밀려난 뒤, 오랫동안 야인으로 이도저도 아닌 생활을 하다 보니 그들의 행적에 의문이 생겼다.

처음부터 그런 생각이 들었던 것은 아니었다. 술 먹고 행패를 부리고 다니기에도 바쁜 나날이었다. 그러던 어느 날 자신이 운영하는 브이아이피 클럽에서, 술을 마시다 잠시 자리를 비운 사이 누군가 그의 술잔 아래 놓고 간 메모를 발견했다. 쪽지에는 모조가 분리주의 세력의 후손이라는 글이 쓰여 있었다.

모조라면 그 이름의 활자만 봐도 여전히 치가 떨리던 시기였다. '모'로 시작하는 단어는 그게 뭐든 죄다 갈아 마셔버리겠다고, 그 오랫동안 지치지도 않고 꾸준히 증오해오던 때였다. 게다가 분리주의라는 단어의 뜻도 퍼뜩 떠오르지 않았다. 성질이 꼭지를 따고 분출되었고, 분을 주체하지 못해 버럭 소리를 지르곤 종이를 구겨 버렸는데, 얼마 지나지 않아 다시 쪽지를 집어 들었다.

분리주의의 정체가 떠올랐던 것이다. 그들은 오래전 성장 가도에 있던 도시에 혼란과 분란을 조장했던 불순 세력이었다. 노박의 선조가 그들을 진압했고 반도에서 몰아냈다. 그것을 자랑으로 여기던 식솔들이 그 얘기를 신나게 자신에게 했던 기억이 떠올랐다.

노박은 황급히 매니저를 불러 보안 네트워크를 확인했다. 그런데 전방위로 기록된 입체 홀로그램 영상에 이해할 수 없는 장면이 담겨 있었다. 아무것도 없던 노박의 술잔 아래 갑자기 마술처

럼 쪽지가 나타난 것이다. 삼백육십 도 어느 곳으로 돌려봐도 쪽
지가 등장하게 된 경로가 기록되어 있지 않았다.

잠시 후 네트워크 엔지니어까지 불려 왔고 삼 초가량의 시간
이 삭제된 것 같다는 보고를 받았다. 하지만 그것을 삭제할 수 있
는 사람은 없었다. 만약 삭제가 가능하다고 해도, 전방위 각도 모
든 뷰를 동시에 같은 시간만큼 잘라내지 못한다면 지금처럼 깨끗
한 삼차원 홀로그램을 완성할 수 없었다. 그러나 모든 각도의 뷰
를 같은 타이밍에 삭제한다는 건 불가능한 일이었다. 결국 시스
템 오류로, 삭제가 아니라 기록되지 않은 것으로 결론이 났다. 매
니저와 엔지니어는 그날로 해고되었다.

모조가 분리주의 세력의 후손일 수도 있다는 가설은 노박에게
굉장히 새로운 관점의 자극을 주었다. 분리주의 불순분자들은 남
김없이 추방당했고, 그들을 추방한 이들이 노박의 선조였으므로
그 사실은 믿어 의심치 않았다. 그러나 추방당한 분리주의 세력
이 흔적조차 없이 소멸했다고 기록한 역사는 자못 의심스러웠다.

시민들은 그들이 가혹한 환경을 이겨낼 수 없었으리라 추측
했지만 그 또한 맹목적인 믿음일 수 있었다. 그런 환경에서 살
아남기 어려운 건 사실이었으나, 그래도 살아남은 자들이 존재
했다. 지금 이 도시에서 살고 있는 이들의 선조가 바로 그런 사
람들이 아닌가. 그들이 노박과 노박의 시민들을 존재할 수 있게
한 것이다.

결국 노박은 이 넓은 대륙 저 울창한 숲속에 사람이 살 수 없다

는 건 참으로 이상한 일이라고 생각하는 데서, 이상하지 않아도 이상해야 한다고 믿는 지경으로 서서히 치달았다. 분리주의 세력의 잔당들이 바퀴벌레처럼 생존하고 있을 거라는 믿음이 점점 더 강고해졌고, 그것은 오래지 않아 하나의 신념으로 바뀌었다. 그들을 발견하는 것만이 자신의 현실을 타개할 수 있는 유일한 해법이었기 때문이다.

그 잔당들을 찾아내서 모조가 그들의 후손임을 폭로하는 것만큼 강력한 한 방은 없었다. 설혹 모조와의 연관성이 없다고 해도, 찾아내기만 한다면 모조를 거기 엮어 붙이는 것쯤은 일도 아니었다. 어차피 모조 따위의 혈통은 잡종이나 다름없었다. 개나 소나 명문가를 부르짖는데 모조 가문은 그냥 기술자 나부랭이들이었다. 어느 쪽에 붙이건 매한가지였다. 그러면 모든 판을 뒤집을 수 있었고 모든 것을 원점으로 되돌릴 수 있었다.

아무 목적 없이 시작한 탐사에서 어느 날 문득 그런 생각에까지 이르렀을 때, 노박은 자신의 천재성에 스스로 감탄했다. 똑똑하다는 놈들은 하나같이 말만 많지 행동이라곤 손가락이나 빨고 앉아 있는 게 전부였는데, 머저리들 사이에서 그런 근사한 전략을 떠올린 자신이 더없이 미쁘게 느껴졌다.

이토록 명석한 자신을 어떻게 그렇게 하나같이 몰라볼 수 있는지 노박은 도무지 이해가 되지 않았다. 반드시 본래의 자리로 되돌아가 모두에게 그 사실을 일깨워주리라 마음먹었다. 더불어 그 오랜 세월 용케도 쥐새끼처럼 숨어 지낸 잡종들도 모조리 색출해 남김없이 몰살해버릴 작정이었다. 그런 반동분자들을 추방 같은 미온적 방법으로 처리하는 바람에 결국 자신의 처지가 이 지경에 이르렀다고 생각하니 울분을 참을 수 없었다.

증조부도, 조부도, 아버지까지 이놈의 부계는 근엄한 척만 할 줄 알았지, 일 처리가 매사 투미했다. 그 결과 자기가 이런 수모를 당하는 거라고 노박은 생각했다. 그런 치명적인 유전자 결함은 이제 자기 대에서 끊을 생각이었다. 더 이상의 자비는 없다. 잡종 처리는 멸살만이 정답이었다. 거기에는 물론 모조도 포함되어 있었다. 당연히 모조가 일 순위였다.

노박은 드넓은 창공을 날아다니며 그런 생각이나 하고 있으려니 또 울화가 치밀었지만 억눌렀다. 어차피 집어 던질 술잔이나 술병이 있는 것도 아니었다. 멀티 크래프트가 대륙과 산맥을 지나 이 대양으로 접어들 무렵, 통신 홀로그램의 신호가 점멸했다. 잠시 후 연결을 원하는 상대의 입체 영상과 인적사항이 표기되었다. 장고였다.

장고는 노박의 수하 중에 가장 뛰어난 참모였다. 대대로 노박의 가문을 보좌해온 가문의 후손이기도 했다. 더불어 인류 재건 플랜B의 존재를 노박에게 최초로 보고하고 그것을 현대화하는 작업의 모든 것을 기획한 인물이었다. 통신 연결을 허가하자 조종석 우측 데스크 위에 장고의 홀로그램이 생성되었다. 절도 있게 고개 숙여 인사를 마친 장고가 말했다.

"아직 외부에 계십니까?"

"이제 막 이 대양으로 접어들었어."

"아, 그러면 귀환하시는 길에 잠시 알파 구역에 들르시겠습니까?"

"왜?"

"제가 지금 복구 작업 중인데요. 그게……," 장고가 말을 하다 말고 손가락으로 눈썹 부근을 두어 차례 훑었다. "사고가 잘 마무리되고 있다고는 해도 아무래도 한 번쯤은 와보시는 게 좋을 것 같아서요."

눈썹 부위를 훑는 것은 장고의 습관이었다. 통신보안이 확보되지 않으면 말을 할 수 없다는 제스처라는 걸, 노박은 알고 있었다. 직접 만나서 보고를 듣는 수밖에 없었다.

"알았어. 어디로 가?"

"알파 십이 구역으로 오시면 됩니다."

노박은 바로 탐사 프로그램을 수정했다. 귀환 때까지 기다리고 자시고 하는 성미가 못 되었다. 무인 크래프트는 원래대로 열두 대 삼 개조로 편대를 나누어 남은 지역 탐사를 계속하게 하고, 자신만 대열에서 벗어나 귀환 항로로 접어들었다. 동시에 극초음속으로 속도를 전환했다. 멀티 크래프트의 스크램제트 엔진에서 충격파가 생성되었다. 수증기가 응축되어 구름을 이루었다가 분산되었다.

얼마 후 멀티 크래프트가 속도를 줄이자 창 너머로 초고층 빌딩들이 모습을 드러냈다. 반도의 전체를 차지하고 있는 고층 빌딩의 군집은, 높아지며 서서히 그 폭이 줄어들었다. 웅장했다. 마치 대륙의 뼈대가 융기한 것 같았다. 조밀한 쇳가루가 거대한 자석을 따라 겹겹이 솟아오르고 있는 것처럼도 보였다. 그 끝에 장미 한 송이가 피어 있었다.

아직 해가 저물지 않은 때라 빛이 있었음에도 도시 하단부에는 홀로그램의 강물이 흐르고 있었다. 햇빛이 사라지면 더 선명한 모습을 드러내겠지만, 햇빛이 있어도 인공의 빛은 숨을 죽이지 않았다. 각각의 영상들이 점처럼 모여 형형색색 모습을 바꾸어 나가고 있었다. 그 광경을 멀리서 보면 정말 빛의 강이 흐르는 것 같았다.

이 얼마나 아름다운 세상인가, 노박은 생각했다.

그런데 저 아름다운 세상의 지하엔 벌레 같은 인간들이 우글거렸다.

지적 부가가치를 생산하지 못하는 단순 노동자 계급이 한정된 지상 도시에 거주하는 것은 있을 수 없는 일이었다. 그렇지 않아도 좁은 땅덩어리에 그런 인간들까지 같이 살게 할 수는 없었다. 시민 의식이 뒤떨어지는 노동자 계급이 함께 살면 무엇보다 도시가 더러워졌고 범죄율이 높아졌다.

그런 자들에게 지상권을 주는 것 자체가 바로 불공정이었다. 쉼 없는 자기 계발을 통해 인류 발전에 공헌하는 사람과, 한순간이라도 더 놀거나 쉬고 싶어 안달 난 인간들이 어떻게 한 환경에서 같은 대접을 받으며 살 수 있단 말인가.

오래전, 모든 노동은 같은 가치를 지녔다고 주장하던 인간들이 있었다. 얼핏 생각하면 매우 공정한 말처럼 들렸지만 그것은 뱀의 혀 같은 말이었다. 혀만 놀려 정의를 구현하려는 인간들의 전형적인 위선이었다. 무능력한 자와 무기력한 자들을 배려하려는 호의가 몰염치를 몰고 왔고, 그들의 파렴치가 결국 인류를 파멸시켰다.

노동 영역의 대부분을 로봇으로 대체하자 자연히 쓸모없는 인간들도 늘었다. 어느 시점에 이르러서는 그 많은 쓸모없는 인간들이 오롯이 인류의 짐이 되었다. 처치 곤란한 그들을 그래도 선조들은 먹여 살려 주었다. 오히려 노동하지 않고도 먹고살 수 있는 사회를 만들어주었다. 어차피 일을 시켜봐야 로봇의 일 퍼센트도 되지 않는 능률로 말만 많았으므로, 차라리 놀게 하고 소득을 보장해주는 게 더 낫다고 그때의 지도자들은 생각했다.

가난하고 무능한 자들은 놀고, 부유하고 유능한 사람들은 일하는 기이한 현상이 벌어졌다. 하지만 감수했다. 그런데도 놀고먹는 자들은 고마워하기는커녕 도리어 보따리까지 내놓으라며 어처구니없는 행동들을 일삼았다. 자신에게 밥을 주는 사람의 손을 물었다. 손을 물면 더 많은 밥을 줄 거라고 믿었던 모양이었다.

배은망덕도 유분수지.

그래서 무지한 자들에게 베푸는 호의는 독이라고 했다. 고대의 철학자도 이미 그 점에 관해 지적한 바 있었다. 무지한 자들에게 베푸는 민주주의란 곧 패망의 지름길이었다. 그는 스승이자 예언가였다. 역사의 교훈을 새기지 않는 인류는 쇠락할 수밖에 없었다.

노동의 공평한 가치란 이미 거짓으로 판명 난 지 오래였으므로 그들이 새롭게 들고 나온 기치가 바로 공동체의 가치였다. 공동체라니. 인간이 어떻게 그렇게까지 뻔뻔해질 수 있는지 노박은 믿을 수가 없었다. 공동체는 독이었다. 공동체는 개인의 희생을 강요했고, 그 희생의 단물을 빨아 성장했다. 그렇게 맺은 열매가 정작 개인에게는 돌아가지 않았다. 또 다른 형태의 소수가 다 가져갔다. 이 얼마나 얄팍한 속임수인가. 그것은 파렴치한 착취의 변형된 방식일 따름이었다.

올바른 세상이라면 개인의 삶을 가장 우선시해야 했다. 개인의 삶과 시간을 공동체라는 이름으로 착취하지 않아야 했다. 자신의 시간을 관리해서 더 높은 가치를 실현하는 사람이 더 나은 위치에서 존중받는 게 당연한 원칙이었다. 당연한 원칙이 온당히 이루어져야 좋은 사회고 공평한 세상이었다.

이기적이고 무능한 인간들에게 대가 없이 주어진 시간은 결국 자신의 여가 선용이 아니라 분란과 폭동 조장에 더 많이 쓰였다. 시대를 막론하고 변함없었다. 인간의 본질이었다. 그러므로 그들에게 노동은 인권이나 삶의 가치가 아니라 피로를 위해 필요했다. 몸이 무거워야 잡생각을 하지 않는 법이었다.

그토록 무지했던 인류의 단점을 완벽하게 보완하여 새롭게 재건한 문명이 바로 이 도시였다. 그런 곳을 모조라는 근본도 알 수 없는 놈에게 빼앗겨 놀아나고 있는 상황이 노박으로서는 참담하지 않을 수 없었다. 어떻게든 다시금 수복해야만 했다.

도시로 들어온 노박의 크래프트는 반도 해안선 상공에서 정지

모조 사회 2

비행하며 알파 구역의 진입 허가를 기다렸다. 총 네 곳의 식민 구역 중 알파 베타 두 구역이 해안선 아래 지각으로 수직 배치되어 있었다. 그리고 나머지 둘이 베타 구역을 기준 삼아 더 아래로 사선을 그리며 배치되었다.

각 구역은 인구 오천만 주거지로 설계되었는데 이 도시가 현재 안고 있는 가장 큰 문제가 바로 여기에서 비롯되었다. 거주지는 한정되어 있는데 증식하는 인구를 억제할 정책이 없다는 사실이었다. 그런 점만 봐도 무능하기 이를 데 없는 모조 나부랭이를 평의회는 왜 그렇게 지지하는지 노박으로서는 도무지 이해할 수 없었다. 생각 같아서는 내팽개쳐두고 망하는 꼴을 보고 싶었으나 어차피 자신이 다시 회수해야 하는 영토였으므로, 계속 방관하고 있을 수만도 없었다.

구역 진입이 허가되자 물길이 갈렸고 게이트가 열렸다. 멀티 크래프트가 둥근 진입로로 수직 하강했다. 그리고 지하 단층 어느 지점에 이르러서 착륙했다. 멀티 크래프트는 알파 구역 내부로 진입할 수 없었다. 구역에서 허가한 이동 수단만 이용해야 했으므로 환승해야 했다.

각 식민 구역은 저마다의 역힐이 있었디. 그중 땅과 바다가 만나는 지점에 위치한 알파 구역에는 심해에서 채취한 하이드레이트를 동력 가공하는 공장과, 바다에 면한 지하 벽을 뚫고 그 수압차를 이용해 전기를 생산하는 공장과, 그렇게 유입된 바닷물을 식수 정화하는 공장과, 이 공장들이 소모하는 원자재를 생산하는 공장들이 설비되어 있었다.

알파 구역 거주자는 모두 여기에 필요한 노동력으로 소용되었
다. 그나마 기술 설비 노동자들이 하급 노동자 부류 중에서는 비
교적 뛰어난 인재들에 속했는데, 이들은 대개 도시 사회 구성원
으로 능력을 발휘하다가 범죄를 저질러서 강등된 경우들이었다.

노박이 호버 모빌로 갈아타자 모빌이 곧 부상했다. 거친 벽과
노면을 헤치며 달려 나갔다. 인간이 사는 지역이라고는 하지만,
이곳은 개미굴과 별반 다를 바 없었다. 거칠게 파 들어간 땅속 공
간은 최소한으로 정비된 도로와 업무 효율을 위한 여섯 방향 멀
티 트레일, 공장과 허름한 주거 시설을 제외하고는 거친 암벽과
단층면이 그대로 노출되어 있었다.

안전장치 또한 공장 시설을 보호하기 위한 설비일 뿐 인간을
위한 것은 아니었다. 최소한의 비용으로 구역을 유지하기 위해서
였다. 오로지 공장만을 위해 존재하는 공간이었다. 식민 구역에
서 산출되는 자원과 생산물 들은 물을 빼고 모두 지상 도시로 공
급되기 때문에, 이곳에 재투입되어 유통되는 재화는 그야말로 최
소한의 것이었다.

노박의 인상이 잔뜩 찌푸려져 있었다. 올 때마다 그랬다. 증기
와 습기와 곰팡이 냄새와 무엇보다 매연을 참을 수 없었다. 공기
정화 팩을 착용했음에도 그랬다. 노박은 팔짱을 끼고 시종 언짢
은 표정으로 앉아 있었다. 호버 모빌이 곧 십이 구역에 도착했다.
보고를 받은 장고가 현장에서 달려 나와 절도 있게 인사했다.

"오셨습니까."

호버 모빌에서 내린 노박은 아무 대꾸도 하지 않고 한창 복구

중인 지진대를 내려다보았다. 깊게 갈라진 계곡이 번개 자국을 늪혀놓은 것처럼 검게 드리워져 있었다. 굵은 철판이 찢어져 움푹 팬 곳을 물끄러미 내려다보던 노박이 이내 장고를 돌아보며, 왜 굳이 자기를 이곳까지 오게 했느냐는 듯 짜증스러운 목소리로 물었다.

"왜. 뭐."

장고가 주위를 둘러보며 경비대 몇몇에게 손짓으로 무언가를 지시하곤 입을 열었다.

"섀도가 자꾸 기어 내려옵니다."

노박이 반문했다.

"섀도?"

장고가 고개를 끄덕였다.

"걔들이 여길 왜 내려와?"

"그러니까요. 섀도가 내려올 이유가 전혀 없는데 계속 들락거리기에 제가 애들을 풀어서 알아봤는데요. 모조가 플랜B의 상황을 눈치챈 것 같습니다."

"걔가 어떻게?"

"그것까진 아직 모르겠습니다. 저도 처음엔 여기서 강화 골격 머신을 때려 부순 동맹 연합군 잔당들이나 조사하러 내려온 줄 알았는데, 그게 아닌 것 같습니다. 현장이 아닌 곳도 죄 돌아다니는 걸 보면 뭔가를 찾는 눈치인데, 제가 보기엔 그게 우리 장비인 것 같습니다."

노박이 매우 불쾌하다는 표정으로 혀를 쯧 찼다. 장고가 말을 이었다.

"그런데 그 과정에서 아주 기이한 정보를 하나 입수했는데요, 소실되었던 플랜B의 후반부를 모조가 갖고 있다는 내용입니다."

인류 재건 플랜B는 무사 시대에 서류화되어 있던 문서였다. 그 문서는 대대로 무사의 가문을 섬기던 장고 가문에서 보관해왔는데, 해상 도시가 공격을 받았을 때 절반을 소실했다. 장고 가문에는 플랜B의 앞부분만 남아 있었다. 그런데 그 후반부를 모조가 가지고 있다는 말이었다. 노박이 그게 무슨 말도 안 되는 소리냐는 얼굴로 장고를 바라보았다.

"그래서 지금 백방으로 알아보는 중인데, 그 와중에 또 이상한 정보가 하나 더 잡혔습니다."

"야, 한꺼번에 얘기 안 할래? 지금 나한테 패 조이냐?"

장고가 잽싸게 말했다.

"여기가 초확장 현실hyper expansion reality로 통제된다는 거예요."

"초확장? 그냥 기억만 지우는 게 아니라 초확장? 여기가 다? 어떻게?"

"여기는 당연하고 알파뿐만 아니라 식민 구역 전체를 다 초확장 현실로 통제한다는 말인데요, 저 역시 무슨 통제를 어떻게 한다는 건지 잘 이해가 되지 않아서 도시 정보 기록원에 관련 문서 열람을 신청했거든요? 그런데 일급 기밀 취급 인가가 걸려 있었습니다. 이급도 아니고 일급이요. 뭔가 냄새가 나지 않습니까?"

노박이 생각해도 그건 매우 이상한 일이었다. 일급 기밀 취급

인가는 노박도 받지 못했다. 일급 기밀은 총수와 전·현직 평의회 의원만 취급 가능했다. 한 단계 높은 최상급 기밀은 역대 총수만 볼 수 있었으며, 그조차도 봉인 기간이 해제되어야 열람이 가능했다. 장고가 말했다.

"그러니까 이게 의장님 코드나 되어야 볼 수 있는 자료들이라서 상당히 곤란한 상황이지만, 그래도 그에 상응하는 가치가 있을 것 같거든요."

노박이 두 눈을 끔벅거리다가 물었다.

"지금 나보고 아버지 뒤통수를 후려쳐서 기절시킨 다음에 몸뚱이를 질질 끌고 오라는 얘기야?"

기밀 해제 코드는 생체 인식이라 본인 확인이 아니면 불가능했다. 장고가 그건 너의 바람이 아니냐는 눈빛으로 잠시 노박을 쳐다보다가 말했다.

"에이, 설마요. 그건 아니고. 뭔가 협조를 요청하면……."

장고의 말이 끝나기도 전에 노박의 말이 이어졌다.

"그 노인네가 참, 잘도 협조하겠다." 잠시 뭔가를 생각하던 노박이 다시 말했다. "지금 아버지 일호기 바로 손볼 수 있지?"

복구 현장의 붕괴된 암벽 사이에 몸을 숨기고 있던 수가 통신으로 물었다.

"초확장 현실이요?"

랭이 대답했다.

"신경회로 컨트롤러가 만들어내는 모듈의 시스템 아키텍처를 말하는 거예요."

진의 조언에 따라 대원 모두 은신 모드를 해제한 상태였다. 꼭 필요한 상황에서 은신을 오래 유지하려면, 불필요한 상황에선 해제 모드로 충전할 필요가 있었다.

차출된 아홉 명의 유격대원이 알파 구역으로 침투해 현장에 도착한 뒤 몸을 숨긴 곳은, 공교롭게도 노박과 장고가 얘기를 나누는 곳 바로 아래 지반 암벽 틈이었다. 암벽 위에서 은신 모드로 목걸이의 신호를 찾던 파로가 노박을 알아보곤, 재빠르게 밑으로 내려와 음성 증폭 수신 장치를 가동했다. 두 사람의 대화를 모든 대원이 엿듣고 있었는데, 장소를 이동했는지 수신 상태가 멀어졌다. 랭이 암벽에 기대앉은 채 홀로그램 키보드를 두드리며 말했다.

"지금 은수 씨와 류건 씨와 정탄 씨의 글라스에만 모듈 영상을 해킹해서 올릴 예정입니다. 다른 분들은 노박이 뜰 때까지 잠시 숨 좀 돌리고 쉬세요."

랭이 계속해서 키보드를 두들기며 말했다.

"류건 씨 이하 두 분의 글라스로 지금 저 복구 현장에서 식사 중인 사람들의 모듈 영상을 해킹해서 올릴 거예요. 모듈하고 원본 비교 영상이 분할해서 올라갈 거고요, 전체 영상으로 교차해서 보실 수도 있습니다."

랭의 말이 끝나는 것과 동시에 수와 건과 탄의 글라스로 화면이 나타나 분할되더니, 좌측 화면에 현재 세 명이 보고 있는 진흙 구덩이 현장이 그대로 축소되어 보였다. 그곳에선 회색 점프 슈트를 입고 반삭발한 여러 명의 노동자가, 길고 허름한 철판 탁자에 나란히 앉아 죽 같은 것을 퍼먹고 있었다. 식사 시간인 모양이었다. 그릇만 봐도 식생활을 짐작할 수 있었다. 말할 수 없이 낡고 더럽고 녹슨 양철이었다.

믿어지지 않는 것은 그 화면 옆에 뜬 영상이었다. 주황색 옷을 입은 소방대원이 구급차 안에서 도시락을 먹고 있었다. 수가 두 화면을 광각으로 물린 뒤 두 사람의 얼굴을 비교했는데, 같은 사람이었다. 단지 사람만 같았을 뿐 모든 게 다 달랐다. 왼쪽은 말 그대로 무너진 지반의 황폐한 잔해 그대로였고, 오른쪽은 무너진 쇼핑몰 건물이 일부 남은 도시의 한복판이었다. 구급차 뒤편으로 오후 햇살이 부서지는 고층 빌딩들이 보였다. 통신에서 탄의 음성이 들렸다.

"이게 뭐지?"

랭이 말했다.

"자, 이번엔 저기 건너편의 붕괴된 단층 위에서 식사 중인 사람들의 모듈 영상입니다."

그곳에서도 회색 점프 슈트를 입은 사람들이 죽인지 뭔지 분간할 수 없는 음식을 허겁지겁 퍼먹고 있었는데, 그 옆의 영상에선 청바지에 티셔츠를 입은 사람들이 패스트푸드 식당 창가에 앉아 햄버거를 먹으면서 쇼핑몰의 사고 현장을 바라보고 있었다. 역시 같은 사람이었다. 탄의 음성이 또 들렸다.

"말도 안 돼."

랭이 말했다.

"세 분 모두 말도 안 된다고 생각하시겠지만, 보이는 대로입니다. 두 장소는 같은 곳입니다. 왼쪽 영상이 실제 세상의 모습이고, 오른쪽 영상이 초확장 현실로 구현된 모습이에요."

세 사람 모두 아무 말이 없어 랭이 계속 말했다.

"그러니까 왼쪽이 세 분이 살던 진짜 세계고, 오른쪽이 세 분이 살고 있다고 믿었던 세계의 모습인 거예요."

탄이 물었다.

"그럼 저 사람은 진짜 자기가 햄버거를 먹고 있다고 생각한다는 겁니까?"

"햄버거만 먹고 있는 게 아니라 아예 저런 도시에서 살고 있는 거로 알고 있습니다."

랭이 키보드를 몇 번 더 두들기더니 말했다.

"저 사람은 자기가 경영 대학원에 다니는 대학원생이라고 알고 있네요."

탄이 다시 중얼거렸다.

"말도 안 돼."

"이곳에서 세 분이 느끼셨던 일상도 마찬가지입니다. 세 분이 디디던 바닥이 아스팔트건 대리석이건 나무로 된 곳이건, 그건 모두 신경회로 컨트롤러가 조작한 영상이고 왜곡한 감각입니다. 알파 구역 바닥은 실제로 철판과 흙과 진흙 아니면 암석으로 이루어진 맨땅밖에 존재하지 않습니다."

랭은 자신의 설명이 세 사람에게 흡수되기를 잠시 기다렸다.

"여기는 음식도 오로지 저거 하나예요. 최소 영양소로 구성된 시리얼입니다. 이제껏 세 분이 드셨다고 믿었던 갈비니 불고기니 스테이크 같은 건 이 세계에 존재하지도 않습니다. 저 죽을 퍼먹으면서 본인들은 본인들의 음식을 먹고 있다고 믿었을 따름이에요."

이제껏 수는 모듈이 가상현실의 어떤 공간을 말한다고 생각했는데, 이 모든 걸 직접 눈으로 확인하니 보면서도 믿기지가 않았다. 생각했던 것과는 너무 큰 차이가 있었다. 랭이 말했다.

"신경회로 컨트롤러는 이렇게 시각 청각 미각 후각 촉각 모든 감각을 통제 왜곡하고 공간 또한 다르게 만들어냅니다. 여러분이 살았던 도시는 이 세계에 존재하지 않아요. 지금으로부터 약 삼백여 년 전에 존재했다고 역사에만 기록된 도시입니다."

수가 물었다.

"아니 그럼 왜 하고 많은 시대 중에 하필 저 때를 구현한 건가요?"

"역사상 노동력을 착취하기 가장 쉬운 시대였으니까요. 아무리 일해도 궁핍했고, 불의와 불신과 부정과 부패가 극에 달했고, 누구도 믿지 않고 아무하고도 실제적인 교류는 하지 않는, 친구고 뭐고 다 필요 없고 혼자 잘 먹고 잘사는 게 최고라고 생각하는 시대였어요, 저 때가. 꿈과 희망을 말하는 사람이 손가락질 당하는 시대였죠. 꿈과 희망이 오히려 자신을 불행하게 한다고 믿고 살던 시대였습니다."

수와 건과 탄이 자신들의 세계가 과연 그런 시대였던가를 생각하는 사이 랭이 말을 이었다.

"식민 구역은 인구가 늘지 않아야 하는 것도 매우 중요한 조건인데요, 저 때는 개인이 불행한 사회였기 때문에 산아를 스스로 제한했습니다. 아이는 고사하고 연애도 안 했으니까요. 잘들 아시겠지만 그 시대 사람들은 대개 다 자기가 불행하다고 생각했잖아요? 그렇게 간신히 먹고살 만한 사회를 만들고, 빈부 격차를 극단적으로 벌려놓으면 사람들은 포기합니다. 비슷할 때나 따라잡으려고 하지, 차이가 너무 크면 그냥 다 포기해요. 그러니 당연히 아무도 그런 부조리를 바로잡으려고 노력하지 않죠. 노력하는 사람을 오히려 비웃어요. 어차피 뭘 해도 안 될 거로 생각하거든요. 그래서 저 시대로 설정한 겁니다. 다만 너무 불행하면 폭동이 일어나니까 적당히 불행한 수준으로 유지했어요."

탄이 반문했다.

"노동력을 착취하기 가장 쉬웠던 시대는 중세가 아닙니까?"

랭이 대답했다.

"중세라는 고대 사회가 노동력을 착취하기 더 쉬웠던 시대일 수는 있어요. 하지만 그때는 사람들이 저 때만큼 불행하지 않았습니다. 물론 그것이 환경이나 제도보다 앎의 정도에 따른 차이라고는 해도, 어쨌거나 고대 사람들은 행복을 느꼈고 그래서 아이들도 술술 잘 낳고 살았죠. 세상에 관해 아는 게 적으면 불행을 느낄 요소 또한 적어지는 게 사실입니다. 그런데 저 때는 그게 불가능했죠. 내가 알고 싶은 것과 그렇지 않은 것을 선별할 수 있는 시대가 아니었으니까요."

수가 물었다.

"그럼 저 많은 사람의 직업은 어떻게 되는 거죠? 저 사람들이 전부 식민 구역에 필요한 노동밖에 하지 않는다면, 제가 알던 그 많은 직업은요? 가족은요? 가족도 전부 허구인가요?"

"그게 매핑이라고, 모두 설계된 관계입니다. 모듈에선 개인 활동의 각 영역이 카테고리로 분류되는데 친족, 친구, 지인, 사회적 관계 등으로 나뉩니다. 그 특성에 따라 주변 인맥들과 정보가 동기화synchronization되고요. 이것을 저들은 통칭 라이프 히스토리라고 하는데 머신 러닝과 비슷한 원리로 적용됩니다. 모든 카테고리에서 개인이 학습해야 할 내용과 일정 결괏값을 유도하는 관계 알고리즘까지는 시스템이 통제하지만, 그걸 제외한 나머지는 자율적으로 선택하고 스스로 계발하거든요. 알고 계신 다양한 직업도 모두 그 과정에서 결정됩니다. 한마디로 중앙 통제 시스템에서 코딩해놓은 삶을 자신의 인생이라 믿고 사는 거예요. 그 환경을 초확장 현실로 구현한 거고, 그것을 실현하는 도구가 신경회로 컨트롤러입니다."

탄이 얼빠진 목소리로 중얼거렸다.

"나의 애마 폴스타 쿠페와 강변 마마메종 리버뷰 아파트는 다 개소리였단 말인가."

"정탄 씨가 지금 얘기하는 본인의 차는 호버 모빌 중에 하나일 따름이고, 폴스타인가 하는 차는 컨트롤러가 만들어낸 허상이에요. 당연히 마마 뭐 그런 집도 없어요. 알파 구역엔 강변이 아예 없어요."

그때 파로가 말했다.

"아! 말씀 중에 죄송한데요! 타깃 신호가 잡혔습니다."

대원들이 일제히 약속이라도 한 듯 글라스의 지도를 확대하자 그곳에 초록색 점이 둥근 원을 그리며 점멸하는 것이 보였다.

자하비가 의아하다는 목소리로 말했다.

"타깃이 이동 중인데?"

파로가 자하비의 말을 반복했다.

"타깃이 왜 움직이지?"

룬이 말했다.

"저긴 모듈 기록상으로 지하 삼 층 지하철 구간입니다. 타깃은 지하 육 층 지하철 구간 어디쯤일 거라고 하지 않았던가요?"

랭이 대답했다.

"그렇게 단정 지은 건 아니야. 확률이었지."

룬이 물었다.

"대장, 어떻게 할까요?"

건이 대답했다.

"내하, 노박과 장고 위치 확인 부탁합니다. 나머지 대원들은 대기."

최전방 암벽 사이에 앉아 있던 내하가 대답하고 재빠르게 은신 모드로 변신하더니, 거미 인간처럼 수직 암벽을 기어 절벽 위로 올라섰다. 절벽 위에 산재한 기암괴석과 여러 시설물을 엄폐물 삼아 노박과 장고의 위치를 확인한 내하가 말했다.

"두 사람 모두 두 시 방향 사십 미터 거리에 고정되어 있고요,

임시 텐트 안에서 식사 중인 거로 확인됩니다. 식사량의 구십 퍼센트가 남아 있습니다."

건이 말했다.

"내하, 내려오셔서 전방 맡아주시고 룬, 내하 위치로 이동해서 두 사람 경로 추적 부탁합니다."

룬과 내하가 재빠르게 위치를 바꿨다. 건의 지시에 따라 내하가 첨병으로 나서 계곡 지하로 내려가기 시작했다. 암반 곳곳에 건이 보았던 강화 골격 머신이 있었다. 그들은 불규칙한 벽면을 특정 형태에 따라 자르고 가르며 마름질하는 중이었다. 건이 말했다.

"진, 만약 교전 상태가 되면 저는 귀환하면서 저것들 다 때려 부수고 올라갑니다. 약속한 대로예요."

진이 알았다고 대답했다. 은신 모드의 여덟 명은 무너지고 갈라진 암벽과 암반 사이를 뛰고 달리고 구르며 요령 있게 이동하여 모듈 위치상 지하 삼 층 지하철 구간인 계곡 사이에 도착했다. 신호가 더 커졌고 점멸도 더 빨라졌다. 파로가 말했다.

"아무래도 누가 발견해서 착용하고 있는 것 같은데?"

랭이 말했다.

"그렇다면 구역 사람일 수는 없습니다, 건 대장. 구역 사람은 타깃을 볼 수 없어요. 누군가 취했다면 지상 병력일 확률이 백 퍼센트입니다."

건이 알았다고 대답했다. 진이 짧게 탄식했다. 교전이 없을 수 없겠다는 심경 표현이었다. 곧이어 내하의 통신이 들어왔다.

"타깃 발견. 지상 병력 목에 걸려 있습니다. 타깃 중심으로 무장 병력 하나오, 강화 골격 머신 넷, 복원 인력이 둘넷입니다."

건이 말했다.

"복원 인력 무장 상태 확인 요망."

잠시 후 내하가 말했다.

"비무장입니다."

건이 말했다.

"제가 가장 먼저 들어갑니다. 제가 타깃 확보하면 저쪽에서 바로 은신 모드 확인에 들어갈 겁니다. 그러면 내하, 자하비만 쭉 앞으로 나가서 강화 골격 머신을 제거해주세요. 다른 병사는 건드리지 마세요. 넷 모두 제거하는 동시에 바닥에 엎드리고 바로 몸을 굴려 전방 각도에서 벗어나세요. 다른 동작은 일체 불허합니다."

랭에게도 별도의 지시를 내렸다.

"랭, 내하와 자하비가 작전 개시하면 바로 앞으로 나와서 낮은 포복 사격 대기하시고, 머신 운용자가 추출되면 신경 탄환 저격하세요."

탄이 떨리는 목소리로 물었다.

"형, 아니 대장, 다른 사람은?"

"다른 분들은 별도 지시가 있을 때까지 대기하세요. 병사가 코앞으로 지나가도 교전하지 마세요."

내하가 뒤로 빠지고 건이 내하 위치로 다가섰다. 건이 육안으로 목걸이를 확인하고는 내하에게 자신이 바로 이동한다고 손짓

하더니, 번개같이 뛰어나가 목걸이를 낚아챘다. 건이 말했다.

"내하, 자하비 작전 개시."

목걸이를 하고 있던 경비대가 깜짝 놀라며 자기 목을 더듬었다.

"뭐야 이거!"

경비대 전원이 소리 지른 대원을 쳐다보았다.

"뭐, 왜?"

"야, 은신이야. 누가 내 목걸이를 떼 갔어!"

그 옆에 서 있던 경비대가 반문했다.

"섀도 아냐?"

다른 경비대가 말했다.

"섀도가 내 목걸이를 왜!"

그때 앞서가던 강화 골격 머신의 팔다리가 시원스럽게 잘려 나
갔다. 가슴에서 머신 운용자가 뽑히자마자 기다렸다는 듯이 목에
신경 탄환이 박히면서 저만치 날아가 내동댕이쳐졌다. 건의 다음
지시가 떨어졌다.

"진, 수, 파로 오 보 앞 전진 낮은 포복 사격 대기."

자하비가 강화 골격 머신의 사지를 자르는 동안 뒤따르던 한
대의 상태도 별반 다르지 않았다. 무슨 망치로 두들겨 맞는 것처
럼 무르팍과 어깻죽지가 부서지며 무너졌다. 이윽고 가슴 부위가
박살나더니 마찬가지로 머신 운용자가 허공에 들렸고, 들리자마
자 랭이 발사한 신경 탄환을 맞고 저만치 나가떨어졌다. 곧이어
남은 두 대의 강화 골격 머신마저 똑같은 방식으로 한 대는 사지
가 잘려 나가고, 다른 한 대는 관절이 부서져 나가며 주저앉았다.

어찌할 바를 모르고 우왕좌왕하던 경비대가 그제야 고글을 내리면서 소리쳤다.

"은신 공격이야, 은신 공격!"

경비대는 제대로 확인도 하지 않고 강화 골격 머신이 박살나는 곳을 향해 들입다 일제 사격을 개시했다. 하지만 내하와 자하비는 이미 바닥에 몸을 납작 엎드려 굴리며 그곳을 벗어나고 있었다. 건이 지시했다.

"진, 수, 파로 사격 개시"

지시가 떨어지자마자 낮은 포복 자세로 사격 대기 중이던 세 사람의 총구가 불을 뿜었다. 세 사람 역시 신경 탄환을 사용했다. 전방을 향해 무차별 사격 중이던 경비대는 후방 전열이 세 사람의 사격을 받고 무너지자 다시 우왕좌왕 사격 목표도 없이 허둥지둥거렸다. 건이 지시했다.

"내하, 남은 무장 병력 제압하고 자하비, 은신 풀고 복원 인력 구석으로 모세요."

은신 상태인 내하가 슈트 펀치 에너지 강도를 세 칸으로 줄였다. 우왕좌왕 총기를 난사하는 경비대에 달려들어 얼굴을 후려갈겼다. 헬멧과 고글이 박살나며 경비대의 몸이 공중으로 붕 떴다. 이내 손목에서 총을 꺼낸 내하가 신경 탄환을 발사하자 공중에 뜬 경비대가 탄환을 맞고 저 멀리 날아갔다.

총이 다시 손목으로 당겨져 들어갔다. 이번에는 곁에 선 경비대를 후려갈겼다. 경비대의 몸이 부서진 어금니와 함께 공중으로 치솟더니 랭이 쏜 신경 탄환을 맞고 저만치 날아갔다. 다른 경비대도 사정은 비슷했다. 수와 진과 파로에 의해 속수무책으로 나가떨어지거나, 공중으로 솟구치거나, 어딘가로 도망가다가 총을 맞고 나자빠졌다.

그러는 사이 은신을 푼 자하비가 긴 칼을 휘두르며 공포에 떨고 있는 복원 인력을 구석으로 몰았다. 모두 땅바닥에 고개를 처박고 두 손을 뒤통수에 올리도록 명령했다. 그런데 은신을 푼 자하비의 복장이 특이했다. 자하비는 그 오래전 동맹 연합군의 전투복을 입고 있었다.

순식간에 모든 무장 병력, 복원 인력이 제압되었다. 그때 룬의 통신이 들어왔다.

"총격전 보고 올라왔습니다. 노박 피신. 경비대 충원 요청 들어갔습니다. 하나하나와 하나둘 구역 경비대 인원이 출발한 것 같습니다. 도착 예정 하나공."

건이 즉각 반응했다.

"룬, 이동해서 나노 윙 대기해주세요, 바로 올라갑니다."

그러더니 수에게 달려가 목걸이를 건넸다. 수가 얼결에 목걸이를 받아들며 건을 쳐다보았다. 건이 통신으로 말했다.

"진, 수, 파로, 탄, 랭 지금 바로 철수하세요. 내하, 자하비, 저는 이동 경로에 보이는 강화 골격 머신을 제거하며 따라가겠습니다."

진이 알았다고 대답하고 네 명의 대원을 이끌고 이동하기 시작했다. 건의 통신이 다시 울렸다.

"자하비, 은신 걸지 마시고 내하, 은신 유지하세요. 신경 탄환 사용하지 않습니다. 머신 운용자가 자하비를 기억하게 둘 거예요."

건과 내하와 자하비가 날듯이 암벽 사이를 가로질렀다. 강화 골격 머신을 눈에 보이는 족족 고철로 만들며 이동했다. 강화 골격 머신은 하나같이 육안으로 확인되는 자하비를 먼저 공격하기 시작했는데, 머신의 공격을 피해 공중으로 솟아오르는 자하비의 모습은 마치 기계 체조 선수 같았다. 전투 중임에도 아름답다는 생각이 들 만큼 선이 우아했다. 건과 내하는 재빠르게 자하비의 뒤를 쫓아 머신들을 산산조각 냈다. 머신의 부품들이 부서지며 전후좌우로 튕겨 날아갔다. 겁에 질린 머신 운용자는 안에서 나오지도 못했다.

진 일행이 나노 윙에 도착했다. 대원들이 탑승하자 곧 윙의 기능이 작동하며 내부의 불빛들이 빛나기 시작했다. 윙 또한 은폐 모드였으므로 외부에서는 내부의 불빛들이 보이지 않았다. 접혀 있던 윙의 날개가 기다랗게 펼쳐졌다. 진이 홀로그램을 열고 건과 대원들의 움직임을 살폈다. 수가 입술이 마르는지 연신 침을 발랐다. 탄의 목울대가 크게 올라갔다가 내려왔다. 이윽고 건과 내하와 자하비가 무사히 윙에 도착했다. 곧바로 윙이 날아올랐다. 다른 구역 경비대들은 아직 보이지 않았다.

윙에 탑승한 대원 전원이 은신 모드를 해제했다. 윙의 바닥은 전체가 다 투명해서 아래가 훤히 내려다보였다. 그 위에 좌석이 동그랗게 배치되어 있었다. 대원들은 서로 마주 볼 수 있었다. 안도의 한숨과 웃음소리가 번져 나가기 시작했다. 내하가 자하비의 복장을 가리키며 말했다.

"언니는 그 옷이 은근히 잘 어울린다?"

"뭘들."

자하비가 대꾸하며 슈트 밖으로 긴 흑발을 풀어 내렸다. 진이
말했다.

"수고들 하셨습니다."

그러고는 건을 보고 덧붙였다.

"많이 배웠습니다."

건이 여전히 사주 경계를 풀지 않고 말했다.

"과찬이십니다."

탄이 중얼거렸다.

"나는 한 게 없는 것 같은데."

건이 대답했다.

"그게 제일 잘한 일이야."

탄이 투덜거렸지만 표정은 무척 안도하는 눈치였다. 그때 랭이
탄을 보고 말했다.

"저기!"

탄이 랭이 가리키는 아래를 내려다보았다. 랭이 말했다.

"저기가 바로 정탄 씨의 병원 건물이 있는 곳입니다."

그러더니 황급히 홀로그램 키보드를 열어 두들겼다. 랭이 가리
킨 곳에는 공장 시설물들이 우뚝우뚝 솟아 있었다. 윙의 중앙에
홀로그램 화면이 열리고 두 개의 화면이 분할되었는데 과연, 탄
이 내려다보는 공장 시설물 중의 하나가 다른 쪽 화면에선 병원

건물로 보였다. 병원 측면에 거대한 검은 고양이가 그려져 있었다. 수도 놀란 눈으로 병원 건물을 바라보다가 소리쳤다.

"반타!"

랭이 말했다.

"네, 맞아요. 반타의 그림이 없었다면 은수 씨를 찾는 데 더 오랜 시간이 걸렸을지도 몰라요."

탄이 반타와 수를 번갈아 보다가 랭에게 물었다.

"그럼 저는 저기서 뭘 하고 있었던 겁니까?"

"정탄 씨는 식민 구역 전역에 있는 동력 공장에 원자재를 납품하는 사람이었어요."

탄이 무슨 말인지 이해하지 못하고 눈만 끔벅거리자 랭이 다시 말했다.

"정탄 씨가 환자를 치료할 때 했던 동작들이 실은 저 아래서 부품 기기를 만지거나 다른 이들에게 작업 지시를 할 때 하던 동작입니다. 그 동작들을 치환했던 거고요, 외국에 다니셨던 경험은 실제로 다른 식민 구역에 원자재를 납품하러 가는 과정이었습니다."

랭이 다시 아래를 가리켰다. 그곳엔 규모를 가늠하기 어려운 파이프라인이 깔려 있었다. 세상에서 가장 복잡한 전자회로 설계도를 보는 것 같았다. 그 사이사이로 엘리베이터 같은 이동 물체가 상하 전후좌우로 쉴 새 없이 움직이고 있었고, 또 그 사이로 역시 수를 헤아리기 어려울 만큼 많은 사람이 분주하게 움직였다.

"식민 구역의 이동 수단은 딱 세 가지밖에 없습니다. 단체 운송 수단인 멀티 트레일과 개인 운송 수단인 호버 모빌이 있고요, 다른 구역으로 이동하는 텔레 튜브가 있는데 그걸 이용하는 사람들은 비행기를 탄다고 생각하죠. 때론 십수 시간 장거리 비행을 한다고도 느끼는데, 실제론 장거리가 아니에요. 알파 구역에서 베타 구역으로 가거나 베타에서 감마로 이동하는 정도의 거리니까요."

랭이 주거 시설 지역이라고 가리킨 곳도 별반 다르지 않았다. 파이프라인과 공장 설비만 없다 뿐이지, 같은 모양의 코쿤 타운이 광활한 주차장을 빼곡히 메운 자동차들의 군집처럼 나열해 있었다. 그곳이 주거 지역이라고 하니 그렇다고 믿을 뿐, 거주 환경이라고 할 만한 시설은 어떤 것도 눈에 띄지 않았다. 저런 곳에 사람이 산다는 것 자체가 일단 잘 상상이 되지 않았다. 그런데 모듈에선 그곳이 대단위 타운 하우스 단지였다.

이윽고 제멋대로 얽힌 거대한 파이프라인 사이로 끊임없이 가스가 분출되고, 그 가운데로 복잡한 기계 설비들이 잔뜩 늘어선 공간 위로 접어들었다.

"드디어 은수 씨가 일했던 곳이네요. 여기는 심해에서 채취한 하이드레이트를 동력 가공하는 공상입니다. 그중에서도 수치 해석을 담당하는 엔지니어들의 근무 공간이죠. 바로 은수 씨가 활동했던 곳입니다."

랭이 키보드를 두드려 공장 영상 옆에 다른 영상을 확대해서 붙였는데, 그것은 수가 근무하던 학교의 전경이었다. 두 영상이 한 차례 겹쳐졌다 분리되었다.

"은수 씨가 공장에서 설비를 다루던 모든 행동이 이곳 학교에서 수학 교사로 활동했던 모든 행동과 치환됩니다. 은수 씨가 학교에서 칠판에 판서한다고 믿고 취했던 행위가 실은 동력 공장에서 설비를 다루던 몸짓 가운데 하나였던 거예요. 이 모든 게 컨트롤러의 기능이고요."

다소 얼빠진 표정으로 두 개의 영상과 아래를 번갈아 보고 있는 수와 탄에게 랭이 말했다.

"십이 구역 사람들은 회색 옷을 입고 있었는데, 여기 사람들은 노란색 옷이죠? 직능별로 색이 구분되어 있습니다. 그중에서 노란색 옷이 가장 고급 기술을 가진 사람들을 나타내요."

수와 탄이 어이없다는 표정으로 앉아 있는 동안, 다른 대원들끼리 잡담을 나누다가 파로가 한 말에 주의가 집중되었다.

"너무 아쉽다. 이번 슈트에 내 아이디어를 장착했다고 슈트 팀에서 그랬는데, 써보지도 못하고 귀환하네."

룬이 물었다.

"그게 뭔데?"

파로가 슈트 어깨에 문양을 그리고는 전투 기능을 열었다. 아무런 제스처를 취하지 않고도 동공의 움직임eye tracking으로 기능을 이동시켰는데, 그중에 은색으로 번쩍이는 날개 모양의 아이콘이 보였다.

"짜잔, 바로 이거지."

룬이 소리쳤다.

"날개!"

파로가 자랑스럽다는 듯이 복창했다.

"크아, 날개." 그러더니 껄껄 웃으며 말했다. "우리도 날 때가 됐지."

다들 이게 정말 기능하는 거냐며 신기하다는 듯 자신들의 슈트를 열어 날개를 보았다. 룬이 말했다.

"아니, 이걸 왜 훈련 중에 알려주지 않았지?"

파로가 대답했다.

"왜냐면, 아직 베타 버전이라서 그래. 시간이 없었잖아."

룬이 발끈했다.

"아니, 베타를 실전에서 사용하라는 거야? 하늘을 나는 걸?"

"사용하라곤 안 했는데? 하지만 나는 사용해도 별 문제가 없……."

그때 느닷없이 나노 윙의 은폐 모드가 해제되는 경고음이 울렸다. 모든 대원이 재빠르게 슈트를 전투 모드로 돌리고 무엇 때문인지 상황을 파악하는 사이, 갑자기 나노 윙이 두 개로 쪼개지기 시작했다. 마치 생선의 배가 갈리듯 바닥이 불꽃을 일으키며 쪼개졌고 동체가 부서져 나갔다. 진이 소리쳤다.

"새도!"

가려진 실체

  방은 넓은 오각이었다. 육 미터가 넘는 높은 천장과 다섯 면의 벽은 마치 신전 내부를 연상케 했다. 중앙에 놓인 커다란 책상을 중심으로 양쪽에 거대한 골렘 모양의 석상이 기립해 있었다. 석상은 책상을 지키는 경호원이라도 되는 양 위압적으로 서 있었고 그 모습이 한편으론 천장을 받치고 있는 것도 같았다. 그러나 두 석상이 책상 따위나 지키자고 육중한 몸을 그곳에 두고 있는 것은 아닐 터였다. 지키고 있는 것은 석상 사이, 책상 뒤편에 놓인 휘장의 일부일 확률이 높았다. 물론 그조차도 상징적인 의미에 불과할 테지만.

  붉은빛의 넓은 휘장은 천장에서 바닥까지 길게 드리워 있었고 중간에 무사 가문의 문장이 허공에 떠 있었다. 그리고 그 문장을 왕관처럼 쓰고 있는 흉상 하나가 바로 밑에 떠 있었다. 휘장과 문장과 흉상은 이어진 것도 아니고 이어지지 않은 것도 아닌 형태로 존재했다. 그러나 홀로그램은 아니었다. 실물이었고 금으로 주조한 것 같았으나 금이 아닐 수도 있었다.

어쩌면 실물조차 아닐 수도 있었다. 휘장은 흉상의 망토처럼 보일 때도 있었고 흉상의 보이지 않는 부분이 디디고 선 카펫 같아 보일 때도 있었다. 흉상은 흉상임에도 고전적이지 않았다. 더 정확히 말해 선조들의 신화에 등장하는 신들의 모습과 닮지 않았다. 오히려 신과는 거리가 멀어 보이는, 소녀의 모습이었다. 머리를 양 갈래로 땋은 소녀상은 동공 없는 눈으로 허공 어딘가를 바라보고 있었다.

석상은 소녀를 지키고 있는 거라고 모조는 생각했다. 그 방에 들어갈 때마다 모조가 느끼는 감정이었다. 입구 문이 열리자마자 이곳이 어디인지 명확하게 인지하고 들어오라는 듯 문장과 흉상은 선명했고 돌출적이었으며 강렬했다. 그 강렬함은 곧 위세로 다가왔다. 고압적이었다. 소녀일 뿐임에도 그토록 강렬한 인상을 풍기는 건 어쩌면 흉상을 지키는 두 개의 석상 때문일 거라고 모조는 생각했다. 무사라는 인물을 알기 전까지는 그랬다.

무사를 알고 나서야 흉상이 소녀가 아니라는 사실을 알았다. 주름은 물론이고 연륜을 느낄 수 있는 그 어떤 것도 흉상에선 찾아볼 수 없었으므로, 모조가 그간 알 수 없었던 것도 무리는 아니었다. 무사의 흉상을 가만히 쳐다보며 모조가 말했다.

"의장님의 다섯째 아드님이 지금 괴상한 짓을 벌이고 다니는 걸 알고 계십니까?"

의장은 휘장이 드리운 벽면에서 내각이 정확히 백팔 도 벌어진 측면 창밖을 바라보고 있었다. 모조의 집무실 창과 같은 재질의 창이었다. 운해가 펼쳐진 창밖 풍경은 자정을 기점으로, 깊은 어둠 속에 잠길 예정이었다.

"자기가 직권까지 남용해가며 남의 가문의 소실 문서를 수집하고 다닌다는 소문은 들었어."

"말씀하신 대로 그건 소문에 불과합니다. 제가 최근 무사의 시대라고 불리는 아주 재미있는 자료를 입수해서 본 적이 있는데, 그게 그렇게 와전된 게 아닐까 싶은데요."

오호, 하며 의장은 약간 높은 톤의 감탄사를 내뱉고 모조를 빤히 바라보다가 물었다.

"어디서 그런 귀한 자료를 구했어? 그런 건 나한테도 보여줘야지. 내 선조에 관한 이야기 같은데."

"의장님 선조에 관한 이야기라기보다 인류 역사에 더 가까워 보이던데요. 의장님께선 이미 다 아시는 내용이지 않을까요?"

"그래, 맞아. 그럴 거야. 우리 가문의 역사가 곧 인류의 역사이기도 하니까. 그런데 자기야, 자기가 내 선조를 학습하는 건 좋은 일이지만 그게 지금 자기한테 필요한 내용들은 아닐 텐데?"

"의장님 말씀처럼 제게 필요 없는 내용이었으면 좋았을 텐데, 그렇지 않은 것 같아 문제가 됩니다."

"문제? 무슨 문제." 하고 잠시 모조를 바라보던 의장이 뭔가 짚이는 게 있다는 듯 고개를 한 번 끄덕이고 말했다. "아무것도 문제 될 건 없어. 지난 역사는 지난 역사일 뿐이야. 과거야 어찌 되었든 자긴 그냥 자기가 할 일만 하면 돼. 자기가 내게 약속한 것들만 신경 쓰면 돼. 그렇지 않니?"

"그러려고 오늘 제가 의장님을 찾아뵌 겁니다."

의장이 들고 있던 찻잔을 허공으로 뻗으니 옆에서 대기 중이던 여자가 다가가 쟁반에 잔을 받았다. 여자는 가슴이 깊이 팬 의상을 입고 있었다. 긴 치마의 옆선은 허벅다리까지 트여 있었다. 그 자체로만 보자면 아름다운 모습이었으나, 그 아름다움이 노인의 탐욕을 위해 존재한다고 생각하니 역겨웠다. 모조는 기본적으로 권력자 곁에 그런 복장의 젊은 여인을 형상화한 로봇이 서서 잡일을 수행하는 것을 혐오했다. 선조 시대의 미개한 악습이라고 생각했다.

"노박이 얘기면 멍청이가 하는 일 따위는 신경 쓸 거 없어. 그런 일 때문에 굳이 날 찾아올 필요는 없어. 쓸데없는 일에 시간낭비하고 다니지 마. 자기 지금 한창 바쁠 때 아니니?"

같은 디자인의 다른 색상 의상을 입은 안드로이드가 모조에게 다가와 차를 더 할 건지 물었다. 모조가 미간을 찡그리고 손을 들어 사양했다.

"저는 지금 알파 구역 사고에 대해 말씀드리고 있는 겁니다."

의장이 몸을 돌려 모조를 바라보았다. 무슨 의미인지 묻는 표정이었다. 모조가 의장의 표정을 자세히 살폈다.

"역시 그러셨군요. 의장님께선 모르시는 일입니다."

의장이 몸을 돌려 천천히 발걸음을 옮겼다. 거대한 골렘 석상을 지나 세 개의 계단을 내려왔다. 계단 아래에는 화려한 문양의 카펫이 깔려 있었고 카펫 위로 긴 소파가 마주 보도록 배치되어 있었다. 그 양 끝으로 일인용 소파가 놓여 있었다. 의장이 소파에 앉으며 모조에게도 앉으라고 손짓했다. 모조가 의장의 맞은편 소파에 앉았다. 의장이 말했다.

"탐사 크래프트나 타고 싸돌아다니는 바보짓을 말하는 게 아니야?"

모조가 들고 있던 찻잔을 탁자 위에 내려놓았다.

"그것도 모르시는 줄 알았는데 알고 계셨네요."

의장이 숨을 한 번 들이마시고 말했다.

"그걸 어떻게 아는 척하니, 쪽팔려서. 바보짓도 어지간해야 간섭이라도 하지."

모조가 잠시 입가에 미소를 띠고 찻잔을 바라보다가 말했다.

"아드님은 구역 재난을 통해서 선조 시대의 영광을 재현하고 싶은 모양입니다."

의장이 가만히 모조의 얼굴을 바라보더니 중얼거렸다

"그러니까 알파 구역의 재난이 실은 재난이 아니다?"

"네. 폭파 작업을 통해 고의적으로 지진대를 흔들었습니다."

"걔가 왜 그런 짓을 해?"

"아드님이 과거부터 꾸준히 제기해왔던 문제가 식민 구역의 작업을 왜 로봇으로 대체하지 않는가 하는 것이었습니다. 물론 비용에 대한 이해가 부족하니까 가능한 의문 제기였습니다만, 여하튼 그런 생각이 그의 엉덩이를 가만 놔두질 않나 봅니다. 아무도 자기주장을 수용해주지 않으니 직접 행동하기로 마음먹은 모양인데요, 그게 상당히 위험합니다."

"인위적으로 재난을 일으켜 강제로 노동 인력에 손실을 가한다. 그리고 그 줄어든 자리만큼 로봇으로 대체한다. 그런 계획이야?"

모조는 의장 역시 한 번쯤은 고려해본 일이라는 생각이 들었다. 그렇지 않고서는 이토록 빠르게 이해하기 어려울 듯싶었다. 그러나 그렇지 않을 수도 있겠다는 생각이 뒤따랐다. 의장 정도의 노회한 인물에게 그 정도 추측은 쉬운 일일 수 있었고, 무엇보다 노박의 그런 방식은 무사 가문의 장기이기도 했다.

과거 델타 구역에서 일어난 지진 당시의 사망자 수가 이천구백구십육 명이었다. 그런데 이번 알파 구역 사망자 수는 육천이백구십일 명이었다. 지진은 또 벌어질 테고 더 많은 수가 죽을 거라는 걸 모조는 장담할 수 있었다. 그것도 우연치고는 놀랍도록 사람들이 군집한 장소에서만 벌어질 터였다.

"그게 일차적인 목적이긴 합니다."

"그럼 이차도 있어?"

"장고라는 인물을 아십니까?"

의장이 머릿속 파일을 뒤져보는 듯 허공을 잠시 바라보다가 이윽고 고개를 끄덕였다.

"유능한 친구야."

모조도 고개를 끄덕이는 것으로 의장의 의견에 동의했다.

"지진대 복구 작업에 투입되는 인력을 그 장고라는 인물이 통제합니다. 그런데 이 친구가 복구만 하는 게 아니었어요. 복구 과정에서 해당 지진대에 에너지 저장 장치energy storage system를 몰래 심었습니다. 그 위로 초고속 무선 에너지 전송 장치까지 설비했고요. 솜씨가 아주 감쪽같습니다. 제가 몰랐을 정도니까요. 여하튼 이제까지 일어난 모든 재난 구역에 똑같은 장치를 심었습니다. 각 구역 에너지 손실 데이터를 뽑아보니 그 합이 무시하지 못할 양이더군요."

"그 많은 에너지를 훔쳐서 뭘 하려고?"

"대기권 전리층을 건드리려는 것 같습니다."

"전리층을?"

의장이 그렇게 물었지만 실은 전리층에 고주파를 쏘는 장치에 대해 누구보다 잘 알고 있을 터였다. 그 또한 오래전 아이작 가문의 선조가 기획했던 사업의 일환이었기 때문이다. 그들은 그것을 플랜B라고 불렀다.

고성능 에너지 안테나로 전리층에 강력한 고주파를 지속해서 쏘아 올리면, 전리층이 가열되는 것과 동시에 대기 자체가 들어 올려지는 현상이 일어나는데, 이 반향으로 형성된 자기장의 자력에 의해 자성을 가진 대륙 단층이 뜨거나 틀어져 지진이 일어날 수 있었다. 모조가 말했다.

"그 안테나가 의장님의 사택에 설치되어 있을 수도 있다는 생각이 들어서, 확인을 좀 부탁드리려고 왔습니다. 합리적인 의심이라 이해해주시면 좋을 것 같습니다. 제가 직접 아드님과 부딪히면 일이 약간 커질 수도 있을 것 같아서요."

모조는 완곡하게 표현했으나 의장이라면 그 정도로도 충분히 의미를 파악할 수 있으리라 판단했다.

"너 지금 나도 의심하는 건 아니지?"

"그럴 리가요."

"그래. 자기가 그러면 안 되지."

모조가 고개를 끄덕였다.

"그런데 그걸 부탁한다는 핑계로 내 집의 다른 걸 사찰하러 온 것도 아니지?"

"사찰할 만한 다른 것도 있습니까?"

"얘 봐." 의장이 피식 웃었다. "사람 간 보는 거 봐. 자기도 나이 먹으니까 능글맞아진다 얘. 징그럽게."

센트럴 타워 서남쪽 꼭대기에 위치한 의장의 사택은 집무실과 공관 위에 있었다. 작지 않은 면적의 센트럴 타워 서남쪽 옥상은 사유지로 분류되어 개인적인 관찰이 불가능했다. 비행 물체를 통해 살펴보는 것은 가능했으나 그렇게 해서 보이는 장면이 실제인지는 알 수 없었다. 홀로그램에 의해 실체가 항상 가려져 있었기 때문이다. 어떤 때는 울창한 수목원처럼 보였다가 어떤 때는 휴양지 해변처럼 가꾸어져 있었다. 그곳에 고성능 안테나 혹은 그것을 예비하는 설비가 존재하는지는 직접 찾아가봐야 알 수 있는 상황이었다.

아니나 다를까 의장도 그 점에 관해서 확신하지 못하는 눈치였다. 여느 때 같았으면 당장 같이 올라가보자고 말했을 텐데, 의장은 조용히 침묵을 지켰다. 이 일에 직접 관여하고 있지는 않은 것처럼 보였으나, 그렇다고 의장의 심중이 읽히는 것도 아니었다. 모조가 말했다.

"지진대를 지상으로 끌어올리려는 겁니다."

의장이 몸을 등받이로 깊숙이 묻었다. 모조가 하는 말의 의미를 순서대로 더듬어보는 것 같았다. 의장이 중얼거렸다.

"그러니까 지상 도시로 지진을 끌어올려 시민들을 동요하게 만들고, 선동을 통해 평의회 애들을 움직인 다음 하루라도 빨리 해상 도시 추진안을 통과하게 한다."

모조가 고개를 끄덕였다. 역시 정계에서 잔뼈가 굵은 인물다웠다. 오래전부터 대륙의 대안으로 해상 도시가 논의되었고 건립 추진안까지 상정되었으나 통과되지 못했다. 여러 가지 요인이 있었지만 아무래도 가장 큰 이유는 모조의 반대였다. 그런 곳에 자원과 자본과 시간을 낭비할 수 없었다. 평의회 의원 과반수가 같은 이유로 모조의 반대를 지지했다. 그런데 그 안건을 발의한 사람이 노박이었다. 노박은 포기할 생각이 없는 것이었다.

"지상 도시 시민들의 희생이 다소간은 필요하다고 생각했겠죠. 그게 의장님 가문의 특기이기도 하잖습니까. 목적은 수단을 정당화한다."

의장은 모조의 마지막 말은 못 들은 척하고 안드로이드를 불러 차를 한 잔 더 주문했다.

"그러니까 나한테 그걸 확인하고 처리해달라."

"잘 아시다시피 현재 진행 중인 프로젝트에 들어가는 자금만으로도 벅찬 현실입니다. 우리 도시에서 생산할 수 있는 로봇의 거의 전부라고 해도 좋을 수가 그 작업에 투입되어 있습니다. 해상 도시는 고사하고 식민 구역에 투입할 로봇조차 보급이 불가능합니다."

모조의 말은 사실이었다. 여력이 없었다. 그래서 그간 프로젝트의 실질적인 완성을 더디게 하는 행위는 그 어떤 것도 용납하지 않았다. 완성 시기의 지연이 곧 자원과 자본의 손실이었다. 모조가 이루려는 목표는 완성도만큼이나 시기도 중요하다는 것을 의장도 잘 알았다. 그 덕분에 지금의 단계까지 이르렀고, 프로젝트의 완성이 코앞에 다가와 있는 마당에 얼토당토않은 이유로 발목이 잡힐 수는 없었다.

하지만 모조에게는 의장에게 말하지 않은 또 한 가지 이유가 있었다. 고주파 전송 장치는 단지 지진만 일으키는 것이 아니었다. 목표 대륙 상공에 구멍을 뚫어 해당 지역 생명체를 몰살해버릴 수도 있었다. 고주파로 오존홀이 뚫리면 더는 자외선 차단이 불가능해지고, 자외선이 차단되지 않는 대기 아래 생존할 수 있는 생명체는 없기 때문이었다. 뿐만 아니라 인위적으로 들어 올린 대기의 공간이 메워지는 과정에서 각종 기상 이변이 발생하므로, 그것만으로도 또 하나의 커다란 새난이었다.

마음먹기에 따라 이 중 한 가지 기능만으로도 이제까지 존재하지 않았던 가장 강력한 무기가 될 수 있었다. 도시 문명이 시작된 이래 군사 기술을 급속도로 발전시켜야 할 만큼 적대적인 세력이 존재하지 않았고, 그에 앞서 생존이 우선이었던 터라 하나의 문명 혹은 그 이상을 파괴해야 할 만큼의 군사 무기가 필요치 않았다. 그러나 고주파 전송 장치가 완성되는 순간 상황은 완전히 달라졌다.

물론 노박의 목적이 거기까지 가 있지는 않을 터였다. 노박에게 그 정도의 무기가 필요할 만큼 광대한 용처 혹은 그에 관한 정보가 있을 리 없었다. 그러나 최초에 어떤 목적으로 제작되었든, 그런 장비가 존재한다는 사실만으로도 위협적일 수 있었다. 용도 또한 얼마든지 변경할 수 있었다. 그 점을 모를 리 없는 모조가 막연히 그럴 리 없다고 생각하고 있을 수만은 없었다.

의장도 고주파 전송 장치가 그 자체로 가공할 무기가 된다는 사실을 모르지 않았다. 그러나 의장은 이미 오래전에 모조와 뜻을 같이하기로 했고 단 한 번도 거기에 의문을 제기한 적이 없었다. 의장에게도 이 프로젝트는 자신만큼이나 간절한 숙원 사업이라는 걸 모조는 알았다. 다른 어떤 일에도 주력을 분산하고 싶지 않을 터였다.

하지만 그는 노회한 정치인이었다. 고주파 전송 장치의 완성이 그에게 또 다른 가능성을 열어줄 수도 있었고 그것은 모조에게 충분히 새로운 국면으로 작용할 수 있었다. 그러므로 의장은 굳이 그러한 가능성을 닫으려 하지 않을 수도 있었다. 이들에게 신의를 기대하는 것은 바보짓이라는 걸 잘 알았으므로 모조는 예상치 못한 일들이 벌어질 때마다 모든 신경을 곤두세워야 했다. 다양한 변수의 구체적인 예상 경로를 면밀하게 타진해봐야 했다. 고되고 고독한 일이었으나 스스로 선택한 일이었다. 견디는 수밖에 없었다.

모조는 의장에게서 눈을 떼지 않았다. 손짓 하나 표정 변화 하나에서 어떤 징후를 감지해보려고 노력했으나, 정작 의장은 팔걸이에 올린 오른손에 턱을 괴고 가만히 눈을 감고 있었다. 언뜻 보면 조는 것도 같았는데 그럴 리는 없었으므로 모조는 가만히 어떤 반응을 기다렸다. 그러나 그 시간이 생각보다 길었으므로 모조는 하는 수 없이 의장을 불렀다.

"의장님."

그런데 의장은 정말 잠깐 잠이 들었었는지 몹시 당황한 눈빛으로 모조를 쳐다보았다. 당황한 것은 모조도 마찬가지였다. 의장이 머리를 두어 번 흔들고 눈을 꾹 감았다 뜨곤 엄지와 검지로 미간 아래 콧대를 누르며 말했다.

"아, 미안. 나 지금 뭐 한 거니. 나이 먹으면 몸의 컨디션이 수시로 달라져서…… 아, 오늘은 몸이 좀 그러니까 이 얘기는 다음에 더 하도록 하자. 말한 내용에 대해서는 가능한 한 빨리 알아볼 터이니……."

모조가 황급히 의장의 의료 점검 홀로그램을 띄우려고 하자 의장이 그만 됐다는 표정으로 손을 내저었다. 사실 모조가 나서 군이 의료 처치를 하지 않더라도, 이상 신호가 있다면 클라우드 시스템이 알아서 처리할 터였다. 모조는 더는 의문을 달지 않고 소파에서 일어나 공손히 인사를 마치고 자리에서 물러났다.

시간을 벌기 위한 꼼수라고는 생각지 않았다. 노박이라면 모를까 의장이 그 정도로 유치한 모사꾼은 아니었으므로 정말 몸이 안 좋아진 거라고 믿었으나, 확답을 듣지 못한 것이 문제였다. 그

때문에 경우의 수를 계속해서 계산해야 하는 피로감을 안고 모조
는 방을 나왔고 또 그랬으므로,

의장이 소파에서 일어서다 카펫 위로 쓰러지는 장면을 보지 못
했다. 의장은 자리에서 일어나려다 거꾸로 카펫 위에 무릎을 꿇
었다. 카펫을 짚고 엎드린 채 무언가 불길한 조짐을 예감하는 사
람처럼 미간을 모으고 어떤 위기를 견디려다가, 마침내 몸을 지
지하던 팔이 꺾이면서 맥없이 쓰러졌다.

그 순간 의장의 경호와 의료 클라우드 시스템은 작동하지 않았
다. 의장이 의식을 잃는 순간 간발의 차로 시스템과의 연결이 끊
겼고 끊겼다는 경보조차 끊겼다. 의장의 방에서 대기 중이던 두
대의 안드로이드 가운데 한 대는 애초의 목적이 모조를 안내하는
것이었으므로 모조를 따라나섰으나, 한 대는 여전히 남아 있었으
므로 재빠르게 비상경보를 울릴 수도 있었지만 그러지 않았다.
마치 그 어떤 변화도 감지하지 못한 것처럼 태연하게 서서 쓰러
진 노인의 곁을 지키고 있었다. 누군가 순식간에 전원을 꺼버리
기라도 한 것 같았다.

잠시 아무런 변화도 없던 의장의 방에 네 개의 그림자가 드리
운 것은 모조가 의장의 사택을 나설 즈음이었다. 입구에 선 네 개
의 그림자는 그러나 한 명의 것이었다. 복도의 빛과 실내의 빛이
교차됨으로써 한 명의 침입자가 네 개의 그림자로 갈려 십자를
그린 것이다. 네 개의 그림자가 완전히 실내로 진입하고 나서야
문이 닫혔다. 그림자도 하나로 줄었다. 침입자는 노박이었다.

"신경 꺼도 돼. 시스템 오류야. 내가 지금 아버지 서재에 와 있어."

노박의 말을 들은 사람은 모두 열세 명이었고 전부 의장의 직계 가족이었다. 가족 중 누군가 위급한 상황에 맞닥뜨리면, 시스템 연결 여부와 상관없이 직계 가족에게도 경보가 전송되었다. 노박에게는 일곱 명의 남자 형제와 다섯 명의 여자 형제가 있었는데 기이하게도 정치와 권력에 관심이 있는 사람은 노박밖에 없었고 성미가 불같은 형제도 노박밖에 없었다. 노박은 여러 면에서 의장을 쏙 빼닮았으나, 아쉽게도 지혜가 미치지 못했다. 이윽고 가족 통신을 끈 노박이 다시 말했다.

"코딱지만 한 놈이 그 큰 궁둥이를 계속 붙이고 있을까 봐 조마조마했다."

노박의 통신 보안 주파수에서 장고의 음성이 흘러나왔다.

"십 초만 늦었어도 정말 큰일 날 뻔했습니다. 저는 진짜 모조가 나가기 전에 일호기가 작동을 멈출까 봐 심장이 목구멍 밖으로 튀어나오는 줄 알았습니다."

"소심한 놈. 그래서 모조 놈이 여기 왜 온 건지는 도저히 알아낼 수가 없다는 거야?"

"말이라고 하십니까? 도청까지 걸었으면 대번에 걸렸죠. 지금 의장님 일호기를 건드린 것만으로도 저는 목숨을 내놓은 상황입니다. 무리한 지시는 정말 무리라고요."

노박이 쓰러진 의장의 몸을 바로 누이고 한쪽 눈꺼풀을 들어올렸다.

"야, 보여? 아버지 눈알이 맛이 갔는데 이거 사용할 수는 있는 거야?"

장고는 노박이 착용한 렌즈를 통해 노박이 보는 것을 똑같이 볼 수 있었다.

"사용할 수 있는 약물을 투여한 거니까 괜찮습니다. 그보다 한 시간 안에 다 끝내야 하니까 어서 서두르시고 거기 일호기 칩은 제가 드린 걸로 지금 바로 교체하세요."

"하필 차 마시는 시간에 모조 놈이 와가지고." 노박이 투덜거렸다. "이걸 다 내가 해야 하니까 짜증 난다고."

"중요한 건 제가 다 해놓았으니까 그냥 갈아 끼우시기만 하면 된다니까요."

노박은 의장 옆에 멀뚱멀뚱 서 있는 안드로이드의 뒤로 돌아가 장고가 준 장비로 낑낑거리며 뒷목을 열고, 장고가 시키는 순서 대로 칩을 바꿔 끼우느라 애를 썼다.

"걔도 한 시간에 맞춰놓았으니까 서두르셔야 해요. 의장님 의식이 돌아오면 의자에 앉아 잠시 주무신 거로 일호기가 보고할 예정이라 제시간에 일을 마치고 모두 본래대로 돌려놓으셔야 합니다."

노박이 또 투덜거렸다.

"그러니까 네가 와서 하면 간단하잖아. 이게 너한테나 쉽지 나는 잘 안 된다고."

"아니, 의원님이니까 거길 들어갈 수 있는 거지, 저는 서재에 들어가지도 못하는데 자꾸 같은 말을 반복하서."

"너 지금 나한테 짜증 낸 거냐?"

"에이, 설마요."

의장의 일호 안드로이드에는 의장이 섭취하는 모든 음식물의 성분을 감지하는 기능이 있었다. 조금이라도 이상 성분이 발견되면 곧바로 급식을 중단하게 되어 있었는데 그 기능을 장고가 이미 한 차례 손 본 상태였고, 더불어 늘 정해진 시간에 차를 마시는 의장의 습관을 파악해 차도 미리 무미의 약물로 손 써둔 상황이었다. 목 뒤의 칩을 무사히 갈아 끼운 노박이 안드로이드의 동공 안쪽에서 두어 번 점멸하는 빛을 확인하고는 말했다.

"됐어." 그러고는 안드로이드의 눈을 다시 한 번 유심히 바라보고 말했다. "이거 정말 문제없는 거겠지? 제대로 안 하면 골치 아파진다."

"제대로 안 하면 저는 골치가 아파지는 게 아니라 그냥 골로 갑니다."

"호들갑은."

노박이 품에서 메타 보드를 꺼내 펼쳤다. 의장을 안아 들어 올렸다.

"아이 진짜 씨, 노인네가 뭐가 이렇게 무거워."

들어 올린 의장을 메타 보드에 조심스럽게 눕혔다.

"갓난아기 때도 날 한번 안아준 적 없는 양반을 내가 먼저 안아보네, 젠장."

메타 보드의 한쪽 옆에서 검은 천을 뽑아 의장의 몸을 덮고 이어 반대쪽에 걸쳐 고정했다. 천이 곧 투명해졌다. 노박은 보이지 않는 메타 보드를 앞세우고 방을 나왔다. 기나긴 복도와 파티오를 지나 의장 공관 크래프트로 옮겨 탄 노박은 곧 도시 정보 기록원으로 향했다.

아무도 의장을 납치할 생각 같은 건 하지 못했고 할 이유도 없었다. 목적이 생기면 앞뒤 없이 일부터 저지르고 보는 노박이었으므로 가능한 생각이었고 저지를 수 있는 행동이었다. 의장을 납치한다는 발상 자체도 무모했지만 본래는 실행이 불가능한 일이었다. 시스템에 이상이 생기지 않는 이상 그랬고, 만에 하나 이상이 생겨도 즉각 복구되었으며, 고의로 손을 대지 않는 이상 이상이 생길 확률은 소수점 이하 백 단위보다도 적었다.

그러니 경호와 의료 시스템의 연결이 끊긴 것은 결국 누군가의 고의가 작용했다고밖에 볼 수 없었다. 의장 개인의 시스템에 손을 댈 수 있는 사람은 의장 자신과 위급한 상황에서의 직계 가족밖에 없었다. 그리고 직계 가족 중에 그런 일을 벌일 만한 인물은 역시 노박뿐이었다. 노박은 일급 기밀 문서를 열람하기 위해 아버지를 설득하는 대신에, 상황을 위급하게 만들어 아버지의 신체 정보를 훔치는 방식으로 일을 처리하기로 마음먹었고, 그것은 과연 노박다운 결정이었다. 한때 권력 쟁취를 위해 친형제까지 음해한 경력이 있는 노박에게 그 정도의 결정은 한 줌의 고민거리도 되지 못했다.

도시 정보 기록원에 당도한 의장 공관 크래프트는 평의회 가문들만 출입할 수 있는 별도의 게이트로 착륙했다. 기록원의 정문으로 들어가 문서 열람을 신청하면 기밀 취급 인가 자격에 따른 단계를 밟아야 했다. 그러나 평의회 가문 출입구로 들어가면 특별한 자격 검증 없이 이급 기밀까지 열람할 수 있었다. 출입할 때 평의회 가문의 일원임을 확인해야 했으므로 출입 자체가 이미 자격 검증이었다.

입구에 선 노박은 동정맥 전신 혈관 스캐닝을 받았다. 곧 의장 가문의 일원임이 인증되었다. 보안대를 통과한 노박은 기나긴 복도를 지나 다시 현직 평의회 의원 및 의장만을 위한 보안대에 도착했다. 여기서는 의장의 생체 인증이 필요했다. 노박은 메타 보드를 세워 의장의 동정맥 전신 혈관 스캐닝이 이루어지도록 했다. 의장의 신분이 확인되었다.

의원 및 의장 전용 기록실에선 최고 기밀을 제외한 도시 정보의 모든 문서를 열람할 수 있었다. 총수 재임 기간 최고 기밀로 분류된 문서는 총수 공관에 보관되었고 임기가 끝난 후에 도시 정보 기록원으로 이관했는데, 그러고도 지정된 봉인 기간이 해제되기 전까지는 아무도 볼 수 없었다. 봉인이 해제되어도 역대 총수와 현직 총수만이 열람할 수 있었다.

노박은 일급 기밀 문서실조차 처음이었다. 휘둥그레 눈을 뜨고 한동안 그곳을 구경하던 노박은 시간 없다는 장고의 재촉을 듣고서야 정신이 돌아왔다. 노박은 장고가 시키는 대로 모든 일급 기밀 문서의 홀로그램 코드를 허공에 진열했다. 그러고는 낑낑거리며 장고가 준 장비를 꺼내 시키는 대로 연결하며 말했다.

"난 진짜 이런 걸 할 때마다 부숴버리고 싶은 충동에 휩싸인

다."

"그래도 그러시면 안 돼요."

"닥쳐."

다시 얼마간 낑낑거리던 노박이 말했다.

"이런 빌어먹을. 거지 같은 고철 덩어리. 진짜 확 다 때려 부술까?"

그러나 장고는 별로 걱정하지 않았다. 좀 더 일찍 터질 줄 알았는데 오히려 잘 참았다고 내심 생각했다. 불같은 성격치고 금세 포기하는 사람은 아니라서 장고는 차분하게 일이 마무리될 때까지 기다렸다. 마침내 장고의 예상대로 노박에게 현자의 시간이 도래한 듯, 나직한 목소리가 흘러나왔다.

"됐어, 빨리 시작해."

노박의 통신 보안 주파수에서 장고의 대답이 힘차게 울렸다. 코드 넘버링 아래로는 각 문서에 실린 내용의 요약본이 간결하게 적혀 있었다. 그러나 장고는 관련 요약본에 관계없이 모든 문서를 검토할 요량이었다. 장고의 초고속 스캐너가 그 일을 가능하게 해줄 터였다. 스캐너에는 먼저 검토하고자 하는 내용의 사전 검색어가 지정되어 있었다. 이 검색어를 기준으로 나노초 nanosecond(십억 분의 일 초) 단위로 페이지를 읽어 들이고, 그 가운데 지정 검색어가 포함된 문장과 문단과 문맥을 파악해 조금이라도 연관성을 지닌 내용은 남김없이 추출해 저장할 예정이었다.

매우 빠른 속도로 작업이 진행된다 해도 분량이 워낙 방대했으므로 적지 않은 시간이 걸렸다. 그 와중에도 장고는 요약본을 일

일이 검토하며 예상치 못한 내용 중에 추출해야 할 자료들이 혹시 있지 않은지 교차 검토 중이었다. 간간이 장고의 한숨이 흘러나왔다. 정해진 시간 안에 필요한 정보를 모두 뽑아내려니 고도의 집중력이 요구되었다. 그리고 얼마 후 장고의 짐작대로 예상치 못했던 내용의 문서를 발견했다. 행성 테라포밍terraforming? 하고 중얼거린 장고가 노박에게 물었다.

"혹시 행성 테라포밍 계획에 관해 들어보신 적 있으십니까?"

"뭐야 그게."

"테라포밍 프로젝트안이 있는데 의회 회의 시간에도 언급된 적이 없었습니까?"

"없어. 뭐냐니까 그게?"

"시간이 없으니까 일단 추출부터 하고 차후에 보고 올리겠습니다."

사십여 분의 시간이 흐른 뒤 마침내 작업이 마무리되었다. 장고가 다급하게 말했다.

"서두르셔야 할 것 같습니다. 서두르셔야 해요!"

노박도 상황의 시급함을 이해하고 있었던 터라 일절 반문 없이 서둘러 장비를 제거하고 기록실을 빠져나왔다. 첫 번째 인증을 마치고 날듯이 달려 두 번째 인증을 지나 의장 공관 크래프트에 올랐다. 그리하여 정확히 오십육 초를 남겨놓고 의장을 소파 위에 앉힐 수 있었다. 노박은 숨을 헐떡거리며 재빠르게 방을 나왔다.

"야, 씨. 진짜 간만에 짜릿했다."

"저는 심장마비 걸리는 줄 알았습니다."

의장이 눈을 떴고 동시에 일호 안드로이드의 기능도 작동되었다. 의장은 몸이 찌뿌둥한지 사지를 두어 차례 늘려 근육을 이완하고 안드로이드를 보며 물었다.

"여기……, 내가 여기서 쓰러지지 않았었니?"

안드로이드가 대답했다.

"네? 아닌데요, 의장님. 피곤하시다고 총수를 내보내고 잠시 휴식하셨습니다."

의장이 고개를 갸우뚱하고 "꿈이었나……" 중얼거리곤 잠시 생각에 잠겼다가 다시 물었다.

"얼마나?"

"한 시간가량 주무셨습니다. 컨디션을 체크해볼까요?"

"아니야. 이러고 잤는데도 컨디션은 매우 좋아. 웬일인지 아주 달게 잤네."

의장은 다시 어떤 생각에 잠시 잠겼다가 이윽고 중얼거렸다.

"그보다는 옥상에 한번 올라가보자, 얘."

의장의 사택에서 나온 모조는 총수 공관 크래프트를 타고 이동하던 중에 퀸의 보고를 받았다. 알파 구역을 조사 중이던 섀도가 경비대 통신을 듣고 동맹 연합군의 잔당들을 발견했다는 내용이었다. 모조가 의아하다는 듯이 물었다.

"동맹 연합군?"

퀸이 대답했다.

"네."

한동안 모조가 아무 말 하지 않고 있자 퀸이 다시 말했다.

"제 생각을 말씀드려도 되겠습니까?"

"뭔데."

"제 생각에 이들은 동맹 연합군이 아닙니다."

"그럼 뭐야."

"이들은 다른 세계에서 온 자들입니다."

"다른 세계? 왜 그렇게 판단해?"

"그들이 사용하고 있는 기술이 동맹 연합군 수준이 아닙니다."

"지금 교전 중이야?"

"네."

"섀도가 밀리고 있나."

"아닙니다. 비행체 추락의 여파로 저들은 아직 온전한 정신이 아닙니다."

"모두 몇 명이지?"

"둘 사살하고 현재는 일곱이 남았습니다."

모조는 잠시 침묵을 지켰다. 공관 크래프트 창문 아래로 간간이 구름이 지나치는 모습이 보였다.

"퀸."

"네."

"식민 구역 경비대 전 대원에게 동맹 연합군 잔당을 색출했고 전원 사살했다고 보고서를 띄워라. 현장에 섀도 말고 다른 병사도 있나?"

"새도뿐입니다."

"남은 일곱 명은 한 명도 죽이지 말고 내 공관으로 바로 데려와."

"집무실이 아니고 공관입니까?"

"그래. 앞으로의 보고 내용은 보안 독립 채널로 연결하고 최고 기밀로 등급 분류해서 처리해."

"네, 알겠습니다."

모조는 갑자기 피로가 몰려오는 듯 몸의 기운을 빼며 말했다.

"나는 눈을 좀 붙여야겠어."

짙은 어둠이 모조의 침실을 지배하고 있었다. 그 어떤 생명체도 존재하지 않았던 시절의 대우주처럼 깊고 어두웠지만, 그곳엔 모조가 있었다. 모조와 다른 사물들이 존재했고 그렇다는 사실을 증명이라도 하듯 그 공간 어디에선가 불빛이 살아 눈을 떴다. 작고 붉고 또렷한 불빛이 점처럼 눈을 뜨더니 소리 없이 점멸했다.

불빛은 퀸이었다. 퀸은 잠든 모조의 신경과 접속을 시도했다. 몇 가지 보안 사항을 승인한 뒤 신경과 연결된 퀸은 이내 모조의 뇌파를 알파로 전환했다. 모조가 눈을 떴고, 신음하듯 물었다.

"벌써 시간이 되었나."

퀸이 그렇다고 대답하고 "창문을 변환할까요?" 하고 물었다.

모조가 그러라고 했다. 동시에 침실 벽 한 면이 통째로 빛을 발산하더니, 이윽고 카메라 셔터처럼 직사각형 한 면 전체가 닫혔다가 열렸다. 벽이 투명해졌다. 그 뒤로 모조 도시의 구름 정원이 드러났다.

벽이 투명해지자 실내도 점등되었다. 빛이 어둠의 틈새까지 찾아 들어가 흔적을 지웠다. 침대에 누워 있던 모조가 몸을 일으켰다. 모조의 측면으로 모조의 몸을 그래핑한 홀로그램이 떴다. 홀로그램 속의 회로가 바쁘게 돌아가고 있었다. 표준화된 모조의 건강 상태를 점검하는 중이었다. 모조가 잠시라도 수면을 취하고 나면 반복하는 과정이었다.

수면 시간이 짧다고는 해도 베개에 머리를 대자마자 델타 수면으로 전환되어 숙면을 하는 데는 문제가 없었고, 해서 오랜 시간을 잘 필요도 없었지만, 그래도 신체 각 부분의 회복과 재생을 돕는 최소한의 시간은 필요했다. 숙면 덕에 피로감은 가셨으나 규칙적인 회복 시간이 꾸준하게 보장되지 않는다면, 건강을 위협할 수 있었다. 모조가 물었다.

"일은 어떻게 됐나."

"전원 생포하여 현재 공관 세이모SAMO 룸에 억류 중입니다. 지금 확인하시겠습니까?"

"아니, 일단 좀 씻고."

모조가 자리에서 일어나 거실로 나왔다. 발걸음을 디딜 때마다 바닥에 무지갯빛 파문이 일었다. 파문은 작게 원을 그렸다가 사라지기를 반복하며 실시간으로 모조의 신체 정보를 분석했다. 퀸이 말했다.

"체내 수분이 많이 고갈되어 있습니다. 마지막 식사를 마친 지도 열여섯 시간이 넘었습니다. 수분과 영양분을 보충할 수 있는 채소와 과일을 좀 준비할까요?"

"그건 됐고, 커피나 준비해줘."

"지금 커피를 드시면 영양 공급에 불균형을 초래할 수 있습니다."

"커피."

지시와 동시에 거실 한 면의 은빛 벽체에서 몇 가지 기구들이 돌출해 나왔다. 기구들이 재빠르게 주방의 형태를 갖추더니 탁자한 귀퉁이에서 빠른 속도로 커피 잔을 제작했다. 한 번 쓰고 파쇄할 잔이라고 해도 빅토리아 시대의 화려한 문양으로 재생되었다. 모조는 앤티크를 좋아했다. 모조의 취향에 따른 프린팅이었다.

모조의 공간에는 특별히 주방이라 명명할 만한 섹션이 존재하지 않았다. 필요한 시설들은 모두 벽면 뒤쪽으로 감추어져 있었다. 벽면 안쪽에 회전식 출력 시스템이 내장되어 있었다. 출력하고자 하는 물건의 종류에 따라 내장 시스템이 회전하며 해당 제품 출력이 가능한 프린터를 돌출시켰고, 출력이 완료되면 다시회전하여 원위치로 삽입되었다. 삽입된 후의 벽면은 그저 몇 점의 그림이 전시된 은빛 벽체에 불과했다.

간단한 음식이나 가재도구는 다 그렇게 즉석에서 제작하여 사용했다. 조리 과정이 복잡한 음식은 당일 출하된 신선한 식자재를 그 자리에서 튜브로 공급받아, 로봇이 직접 조리해 제공했다. 완성된 요리는 종류를 불문하고 시각적으로는 물론이요, 미각적으로도 전혀 손색이 없었다. 크리스퍼CRISPR를 사용하여 유전자를 편집해서, 사용자의 입맛에 꼭 맞춘 최고의 맛을 구현해내기 때문이었다.

돌출된 프린터 아래에서 잔이 형태를 갖추는 사이 모조는 욕실로 향했다. 모조가 걷는 방향에 따라 전방이 점등되었고 벽과 구조물의 틈 사이로 빛이 스며들어 윤곽을 만들었다. 모조가 욕실로 들어서자 침실 벽 한 면이 그랬던 것처럼 욕실 삼 면이 닫혔다가 열렸고, 열리는 것과 동시에 투명해졌다.

도시의 풍경이 한눈에 내려다보였다. 마치 허공 한가운데 샤워 부스가 마련되어 있는 것 같았다. 모조는 그 허공 속에 알몸으로 서 있었다. 알몸으로 서서 도시를 내려다보았다. 날씨가 좋지 않았다. 모조가 깊은 한숨을 한 번 내쉬고 욕실 벽에 손바닥을 대자 모조의 체온에 맞춘 온수가 천장에서 뿜어져 나왔다. 동맹 연합군 행세를 하며 식민 구역에 침투한 자들이 누구인지 모조는 알았다. 퀸으로부터 구체적인 보고를 듣지 않아도 직감으로 알아챌 수 있었다.

좀 가만히들 있지, 왜 자꾸 이래.

모조가 생각에 잠겨 있는 동안 자극 없는 세정제가 모조의 몸 구석구석에 분사되어 씻겨 내려갔다. 세정이 끝나는 것과 동시에 기분을 전환시키는 미풍이 불었다. 미풍 속에는 수분을 흡수하는 나노 입자가 포함되어 자연스럽게 몸을 건조하며 피부 상태를 점검했다. 건조가 끝나면 그에 관한 보고서가 잠시 뜰 것이고, 그 결과에 최적화된 보디 로션이 얇게 도포될 터였다.

모조가 샤워를 끝마치는 사이 연성 재질의 이동형 로봇이 욕실 앞으로 따뜻한 커피를 싣고 와 대기 중이었다. 모조는 자신의 공간에 누군가 다른 사람이 있는 느낌이 싫어 안드로이드를 선호하지 않았다. 모조의 공간에 있는 로봇은 전부 가구나 도구, 혹은 사전 입력된 몇 가지 형태로 변화 가능한 연성 로봇이었다.

모조가 가운을 입고 나오자 나무 형태로 분한 로봇이 선반을 지탱하고 있던 나뭇가지를 모조가 들기 좋은 위치까지 추켜올렸다. 향이 좋은 커피였다. 모조는 커피를 들고 거실로 향했다. 어디선가 모조가 좋아하는 음악이 흘러나왔다. 모조가 거실 소파에 앉아 커피를 마시는 사이, 이후 입을 의복이 몇 벌 추천되었고 모조의 선택에 따라 의복이 프린팅 되는 사이, 퀸이 말했다.

"그런데 생포한 자들에 관해 미리 좀 보셔야 할 내용이 있습니다."

"뭔데."

"생포한 일곱 명 중에, 이번 알파 구역 사고 사망자 명단에 올랐던 인원과 유전자 정보가 일치하는 사람이 셋이나 있습니다."

모조가 깜짝 놀랐다.

"뭐? 그게 무슨 말이야?"

퀸이 홀로그램을 열었다.

"알파 더블유 일구팔칠공육일공, 알파 피 일구팔공공오일팔, 알파 알 일구칠구십이십이. 각각 물, 동력, 원자재 파트에 배치된 인원이었습니다."

홀로그램 영상이 재생되는 순간, 모조는 커피 잔을 떨어뜨릴 뻔했다. 모두 아는 얼굴들이었다.

"저들이 지금 세이모 룸에 있다고?"

퀸이 그렇다고 대답했다. 모조가 자리에서 벌떡 일어나 세이모 룸으로 향하기 시작했다. 나무 한 그루가 제작이 끝난 옷을 들고 허둥지둥 모조의 뒤를 따랐다.

세이모 룸에는 수, 파로, 탄과 건, 진, 랭과 자하비가 시험관 같은 유리 원통에 갇혀 아치형으로 나열되어 있었다. 모조는 가운을 갈아입지도 않은 채 세이모 룸으로 뛰어들어 이들의 면면을 살폈다. 수와 건과 탄을 보고 모조가 놀란 목소리로 외쳤다.

"너희들이 어떻게⋯⋯."

그러더니 옆을 보곤 약간 얼빠진 목소리로 중얼거렸다.

"진?"

진도 그런 모조를 물끄러미 바라보고 있었다. 둘은 한동안 말 없이 서로 바라보기만 했다. 먼저 입을 연 것은 진이었다.

"오래간만이네."

수와 건과 탄이 진을 바라보았다. 모조는 진의 말을 못 들은 사람처럼 말했다.

"네가 왜 여기 있어?"

"네가 여기로 잡아 온 거 아니었어?"

모조가 갑자기 소리를 버럭 질렀다.

"네가 왜 거기 있었냐고!"

진이 여전하다는 표정으로 모조를 잠시 바라보다가 피식 웃고 말했다.

"있을 만하니까 있었지."

모조가 길게 한숨을 내쉬고 주위를 두리번거렸다. 옷 말고 물컵은 또 언제 들고 쫓아왔는지, 구석에 있는지조차 모르게 서 있던 나무 한 그루가 다가와 모조 앞에 냉수를 내밀었다. 모조가 컵을 들어 벌컥벌컥 들이켜고는 후, 하고 다시 한 번 숨을 내쉬었다. 그러더니 누가 보거나 말거나 가운을 홀렁 벗어 던지고 나무가 들고 있던 옷을 빼내 입었다. 순간 유리관 속에 있는 사람들의 눈이 휘둥그레졌다.

"그래, 좋아. 차분하게 얘길 해보자." 모조가 말하고는 문득 생각났다는 듯 수와 건과 탄을 가리켰다. "쟤네들은 또 어떻게 된 거야. 쟤네가 왜 너랑 있어. 쟤들을 구했던 거야? 쟤들이 너한테 무슨 가치가 있어서."

진이 말했다.

"차분하게 얘기하자며."

모조가 가만히 진을 노려보다 퀸에게 말했다.

"진만 빼고 나머지는 다 집어넣어."

자하비가 이마로 유리관을 두어 차례 들이받았지만 모조는 신경도 쓰지 않았다. 자하비의 이마에서 한 줄기 피가 흘러 눈물이 얼룩진 볼 위로 흘러내렸다. 진을 제외한 여섯 개의 유리관이 바닥으로 하강해 사라졌다. 모조가 퀸에게 말했다.

"저거 열어."

퀸이 대답했다.

"신원이 확인되지 않은 인물입니다."

"알아. 열어."

"섀도를 대기시킬까요?"

모조가 고함을 버럭 질렀다.

"빨리 열어!"

유리관이 열렸고 진이 나왔다. 모조가 벽 한 면으로 다가가 손으로 쓸자 벽면이 통째로 투명해졌다. 광활한 창공과 그 아래로 펼쳐진 잿빛 운해가 드러났다. 운해 사이로 간간이 잘 조경된 정원이 보였고 폭포 같은 물길도 보였다. 모조가 공중 정원을 내려다보며 말했다.

"다시 보지 않기로 했잖아."

"착각하지 마, 널 보러 온 게 아니야."

모조가 고개를 돌려 진을 한참 바라보다가 말했다.

"그래, 맞아. 그렇지."

모조가 다시 창밖을 내다보았다. 진이 말했다.

"여긴 유전자 기술도 많이 발달했던데, 늙는 걸 감추고 싶은 생각은 없었나 봐?"

"네가 신경 쓸 일 아니잖아."

"그래, 그렇지."

"그리고 나도 그런 거나 신경 쓰고 있을 만큼 한가하지 않아."

진이 고개를 끄덕였다. 모조가 다시 진을 돌아보며 말했다.

"대항군 지휘관 몸을 찾으러 왔니?"

진이 약간 놀란 표정으로 모조를 쳐다보았다.

"정보원은 너만 쓸 수 있는 게 아니야."

"네가 우리 공동체에 아직도 관심이 있는지는 짐작도 못 했네?"

"관심 없어. 그냥 가끔……." 모조가 허탈하게 웃고 말했다. "됐고, 쟤들은 어떻게 된 거야? 너 쟤들이 누군지는 알아?"

"알아."

모조가 가만히 진을 바라보았다. 진이 말했다.

"그러니까 우릴 그냥 돌려보내줘."

"너 지금 뭘 하고 다니는 거니?"

"정보원이 있다며."

"그건, 니들의 그 하등 쓸모없는 이상주의 정보나 캐내려는 게 아니라……."

모조는 갑자기 말문이 막힌 듯 잠시 말을 잇지 못했다. 진이 말했다.

"네가 이상주의라고 부르는 걸 우리는 품위라고 하지. 그래, 캐내려는 게 아니라 뭐? 그게 아니면 날 스토킹하려는 거였나?"

모조가 피식 웃었다. 진이 말했다.

"정말인가 보네."

"왜 왔는지나 말해."

"네가 지금 말했잖아. 지휘관의 몸만 구할 수 있으면 백신 연구가 훨씬 빨라질 거야."

"그래, 그 데이터까지 복원해내다니 너희도 참 집요하다는 생각을 했지. 한데 몸을 찾으면 백신 연구는 여기서도 할 수 있어."

"하지만 하지 않겠지. 이제껏 자료 복원조차 하지 않았으니까.

넌 예전에도 그랬어. 지나간 일은 중요하지 않다고 생각했어. 게다가 지금 넌……, 이곳을 떠날 생각만 하고 있을 테니까 더더욱 관심 없겠지."

"언젠가는 결국 다 떠나야 해."

"아니, 그건 네 생각일 뿐이야."

모조는 다른 행성을 지구와 같은 환경으로 만드는terraforming 데 인류의 미래가 있다고 믿었다. 얼마간은 지구에서의 삶이 지금 같은 방식으로 유지될 수 있겠지만, 미래에는 결국 방법이 없다는 게 모조의 생각이었다. 바이러스는 끝내 잡지 못할 것이고 자원은 점점 더 줄어들 것이며 인위적으로 인구를 통제하는 것도 불가능할 거라고 모조는 생각했다. 그러나 진의 생각은 달랐다.

"어떤 경우에도 인간은 지구에 남아 있어야 해."

그게 진의 생각이었다. 어차피 지구를 훼손한 건 인간이었다. 그런 인간이 이제 자신들이 망가뜨린 지구가 쓸모없어졌다고 버리고 떠나 새로운 행성을 개척한다는 건, 인간이 이 우주에서 가장 쓸모없는 존재라는 걸 입증하는 행위일 뿐이라고 진은 주장했다. 만약 인간이 망가뜨린 자신들의 터전을 끝내 스스로 회복하지 못한다면, 마땅히 함께 그 결과를 받아들여야 한다는 것이었다.

"우주의 모든 행성이 전부 우리 소유가 아니야. 우리가 우리 마음대로 아무 곳이나 가서 우리 입맛에 맞게 그곳의 환경을 망가뜨리고 다닐 권한은 없어. 우리에게 주어진 땅을 우리 스스로 망가뜨렸다면 그 책임도 우리가 지는 게 맞아."

모조도 무조건 회복할 수 없다고 생각하는 것은 아니었다. 그러나 이제껏 그래왔듯 문제는 항상 인간이었다. 미래라고 해서 달라질 건 없었다. 인간은 변할 수 없는 존재였다. 인간이 존재하는 한 지구는 회복될 수 없었다.

"여전하네, 진."

모조가 진을 물끄러미 바라보았다. 진이 모조 앞으로 가만히 손을 내밀었다.

"품위 얘기라면 여전한 게 맞고, 결단력이라면 예전과 다르지."

진의 손목에서 짧은 광선 단도가 솟아올랐다.

모조의 눈이 커졌다. 양 입가가 올라가며 미소도 함께 솟았다.

"재미있네. 너는 이런 권모술수 같은 거 절대 못 하는 줄 알았는데. 정말 변한 건가? 그렇다면 네가 정말로 변했다는 걸 내게 보여줘. 그걸로 날, 정말로 찌를 수 있다는 걸 보여줘."

모조가 진이 든 광선 단도로 바싹 다가섰다. 광선 단도의 끝이 모조의 목에 닿았다. 살이 타들어가는 냄새가 피어올랐다. 그러나 진도 물러서지 않았다.

"자신 있으면 더 들어와봐. 내가 물러나는지 아닌지 직접 확인해봐."

그러더니 허공에 대고 외쳤다.

"퀸, 아무 짓도 하지 마. 네가 무슨 짓을 하든 내가 조금이라도 낌새를 알아채면 가만히 있지 않을 거야. 넌 지금 나를 감지할 수 있으니 내가 어떤 결정을 내릴지 잘 알고 있겠지."

퀸이 말했다.

"당신은 내게 명령할 수 없습니다."

"네 주인이 죽어도?"

퀸은 한동안 대답하지 않았다. 그러나 잠시 후 말했다.

"당신은 총수님을 죽일 수 없습니다."

진이 소리쳤다.

"웃기지 마!"

모조가 말했다.

"이러면 결국 네 동료들만 다쳐."

"안 이러면 안 다쳐?"

진을 가만히 바라보던 모조가 물었다.

"뭘 원하니. 돌아가는 거?"

"그래."

"단지 그것뿐이야?"

"우리가 돌아가고 난 뒤에 지휘관의 몸도 찾아줘."

모조의 눈이 가늘어졌다. 잠시 침묵이 흘렀다. 이윽고 모조가
말했다.

"퀸, 이들을 풀어줘라."

퀸은 반문하지 않았다. 바닥에서 여섯 개의 유리관이 다시 솟
았고 문이 열렸다. 자하비가 나오자마자 슈트를 전투 모드로 바
꾸고 양손에 칼을 뽑아 들었다. 두 자루의 은빛 칼날이 빛을 받아
번쩍였다. 랭도 진의 모습을 확인하고는 재빠르게 전투 모드로
슈트를 전환하고 라이플을 꺼내 들었다. 모조가 수와 건과 탄을

차례로 바라보았다. 진이 모조의 몸을 돌려세웠다. 그리고 퀸에게 말했다.

"멀티 크래프트 대기시켜."

퀸은 아무런 대꾸도 하지 않았다. 모조가 말했다.

"해달라는 대로 해줘."

진이 말했다.

"추적기 같은 건 떼. 어차피 우리가 확인하겠지만 번거롭게 하지 마. 만약 추적기가 발견되면 너의 주인도 돌려주지 않을 거야."

퀸이 물었다.

"지금 총수님도 데려가겠다는 말인가요?"

"그러지 않으면 네가 우릴 순순히 보내주겠어?"

"맞습니다. 하지만 순순히 보내드리지 않는 건 지금도 마찬가지입니다."

퀸의 말이 끝나는 것과 동시에 진과 모조 사이에서 섬광이 번쩍이고는 진이 저만치 나가떨어졌다. 모조도 두어 걸음 앞으로 밀려 나와 무릎을 꿇었다. 자하비가 소리쳤다.

"섀도야!"

동시에 아직 전투 모드가 아니었던 사람들도 황급히 슈트를 전환했다. 건이 재빠르게 글라스를 초분광 모드로 바꾸고 사격했다. 섀도 하나가 건의 빔을 눈치채고 각도를 틀었는데 빔이 구십 도로 꺾이며 섀도를 쫓아가 맞혔다. 섀도가 나가떨어지며 은신이 풀렸다. 뒤통수에서 전기 불꽃이 일었다. 랭이 진이 쓰러진 곳으로 달려갔다. 퀸이 말했다.

"총수님의 목숨에 위협이 가해지면 제가 자율적인 의사 결정을 내릴 수 있습니다."

모두 여섯 대의 섀도가 세이모 룸에 있었는데 그중 한 대가 이제 막 건의 총에 맞고 쓰러진 참이었다. 진을 쓰러뜨린 섀도가 재빠르게 모조를 부축해 뒤로 물러섰다.

순식간에 공중으로 날아오른 자하비가 남은 다섯 대 중, 또 한 대의 목을 잘라냈다. 머리가 달아난 섀도의 은신이 풀리며 목에서 전기 불꽃이 튀었다. 자하비가 팽이처럼 몸을 회전하며 자리를 이동했다. 회전하던 힘으로 두 자루의 칼을 휘둘렀지만 섀도도 더는 쉬이 당하지 않았다. 무언가가 자하비의 칼에 맞아 불꽃이 일었지만 그것은 섀도의 방어구였다.

자하비의 칼을 막아낸 섀도의 머리통을 랭이 라이플로 정확하게 맞혔다. 섀도의 머리가 십 도 정도 꺾였다가 다시 제자리로 돌아왔다. 랭의 라이플엔 불행히도 신경 탄환이 들어 있었다. 신경 탄환은 섀도에게 아무런 손상도 입히지 못했다. 랭이 자신의 실수에 놀라 황급히 라이플의 모드를 바꾸었지만, 그 사이 섀도가 이미 다가와 랭의 머리를 벽에 처박고 라이플을 빼앗아 분실렀다.

파로가 랭의 이름을 외쳤다. 그러나 몸이 얼어 움직이지 못했다. 곡선으로 사라졌던 섀도가 느닷없이 직선거리의 파로 앞에 나타났고 파로는 턱이 들리며 저만치 나가떨어져 정신을 잃었다. 어디선가 나타난 또 다른 섀도가 탄의 몸통을 벽으로 끌고 가 글라스가 깨질 정도로 세차게 들이박았다. 탄이 풀린 눈을 치뜨고 뒤로 나동그라졌다.

건이 다시 사격했지만 섀도는 이제 건의 사격 궤적을 읽었다. 동시에 세 번이나 몸의 각도를 틀어 건의 빔을 피했고 그러는 사이 다른 섀도가 나타나 건의 총 든 팔의 팔꿈치를 꺾어버렸다. 건이 꺾일 수 없는 각도로 꺾인 팔을 움켜쥐고 비명도 지르지 못한 채 무릎을 꿇었다.

수는 순간 공황에 빠졌다. 수는 이 장면을 알고 있었다. 노파의 비명이 머릿속에서 여러 소리와 함께 섞여 공명했다. 수가 뒷걸음치다가 벽에 부딪혀 주저앉았다. 두 손을 벌벌 떨며 머리를 감싸 안았다. 건의 팔을 부러뜨린 섀도의 머리를 자하비가 날렸다. 자하비가 소리쳤다.

"정신 차려, 은수!"

그 말에 오히려 탄이 정신을 차리고 수를 찾았다. 모조가 그 모든 광경을 가만히 지켜보다 밖으로 나가며 말했다.

"진 빼곤 생포할 필요 없어."

그러자 섀도의 팔꿈치 아래에서 손날까지 날카로운 칼날이 생성되었다. 건이 넘어진 상태에서 다른 팔로 총을 집어 들자 섀도가 건의 팔을 밟았다. 우지직, 하고 팔뼈가 부서졌다. 그 소리를 수가 들었다. 건은 이를 악물고 비명을 참았다. 수가 고개를 들어 건을 보았다. 건의 고통스러운 얼굴이 수의 동공 가득 상을 맺었다. 그때 섀도가 손을 들어 건의 팔을 잘랐다. 끝내 건의 비명이 터져 나오고 말았다. 수가 소리쳤다.

"안 돼, 오빠! 안 돼!"

섀도의 팔목에서 짤막한 은장도 같은 물건이 튀어나왔다. 물건의 양쪽으로 유선형의 빔이 생성되었다. 섀도가 그것을 그대로 수에게 던졌다. 탄이 몸을 날려 빔을 막았다. 빔은 탄의 등허리를 부수고 다시 섀도에게로 돌아갔다. 수 앞에 쓰러진 탄이 수의 발을 잡고 힘없이 흔들며 말했다.

"정신 차려야 해. 어서 도망가."

탄의 입에서 피가 쏟아졌다.

자신이 바라보고 있는 것이 무엇인지 잘 이해가 안 간다는 듯이 탄을 잠시 내려다보던 수가 갑자기 홀로그램을 열고 미친 듯이 키보드를 두드리기 시작했다. 섀도 세 대가 그런 수를 의아하다는 듯이 얼마간 바라보았다. 그러다 자신들의 임무가 다시 생각난 듯 원래의 모드로 곧 돌아갔고 건의 팔을 자른 섀도는 이제 막 건의 머리도 내려칠 참이었다. 바로 그때, 모든 것이 멈추었다. 정지된 공간 속에 정적이 흘렀다. 마치 그 순간에 누군가 마법이라도 건 것 같았다.

그러나 모든 것이 멈춘 것은 아니었다. 마법의 주인은 살아 있었다. 눈동자와 손가락이 현란하게 율동히고 있었다. 섀도 세 대는 일제히 동작을 멈추었다. 그중 불완전한 자세로 동작을 멈춘 두 대의 몸통이 깡통처럼 바닥으로 나뒹굴었다. 이윽고 랭도 정신을 차리고 상체를 일으키며 수를 보았다. 수는 마치 신들린 사람처럼 홀로그램 키보드를 두드리고 있었다. 퀸의 목소리가 전파 방해를 받은 것처럼 띄엄띄엄 오류를 일으켰다. 이제까지 전혀 들어보지 못한 생소한 기계음이 울렸다.

"은수……, 사살……, 은, 안, 수……."

종의 패턴

커다란 창에 술병이 부딪히자 굉음이 울렸다. 유리 표면이 거미줄 모양으로 갈라지는가 싶더니 이내 원형으로 복원되었다. 시간을 되돌리듯 금 간 부분이 다시 접합되었다. 술병 또한 방탄유리에 맞고 튕겨 나오듯 바닥에 떨어져 나뒹굴었지만 깨지지 않았다. 창밖으론 구름 한 점 없이 맑은 하늘이 펼쳐져 있었다. 그 아래로 온갖 모양의 고층 빌딩들이 벌집처럼 밀집해 있었다. 노박이 중얼거렸다.

"그러니까 나만 모르고 있었다는 말이지?"

장고가 재빠르게 바닥에 떨어진 술병을 주웠다. 냅킨을 들어 흐른 술을 닦아내고 술병을 다시 테이블 위에 올려놓았다. 공간 한쪽에는 장고가 하루를 꼬박 들여 준비한 보고 자료가 떠 있었다. 방대한 분량의 일급 기밀을 노박이 이해하기 쉽도록 도표화하고 선형화하고 우선순위를 잘 정리해 기록했다. 노박은 문장이 세 줄만 넘어가도 성질을 부렸다. 장고가 말했다.

"저도 몰랐는데요."

"장난하지 마라. 나 지금 장난할 기분 아니다."

장고가 입술을 안쪽으로 말아 넣으며 한 발 뒤로 물러섰다. 아무 말 않고 노박이 진정하기를 기다렸다. 장고는 누구보다 노박을 잘 알았다. 불같은 성미를 지녔지만 그 순간만 잘 모면하면 또 언제 그랬냐는 듯이 금방 잊어버리는 사람이었다. 시종 멍청한 것 같았지만 그렇지 않을 때도 많았다. 남들은 모르지만 장고는 아는 특징이었다. 때론 멍청한 게 콘셉트가 아닌가 싶을 정도로 매우 명석하고 날카로웠다. 다만 그놈의 성질이 문제였다.

사람들 대부분이 노박의 그런 성미를 못 견뎠다. 하지만 장고는 달랐다. 그들이 못 견디는 이유는 똑같은 부류라서 그렇다고 생각했다. 그들에게도 같은 크기의 권력을 주면 똑같이 행동할 거라는 걸 장고는 잘 알았다.

해서 장고는 오히려 노박 같은 부류가 훨씬 더 다루기 수월했다. 노박은 의외로 남의 의견을 잘 경청하기도 했다. 잠시 기다려 솟구친 피가 좀 내려가면, 장고는 오늘의 보고 사항이 그렇게 나쁜 사인만은 아니라는 사실을 피력할 생각이었다. 홀로그램을 이리저리 헤집으며 한동안 침묵을 지키던 노박이 마침내 입을 열었다.

"네가 보기에도 해상 도시보다 테라포밍인지 지랄인지가 더 나아?"

과연 장고의 예상대로였다. 있어 보이지만 의미가 명확지 않은 말들에는 경기를 일으키듯 거부 반응을 보이는 노박이었지만, 중요한 사안에서는 늘 문제의 핵심을 바로 간파하는 능력이 있었다. 신경회로 컨트롤러에 관한 의문 없이 곧바로 테라포밍으로 파고드는 건 그것이 일급 기밀의 핵심이라는 걸 알아챘다는 뜻이었다. 다른 내용은 모두 테라포밍으로 귀결되는 과정에 지나지 않았다.

노박이 칭찬하지는 않았지만 장고는 스스로 만족했다. 일단 자료를 기가 막히게 잘 정리한 자신의 요약 능력이 흡족했고 무엇보다 탁월한 선구안이 감탄스러웠다. 자신이 테라포밍 자료를 자칫 발견하지 못했더라면 노른자 없는 달걀만 들고 나온 꼴이 될 뻔했다. 송사리를 잡으러 들어갔다가 고래를 잡아 나왔다.

"꼭 나은 건 아닌데 의원들이 찬성하는 이유 정도는 이해할 수 있을 것 같습니다."

마치 보채는 둘째 아들을 달래듯이 대충 비위를 맞춰 말하면 노박은 알아서 골라 들을 터였다. 지금과 같은 상태라면 아마 이미 답을 알고 있을 확률이 높았다. 이럴 때 하는 노박의 질문은 해답을 묻는 것이 아니라, 뭔가 마음에 들지 않는 결과에 대해 위로를 받고 싶은 것이었다. 위로만 해주면 스스로 알아서 정답을 향해 나아갈 것이므로 굳이 세세하게 가르치듯 잘난 척할 필요가 없었다.

"그러니까 지구를 해상 도시화하는 것보다 저 짓거리가 경제적으로 더 효율적이라는 말이잖아."

그게 사실이었다. 행성 전체를 테라포밍하는 비용이야 당연히 해상 도시와 비교할 수 없을 만큼 대자본이 들겠지만, 모조가 일차적으로 구상하는 페러테라포밍paraterraforming은 확실히 더 효율적이었다. 게다가 자원과 자본을 두 곳으로 분산하지 않고 한 곳으로 집중하는 전략 또한 아주 돋보이는 선택이었다. 장고가 말했다.

"아 그건 모조 입장에서의 일방적인 주장이죠. 평의회 의원들한테 의견을 관철하려고 뽑은 자료인데 그럼 안 효율적이라고 하겠습니까?"

그제야 노박은 표정이 좀 풀어지며 오히려 평의회 의원들의 편을 들었다.

"그래도 노인네들이 전부 머저리도 아니고 투표로 의결했다는 건 나름대로 타당성이 있다는 말 아니야?"

"아무래도 비용보다는 활용도 면에서 더 지지를 받은 게 아닐까 싶습니다. 지구는 협소하고, 환경도 이미 맛이 갔고, 달에서까지 자원을 퍼 오는 마당에, 굳이 여기다가 새 도시를 건설하는 것보다는 아예 새로운 행성에서 새롭게 시작하자는 말이 언뜻 듣기에도 좀 있어 보이잖아요? 그런 면 때문에 설득당한 게 아닐까 싶은데요. 모조가 하는 짓이 워낙 여우잖습니까. 잘 아시다시피, 노인네들을 기가 막히게 구워삶는다니까요."

"그래서 네가 보기엔 가능성이 있어?"

가능성이 있는 정도가 아니라 이미 완성 단계에 있었다. 행성 전체가 지구화될 때까지는 더 오랜 시간이 걸리겠지만 현재 지구에 거주하는 사람들이 일차적으로 이주하기에는 충분한 시설이 건립되었음을 장고는 확인했다. 노박도 그 점을 이미 파악했음에도 그렇게 묻는 것일 터였다. 장고는 잠시 생각하고 대답했다.

"쉽진 않겠지만 가능성이 아예 없는 것 같진 않습니다."

"이야, 그런데 모조 이 새끼……, 나는 달에 왔다 갔다 하는 게 진짜 물이랑 돌만 가지고 오는 건 줄 알았는데 뒤로 저 지랄까지 하고 자빠져 있을 줄은 짐작도 못 했네."

식민 구역에서 정화한 물은 식민 구역과 하급 도시에서만 사용했다. 모조 도시에 공급하는 물은 달에서 가져왔다. 모조 도시 상급 시민들은 아무리 깨끗하게 정화한다고 해도 식민 구역 생산 용수를 사용하길 원치 않았다. 고로 사람들은 달에서 물을 가져오는 김에 토륨이나 티타늄 같은 광물 자원도 좀 가져오는 정도로만 알고 있었다.

무엇보다 헬륨 스리의 비밀이 풀렸다. 핵융합 원료로 사용하는 헬륨 스리가 채취되는 건 분명했는데, 그간 용처가 분명치 않았다. 그런데 테라포밍이 대입되면서 공식이 완성되었다.

식민 구역에서 생산하는 에너지와 지상에서 태양열을 이용해 생산하는 에너지는 지구에서 사용하기에도 빠듯했디. 장고는 에너지 저장 장치를 심으면서 이를 더 분명하게 알게 되었다. 핵융합 발전을 돌리면 에너지 사정이 좀 나아져야 하는데 별로 차이가 없던 것에 장고는 의구심을 품고 있었는데, 헬륨 스리가 지구 아닌 다른 행성으로 날아간다고 하면 앞뒤가 맞았다.

그러나 대부분의 시의원은 그런 일에 장고만큼도 관심이 없었다. 어차피 모조 사회는 일개 시의원이 뭘 안다고 달라지는 세계가 아니었기 때문이다.

"그런데요, 이걸 잘 활용하면 우리에게도 좋은 기회가 되지 않을까 생각합니다. 그래서 의장님도 묵인하신 게 아닐까요?"

"무슨 기회."

"어차피 그 큰 행성이 지구화되면 모조 혼자 가서 살 것도 아니고 자기가 개발했다고 해서 모두 자기 게 되는 것도 아니지 않습니까. 그러니 그 일은 그 일대로 열심히 하도록 내버려두고, 완성되면 우리는 우리대로 이주를 마친 다음에 계획은 계획대로 실천하면 일 처리가 훨씬 더 깔끔해지지 않을까 싶습니다."

노박이 물끄러미 장고를 바라보자 장고가 재빠르게 말을 이었다.

"그러니까 바퀴벌레를 잡는데 물건 가구 다 그대로 두고 소독하면 아무래도 사각이 있잖습니까? 다시 들어가 살려고 해도 청소하기 번거롭고 여전히 께름칙하고. 그런데 이사하면서 짐 싹 다 비우고 깨끗하게 소독하면 그거야말로 직방이죠. 식민 구역 친구들이 거름이 돼서 지구가 저절로 되살아날지도 모릅니다."

노박이 맞장구를 쳤다.

"게다가 이주하는 과정에서 혼잡한 틈에 누구 하나 사고로 죽어 나가도 별로 이상할 것도 없고."

"바로 그렇습니다!"

"애들 불러라. 애들 불러서 대책 회의 하자."

그때 노크가 울렸고 장고가 대답하자 클럽 매니저가 들어왔다.

절도 있게 인사를 마친 매니저가 말했다.

"자택에서 연락이 들어왔습니다."

"누구야, 엄마야?"

"의장님이신 것 같은데요?"

"뭐? 왜? 그 노인네가 갑자기 날 왜 찾아? 죽을 때까지 안 찾을 것 같더니."

매니저는 속으로야 그걸 내가 알 턱이 있겠냐고 생각했겠지만 겉으로는 전혀 내색하지 않았다. 묵묵히 서 있을 따름이었다. 장고가 말했다.

"설마 뭔가 눈치를 채신 건 아니겠죠?"

"새끼, 쫄긴. 쓸데없는 잔소리나 잔뜩 늘어놓겠지. 안 그래도 자기들끼리 저런 짓거리나 하고 앉아 있어서 열 받아 죽겠는데. 애초에 저걸 한다고 말을 했으면 내가 애먼 데서 삽질할 일도 없었잖아? 하여간 노인네들이 음흉한 작당도 작작 해야지." 노박이 쯧, 혀를 한 번 차더니 덧붙였다. "아무튼 애들이나 소집해. 갔다 올 테니까."

도시에 테라포밍 소문이라도 돌면 다시 한 번 혼돈의 바람이 몰아칠 공산이 높았다. 그래서 이런 일은 본래 최고로 입이 무거운 사람들로만 구성해 추진하기 마련이었는데, 노박의 입이 그 정도로 무겁다고는 보기 어려웠다. 그러나 장고는 자신이 그런 말을 할 수는 없었으므로 다른 말을 했다.

"아무리 열 받아도 일급 기밀 보신 건 말씀하시면 안 됩니다."

"미친놈. 내가 알아서 해, 인마."

노박이 방을 나가고 장고가 노박의 뒷모습을 물끄러미 바라보았다. 장고는 노박의 심복이었지만 의장의 가신이기도 했다. 두 사람의 의견이 대치될 때 장고의 입장이 가장 곤란했으나 그렇다고 어느 한쪽으로 몰방할 수는 없었다. 장고는 늘 양쪽 모두 만족할 수 있는 결과를 내려고 애썼다. 두 배로 힘이 드는 일이었지만 장점이 없는 것도 아니었다. 덕분에 이 도시가 돌아가는 사정을 누구보다 잘 파악할 수 있었다.

　그래도 기본적으로 의장이 살아 있는 한, 가문의 가신 역할에 좀 더 중점을 두어야 했다. 왜냐하면 의장은 어느 면으로 봐도 범접하기 어려운 인물이기 때문이었다. 의장의 지시에 따르다 보면 왜 그런 일을 시켰는지 파악하지 못한 채 일을 진행하다가도 어느 시점에 이르면 퍼즐이 맞춰질 때가 많았는데, 그럴 때마다 장고는 의장의 혜안에 감탄하지 않을 수 없었다. 어떻게 그 많은 수를 미리 내다볼 수 있는지 존경스러웠다.

　인류 재건 플랜B 또한 그랬다. 그 보고서를 장고에게 건네준 사람이 의장이었다. 장고는 왜 자기 가문에서 그 문서를 보관해야 하는지도 몰랐다. 의장은 노박을 백 퍼센트 신뢰하지 못했다. 특히 그 성급함과 일을 벌이기도 전에 부풀리는 습성을 몹시 못마땅하게 여겼다. 해서 프로젝트 일체를 장고가 주관하도록 지시했다. 그땐 왜 그래야 하는지 잘 몰랐고 노박을 속이려니 불편했지만, 일을 진행하다 보니 이유를 알 것 같았다. 그건 노박의 심리를 적확하게 꿰뚫어 본 업무 지시였다.

노박이 인류 재건 플랜B의 부활을 평의회나 의장의 지시로 진행했으면 지금쯤 아마 온 도시 사람들이 다 알고 있을지도 몰랐다. 그러나 노박 스스로 고안해낸 일처럼—물론 일은 장고가 다 했지만—아무도 몰래, 심지어 평의회와 의장조차 모르게 추진하는 방식으로 하다 보니 믿기지 않을 만큼 철저하게 보안이 유지되었다.

의장이 군이 노박에게 이 일을 맡겨 성사시키려고 한 데는 아마도 발설 확률이 가장 높은 사람에게 직접 임무를 맡겨 통제하려는 현명함이 깔려 있었겠으나, 한편으론 의장이기에 앞서 아버지이기에 가능한 일이기도 했을 거라고 장고는 짐작했다. 굵직한 일 하나를 스스로 완성케 하는 것으로, 노박의 입지를 다시 한 번 다져주려는 의도인지도 몰랐다.

그런데 아니나 다를까 모조가 걸림돌이었다. 의장만큼은 아니었지만 모조 또한 귀신이었다. 각별하게 주의했음에도 식민 구역에 섀도가 내려온 순간 불길한 예감이 들지 않을 수 없었다. 모조가 의장의 사택에 들렀던 이튿날 의장이 공관으로 장고를 불렀다. 그나마 기록원에 몰래 들어간 사실은 알아채지 못한 듯싶어 한숨을 돌렸지만, 된통 깨지고 돌아와 기밀 자료들을 정리하다 보니 어쩌면 이 모든 게 의장의 큰 그림일지도 모른다는 생각이 불현듯 들었다.

의장은 모조를 이용해 행성 지구화를 끝마치고 나면 식민 구역 사람들은 그대로 지구에 남겨둘 생각이었던 것이다. 그 와중에 고주파 전송 장치를 만들도록 지시한 것은 그들을 어떤 상태로 남겨둘 것인가를 추측할 수 있게 했다. 해서 장고가 노박에게 귀띔한 내용은 사실 자신의 생각이 아니라 의장의 생각에 더 가까울 거라고 장고는 추측했다.

다만 여전히 풀리지 않는 의문은 왜 의장이 그토록 집요하게 멀티 크래프트 탐사에 관심을 두느냐는 점이었다. 애초에 장고로 하여금 노박을 부추겨 직접 탐사에 나서도록 한 사람도 의장이었다. 하물며 최근에는 이중 탐사까지 지시했다. 변이된 숲속 우거진 곳까지 헤치고 들어가 탐사를 해야 했는데, 그것은 정화 대륙을 찾는다기보다 생명체를 찾는 쪽에 더 초점이 맞춰져 있다는 것을 암시했다.

풀리지 않는 의문은 한 가지 더 있었다. 신경회로 컨트롤러와 테라포밍을 선도하는 양자나노기술은 모두 모조의 손에서 시작되었다. 모조의 양자나노기술로 최소 수백 년은 걸릴 테라포밍이 백 년 안쪽으로 가능하게 되었으며, 현재 완성된 시점에서 불과 오륙십 년만 지나면 전체 행성 지구화도 가능해 보이는 수준이었다.

문제는 어떻게 그런 기술들이 모두 모조의 손에서 시작되었는가 하는 점이었다. 평소 과학에 관심이 없었던 터라 도시 과학이 어느 정도 발전 단계에 있는지 알지 못하는 장고는, 모조 이전과 이후의 과학 수준을 비교할 수 없어 해답이 보이지 않았다.

소파에 앉은 장고가 이런저런 생각에 잠겨 긴 한숨을 토해내는 동안 노박의 의원 크래프트도 자택에 도착했다. 의장이 노박을 부르지 않았어도 노박은 의장을 찾을 생각이었다. 다른 건 몰라도 테라포밍은 그냥 넘어갈 수 없었다. 왜 자기한테까지 아무 언질이 없었는지, 아니 언질까지는 아니어도 눈치라도 채게 해줄 수 있지 않았나 따질 생각이었다. 가문의 대를 이을 사람이 자기밖에 없다는 걸 뻔히 알면서도 이렇게 자신을 홀대하는 것에 분을 참을 수가 없었다. 노박은 서재의 문이 열리자마자 소리부터 질렀다.

"아버지!"

의장이 돌아보며 조용히 말했다.

"아이, 씨. 시끄럽게 굴지 말고 앉아, 어서."

노박은 일단 앉았다. 다리를 한 차례 꼬았다가 그건 아니라고 느꼈던지 다시 풀었다. 일호 안드로이드가 다가와 무슨 차를 마실지 물었다. 노박은 파리를 쫓듯 손짓으로 일호기를 쫓았다. 의장이 맞은편 소파에 앉았다. 의장이 천천히 차를 한 모금 음미하는 동안 노박은 다리를 떨기 시작했다. 잔소리를 하려는 게 아니라 용건이 있어 부른 것임을 노박은 의장의 목소리를 듣는 순간 느꼈다. 그 내용이 심상치 않으리라는 것까지 직감했다. 의장이 노박을 잠깐 쳐다보고는 말했다.

"너, 옥상에 그거……."

노박이 다리를 딱 멈췄다.

"아 그거! 그것 때문에 부르신 거예요? 아 난 또 뭐라고. 거긴 생전 안 가시다가 갑자기 왜 올라가셔가지고. 고주파 전송 장치예요. 어차피 다 완성되면 말씀드리려고 했어요."

노박은 의장이 뭐라 반응하기도 전에 먼저 언성을 높였다.

"아니 그러니까 왜 말씀을 안 하셔서 사람을 바보 만드시냐고요, 네? 테라포밍이니 뭐니 미리 말씀하셨으면 제가 그런 바보짓을 할 필요가 없었잖아요. 결과적으로 바보짓은 아니었지만."

그렇게 한 번 내지르고 가만히 의장의 눈치를 살폈다. 과연 의장은 약간 놀란 표정이었다.

"네가 그걸 어떻게 알았니?"

"평의회 사람이 몇 명인데 저는 귀가 없습니까?"

의장이 마치 속을 꿰뚫어 보듯 지그시 노박을 쳐다보았다. 노박이 슬금슬금 시선을 피하려는 찰나 의장이 말했다.

"그래서 만들려면 좀 감쪽같이 해야지 그거 하날 제대로 못 하니, 이 멍청아?"

의외로 화를 내지 않는 의장의 태도에 노박은 긴장이 탁 풀렸고 이내 의기양양 기세가 등등해졌다.

"알았어요? 그 모지리가?" 노박이 무릎을 탁 치고 말했다. "아 그래서 그날 아버지를 찾아온 거야? 그걸 따지려고? 이 모지리 새끼가 눈치는 더럽게 빨라가지고."

의장이 잠시 아무 말 않고 노박을 바라보자 노박이 손뼉을 한 번 힘껏 치고 몸을 한껏 의장 쪽으로 내밀며 말했다.

"그런데 아버지, 결국 제가 그 장치를 만든 건 신의 한 수가 되었습니다, 예? 들어보세요. 제가 기가 막힌 계획을 세웠습니다."

"테라포밍이 끝나면 그 행성으로 이주한 후에 이 땅에 전송 장치를 사용하겠다."

노박이 눈을 동그랗게 뜨고 놀라더니 이내 두 엄지를 추켜세웠다.

"어, 역시 우리 아버지. 괜히 의장님이 아니셔."

의장이 속이 답답하다는 듯 고개를 젖혀 천장을 한 번 쳐다보고는 한숨을 내쉬고 다시 노박을 바라보았다.

"일단 이거나 보고 얘기하자."

의장이 손짓하자 일호 안드로이드가 야구공만 한 구체를 하나 들고 와 테이블 위에 내려놓았다.

"이건 최고 기밀 자료 중에 하나야. 내가 총수 시절에 저장한 내용인데 봉인 기간이 해제되지 않아서 아직은 아무도 볼 수 없어. 이건 내가 아무도 모르게 미리 복사해놓은 거고."

이윽고 구체가 열렸다. 허공에 홀로그램이 재생되었다.

의장의 서재가 나왔다. 예나 지금이나 변함없이 신전처럼 잘 정돈된 방이었고 창가에 선 의장 또한 지금과 큰 차이가 없었다. 정해진 시간에 서재에서 차를 마시는 건 의장의 오랜 습관이었다. 창밖을 바라보며 생각에 잠기는 것 또한 마찬가지였다.

좋은 습관이 완성도 높은 인간을 만든다고 의장은 굳게 믿었다.

별처럼 떠오르는 많은 생각 중에 좋은 생각을 건져내는 것이 의장이 창가에 서서 차를 마시며 하는 명상이었다. 마치 낚시를 하듯 고요한 사고의 저수지에 길게 낚싯대를 드리우고 기다리다가, 스멀스멀 입질이 오면 단숨에 낚아채 올리는 것이었다.

창밖이 화려한 조명으로 빛나고 있었다. 노박이 앉은 채로 홀로그램의 영상을 돌려 다른 벽면에 걸린 시계를 보니 자정이 넘은 시각이었다. 그럼에도 아직 외부 소등이 되지 않은 거로 보아 고층 건물 조명 규제가 법제화되기 전인 것 같았다.

노박이 중얼거렸다.

"삼십 년도 더 된 것 같은데?"

저놈의 문제가 바로 저거라고 의장은 생각했다. 분명 총수 시절에 저장한 내용이라고 바로 조금 전에 이야기했다. 성질 급한 놈들은 도대체가 자기 할 말만 생각하지 남의 말을 제대로 듣는 법이 없었다. 자식에게 기대하는 마음 때문에 자꾸 부정적 사인만 읽어내지 말라던 아내의 말을 떠올렸다. 의장은 티 나지 않게 한숨을 내쉬고 대답 없이 홀로그램을 주시했다. 오래전 그날의 기억이 새록새록 돋아났다.

화려한 창밖 조명에 비해 실내는 어두운 편이었다. 의장의 모습은 마치 정지화면처럼 한동안 멈춰 있었는데, 이윽고 부자연스럽게 고개가 돌아가더니 몸도 함께 책상 쪽으로 돌았다. 한눈에도 사색이 된 의장의 얼굴이 보였고 재빠르게 경호 안드로이드를 살피는 의장의 눈동자도 보였다. 그때 알 수 없는 음성이 들렸다.

당신이 기대하는 건 아무것도 작동되지 않을 겁니다.

의장이 무엇인가에 떠밀리듯 발걸음을 옮겼고 이내 책상 의자에 앉혀졌다.

누구니.

의장은 물으면서도 바쁘게 그럴 만한 인물들을 떠올렸지만 짐작조차 할 수 없었다. 무언가 차가운 물질이 자기 목을 감싸고 있다는 사실은 차치하고라도, 자신의 심장박동이 귓가에서 울릴 정도로 생체 변화가 컸음에도 아무런 경보나 후속 조치가 없는 것은 미지의 목소리가 하는 말이 옳다는 의미였다. 단순한 협박이 아니었다.

문제는 이 도시에 그럴 만한 기술을 가진 사람이 없다는 것이었다. 총수 경호를 뚫는다는 건 적어도 그때까지는 불가능한 일이었다. 의장의 목을 두르고 있던 띠가 서서히 드러났다. 그리고 책상 위에 놓인 작은 화분 하나가 허공에 떠올랐다가 내려갔다.

"메타패널." 하고 노박이 중얼거렸다.

의장의 눈썹이 한 차례 움찔했다. 그건 지나가는 개가 봐도 알 수 있지 않느냐는 눈빛으로 노박을 노려본 의장이 다시 홀로그램으로 시선을 돌렸다. 홀로그램 속 의장의 눈동자가 재빠르게 감시 카메라들을 훑었다. 미지의 목소리가 말했다.

굳이 볼 필요 없어요. 일부러 놔둔 거니까. 이건 당신의 기록이 아니라 우리의 기록이 될 겁니다.

의장이 다시 물었다.

누구니, 넌.

내가 누구인지는 중요하지 않습니다. 내가 원하는 게 뭔지가 중요하지.

원하는 게 뭔데.

대답 대신 홀로그램 하나가 책상 위로 둥실 떠올랐는데, 놀랍게도 영상을 생성하는 장치가 하나도 없었다. 그냥 덩그러니 홀로그램 하나만 허공이 떠 있었다. 그때 당시 도시에선 구현할 수 없는 기술이었다. 의장도 그렇다는 사실을 깨달았는지 눈이 휘둥 그레졌다. 영상이 펼쳐졌고 의장은 빨려 들어가듯이 보았다. 영상의 내용은 놀라운 기술의 연속이었다. 그제야 의장은 미지의 목소리가 자신의 도시 사람이 아니라는 사실을 깨달았다.

너는 추방당한 자들의 후손이구나.

미지의 목소리는 반응하지 않았다.

역시 살아 있었어.

그들이 절멸했다는 말을 의장은 믿지 않았다. 총수가 되기 이전부터 의장은 그들의 행적을 추적했고 반드시 어딘가에 존재하리라고 생각했다. 설혹 그들이 절멸했다 하더라도 그들이 빼돌린 과학 기술 자료들은 어딘가에 남아 있을 거로 믿었다. 의장에게 필요한 것은 그것이었다. 그 자료들이 없으면 장차 총수가 되어 당면하게 될 현실을 헤쳐 나가는 데 한계가 있었다.

미지의 목소리가 말했다.

갈등의 원인을 없애는 방법은 첫째, 자유를 없애거나 둘째, 모두 같은 생각을 하게 하거나 셋째, 둘 모두를 사용하는 것. 이것이 당신이 쓰고자 했던 수법입니다.

그랬다. 그것이 그때의 의장이 불완전하게나마 식민 구역을 다루는 방식이었다. 그나마 거기까지 이르는 데도 오랜 시간이 걸렸고 험난한 과정을 거쳤다. 그러고도 식민 구역은 여전히 의장에게 가장 골치를 썩이는 현안이었다. 미지의 목소리가 말했다.

하지만 당신이 만든 약물로는 한계가 있죠.

치명적인 한계가 있었다. 연구를 거듭해도 좀처럼 개선되지 않는 한계이기도 했다.

의장의 위대한 선조 무사의 해상 도시는 꽤 오랫동안 공중을 떠다녔다. 그러면서 대륙에서 일어나는 변화를 유심히 관찰했다. 그 과정에서 육안으로 바이러스의 유무를 확인할 방법을 알아냈다. 식물의 변화와 공기의 색이었다.

그리고 동아시아의 어느 반도에 이르러서야 변이되지 않은 식물과 무색의 공기가 존재하는 대지를 발견했다. 더는 공중에서 부유할 수만도 없었던 해상 도시는 무사의 지시대로 바로 그 반도에 정착했다. 아니나 다를까 그곳에는 사람이 살고 있었다. 예상대로 그곳 사람들 또한 바이러스에 감염되지 않았다. 무사와 해상 도시 일행은 인류의 새로운 가능성에 달뜨지 않을 수 없었다.

최첨단 시스템을 장착하고 있던 해상 도시가 반도 사람들을 복속시키고 그 지역을 점령하는 일은 길가의 돌멩이를 발로 차는 것보다 수월했다. 해상 도시 과학자들이 가장 먼저 한 일은 어떻게 그 반도가 소멸 바이러스로부터 안전할 수 있는지를 알아내는 일이었다. 그러나 그들은 알아내지 못했다. 온갖 방법을 다 동원해서 찾아내려 했지만 찾지 못했다.

결국 여기서부터는 자연의 영역인가.

무사는 그 한마디만을 남긴 채, 인류의 희망을 품은 대지 위에 노구를 내려놓았다.

이후 혹여 다른 대륙에도 반도와 같은 청정 지역이 있을지 몰라 수많은 탐사대를 보냈지만, 그들 중 누구도 되돌아오지 못했다. 살고 싶다면 반도에 남아 있어야 했다. 그러나 반도는 그리 넓은 곳이 아니었다.

당연히 물과 식량이 한계에 이르렀다. 반도 외부로 영역을 확장할 수 없었던 사람들은 급기야 지하로 파고들기 시작했다. 처음엔 물과 식량을 얻기 위해 지하를 파고들었는데 막상 들어가 보니 지하도 살 만한 곳이라는 사실을 알게 되었다. 어떤 식으로든 새로운 공간을 개척하지 않으면 공멸밖에 남지 않았으므로 선택의 여지도 없었다.

그때부터 반도 도시에서 가장 필요해진 것이 노동력이었다. 여자들이 큰 고통을 겪었다. 출산하지 않아도 출산을 예비해야 하는 몸으로 때마다 고통받았지만 출산은 또 달랐다. 출산이란 단지 분만 당시의 고통만 참으면 되는 일이 아니었다. 출산은 생명을 나누어 갖는 일이었다. 하나의 몸에서 또 하나의 생명을 분리해내는 일이었다. 나누는 사람의 몸에 이상이 생기지 않을 수 없었다. 자신의 생명 일부를 나누어주고, 멀쩡했던 몸을 망가진 몸으로 만들어 남은 생을 살아야 했다. 한순간만 참고 넘어가면 되는 고통이 아니었다.

그래도 그들은 했다. 출산이 의무이거나 기계적으로 할 수 있는 일이 아니었으므로 인류는 언제나 그들에게 빚을 지고 있는 셈이었다. 그럼에도 역사상 인류 혹은 가정이 위기에 봉착할 때마다 마지막 순간까지 희망을 끈을 놓지 않았던 사람들이 그들이었다. 그들은 자신의 생명을 나누고, 망연하게 스스로를 놓아버린 남자들의 기운을 북돋아 도시를 새로이 세웠다. 무너진 가정도 다시 일으켰다. 악을 쓰고 발길질하며 남자들을 밖으로 내몰아 해야 할 일을 하게 했다. 종말이 온다면…… 어쩔 수 없지, 라며 누워 있는 남자들을 깨워 내보내고, 산적한 일들을 또 감당했다. 인류 역사에서 끊임없이 반복되어온 種의 패턴이었다.

지상은 윤택해졌고 지하도 넓어져 살 만해졌다. 식량과 물을 구하는 방식도 다양해졌다. 그러나 채 한 세대가 지나기도 전에 예상했던 문제들이 발생했다. 인구 증가에 따른 통제 관리의 난점이 드러나기 시작한 것이다. 먹고살 만하니 사람들은 싸움을 시작했다. 특히 지상 도시와 지하 도시 거주자를 분류하는 과정에서 생기는 문제들이 난제였다.

곳곳에서 벌어지는 폭동과 시시때때로 일어나는 시위 때문에 한시도 바람 잘 날이 없었다. 거주지 모든 구역에 카메라를 달아 감시했다. 조금이라도 이상 행동을 보이거나 불필요한 집회가 목격되면 곧바로 병력을 출동시켜 제압했고 모조리 잡아들여 처벌했지만 한계가 있었다. 인구가 늘면 늘수록 반란 통제는 거의 불가능한 수준에 이르렀다.

의상은 할아버지와 아버지가 잡지 못하는 세계를 고스란히 보며 자랐다. 그러나 의장에겐 무사가 있었다. 어려서부터 무사의 전기를 인생 지침서처럼 끼고 살았던 의장은 한시라도 빨리 자신이 다스리게 될 세계를 로봇으로 채우고 싶었다. 그러나 그럴 수 없었다. 자본과 자원이 부족했다. 자본과 자원이 넉넉해질 때까진 눈물을 머금고 인간의 노동력에 의지하는 수밖에 없었다. 해서 의장은 그 대안으로 약물을 생각해냈다. 총수가 되기 이전부터 약물 개발에 몰두했고 총수에 취임할 즈음에 이르러 약물을 완성했다.

약물은 정신을 고립하는 것이었다. 일정 수준 이상의 생각을 할 수 없도록 했다. 쉬이 주의가 산만해지도록 했고 쉽게 자극적인 환경에 유혹되도록 했다. 단맛처럼 중독성도 강했다. 약물의 일정량을, 일정 횟수 이상 몸속에 넣으면 이후 스스로 중단하는 것이 거의 불가능했다.

약물은 아이들이 태어나자마자 몸속에 주입되었다. 백신 주사라는 명목이었다. 이후 아이가 자라는 동안 정기적인 예방 접종을 빌미로 중독 보완이 패치되었고 몸은 서서히 약물에 적응되었다. 이렇게 자란 아이들은 책을 읽거나 조금이라도 생각할 거리가 있는 글을 만나면 곧바로 집중력과 흥미를 잃었다. 모든 걸 영상으로 습득했다. 영상을 보는 동안의 뇌는 죽어 있는 것과 별반 다르지 않았다.

성인이 되면 홀로 있는 걸 가장 편히 여겼으나 완전히 홀로 있지는 못했다. 그래서 늘 군중 속의 고독을 선택했다. 도드라진 행동으로 눈에 띄는 것을 삼갔다. 그러나 보이지 않는 곳에서는 달랐다. 폭력적 성향을 가감 없이 드러냈다. 약물의 부작용이었다. 하지만 보이는 곳에서는 남들 하는 대로 그대로 따라 행렬을 이탈하지 않았으므로 통제가 수월했다. 홀로 판단해야 했으므로 시스템의 선전에 쉽게 말려들었다.

약물의 문제는 딱 하나, 인간이 게을러진다는 사실이었다. 통제가 수월해진 대신 노동 효율성이 극도로 감소했다. 이것은 치명적인 단점이었다. 오로지 노동력만을 위해 필요한 인간들이 나태해진다는 것은 통제를 위해 쓸모없는 도구로 만드는 거나 다름없었다. 어떻게든 개선해야 했지만, 쉽지 않았다. 통제와 태만은 마치 시소처럼 연동되어 둘을 한꺼번에 잡을 방법이 도무지 없었다.

그런데 미지의 목소리가 가져온 홀로그램에는 그것을 완벽하게 잡아낼 복안이 담겨 있었다. 그뿐만 아니라 미친 듯이 지하로만 파고들어야 했던 영토의 한계를 근본적으로 해결할 방안까지 포함되어 있었다. 신경회로 컨트롤러와 행성 지구화. 의장이 원하던 것과 딱 맞아떨어지는 기술이었다. 의장은 경이로움에 몸이 다 떨렸다. 몸이 속박되었다는 사실마저 잊고 환희에 차올랐다.

내가 이것을 얻기 위해 뭘 하면 되니?

나를 얻으면 됩니다.

너를 얻기 위해 내가 뭘 하면 되니? 뭐든 내가 다 들어줄 수 있어.

제게 총수 자리를 넘기십시오.

의장은 한동안 말이 없었다.

뭐든 다 들어줄 수 있는 건 아닌가 보죠?

얼마간 침묵이 흘렀다. 마침내 의장이 말했다.

당연히 내게 생각할 시간 따위는 주지 않겠지?

미지의 목소리는 대답하지 않았다.

내 목에 둘린 띠는 뭐니? 내게 선택의 여지가 없다는 얘기인 거니?

아니요, 나는 당신과 다른 종류의 사람입니다.

그 말의 의미를 곱씹는 듯 한동안 침묵을 지키던 의장이 말했다.

나는 아직 네가 누구인지도 모르고 심지어 모습도 보이지 않아.

이미 말했듯 내가 누구인지는 중요하지 않습니다. 하지만 모습은 보여드리죠.

이윽고, 미지의 목소리가 서서히 모습을 드러내기 시작했다. 목소리의 주인공은 커다란 망토에 끝이 뾰족한 카울 후드를 입고 있었다. 주인공의 얼굴은 후드의 깊은 그늘 속에 가려져 있었다. 손을 들어 후드를 뒤로 젖히자 그 속에서 앳된 얼굴의 소녀가 나왔다. 홀로그램 속 의장의 눈이 튀어나올 것처럼 커졌고 현실의 노박의 눈도 마찬가지였다.

의장이 말했다.

너, 너는……, 여자애가 아니니?

소녀가 대답했다.

그 또한 내가 누구인지만큼이나 중요하지 않은 사실입니다.

그때까지의 목소리는 변조된 것이었다. 소녀는 소녀의 목소리를 가지고 있었다. 홀로그램 속의 의장은 한동안 말을 잇지 못했다. 현실의 노박도 마찬가지였으나 잠깐 넋 나간 사람처럼 한마디를 중얼거리기는 했다.

"모……, 모조?"

그러나 홀로그램 속의 의장이 말을 잇지 못한 것은 다른 이유 때문이었다. 자신을 위협하고, 자신이 갈구하던 기술을 보여주고, 자신에게 총수를 내놓으라고 요구하는 사람이 소녀이기 때문이 아니었다.

소녀에게서 무사의 모습을 보았기 때문이었다. 의장에게 그것은 상당히 신선한 충격이었다. 순간 이것이 신의 계시가 아닌가 하는 착각이 들 정도였다. 무사를 따르려고 그토록 노력했건만 끝내 제 몫을 해내지 못하자, 무사의 현신이 직접 내려온 것이 아닌가 하는 착각이었다. 홀로그램 속의 의장이 정신을 차리고 말했다.

내가 너한테 총수를 양보해도 평의회와 시의원들이 널 받아들이지 않을 거야.

제가 여자애라는 사실을 말입니까, 아니면 이제까지 한 번도 보지 못한 사람이라는 사실을 말입니까?

둘 다일걸? 우리 평의회에는 종교 지도자도 있고, 시의원 중에는 그의 신도들도 적지 않아. 그런데 걔들은 자기네 구세주의 성별이 정해져 있다고 생각해. 바로 그렇기 때문에 자기들의 현재 지노사도 같아야 한다고 믿는 것 같던데. 무사를 보고도 그런 생각을 한다는 게 나로서도 어처구니없고 믿기지 않을 만큼 단순하다고 생각하지만, 한편으로 단순해서 다루기 쉬운 것도 사실이야. 아무튼, 걔들 세력이 만만치가 않아, 어쩌니?

그래요. 여전히 그런 정도의 의식 수준일 줄 알았습니다. 그걸 하루아침에 바꿀 수는 없을 테니, 제가 둘 다 해결책을 드리지요.

말이 끝나자 소녀가 제 모습을 변화시켰다. 얼굴이나 신체 크기는 달라지지 않았으나 머리 모양과 약간의 화장과 복장 때문에 중성적 선이 도드라졌다. 스스로 성별을 밝히지 않는 이상 특별히 특정 성을 생각하지 않을 만큼 달라졌다. 물론 목소리도 다시 중성적으로 변조되었다. 의장은 그 기술에도 혹했다. 사실 그즈음에 이미 의장은 결심이 선 상태였다. 소녀는 무사의 현신이었다. 게다가 자신이 해결하지 못한 모든 문제를 해결할 수 있었다. 의장이 말했다.

말만 많은 애들의 특징이 애, 눈썰미가 좋다는 거야. 그거로는 금방 눈치채지 않을까?

아니요, 당신들의 미개한 편견이 짐작조차 못 하게 할 겁니다.

의장은 수긍이 간다는 듯 가만히 고개를 끄덕였다.

그래, 자기 말투가 꼭 반말 같아서 듣기 좀 그렇지만 말은 제대로야. 사람이 같은데 단지 모습이 바뀐다고 해서 수용하고 안 하고의 선택이 달라진다면, 확실히 바보들이나 하는 짓이지. 그래 좋아, 모습은 바꾸지 않아도 좋아. 그 정도는 내가 알아서 처리할 수 있어야 한다고 생각해.

소녀는 의장이 왜 그렇게까지 흥분해서 좋아하는지 알 수 없었고 내심 놀랐지만, 겉으로 감정을 드러내지는 않았다. 의장은 도시의 권력자들에게 이 소녀를 통해 무사의 신화를 다시금 부활시킬 생각이었다.

자기야, 그럼 이제 두 번째 문제는 어떻게 할 생각이니?

소녀가 의장을 목을 가리켰다.

그 목걸이에는 기억을 조작하는 나노 인공지능이 담겨 있습니다. 상수 시설에 목걸이를 풀어 담그세요. 그러면 그 물을 마신 모든 사람의 머릿속에 제가 생성될 겁니다. 저는 당신들의 가문은 아니지만 명망 있는 가문의 자제이기는 할 것이며, 무엇보다 당신들이 해결하지 못한 수많은 과학 기술을 선도하는 사람으로 각인될 겁니다. 그리고 이미 사회에선 유능한 과학자로 널리 알려져 있을 테고요. 당신이 내게 총수를 물려준다고 할 때 그 이례적인 결정에 평의회의 의견이 다소 갈리기는 하겠지만, 결국 더 많은 수가 저를 지지하게 될 겁니다.

그걸 어떻게 알지?

그 질문의 대답 또한 소녀는 하지 않았다. 의장이 환희에 찬 눈빛으로 중얼거렸다.

그래, 거기까지 발전했어……. 복잡계를 계산하는구나, 너희들. 제안을 받아들이겠습니까?

그런데 말이야, 내가 자기한테 총수를 넘기고 나서 자기가 총수 권한의 병력으로 내 가문을 멸문하지 않을 거라는 걸 내가 어떻게 믿을 수 있니?

소녀가 피식 웃었다.

나는 당신 같은 부류의 사람이 아닙니다.

여긴 다 나 같은 부류야. 그러더니 의장이 의아하다는 듯이 물었다. 자긴 그럼 자기 같은 부류들이 사는 곳에서 계속 살지 왜 여기로 돌아온 거야?

목적이 같으니까요.

한동안 곰곰이 그 말을 곱씹는 듯 말이 없던 의장이 중얼거렸다.

그래. 생각보다 많은 머저리들이 결국 우리가 이곳을 떠나야 할 거라는 걸 잘 모르고 있지. 그러고는 말했다. 그래, 이건 무사의 계시야. 자기한테 여길 맡기라는 게 분명해.

소녀가 조그만 캡슐을 들어 보였다.

모든 일이 완료되면 이 해독제를 드리지요.

의장이 기이한 소리를 내며 기쁘다는 듯이 웃었다.

나와는 다르다더니, 자기도 나랑 같잖아?

스스로 선택할 수 있는 기회를 먼저 준다는 점에서 완전히 다르지요. 서두르세요. 시간이 그리 넉넉한 건 아니니까.

소녀는 돌아서려다 말고 문득 생각났다는 듯 의장을 바라보며 말했다.

참, 그리고 내 이름은 자기가 아닙니다. 모조입니다. 앞으로 그렇게 부르세요.

의장이 대답했다.

알았어, 자기야.

거기서 홀로그램이 멈췄다. 얼이 빠져 있는 노박을 의장이 조용히 바라보다가 말했다.

"자질구레한 의문 따윈 파고들 필요 없어. 핵심만 이해하면 돼. 행성 지구화는 이제 마무리 단계다. 그러니 일단 전송 장치부터 어서 매듭지어. 모조가 찾는 건 내가 어떻게든 막아볼 테니까. 그 다음에 네놈이 전념해야 할 일은 하루라도 빨리 저들을 찾는 거야. 저들의 기술력을 우리가 확보하지 못하면 다른 행성에 가더라도 상황이 달라질 게 없어. 알겠니?"

수많은 의문이 노박에게 떠올랐지만 결과적으로 그것은 의장의 말대로 자질구레한 것들이었다. 노박이 한동안 의장을 바라보다가 말했다.

"기술만 찾아요?"

"기술을 찾고," 의장이 말했다. "나머지는 네가 알아서 해야지, 이 답답한 놈아. 내가 네놈 밥까지 씹어서 입에 넣어줘야 하니?"

노박이 생각만으로도 소름끼친다는 듯이 인상을 찡그리고 말했다.

"에이, 씨. 상상했어."

인간 본연의 능력

아직은 보이지 않는 짙은 어둠이 우주로부터 지구로 내려오는 중이었다. 그러나 여전히 자신의 자리를 지키고 선 빛의 저항에 이르러 잠시 대치 상황이 되었고, 구름이 그 사이를 메워 흰빛을 잃어가고 있었다. 어둠의 압력으로 점차 푸르게 질리던 구름은 이윽고 더 짙은 남색이 되었으며 이제 곧 잿빛으로 변할 예정이었다.

그러는 동안 태양도 같은 압력에 밀려 프레스에 눌린 오렌지처럼 으깨지기 시작했다. 처음엔 껍질에 불과하던 오렌지빛이 점차 더 짙은 속살의 즙을 토해내며 하늘과 대지의 경계를 그 빛으로 물들였다. 그리고 서서히 붉은빛으로 온몸을 태워 자신의 마지막을 불사르는 것처럼 사라지는 저 태양은 분명, 내일 또다시 나타나 마치 오늘의 자신은 없었던 것처럼 태연하게 떠 있을 터였다.

랭은 모조의 본래 이름이 루라고 했다. 루는 말하자면 천재 과학도 같은 사람이었다. 잘 걷지도 못하던 어린 시절부터 두각을 드러내어 많은 사람의 주목을 받았다. 천재로 태어난 루는 많은 영재가 그러듯이 나이를 먹어가며 영특함을 잃어가는 부류가 아니었다. 그의 재능은 오히려 폭발적으로 발전해 나갔다. 루는 자신의 나이가 열다섯 살이 되기만을 기다렸다.

같은 시기에 다른 분야에서 남다른 재능을 타고난 사람이 또 있었다. 진이었다. 대개의 사람은 난제에 부딪혀 다양한 의견들이 비슷한 수로 대립하고 있을 때, 문제의 합의점을 잘 찾지 못했다. 그러나 진은 달랐다. 놀라우리만큼 명석한 해법을 내놓았고 결과 또한 대개가 긍정적이었다. 화합과 조화와 균형의 화신이라고 해도 과언이 아니었다고 랭이 말했다.

"진이 공동체의 대표가 되는 건 그때부터 이미 정해진 거나 다름없었어요. 진만큼 자신에게 엄정하고 타인에게 공정한 사람이 없었으니까요."

공동체에는 모두 여덟 개의 동이 있었다. 군사, 안보, 본부, 과학, 보건, 행정, 환경, 산업동이 그것이었다. 루는 과학동 소속이었다. 공동체에서는 열다섯 살이 되면 자신이 원하는 동을 선택할 수 있었고 더불어 정당정치 활동 자격과 투표권이 주어졌다. 수가 놀랐다.

"열다섯 살이 정치에 참여한다고요?"

"모듈의 기준에서 보면 좀 어려 보일 수도 있겠네요. 하지만 여기서는 달라요. 중요한 건 나이가 아니라 사고 능력이니까요. 어리다고 다 모르는 것도 아니고, 오히려 개인의 이권 때문에 진실을 왜곡하는 일이 드물어서 더 정직한 판단을 내리는 경우가 많습니다."

랭이 이해하겠냐는 눈빛으로 수를 잠시 바라보다 말을 이었다. "기본적으로 이곳에서의 정치는 대의大義가 아닙니다. 그저 일상의 문제를 해결하기 위한 수단일 뿐이에요. 하지만 지도자의 책임은 약간 달라서 여기서 지도자가 되려면 자신이 살아온 삶의 아카이브를 공개해야 합니다. 거기엔 후보자의 모든 인생이 담겨 있죠. 이곳 사람들은 후보자의 말이 아니라 그가 살아온 역사를 보고 판단하거든요. 아카이브는 자신이 임의로 만드는 게 아니라서 거짓으로 꾸며낼 수 없습니다. 그래서 한 조직의 지도자가 되려면 처음부터 제대로 된 삶을 살아야 합니다. 자신의 투명성을 그것으로 증명해야 하니까요."

그렇게 공동체 일원 각자의 의견을 최우선으로 존중해서 원하는 동을 선택하도록 했고, 그다음엔 복잡계 알고리즘이 동과 개인의 조화를 연산했다. 이 결과에서 큰 문제가 없으면 대체로 원하는 동에 소속될 수 있었고, 성향이 정반대라는 결과가 나와도 본인이 강력하게 원한다면 일단 소속을 정하고 훗날 다시 바꿀 수도 있었다. 말하자면 진로의 조언자 같은 역할이었다. 그렇게 동이 분류되면 각 동의 데이터를 수시로 분석하여 주민의 수와 세력과 성향을 파악했다. 하나의 세력이 일정 선을 넘어 균형이 흔들리고 갈등 요소가 눈에 띄기 시작하면, 매우 오랜 시간 공을 들여 조정과 조율의 과정을 거쳤다. 랭이 말했다.

"그게 여기 사람들이 사는 방식이에요. 여긴 바쁜 사람이 없어서 오늘 한 얘기를 내일 또 하고, 죽도록 토론하고 다음에 만나서 또 같은 얘기를 반복합니다. 그러다 보면 나중엔 주장이 뒤바뀌어 있기도 하고 어느새 같은 의견이 되어 있기도 하죠. 마치 처음부터 논쟁을 위해 일부러 같은 주장을 둘로 나눈 것처럼 말이죠. 안 그럼 너무 심심하니까."

그러더니 어떤 재미있는 기억이 떠올랐는지 잠시 깔깔 웃고는 "아, 미안해요." 하고 말했다.

루는 매사 강성이었고 진은 아니었지만 그렇다고 진이 늘 양보하는 식으로 관계가 유지되지는 않았다. 진도 상대가 지켜야 할 선을 지키지 않으면 강성으로 변했다. 수용의 스펙트럼이 넓을 따름이었다. 진이 강성이 되면 루가 물러섰다. 그랬기에 잦은 마찰에도 둘은 항상 함께였다고 랭이 말했다.

"물론 저도 전부 들은 이야기입니다. 루는 제가 과학동에 들어오기 훨씬 전에 이곳을 떠났거든요."

그러더니 다른 건 몰라도 그 이야기의 감정은 이해할 수 있다고 덧붙였다.

"서로 너무 잘 맞아서 함께 있는 것이 행복한 사람도 물론 있겠지만 그런 상대를 만나는 건, 좋은 의미로 벼락을 맞은 느낌일 것 같아요. 희박하죠. 오히려 인간의 이기성이 그대로 살아 원초적이지만 떨어질 수 없는 관계가 어쩌면 사랑의 본질일지도 모른다는 생각을 가끔 합니다. 루와 진처럼 얼굴만 보면 싸우는 사이는 안 보면 그만일 텐데, 또 그러지는 않으니까 이게 뭐랄까, 겪어보지 않은 사람은 잘 이해할 수 없는 영역이죠. 특히 모듈처럼 조금만 뜻이 안 맞아도 등을 돌려버리는 사회에선 더 알 수 없을 거예요."

혹자는 진이 화합과 조화와 균형의 화신이므로 그런 일이 가능했다고 말했다지만 랭의 생각은 달랐다.

"뭐든 쌍방이 비슷한 에너지로 반응을 해야 관계가 유지되는 거거든요. 누구 하나의 일방적인 희생으로 유지되는 관계는 머지 않아 부서지고 말죠."

그러나 루와 진의 관계도 결국 부서지고 말았다. 어느 한쪽의 에너지가 넘치거나 부족해서가 아니라 공동체가 나아갈 방향에서의 이상이 너무 달랐기 때문이다. 공동체 사람 대부분은 루가 배신자라고 생각했다. 루도 배신자를 자처했다. 공동체 역사에 자신의 이름이 어떻게 남을지 알았지만 루는 실용성을 중시하는 사람이었다. 타인의 평판 따윈 그의 뇌 어느 부분에도 영향을 미치지 못했다.

근본적으로 자신이 나고 자란 공동체의 형식에는 동의하지만, 또 다른 성장이 필요한 시기에는 성장해야 한다고 루는 믿었다. 그리고 성장할 땐 성장이 가장 우선이어야 한다고 생각했다. 하지만 공동체에선 그런 방식을 통과시킬 수 없었다. 루는 열다섯 살이 되기를 간절히 기다렸다가 그만한 발언을 할 수 있는 위치에 서자 자신의 의지를 강력하게 피력했지만, 번번이 다수결에 의해 좌절되었다. 루에게 필요한 건 테라포밍을 위한 자본과 자원이었다. 루는 자신이 떠날 때가 되었다는 걸 깨달았다.

루는 결심을 굳혔고 진에게만 그런 사실을 통보했다. 진은 루를 막지 않았다. 상의가 아니고 통보였으므로 막을 생각도 하지 않았다. 한번 결심하면 돌아서지 않는 루의 성품을 진은 잘 알았다. 루는 또 하나의 지구를 만들고 그곳에서 진을 기다리겠다고 말했으나 진은, 네가 돌아오지 않는다면 우린 다시 만날 수 없을 거라고 못 박았다.

랭은 진이 공동체 사람들에게 자주 하는 말이라며 진의 성대모사를 했다.

"똑똑하게 태어났다는 건 축복입니다. 반면 노력 없이 얻은 행운이기도 하죠. 그러니까 그 능력의 일부는 사회에 환원하는 게 맞습니다. 제아무리 똑똑해도 혼자 살 수는 없는 법이니까요."

랭이 씩 웃고 수를 바라보며 물었다.

"동감해요?"

수가 뭐라고 말은 못 하고 입술만 오물거리자 랭이 말했다.

"뭔가 말은 멋있는데 가슴에 확 와 닿진 않죠?" 그리고 그럴 줄 알았다는 듯 깔깔 웃었다. "진은 그런 생각을 품위라고 부릅니다. 지키지 않아도 사는 데는 문제가 없지만 지키면 품위 있는 사회가 된다고 생각하죠."

랭이 이제는 거의 어둠의 승리를 확신하는 하늘을 바라보다 말했다.

"루 정도의 실력을 갖춘 사람이라면 사실 한 사람의 빼어난 인재가 세상을 바꿀 수도 있다는 주장에 일견 부응하는 것처럼도 보일 수 있습니다. 하지만 루가 할 수 있는 것은 아이디어와 해법의 산출일 뿐이죠. 실제로 기술이 지향하는 방향과 가치와 행동에 대해 끊임없이 수정하여 결론을 이끌어내는 것은 집단의 몫입니다. 이 중 어느 하나라도 빠지면 반쪽짜리 기술이 되고 반쪽짜리 기술은 오히려 사회에 독이 될 수도 있죠."

랭이 수를 돌아보았다.

"이것도 진의 주장인데 이 점에 대해선 저도 전적으로 동감합니다."

그때 랭이 통신을 받았는지 수를 향해 손을 들어 보이곤 자리에서 일어섰다. 이젠 수와 랭이 앉아 있던 산등성이에도 완연한 어둠이 내려앉았다. 랭이 말했다.

"정탄 씨가 완쾌되었나 봅니다. 가보시겠어요?"

탄이 가장 늦게까지 회복되지 않아 내심 걱정이 많던 터였다. 수는 고개를 끄덕였다. 랭을 따라 산등성이를 내려오자 숲이 이어졌다. 짙은 어둠이 내려앉은 숲은 좀 더 비밀스러운 영역처럼 느껴졌다. 숲속 더 깊은 곳으로 들어서자 그곳엔 각양각색의 은은한 빛이 산발적으로 흩어져 있었다. 어두운 캔버스 위에 물감을 두껍게 찍어 바른 한 폭의 유화 같았는데, 그 빛은 충분히 길을 밝히고도 남았다.

수는 저도 모르게 탄성을 내뱉었다. 숲속의 지상은 낮보다 밤이 더 아름다웠다. 수와 랭의 발걸음을 따라 불빛이 이동하는 것으로 보아 그것은 단순한 빛이 아니라 마치 반딧불이 같았다. 그러나 반딧불이보다 크고 은은했으며 무엇보다 파스텔 색조가 다양하게 흩어져 있다는 점이 달랐다.

서서히 기기묘묘한 꽃과 나무와 풀과 열매 들이 등장하기 시작했다. 특히 꽃과 열매 들의 다양한 색채는 정말이지 화려함의 끝을 보여주었다. 랭이 말했다.

"저 정도로 화려하면 향도 분명 진할 텐데 우리가 슈트를 입고 있는 이상 맡을 수가 없어요. 글라스가 향기 분자만 골라 추출하는 수준까지는 아직 이르지 못했거든요. 그렇다고 향 한번 맡자고 목숨을 걸 순 없는 노릇이고, 아쉽죠."

그때 저 멀리서 무언가가 수와 랭을 향해 달려오고 있었다. 눈을 다급하게 깜박이며 미간을 찌푸린 채 그 물체를 바라보던 수가 깜짝 놀라며 뒤로 비틀거렸다. 자기들을 향해 펄쩍펄쩍 뛰어오는 것이 표범이었기 때문이다.

수는 저도 모르게 슈트를 전투 모드로 바꾸려다가 지금 입고 있는 옷이 강화 슈트가 아니라 나노 슈트라는 사실을 알아차렸다. 당황하며 랭을 돌아보자 랭은 너무나 평안했다. 피하려고 하지도 않았고 그럴 기미조차 보이지 않았으며 오히려 반기는 분위기였다. 수는 랭과 표범을 번갈아 쳐다보았다. 저도 모르게 발바닥에 힘이 들어갔다.

이윽고 표범치고는 좀 작다는 생각이 들 무렵, 뛰는 모습이 이상하다는 걸 알아차렸다. 이내 몸이 다람쥐와 닮았다는 사실까지 알 수 있었다. 표범 얼굴을 한 다람쥐가 뛰어와 랭의 발밑에서 냄새를 맡는 듯 한동안 킁킁거렸다. 랭이 허리를 숙여 목덜미를 몇 차례 쓰다듬자 앞발을 들고 일어나, 수의 눈에는 보이지 않는 랭의 글라스를 핥았다.

"응 아니야, 그거 먹는 거 아니야." 하고 랭이 말했다.

표범 얼굴을 한 다람쥐는 랭이 턱을 어루만져주자 기분 좋은 듯 눈을 감고 잠시 손길을 느끼다가, 이윽고 다시 뛰어 제 갈 길을 갔다. 가만히 보니 표범보다는 오히려 고양이 쪽에 더 가까웠다. 위기감의 자리에 친근감이 들어섰으나 수의 심장은 여전히 쿵쿵 뛰었다.

"뭐, 뭐죠 저게?"

"징보예요."

"지, 징보요?"

"네. 초식동물인데 저기 보이는 저 보라색 꽃을 뜯어 먹고 살아요."

수가 뒤를 돌아보자 징보는 이미 어디론가 사라지고 없었다. 수는 문득 반타가 떠올라 기분이 살짝 우울해졌다. 그러나 그것도 잠시였다. 계속해서 정체를 알 수 없는 야생 동물들이 등장했다. 느닷없이 나타나서 두 사람을 마치 동네에서 우연히 발견한 닭 쳐다보듯 바라보다 지나치거나 가로질러 숲으로 들어갔는데, 하나같이 기괴한 모습이었다.

어떤 동물은 토끼의 얼굴을 가진 고슴도치 형상이었고 어떤 동물은 사슴 얼굴이었으나 멧돼지의 몸을 하고 있었다. 거미의 몸을 가진 벌과 악어 모양의 새가 날아다녔고, 꽁치를 닮은 곤충이 나뭇가지에 매달려 있었다. 크기는 작았지만 형상은 고래 같은 개 두 마리가 네 다리로 저만치서 뛰어갔다. 온몸에 소름이 돋았지만 그들 모두, 두 사람에게 아무런 위협도 되지 않는다는 사실을 수는 곧 깨달았다. 랭이 말했다.

"익숙한 모습이 아니죠? 은수 씨 표정을 보니 그렇게 느끼시는 것 같은데. 뭐, 좀 이상해 보일 수도 있겠네요. 그래도 다들 착합니다."

착한 건 알겠는데 무서운 건 무서운 거라고 수가 생각하고 있을 때 코끼리 코를 가진, 그러나 절대 코끼리는 아닌 거대한 짐승이 다가와 랭을 보고 코를 흔들었다. 랭이 그 코를 어루만지며 뭐라고 이야기하자 짐승은 흥겹게 귀와 코와 꼬리를 한 번씩 흔들고는 가던 길을 갔다. 수는 문득 그 덩치가 귀엽다는 생각이 들었다. 랭이 말했다.

"솔직히 모듈에 갇혀 있다 오셔서 쟤들 모습이 이상하다고 인지하시는 거지, 우리는 쟤들이 아주 자연스럽거든요. 구시대 연구 자료를 보면 외형에 대한 미적 기준과 혐오의 감정은 일정 부분 유년기의 경험으로 학습되는데요, 성인이 되어서는 사회적 분위기가 몰아가는 부분이 상당하더군요. 저는 그게 굉장히 미개한 문화라고 느껴졌습니다. 좀 더 적응하면 아시겠지만 쟤들이 하는 행동이 얼마나 귀여운데요. 가끔은 밤에 쟤들을 보려고 일부러 지상에 내려오기도 합니다."

"저 동물들도 그러니까 바이러스 때문에 저런 모습이 된 건가요?"

"네. 우리 과학동 야생 동물 팀에서 만든 도감을 보면 본래 어떤 애들이었는지 밝혀진 경우도 있는데, 전혀 알 수 없는 애들도 많아요. 이게 정상적인 진화의 과정을 거쳐 달라진 게 아니다 보니 역사적 가치를 찾는 일의 의미가 좀……, 아무튼 더뎌요. 저쪽 팀은 진짜 노느니 한다는 식으로 일을 하던데. 하긴 저처럼 과학자임에도 본래의 모습이 별로 궁금하지 않은 사람도 적지 않으니, 연구하는 사람도 신나서 하긴 어렵겠죠."

그때 랭의 머리부터 발끝까지 올리브색의 가느다란 선이 한 번 훑고 내려갔다. 흠칫 놀란 수가 고개를 숙이자 수의 몸에도 같은 라인이 그어져 내려가고 있었다. 갑자기 그늘이 드리워 고개를 들어보니 어느새 거대한 이파리 하나가 수와 랭의 머리 위로 내려와 있었다. 위치를 알 수 없는 곳에서 이름과 코드와 목적지를 입력하라는 음성이 울렸다. 보건동 역시 과학동처럼 거대한 나무 안에 숨어 있었다.

수와 랭은 물관과 체관을 교대로 갈아타며 한참을 올라 탄이 회복한 방에 도착했다. 방에는 파로와 자하비가 와 있었다. 전부 건강한 모습이었다. 탄도 이젠 완전히 회복한 듯 기괴한 동작으로 파로와 자하비를 웃기고 있었다. 그러다가 수를 보곤 어찌나 환하게 웃던지, 수는 잠깐이나마 가슴이 울컥했지만 감정을 억눌렀다. 좋은 자리인데 난데없이 울어서 분위기를 망치고 싶지 않았다.

건이 손을 들어 인사했다. 건의 오른팔은 기계로 대체되어 있었는데 따로 스킨을 입히지는 않았다. 릴리도 그랬으므로 자신도 그러고 싶다는 게 건의 생각이었다. 그랬다. 건은 이제 자신의 과거를 알았다.

　모조 도시에서의 경험으로 이제는 언제 죽어도 이상할 게 없다고 생각했던지, 수가 자신을 자꾸 오빠라고 부르는 일에 관해 더는 모른 척하고 넘어갈 수 없다고 진에게 말한 모양이었다. 진은 어떻게든 그 상황을 회피해보려 했지만, 결국 수가 진실을 말해주기로 마음먹었다. 언젠가는 부딪혀야 할 일이었고, 진도 건의 기억엔 수의 역할이 가장 크게 작용할 거라고 말한 바 있었다.

　수는 자신의 업로딩 홀로그램과 공동체에서 복원한 영상을 건에게 보여주었다. 불행인지 다행인지 신경회로 자체에서 기억을 복원해내진 못했다. 수가 자신의 업로딩을 보았을 때처럼 사실만을 인지했을 뿐, 감정적으로 깊이 받아들이지는 못했다.

　그러나 대항군 지휘관에 관한 의문은 컸다. 그럴 수밖에 없었다. 그것이 수의 홀로그램에 등장한 자신의 정체성이었기 때문이다. 그런데 어차피 신경회로가 복원된 것은 아니었으므로 굳이 그 일의 진실을 밝힐 필요는 없었다. 얼마든지 다른 사실로 얼버무릴 수 있었다. 건을 위해서는 그러는 게 가장 좋았겠지만, 그러나 거짓이란 한번 만들어지면 반드시 원치 않는 방향으로 굴러가기 마련이었고, 그것이 결국 진실 전체를 무너뜨릴 수도 있었다.

　수는 건에게 진실을 말해주고, 그 진실의 무게를 함께 짊어지기로 마음먹었다. 앞으론 자신이 건을 지켜줄 생각이었다. 건의 팔이 잘려 나갔을 때, 수는 그래야 한다는 사실을 깨달았다. 자기 인생에서 단 한 번도 행복한 적이 없었다는 건의 생각을 바꿔주고 싶었다.

무사의 시대를 본 건에게 수는 이제 자신을 바라보라고 말했다. 살아가며 마음이 잡히지 않을 땐, 그냥 자신의 눈빛만 떠올리라고 수는 말했다. 지금은 감정적으로 공감하지 못하겠지만, 십년 동안 너는 내 곁을 지키기 위해 무던히도 애썼다. 이제는 내가 너의 남은 삶을 지켜주겠다. 수는 말했다. 건은 이성적으로는 모든 걸 이해할 수 있었고 그 행복의 형태까지 더듬어볼 수 있었으나, 그것이 과연 자신의 것인지 알지 못해 불안해하는 표정이 역력했다.

건이 랭에게 물었다.

"진도 함께 계신 줄 알았는데 아니었나 보네요?"

랭이 대답했다.

"진은 지금 최고위원회에서 피 튀기게 설전 중일 겁니다. 제 생각엔 아마 거기서 결정이 나지 않고 대의원회로 넘어가지 싶네요."

진이 모조 도시를 탈출해서 공동체에 오자마자 첫 번째로 한 일이 부상 대원을 보건동에 넣는 일이었고—사실은 진도 치료를 받아야 했지만—, 두 번째로 한 작업이 블랙 오팔 목걸이를 확인하는 것이었다. 그러나 불행히도 블랙 오팔 목걸이는 은 박사의 업로딩이 아니었다. 진과 랭은 거의 확정적으로 믿었던 터라 아니라는 사실이 밝혀지자 대단히 충격을 받았다. 특히 진이 더 큰 타격을 입었다. 그 때문에 잃은 것이 너무 많았다.

"우리가 믿는 확신은 어쩌면 그 어떤 진실도 아니고 그저 우리가 원해서 만든 확신인지도 모르겠어."

그 일은 잠시나마 진의 신념을 뒤흔들 정도였다.

당연히 그 행보를 처음부터 반대했던 대의원 몇몇이 거세게 비난했고 특히 안보동 소속 대외 안보 책임자 카이가 이를 부득부득 갈았다.

"이럴 거면 그냥 대놓고 전쟁을 하지!"

불행 중 다행인 것은 블랙 오팔 목걸이가 단지 목걸이기만 한 것은 아니라는 사실이었다. 매우 중요한 정보를 담고 있었다. 그 내용의 가치가 은 박사의 업로딩 못지않은 수준이라고 조사 과정에서 드러났는데, 모든 것을 다 확인하고 나니 오히려 그것과는 비교도 할 수 없는 최고급 정보임이 밝혀졌다. 은 박사의 업로딩이 해법이었다면 이 정보는 그 자체가 바로 해답이었다.

그래서 이 문제를 놓고 최고위원회가 고심 중이었다. 진이 그들을 설득하고 있었다. 최고위원회는 공동체의 존재가 아직 모조 사회에 알려지지 않았다는 사실에 미련이 남아 있었다. 적이라고 해도 어쨌든 모조는 공동체 출신이었다. 지금껏 모른 척하고 있었는데 인제 와서 갑자기 폭로할 이유가 없다는 게 그들의 생각이었다.

진의 설득은 그들의 생각을 바꾸려는 데 있지 않았다. 노출은 이제 중요한 문제가 아니었다. 최고위원회도 대학살의 현장을 보고받았고, 그것을 알고도 모른 척하기엔 한계가 있었다. 그나마 적절한 시기를 살핀다는 것이 유일한 변명거리였는데, 진은 바로 그 점을 놓치지 않고 이번이야말로 식민 구역을 해방할 수 있는 절호의 기회라고 호소했다. 왜냐하면 블랙 오팔 목걸이가 담고 있는 정보가 바로 그것이었기 때문이다.

블랙 오팔 목걸이에는 센트럴 타워 중앙에 자리한 원형 구조물의 비밀이 담겨 있었다. 그곳에 진짜 중앙 통제 시스템이 포진해 있었던 것이다. 그때까지 요원들이 파악한 중앙 통제 시스템은 가짜였다는 사실에 최고위원회도 당혹감을 감추지 못했다. 원형 구조물의 이름이 콘클라베conclave라는 사실도 목걸이를 통해 알게 되었다.

그리고 그보다 더 중요한 정보는 그곳에 퀸, 다름 아닌 메인 컴퓨터가 있다는 사실이었다. 목걸이에는 콘클라베가 어떻게 퀸을 보호하고 있는지, 삼엄한 보안을 뚫고 들어가는 방법부터 내부 지도까지 매우 상세한 내용이 담겨 있었고, 심지어 메인 컴퓨터를 잠글 수 있는 열쇠까지 밝혀놓았다.

그 열쇠가 바로 수였다.

은 박사가 수의 머릿속에 남긴 업로딩 가운데 미스 매칭 테크가 연산할 수 없었던 영역이 바로 그 열쇠에 관한 내용이었던 것이다. 퀸을 통제할 수 있는 암호화 접속 코드가 그 부분에 있었다.

공동체로서는 전혀 기대하지 않은 수확이었지만 그럼에도 수는 그 결과가 아쉬울 수밖에 없었다. 이젠 자신의 감정을 복원할 방법이 없었기 때문이다. 결국 과거의 삶은 한 편의 영화를 본 것처럼 기억으로만 남겨두고, 새로운 삶을 새겨 나가는 수밖에 없었다. 진은 그런 점을 충분히 이해했고 조용히 수를 위로했다. 그

러나 공동체의 숙원이 남아 있었다. 위로만으로 이야기를 마무리
지을 수는 없었다. 진은 부탁했다.

"도와주시겠어요?"

수로서는 돕지 않을 이유가 없었다. 게다가 감정이 되살아나
지 않았다고 해도 아직 해야 할 일이 있었다. 부질없는 복수의
마음은 접어둔다고 해도 반타를 되찾아야 했고, 더불어 솔리하
도 아직 식민 구역 어딘가에 있을 터였다. 만약 건의 육신까지
남아 있다면 그것은 단지 식민 구역의 해방으로 끝날 문제가 아
니었다. 수는 자신이 열쇠가 아니었다 해도 참여해야 한다고 생
각했다.

사실 식민 구역 해방만을 놓고 봐도 그것이 춘춘 할머니의 뜻
을 이어가는 일이라는 점에서 수에겐 남다른 의미가 있었다. 할
머니가 가장 바라던 일이 그것이었다. 그 일을 위해 거의 절반의
삶을 전장에서 살았고 남은 생도 위장 신분으로 살았다. 수도 인
생의 반을 할머니께 의지했다. 그것만으로도 수가 참여해야 할
이유는 충분했다.

또한 신경회로가 모두 복원된 것은 아니었지만 적어도 섀도와
싸울 수 있을 만큼의 기억은 되살아났다. 어찌 되었든 다시 모조
사회로 되돌아가야 한다면 수가 거기에 무조건 참여해야 할 이유
는 이백만 가지도 넘었다.

그러나 언제나 과정과 절차가 중요한 공동체에서는 몇몇 사람
의 간절한 바람만으로 무언가를 결정할 수는 없었으므로, 전체
의 의견을 먼저 타진해봐야 한다는 결론을 내렸다. 하루 동안 공

동체 전체에 이 사실을 알리고 각 동의 구역을 대표하는 대의원들이 주민들의 의견을 충분히 수렴한 뒤, 대의원회를 소집하기로 하고 최고위원회를 해산했다. 모든 것이 랭의 예상대로였다.

탄은 바깥 세상을 보고 싶어 했다. 몸이 건강해진 탓도 있었지만 아무래도 식민 구역에서의 잔상이 너무 강렬했다. 수도 그랬으므로 탄의 기분을 잘 알았다. 진짜라고 하는 세상을 좀 더 눈동자 속에 담아두고 싶을 터였다. 수는 한순간의 망설임도 없이 지상의 밤을 추천했다.

휠을 타고 이동하는 시간은 대체로 지상보단 나무 위에 있을 때가 더 많았다. 알고 보면 사실 땅을 디디는 시간이 그리 많지 않았던 것이다. 해서 수와 건과 탄과 파로와 랭과 자하비는 숲으로 내려왔다. 어둠이 커튼처럼 드리우고 태양이 오렌지처럼 으깨지던 산등성이를 다시 한 번 올라가보기로 했다. 그곳에서 내려다보는 숲의 풍경이 절경이라는 랭의 말도 한몫했다.

아니나 다를까 탄도 건도, 밤이 자리한 지상의 숲과 신비한 동물들을 바라보며 경이로운 경탄을 금치 못했다. 신비한 자연의 세계로 난생처음 초대받은 사람들처럼—그게 사실이기도 하거니와—쉴 새 없이 고개를 돌려가며 그 많은 생명체를 눈에 담았다. 탄이 랭에게 물었다.

"이 세계는 정말 진짜가 맞는 거죠?"

랭은 대답 대신 미소로 응답했다. 탄이 다시 중얼거렸다.

"제 몸이 치료되면서 의식이 돌아온 순간 그런 생각을 했습니다. 혹시 이곳도 또 다른 형태의 신경회로 컨트롤러가 내 머릿속에서 만들어낸 것은 아닐까. 그렇지 않고서야 이처럼 이상적인 사회가 구현될 수 있는가. 그런데 지금 이곳을 보니 또 그런 생각이 드네요. 어떻게 이토록 아름다운 환경이 존재할 수 있는가. 이 식물들은 심지어 돌연변이라는데 무엇 하나 해가 되지 않는 세계라는 게, 생각하면 할수록 더 가짜 같아요."

랭이 후후, 웃고 탄의 말을 일부 정정했다.

"해가 되지 않는 건 아니죠. 해가 되지 않도록 만든 건 우리니까요."

수와 건은 탄의 상상에 공감이 갔다. 있을 법한 일이었다. 또 다른 종류의 신경회로 컨트롤러가 이곳을 이상향의 사회로 구현하고 있지 않으리라는 법도 없었다. 수도 건도 탄도 하나의 삶에서 세 개의 세계를 살다 보니 이제는 무엇이 진실이고 아닌지를 확신하기 어려웠다. 탄이 말했다.

"제가 처음 그런 생각을 했던 게 바로 룬과 훈련 중에 있었던 일 때문입니다."

탄이 잠시 눈을 감았다 떴다. 룬과 내하에게 애도를 표한 모양이었다. 수와 건도 탄을 따라 했다. 득히 건에게 룬은 디 각별했다. 건이 아무것도 모르고 공동체를 돌아다니던 시절 건의 보호자가 바로 룬이었기 때문이다. 탄이 말을 이었다.

"한창 훈련 중에 글라스에서 갑자기 경보가 울리더니 한 꼬마 아이가 나타난 거예요. 룬의 글라스에서도 같은 영상이 나타났던지 황급히 다른 사람들과 통신해 일을 처리했는데, 그게 바로 이곳의 치안 체계라고 하기에 매우 놀랐던 기억이 납니다. 꼬마가 굉장히 덩치 큰 야생 동물에 공포를 느껴 슈트에 그 감정을 전달했다는 거예요. 그 결과 아이의 상황이 반경 일 킬로미터 안의 모든 사람에게 전송되었던 겁니다. 물론 가장 가까이에 있던 사람이 아이에게로 가 바로 상황을 수습했고요."

탄이 이해하겠냐는 듯이 수를 바라보았다. 수가 고개를 끄덕였다.

"그러면서 룬이 이곳은 감시와 처벌의 구조가 아니라 감지와 예방의 구조로 되어 있다고 말했는데 그때 저는 솔직히, 끽해야 십 대 후반으로나 보이던 군사 교관의 예상치 못한 지적 수준에 놀랐습니다. 물론 나이나 직업을 폄하하는 건 아니지만 제가 살던 세계에서의 군인과는 다른 모습이어서 놀랐던 것 같아요."

그때 건이 대꾸했다.

"네가 말하는 군인에 나는 속하지 않아서 기쁘다."

랭이 빙그레 웃고 탄의 말을 보강했다.

"대개는 아무도 보지 않는다는 생각에서 범죄가 시작되니까요. 그러니까 이곳은 그 시작부터가 쉽지 않은 셈이죠. 실제로 사람이 사람을 대상으로 범죄를 시도할 경우에 많은 사람이 자기를 지켜본다는 사실을 당사자가 현장에서 알 수 있습니다. 피해자가 위기를 느끼는 순간 슈트가 사람들의 시선을 허공에 나열하거든요. 미치지 않고선 결행이 쉽지 않죠. 그래서 이곳의 치안은 누가 누구를 개인적으로 돌봐준다는 식의 개념이 성립하지 않아요. 모두가, 모두를 보살피죠."

수가 탄에게 물었다.

"그런데 아이가 왜 혼자 숲에 있었대요?"

탄이 대답했다.

"그 아이만 그런 게 아니라 아무라도 그렇게 혼자서 잘 다닌다고 하더군요. 그때의 일처리를 보면 확실히 그게 아무 문제도 없어 보이긴 하더라고요."

그러고는 수를 돌아보며 덧붙였다.

"우리가 살던 세상하고는 너무 다르지 않습니까? 그래서 제가 이곳도 혹시 모듈처럼 통제되고 있는 세계는 아닌가 하는 망상에 빠지는 거예요. 솔직히 그러지 말라는 법도 없고요. 이젠 뭐가 진실인지 도무지 알 수가 없으니까."

그때 랭이 걸음을 멈추고 말했다.

"진짜 세계와 모듈을 확인할 수 있는 아주 큰 차이가 있습니다."

랭이 손을 들어 숲 전체를 삼백육십 도로 돌아가며 가리켰다.

"이곳의 모든 것은 지금 이 시각 현재 실존하는 물질들입니다. 이것들이 존재하도록 하기 위해 우리가 별도로 에너지를 들여야 하는 일은 없어요. 스스로 존재하므로 각자기 고유의 에너지를 가지고 있죠."

랭이 슈트를 조작해 키보드를 열고 얼마간 두드렸다. 잠시 후 홀로그램이 하나 떴는데 그것도 숲이었다. 현재 모두가 보고 있는 숲과 같은 풍경이었는데, 보고 있는 시야각 안에만 숲이 있고 나머지 공간에는 아무것도 존재하지 않는 점이 특이했다. 그냥 텅 비어 있었다. 랭이 말했다.

"차이를 아시겠습니까?"

파로와 자하비는 이미 잘 알고 있다는 듯 만만한 표정이었다. 탄이 물었다.

"저 텅 빈 곳은 뭐죠?"

랭이 대답했다.

"그냥 텅 빈 곳입니다. 말 그대로 아무것도 존재하지 않아요."

너무 뻔한 차이를 두고 차이를 알겠냐고 물으니 탄은 오히려 어떤 차이를 말하는 건지 알 수 없었다. 수도 별다르지 않은 표정이었는데, 건은 달랐다. 건은 랭의 말을 듣자마자 아무것도 존재하지 않는다는 말의 의미를 소름이 돋도록 이해했다.

눈을 떴는데 뜨지 않았을 때와의 차이를 느낄 수 없어 당황했던 적이 건은 있었다. 그래서 그곳이 사후 세계일지도 모른다고 착각했다. 크기가 전혀 가늠되지 않는 미지의 공간으로부터 다가오는 공포가 너무 적나라해 아직도 그 느낌이 생생했다. 아무것도 없음으로부터 비롯된 공포가 기이하리만큼 실재적이었다. 차원의 미아가 된 것 같았던 공포에 숨통이 조여오던 그때를 건은 기억했다. 너무 강렬한 경험이어서 잊으려야 잊을 수가 없었다. 랭이 말했다.

"이것이 바로 모듈의 에너지 절감 시스템입니다. 모듈에서는 여러분이 방금 보셨던 곳이 시선을 돌리면 바로 사라집니다. 왜냐하면 스스로 존재하는 것이 아니기 때문이죠. 여러분의 시야에서 벗어나면 존재하지 않았던 상태로 되돌아가는 거예요. 하지만 다시 보면 도로 형태가 갖춰져 있죠."

수는 뭘 말하는지 알 것 같다는 듯 "아." 하고 탄성을 내뱉었다. 탄이 고개를 갸우뚱하며 물었다.

"같은 곳인데 우리가 볼 때와 보지 않을 때의 풍경이 다르다는 말씀인가요?"

"단순하게 말하자면 그렇습니다. 가령 정탄 씨가 모듈에서 어떤 사물을 보고자 하는 의지를 가지면 신경회로 컨트롤러가 재빠르게 감지하고 보기 바로 직전에 초확장 현실로 그 사물의 형태를 갖춥니다. 정탄 씨는 그 후의 모습을 보게 되는 거고요. 그전에는 아무것도 만들어지지 않은 무無의 세계로 존재합니다. 피코초보다도 더 빨리 이루어지는 과정이라 인간은 그 차이를 느낄 수 없어요."

건이 물었다.

"혹시 오류가 있을 수 있나요?"

건이 왜 그런 질문을 했는지 안다는 듯 랭이 빙그레 웃으며 말했다.

"류건 씨가 알파 구역에서 사고를 당했을 때 오류가 있었죠. 컨트롤러가 지하철 사고 현장을 구현했어야 했는데 그러지 못했습니다. 뒤늦게 구현하다가 혼선이 있었고 결국 알파 구역의 실상을 목격하신 거고요. 그때를 기억하시는군요."

건이 가만히 고개를 끄덕였다. 두 사람의 대화를 들으며 아직 만들어지지 않은 세계에 관해 잠시 생각하던 탄이 물었다.

"왜 그렇게 복잡하게······, 애초부터 초확장 현실 안에 그런 세

계를 모두 구축해놓으면 굳이 그때마다 사물의 형태를 만들 필요
가 없지 않나요?"

"아니요. 시대 구성 요소 설정과 디자인 이외에 모듈의 배경을
그렇게 구체적으로 다 미리 정해버리면 알파 구역과 모듈의 노동
치환이 제한되기 때문에 작업이 더 까다로워져요. 게다가 작업량
도 어마어마하게 방대해지죠. 무엇보다 큰 문제는, 그렇게 하면
거기에 소비되는 에너지를 감당할 수 없다는 겁니다. 말하자면
아무도 오지 않는 야밤에 엄청난 규모의 놀이 공원을 계속 돌리
고 있는 거나 마찬가지인 거예요. 순간마다 상황을 조작할 수 있
는데 굳이 그런 식으로 에너지를 낭비할 필요가 없는 거죠. 애초
에 그 많은 에너지를 공급하기도 어렵고."

탄이 중얼거렸다.

"에너지."

랭이 말을 이었다.

"네. 신경회로 컨트롤러도 그렇고 나노믹스도 그렇고 바이오
에너지를 기반으로 움직이기 때문에 끊임없이 계속 에너지를 공
급할 순 없어요. 나노믹스야 외부 에너지도 흡수하지만, 신경회
로 컨트롤러는 아예 머릿속에 박혀 있는 인공지능이라 사람이 쉴
땐 같이 쉬어줘야 하거든요."

건이 피식 웃더니 탄에게 한마디했다.

"그러니까 이 세계에선 그냥 모르고 사는 게 제일 속 편해. 알
면 알수록 심란해진다."

건의 말에 랭이 알 수 없는 표정으로 고개를 끄덕이고는 말

했다.

"모듈에서 여러분이 왜 항상 적은 수의 선택지만을 가지고 살았는지 생각해보면 이해가 쉬울 겁니다. 세상에는 수많은 선택지가 있다고 가르치지만 실제 살아보면 그렇지 않잖아요? 세계가 넓다고는 하지만 그 세계를 다 돌아본 사람은 아주 극소수고 그조차도 사실인지 확인할 수 없어요. 증거라고 해봐야 글과 사진과 동영상 정도가 전부죠. 대부분은 평생 두어 나라도 못 가보고, 심지어 자기 동네도 못 벗어나본 사람이 부지기수예요. 그게 왜 그랬던 건지 이제 아시겠죠?"

자신의 말이 세 사람에게 흡수되는 과정을 살펴보기라도 하듯 랭이 주의 깊게 수와 건과 탄을 한 번씩 쳐다보았다.

"모듈은 자유로운 세계 같지만 실은 매우 에너지 제한적인 공간입니다. 한 사람에게 투입되는 에너지가 적을수록 좋은 거예요. 그래서 모듈의 구성원은 대개 자기 인생에서 늘 두어 가지 정도의 선택지만을 안고 살아가게 됩니다. 그리고 그마저도 쳇바퀴처럼 반복하며 살죠. 반복되는 데이터는 기억 갱신을 위한 에너지를 소비하지 않기 때문에 아주 효율이 높거든요. 삶뿐만 아니라 생각도 마찬가지예요. 웬만하면 이분법적으로 사고하도록 설계되어 있습니다. 그래야 에너지가 덜 들고 처리해야 할 데이터의 용량도 줄어드니까요."

과연, 그게 자신들이 살았던 세계의 특징이라는 걸 셋 모두 부인할 수 없었다. 랭이 덧붙였다.

"그런데 모듈 설계의 백미는 초확장 현실의 배경이 아니라 신경회로 컨트롤러의 마인드 컨트롤에 있습니다. 자기 자신을 끊임 없이 의심하도록 하죠. 그게 바로 인간의 정체성인 것처럼 심리를 운용해요. 가령 모듈에선 똑같은 사실이 다른 사람의 입을 통해 거론되면 그때마다 내용이 달라지는 경우가 잦은데, 그게 인간이 아니라 시스템의 오류일 경우가 많거든요? 그런데 사람들은 자기가 들은 얘긴 고사하고 심지어 직접 눈으로 본 것조차 누군가 아닌 증거를 제시하면 곧바로 자기 자신을 의심하도록 설계되어 있습니다."

랭이 말을 멈추고 수와 건과 탄을 쳐다보았다.

"스스로를 의심하는 마음. 이게 바로 포인트예요. 모듈에서는 인간이 끊임없이 자기를 의심해야만 컨트롤러가 돌발적인 오류를 일으켜도 모두 인간의 부정확성으로 덮어씌울 수가 있거든요. 물론 사람 스스로 오류를 일으키는 경우도 있지만 실은 컨트롤러에서 일으킨 오류가 훨씬 많습니다. 그걸 사람에게 고스란히 뒤집어씌우죠. 인간은 생각보다 그렇게 많은 오류를 저지르지 않습니다. 선천적으로 굉장히 놀라운 자각 능력과 통찰력을 가지고 태어나거든요. 그런데 모듈에선 그 능력들을 모두 지워버리죠. 인간이 불완전한 존재라는 건 그러니까 사실이 아니라 모듈에서 주입하는 하나의 프로파간다 같은 겁니다."

실제로 세 사람 또한 인간이 저지르는 수많은 오류를 알고 있었고 그래서 인간이 그만큼 불완전한 존재라고 인식하고 있었다. 그것을 종의 특질로 생각했지 어떤 시스템이 만들어내는 현상이라고는 짐작조차 해본 적이 없었다. 심지어 모듈에선 인간의 불완전성을 인지하는 마음이야말로 철학의 본질인 것처럼 말하는 사람도 있었다. 랭이 말했다.

"그게 다 뇌의 가소성brain plasticity 때문에 벌어지는 오류입니다. 신경회로 컨트롤러가 그것까지 다 잡아내지는 못하는 거예요. 그래서 그렇게 미리 뒷배경을 깔아놓은 겁니다. 사람들이 문득문득 떠올리는 비현실적인 공상도 컨트롤러 오류의 전형적인 한 현상이고요. 그런 게 점점 심해지고 복구가 잘 안 되면 어디로 가게 되는지는, 다들 아시죠?"

탄이 대답했다.

"신경정신과?"

랭이 빙그레 웃었다.

"뭐, 정신 병원에 가기 전에 거길 먼저 가기는 하겠네요. 어쨌든 모듈에선 정기 검진 같은 걸 받을 때 그런 오류를 대체로 다 잡습니다. 정기 검진을 받을 수 없는 수준으로 매핑된 직업군의 사람들이 그래서 오류가 잦죠. 모듈에선 아마 그런 사람들을 좀 이상한 사람으로 취급할걸요? 무료 검진 시스템이 그 때문에 만들어진 건데 그래도 여전히 자발적으로는 검진을 받지 않는 사람들이 존재하죠. 그들 대부분은 부랑자처럼 살아가지만 아주 간혹 인간 본연의 능력을 회복하는 경우가 있습니다. 그렇게 초능력 비슷한 예지력을 보이거나 모듈 사람들은 볼 수 없는 것들을 보는 사람들이 종종 생기죠."

탄이 고개를 절레절레 흔들었다. 랭의 설명이 이제껏 자신이 살아왔다고 믿었던 세계와 너무나도 절묘하게 일치했기 때문이다.

"그런데 그게 인간 본연의 능력이라는 걸 증명한 사람이 인류 역사에는 꽤 많습니다. 여러분이 생각하시기에 초월적인 인간이라고 분류되는 분들 대부분이 그렇죠. 심지어 여러분이 살던 모듈의 설정 시대보다 훨씬 오래전인 고대의 선조 중에는 모듈 같은 세계를 이미 꿰뚫어 본 분도 존재합니다. 실제로 모조 사회에는 아직도 그분의 철학을 신봉하는 추종자도 굉장히 많고요."

수가 그 사람이 누구인지 알겠다는 표정으로 고개를 끄덕인 후 중얼거렸다.

"결국 모듈이 허상이면 식민 구역 혹은 모조 사회 아니면 이 공동체가 이데아가 되는 거군요."

랭이 학습 능력이 출중한 학생을 바라보는 선생처럼 흐뭇한 미소를 띠며 말했다.

"그 말이 옳다고 전제한다면 이데아란 그 세 곳 중에 한 곳이거나 세 곳 모두이거나 아니면 우리가 아직 알지 못하는 다른 세계겠죠."

탄이 중얼거렸다.

"점점 복잡해지네."

건이 대꾸했다.

"그렇다니까."

셋 중 가장 우수한 학생인 수가 탄이 최초로 제기했던 의문을 다시 언급했다.

"그럼, 이곳이 모듈 같은 곳이 아니라는 건 어떻게 알 수 있죠?

이곳도 우리가 보지 않는 곳은 아직 만들어지지 않은 세계일 수 있지 않나요?"

랭이 대답했다.

"네."

탄이 휘둥그레진 눈으로 반문했다.

"네, 라고요?"

"네. 이 우주에 존재하는 모든 가능성을 끌어들이면 솔직히 우리도 알 수 없습니다. 우리가 지금 알고 있는 건 단 하나, 이곳과 저곳과 식민 구역은 현실의 세계고 모듈은 허상의 세계라는 사실뿐이죠. 하지만 누군가 아니라고 우기기 시작하면 그 사실을 증명할 방법은 없어요. 만약 우리는 알지 못하는 고도의 지성체가 우주에 존재한다면 그들은 지금 제가 여러분께 보여드린 것처럼 증명해 보일 수 있겠지만, 우리는 할 수 없습니다. 우리는 그냥 우리의 확신만 있을 따름이죠."

탄이 허탈하다는 듯 말했다.

"아니 그럼 뭐야, 아까 말했던 진짜 세계와 모듈을 확인할 수 있는 큰 차이라는 게 없는 거잖아요. 그냥 똑같은 거 아닌가?"

랭이 말했다.

"완전히 다르죠. 우린 모듈이 허상인 걸 이렇게 직접 증명해 보일 수 있지만, 우리가 사는 세상이 허상이라는 건 증명할 수 없잖아요."

탄이 반문했다.

"단지 증명할 수 있느냐 없느냐가 그 차이라고요?"

랭은 오히려 탄의 반문을 이해할 수 없다는 듯 반문했다.

"그게 별거 아니라는 것처럼 말씀하시는데, 실로 엄청난 차이인데요? 수학도 과학도 이 자연계의 원리가 다 그걸로 돌아가는 건데?"

탄이 중얼거렸다.

"진짜 알다가도 모르겠네."

건이 또 대꾸했다.

"그렇다고 내가 몇 번을 얘기해."

수가 흐뭇한 미소를 지으며 건을 바라보았다.

탄은 느낄 수 있었다. 보건동에서 둘이 인사를 나눌 때부터 두 사람 사이에 이상한 기류가 흘렀다. 처음엔 그냥 기분 탓이려니 생각했는데 시간이 흐르면서 점차 그렇지 않다는 걸 느꼈다. 그리고 숲을 걷는 내내 수를 지켜본 탄은 마침내 건을 바라보는 수의 눈빛에서 뭔가 달라졌다는 사실을 알아챘다.

숲의 밤은 아름다웠고 산등성이에서 내려다보는 풍경도 여전히 비현실적이었지만 탄의 눈엔 수와 건만 보였다. 둘이 뭔가 다르다는 생각이 머릿속에서 한번 생성되고 나니 다른 것들은 아무것도 눈에 들어오지 않았다. 저녁을 먹는 동안에도 머릿속엔 온통 그 생각뿐이었고 그런 시각으로 바라보니 두 사람의 모든 행동이 다 그렇게 보였다. 결국 무엇이 달라졌는지 그 밤에, 모두 자신의 집으로 돌아간 이후에, 파로를 통해 알게 되었다.

파로가 랭을 설득해서 탄도 자신의 과거를 홀로그램으로 볼 수 있었다. 탄만 자신의 지난 삶을 모르고 지나갈 순 없었다. 전부는 아니어도 일부라도 알려주는 게 옳다고 파로는 판단했고, 랭은 생각이 달랐지만 파로의 말이 전적으로 틀린 말도 아니었으므로 무조건 안 된다고 할 수만은 없었다. 무엇보다 당사자가 직접 나섰으므로 더는 외면할 수 없었다. 랭은 진에게 상의했고 진도 랭과 같은 생각이었으나 또 어쩔 수 없이 같은 결론에 이르렀다.

결과는 랭의 예상대로였다. 건과는 달랐다. 과거를 알게 된 건의 가슴엔 행과 불행의 감정이 동시에 생겼지만 탄의 가슴엔 오롯이 불행만이 채워졌다. 탄은 진실보다 그 진실이 주는 그늘에 절망했다. 그러나 그 그늘은 과거의 진실로부터 비롯된 것이 아니었다.

수가 왜 그리도 자신에게 거리를 두려 했는지 탄은 마침내 이유를 알았지만 괜찮았다. 이해할 수 있었다. 그건 자신의 잘못이 아니었다. 그럼에도 수가 계속 자신을 싫어한다면 언젠가는 그 문제에 관해 말해볼 수 있겠지만, 당장은 아니었다. 감정이란 그렇게 이성적인 논리로 달라질 수 있는 게 아니라는 걸, 탄은 누구보다 잘 알았다. 마음이 스스로 그러하겠다고 마음먹으면 그 어떤 논리로도 되놀릴 수 없었다. 마음이 스스로 되돌아서기를 기다릴 수밖에 없었다. 탄은 얼마든지 기다릴 수 있었다.

그러니까 탄을 불행하게 하는 진실은 자신에 대한 수의 마음이 아니었다. 건에 대한 수의 마음이었다. 그것이 가족 같은 감정으로서의 애정인지 혹은 그와는 다른 감정인지 명확히 알 수 없었지만, 탄이 서고 싶은 자리에 건이 서 있다는 사실만은 분명했다.

탄을 한없이 슬프게 하는 것이 바로 그것이었다. 건이 그 자리에 있는 한 자신이 설 자리는 없다는 걸 깨달았기 때문이다.

밤새 잠 못 이루며 뒤척이는 동안 탄은 건이 불편해지기 시작했다. 이제껏 생명의 은인이라고 믿고 살았는데……, 따지고 보면 생명의 은인도 아니었다. 그것은 전부 모듈이 만들어낸 허상이었다. 모듈에서의 진실은 자신과 수와 수에 대한 자신의 감정밖에 없었다.

게다가 이곳에서 건은 자신의 과거 삶에만 관심이 있었지 탄이나 수의 감정에 관해서는 둔감했다. 탄이 느끼기에 진실을 알게 된 후 그 그늘에 드리운 것은 이 모든 게 다 불공평하다는 사실이었다. 진실 속의 탄은 모든 걸 다 잃었고 얻은 것은 하나도 없었다.

그런 탄에게 누군가 찌질하다고 말할 수도 있었다. 심지어 탄본인도 그렇게 느꼈다. 그러나 그런 감정은 애써 없애려 한다고 없어지지 않았다. 탄은 한순간에 갑자기 삶의 모든 의미가 다 사라진 느낌이었다. 말로 표현할 수 없는 거대한 허탈감이 탄의 마음을 허물어뜨렸다. 모든 게 다 무기력하게 느껴졌다.

하루 동안 공동체 전체에 공지 사항을 알리고 각 동의 구역을 대표하는 대의원들이 주민들의 의견을 충분히 수렴하는 절차는 좋았지만, 문제는 그런 식의 과정이 대개 거북이와 굼벵이와 나무늘보가 릴레이를 하는 수준으로 진행된다는 사실이었다. 공동체에서는 아무도 급한 사람이 없었다. 본성이 급한 사람도 열을 내봐야 항상 본인만 손해라는 사실을 사는 내내 깨달아야 했으므로 결국 다 비슷해졌다.

그런데 이번 일은 공동체 주민들의 지대한 관심을 얻었다. 사안이 좀 다르다고 느꼈던지 놀라울 만큼 빠르게 의견이 수렴되었고 예정했던 이튿날 대의원회가 소집되었다. 팔각의 대회의장이 만들어지고 삼백사 명의 대의원들이 좌석을 촘촘히 메웠다. 건은 이미 한 번 겪어본 일이었다. 다만 대회의장의 위치가 바뀌었다. 숲속의 다른 공터였다. 반면 수와 탄은 처음 보는 광경이라 내심 즐거움이 있었다. 건이 처음 보았을 때와 달리 이미 원리를 이해하고 있는 두 사람에게는 그리 놀라운 풍경이 아니었지만, 의석이 공중에 떠 있는 광경은 알아도 흥미진진했다.

랭은 전과 다르게 과학동 대의원석에 앉았고 수, 건, 탄, 파로, 자하비는 참관인석에 배치되었다. 의원석 뒤쪽으로 거대한 규모의 홀로그램 장막이 생성되었다. 전과 다름없이 대의원회에 참석하지 않는 주민들도 외부에서 대회의장을 볼 수 있었다. 이번 일은 공동체 초유의 관심을 얻었던 탓에 현장 외곽에 주민들이 빼곡했고, 공동체 곳곳에서도 홀로그램을 통해 대회의장을 보았다. 모든 주민의 관심이 그곳에 쏠려 있다고 해도 과언이 아니었다.

최고위원석에 앉은 의장이 개회를 알리자 곧바로 의사 진행이 시작되었다.

대의원의 의견은 크게 셋으로 갈렸다. 하나는 전면적인 전쟁으로 이번 기회에 모조 사회를 공동체에 복속시켜야 한다는 의견이었다. 다른 하나는 이제까지의 방식처럼 침투조를 운용해 조용히 일을 처리하자는 의견이었다. 그리고 남은 하나가 식민 구역을 꼭 해방해야 하느냐는 것이었다. 식민 구역 해방이 전체 주민들 사이에서 공론화된 것은 이번이 처음인 만큼 이 의견은 전면전과 침투조라는 이견에 관계없이 양측에 공통적으로 분포되어 있었다. 해서 의장은 앞선 두 의견을 먼저 결정짓고 식민 구역 문제를 다루겠노라 선언했다. 수가 파로에게 물었다.

"자꾸 전면전을 주장하는 사람들은 왜 그런 거예요? 일을 크게 벌일수록 서로 피해가 커질 거라는 건 누구나 조금만 생각해보면 알 수 있을 텐데?"

파로가 대답했다.

"전면전을 주장하는 사람 중엔 젊은 사람이 많습니다. 왜냐하면 그들은 우리의 과학 기술이 월등하게 뛰어난데도 숨어 사는 걸 이해하지 못하는 세대거든요. 힘이 센 사람이 겁이 많아 자기보다 훨씬 약한 사람을 피해 다니는 것처럼 인식해서 굉장히 창피하게 생각합니다. 대표적인 주전론자인 카이의 경우는 그 젊은 세대의 압도적인 지지를 받고 있기 때문에 정치적인 입장에서 그들을 대변하는 상황이고요. 대외 안보를 책임지고 있는 사람이 주전론자라는 게 진짜 아이러니한데 그게 다 명예욕에 눈이 어두워서 그래요."

건이 물었다.

"공동체의 과학 기술이 월등합니까?"

파로가 그걸 여태 몰랐냐는 듯이 어리둥절한 표정으로 건을 한 번 쳐다보고 말했다.

"비교 자체가 모욕적일 정도인데요?"

"저쪽도 만만치 않던데."

"저긴 겉만 화려하지 내실이 없어요. 우리 공동체 선조들이 추방당할 때 알짜배기 기술은 다 빼돌려서, 저들은 모조 아니었으면 아직도 건물이나 예쁘게 지으면서 홀로그램에서나 볼 수 있는 구시대처럼 살았을걸요?"

수가 놀랐다.

"추방이요?"

파로가 말했다.

"아, 모르셨구나. 그게 지금 이 사달을 만든 기원인데. 대재난 이후에 우리 선조들은 전부 지금 모조 사회가 있는 반도에 모여 살았어요. 거기만 청정 구역이었거든요. 근데 그 떠다니는 쟁반 도시 아시죠? 거기에 그간 인류가 이룬 과학 기술을 잘 정리해놓았던 덕에 재건이 굉장히 빨랐습니다. 문제는 그러면서 싸움이 시작되었다는 거죠."

"무슨 싸움이요?"

"누가 더 맛있는 걸 많이 먹을 거냐, 뭐 그런 건데 우리 대장 같았으면 그걸 아마 굉장히 유식한 척하면서 성장과 분비의 우선순위를 정하는 다툼이었다는 식으로 말했을걸요? 그러면서 고대 정치란 기본적으로 자원 배분에서의 우위를 갖겠다는 욕망이었다는 둥 장광설을 늘어놓겠지만 그건 그냥 아주 간단한 싸움이었어요. 제일 힘 센 사람이 먹을 걸 공평하게 나눠주느냐 아니면 다들 모여 협의해서 나눠 먹느냐를 두고 박 터지게 싸운 거죠. 그러다가 협의해서 나눠 먹자는 쪽이 얻어터지고 쫓겨난 거고요."

파로가 말을 끝내고 수를 물끄러미 바라보다가 물었다.

"우리 대장한테 너무 길들여지신 거 아니에요?"

"네?"

"아니 표정이, 그게 끝이냐는 얼굴로 쳐다보고 있으니까 뭐든 더 얘기해야 할 것 같은 압박감이 느껴진다고요."

아닌 게 아니라, 다른 쓸데없는 말은 안 시켜도 주야장천 늘어놓는 사람이 정작 중요한 얘긴 냉동 피자 토핑 뿌리듯이 하고 마니까 수는 좀 황당했지만 그 마음을 대놓고 말할 순 없었다. 수는 최대한 감정을 감추면서 말했다.

"그게 아니라, 추방당한 것과 과학 기술을 빼돌린 건 다른 얘기인 것 같은데 정작 그 말씀은 안 하셔서 기다린 건데요?"

"아, 그렇지. 저 사람들이 너무 시끄럽게 떠들어대니까 정신이 없어서."

파로의 말처럼 대회의장은 대의원들의 설전으로 열기가 달아오르고 있었다.

"그때는 반도에서 쫓겨나면 다 죽는 거로 생각했습니다. 실제로 탐사를 나갔던 사람 중에 돌아온 사람이 아무도 없었다고 하니까요. 그래서 쫓겨날 걸 예감한 사람들이 그 일에 대비했습니다. 그때까지 일궈놓은 과학 기술의 거의 전부라고 해도 과언이 아닌 자료들을 모두 빼돌려놓은 거죠. 아무튼 그 기술이 있어야 쫓겨나도 살 희망이 있었으니까요."

그때 탄이 중얼거렸다.

"그 말은 굉장히 무책임하게 들리는데. 자기들 살자고 다른 사람들은 알 바 없다는 얘기 아닌가?"

수가 탄을 물끄러미 바라보았다. 파로가 해맑게 말했다.

"에이, 그건 아니죠. 반도에서 쫓겨나면 바로 죽을 판인데. 무작정 손 놓고 있을 수만은 없잖아요. 살 수 있는 기간 안에 어떻게든 방법을 찾으려고 한 거라 자연스러운 일이었다고 봐요, 저는."

탄이 반박했다.

"그럼 원본은 남겨뒀어야 하는 거 아닌가?"

파로가 대꾸했다.

"그럼 저들은 진작 공동체를 박살냈을걸요? 그 정도는 나도 예상할 수 있는데 우리 선조들은 어련했을까요. 아무튼 중요한 건 당시의 기술 중에 바이러스를 어떻게 방어해야 하는지에 관한 해법도 일부 있었다는 겁니다. 사실 그게 없었으면 반도에 남아 끝까지 싸우다 죽지, 나가란다고 순순히 쫓겨나진 않았겠죠. 하지만 말 그대로 일부 해법이라 아주 제한적이었고 또 방어를 지속할 수 있는 시간적 한계도 짧았어요. 그러니까 뭔가 희망적으로 쫓겨나긴 했는데 시간이 흐르니 결국 죽을 일만 남았던 셈이죠."

수가 파로를 보았다. 파로가 잠시 뜸을 들이더니 수를 보고 말했다.

"그런데 그때 뚜둥!"

수가 저도 모르게 쯧, 하고 혀를 찼다. 부지불식간에 한 대 쥐어박을 뻔했으나 참았다. 갑자기 랭의 마음이 확 이해가 되는 순간이었다. 눈치 없는 파로가 말했다.

"자연인들이 등장한 겁니다."

자연인이라는 말에 건과 탄도 파로를 돌아보았다.

"그러니까 장소만 면역 구역이 있었던 게 아니에요. 사람도 선천적으로 면역력을 지닌 양반들이 있었던 겁니다. 그들을 선조들은 자연인이라고 불렀고요. 모조 도시 사람들은 모조 빼고 그런 자연인이 이 세상에 존재하는지 아직도 모릅니다. 당연하죠, 본적이 없으니까."

건이 중얼거렸다.

"어떻게 그럴 수 있지?"

"어떻게 그럴 수 있는지 우린 아무도 몰라요. 그건 반도 환경도 마찬가지였고. 아무튼 자연인들은 그들 스스로 어떤 변이의 과정도 없이, 이미 변이한 자연환경과 더불어 생활하는 법을 터득하고 있었습니다. 거의 백 년이 넘는 동안 만들어낸 그들만의 방식이 있었대요. 다행스러웠던 건 그들과 쫓겨난 우리 선조들이 지향하는 삶의 방향이 같았다는 거예요. 그때까지만 해도 우리가 가진 양자 나노 과학이 그만큼 중요한 역할을 하리라고는 예상치 못했습니다. 그러나 곧, 그들이 깨우친 자연법칙과 우리 선조들의 기술력이 합쳐져 비약적인 발전을 일궈냈고, 우리가 지향하는 사회의 모습을 근사치로나마 구현해낼 수 있었던 겁니다."

수가 물었다.

"모조 사회에는 그럼 그런 기술이 없는 건가요?"

"모조 사회에도 그것을 연구할 만한 과학자들이 물론 있었죠.

그러나 우리가 가지고 나온 자료들이 워낙 방대해서 그들은 거의 처음부터 다시 시작해야 하는 지경에 봉착했을 겁니다. 당연히 우리보다 속도가 더딜 수밖에 없었고 또 속도를 올린다고 해도 우리가 아는 자연법칙을 그들은 모르기 때문에 발전에 한계가 있을 수밖에 없었죠. 자연의 법칙이란, 겸손한 사람에게만 주어지는 일종의 선물 같은 거거든요."

말을 마친 파로가 조금 양심에 찔렸던지 덧붙였다.

"마지막 말은 제 말이 아니라 큰 대장의 말이에요. 흠흠."

그러고는 진을 가리켰다.

"큰 대장이 바로 자연인의 후손입니다. 저는 물론 쫓겨난 사람들의 후손이고요. 일단 자연인의 후손들은 골격부터 약간 달라요."

세 사람의 시선이 진에게 가 닿았다. 진이 시선을 느꼈는지 마침맞게 그들을 쳐다보았다.

"큰 대장의 선조는 세 분이 살던 모듈에도 등장해요. 아마 모조가 큰 대장 때문에 모듈의 시대 구성 요소로 넣은 것일 거라고 아는 사람들끼린 말하던데."

파로가 낄낄 웃었다.

수가 물었다.

"누구……?"

"미스터 티라고, 되게 유명한 권투 선수래요."

그 말이 신기했던지 탄의 표정이 달라졌다.

"대박! 미스터 티? 나 미스터 티 아는데? 그 양반 권투 선수 은

퇴하고 감방 들락거리다가 결혼해서 빵집 하는데?"

그러더니 그것은 곧 모듈에서의 허상이라는 사실을 떠올린 듯 다시 시무룩해졌다. 건이 말했다.

"그 시대에 그 양반 모르면 간첩이었지." 그러고는 수를 힐긋 보더니 "모르는 사람도 있을 순 있겠다." 하고 말을 정정했다.

수도 그를 알았다. 운동을 좋아했으므로 모를 수 없었다. 하지만 수는 자연인이란 존재가 있다는 게 너무 신기해서 정신이 온통 진에게만 팔려 있었다. 진을 자꾸만 쳐다보다 수가 물었다.

"그럼 진은 지금도 바이러스 면역력을 가진 거예요?"

"우리랑은 다르지만 본래의 자연인처럼 완벽하진 않은 것 같아요. 과거의 기록으로 보면 자연인과 추방된 사람 사이에서 아이가 나오면 확률이 반반으로 떨어지나 보더라고요. 그런데 그걸 확인할 수는 있지만 어떻게 그런 확률로 정해지는지는 아직 밝혀내지 못했습니다. 또 물어보실 것 같아서 미리 말씀드리는데, 당연히 자연인의 혈청으로 백신 연구도 무진장했습니다. 하지만 모두 실패."

탄이 말했다.

"그럼 뭐, 대항군 지휘관의 몸이라고 해서 백신 연구에 도움이 될지는 알 수 없는 거네."

대항군 지휘관이라는 말에 건이 탄을 바라보았다.

"너 오늘 뭔가 좀 계속 삐딱하다?"

탄이 뭐라고 대꾸하기 전에 파로가 무엇 때문인지 당황하며 먼저 껴들었다.

"아, 그건 아니에요. 자연인의 혈청과 바이러스를 만든 사람이 만든 백신은 구조가 달라요."

그때 첫 번째 안건이 표결에 들어갔고, 침투조를 운용하는 것으로 결론이 났다. 파로가 말했다.

"저건 뭐, 애초에 표결을 안 해도 대략 결론을 알 수 있었죠. 비율이 너무 차이 나니까. 그냥 소수의 의견을 상정해준다는 의미에 가깝다고 봐야지."

파로의 말대로였지만, 군사동 소속 대의원의 발언이 결정적이었다. 전면전을 치렀을 때 승리를 보장할 수 없다는 말이었다. 대의원은 자리에서 일어나 그간의 설전을 모두 무마해버릴 만큼 자세하게 왜 기술력만으론 승리를 장담할 수 없는지 브리핑했다. 그 사례로 해상 도시 전투보다 더 좋은 모델은 없었지만 그 내용은 언급하지 않았다.

그 자리에 건이 있을 것이었으므로 그 내용은 빼달라고 진이 사전에 요청했다. 그리고 파로의 장황한 설명 또한 진의 지시에 따른 행동이었다. 어쨌든 군사 전략을 논하는 자리에선 건이 과거의 기억 속으로 빠져들지 않도록 주의를 돌리자는 진의 배려였다. 하지만 탄이 진의 계획을 어그러뜨렸고 건은 한동안 대항군 지휘관이라는 단어에 얽매여 있었다.

이제 안건은 식민 구역을 해방하느냐 아니냐의 문제로 넘어갔고 이 문제의 대립각은 좀 전과 다르게 매우 팽팽했다. 당연히 모두 해방을 주장할 것으로 생각했던 건은 그렇지 않은 사람도 있다는 사실에 다소 놀란 표정이었다. 수는 랭에게 들은 정보가 있어 어느 정도는 예상한 눈치였고 탄의 공기는 확연하게 달랐다. 탄에게 진실이란 고통일 뿐이었다.

각 동을 대표하는 대의원들이 자리에서 일어나 각자의 주장을 피력했다. 안보동의 카이가 자리에서 일어나 자신을 소개하고 말했다.

"사람들이 진실을 원할 것 같습니까? 사람들은 진실을 원하지 않습니다. 그들이 원하는 건 자신의 행복이지 진실이 아니에요. 진실을 원한다고 말하는 사람이 정말 원하는 건 자신에게 불합리한 그 무엇을 바로잡아주는 것입니다. 그런 마음의 또 다른 이름이 진실이에요. 그 또한 결국 자신의 행복에 귀결되는 마음이고요. 그러니 모듈에서의 삶이 불행한 사람은 당연히 진실을 원하겠지만 그렇지 않은 사람은 진실을 원망하게 될 겁니다."

산업동 소속 대의원 한 명이 자리에서 일어나 자신을 소개하고 카이의 의견을 지지했다.

"문제는 대부분 다 원망하게 될 거라는 겁니다. 우리가 모듈을 깨뜨리면 그들에게 그에 상응하거나 그보다 나은 삶을 제공할 수 있어야 합니다. 그런데 그럴 수 있습니까? 물론 그들이 우리 공동체에서 함께 생활하게 되면 그런 문제는 깨끗하게 해결되겠죠. 그러나 우리가 그들을 수용할 수 있습니까? 언급 자체가 무의미하죠. 그렇다면 그들을 그곳에 두고 모듈보다 더 나은 삶을 살 수 있도록 환경을 제공해야 하는데 그게 가능합니까? 모듈에서 편리한 삶을 살던 사람들이 갑자기 그 지하 세계의 진흙탕 속에서,

단지 진실을 알았다는 이유 하나만으로 행복을 느낄 수 있을까
요?"

행정동 소속 대의원이 발언권을 얻어 같은 의견의 다른 문제점
을 지적했다.

"모조 사회에서 불행한 삶을 살았던 사람들이 우리 공동체로
이주해 오겠다고 하면 대안이 있습니까? 못 오게 할 건가요? 아
니면 다 받을 건가요? 제가 보기엔 둘 다 불가능한 얘기 같은데
요? 우리가 통일을 이뤄 하나의 세계를 만드는 것은 참으로 멋진
발상입니다만, 현실을 고려하지 않을 수 없습니다."

보건동 소속 대의원이 자리에서 일어나 안보동을 바라보고 말
했다.

"카이 님은 이제까지 전면전을 통해서 모조 사회를 복속시켜
야 한다고 주장하셨는데, 그렇다면 복속은 복속대로 시키고 체제
는 그대로 유지하겠다는 말씀이셨던 건가요?"

카이가 대답했다.

"그렇습니다. 적어도 식민 구역에 관해서만은 일단 신경회로
컨트롤러를 그대로 유지해야 한다고 봅니다."

대의원석 전체가 한차례 술렁거렸다. 보건동의 대의원이 다시
물었다.

"그러면 우리와 모조 사회 지도자들이 뭐가 다른 거죠?"

산업동의 다른 대의원이 대꾸했다.

"우리는 지금 실질적인 문제를 두고 얘기하는 중인데 혼자 달
나라라도 다녀오신 겁니까? 지금 이념 문제를 들고 나오면 해결

되는 게 하나라도 있어요?"

그때 환경동의 대의원석에서 누군가 말했다.

"저분들은 우리 공동체가 아니라 모조 사회에 더 어울리는 분들인 것처럼 보이는데, 저만 그렇게 느끼는 건가요?"

산업, 안보, 행정동에서 발끈하는 소리가 들렸고 조금 더 격한 반응이 튀어나왔으므로 의장이 중재에 나섰다.

"서로 감정을 자극하는 말들은 삼가시고 신중하게 생각해서 발언해주세요. 지금 우리가 싸우자고 모인 자리가 아니니까 이런 식으로 대립각이 세워지면 오늘의 대의원회는 아무 의미가 없어집니다. 이제 이 문제를 더는 뒤로 미룰 수 없다는 사실을 다시 한 번 인지하시고 협의를 위한 방향으로 의사를 개진해주세요."

본부동 대의원이 발언에 나섰다.

"저는 저분들의 의견이 어떻게 이해되는가 하면, 두 개의 세계를 하나로 통일은 하되, 우리가 가진 것은 하나도 내놓지 않겠다는 말씀처럼 들립니다. 전혀 다른 두 개의 세계가 합쳐지면 서로 양보하고 희생해야 하는 부분이 있을 텐데, 무엇을 얼마나 양보하고 희생해야 하는지에 관한 논의가 더 중요해 보이는 시점에 다른 얘기들만 하고 계시니 조금 답답합니다."

산업동 대의원이 말했다.

"아니 그러니까 그 말씀 알겠고 옳은데, 그러면 모듈을 깬 다음에 식민 구역 사람들의 환경을 어떻게 할 거냐고요. 실질적인 대안이 뭡니까?"

보건동 대의원이 대신 대답했다.

"우리의 인력과 기술과 자본과 모조 사회 지상 도시의 자원들까지 모두 투입해서 환경을 조금씩 개선해 나가야지요. 우리 공동체도 이제껏 그런 방식으로 일궈오지 않았던가요?"

산업, 안보, 행정동의 몇몇 자리에서 참 답답하다는 중얼거림과 탄식이 터져 나왔다. 그때 과학동에서 랭이 일어났다.

"여러분, 수백 년 전에 저 반도 도시에서 우리의 선조들이 대륙으로 쫓겨났던 일이 있었습니다. 모두 알고 계시죠?"

몇몇 자리에서 왜 난데없이 옛날 얘기는 꺼내고 난리냐는 반응을 보였다. 랭은 개의치 않고 말했다.

"그때 만약 자연인들이 자신들의 터전이 망가질 것을 우려해 우리 선조를 받아들이지 않았다면, 우리 중 이 자리에 있을 수 있는 사람이 과연 몇이나 될까요?"

좌중이 순식간에 조용해졌다. 랭의 목소리가 낭랑하게 울렸다.

"그때 자연인들이 우리와 피가 섞이는 것을 우려해 가까이하지 않으려고 했다면 우리가 살고 있는 이 공동체는 지금 어떤 모습을 하고 있을까요?"

아무도 그에 대한 반응을 보이지 않았다. 랭이 당신들의 생각을 알겠다는 듯 고개를 끄덕이며 말했다.

"네, 그렇습니다. 그게 얼마나 어려운 일이든 우리는 우리가 가진 모든 것을 저들과 나누어야 합니다. 그게 이제껏 공동체가 살아왔던 방식이고 존재의 이유입니다."

한동안 침묵이 흘렀다. 그 뒤로 아무도 쉬이 발언하려고 하지 않았다. 얼마 후 카이가 물었다.

"그래서 어떻게 하자는 겁니까?"

랭이 본부동의 진을 바라보자 진이 자리에서 일어났다. 그리고 홀로그램을 띄웠다. 홀로그램에는 모조 사회의 지상 도시와 식민 구역 네 곳의 모습이 떠 있었다.

"우리는 이 모든 구역의 상수 시설에 나노 입자를 뿌릴 예정입니다. 지상 도시 사람들에게는 진실을 알리는 용도로 작동할 거고, 식민 구역 거주자들에게는 신경회로 컨트롤러에 침투하여 기능을 잠시 멈추고 식민 구역의 운영 방식을 폭로하게 될 겁니다."

진이 수와 건과 탄이 앉은 자리를 가리키며 말을 이었다.

"저분들이 알게 된 방식대로 보여줄 예정입니다. 그 사이 지상 작전 팀은 중앙 통제 시스템을 장악하고 모든 신경회로 컨트롤러를 해제합니다. 그리고 메인 컴퓨터 역시 우리가 통제권을 얻어 시스템을 복구할 것이고, 그 이후에 여러분이 우려하신 것처럼 진실을 원망하는 이들을 위한 조처가 이루어질 예정입니다."

중앙 통제 시스템을 어떻게 장악하고 메인 컴퓨터의 통제권은 어떻게 얻을 것이냐는 질문에 진은 현재로선 기밀이라 설명할 수 없으니 양해해달라고 부탁했다. 브리핑이 끝나자 행정동 대의원이 물었다.

"그럼 다른 건 몰라도 아까 말씀하셨던 내용 중에 진실을 원망하는 사람들을 위한 조처란 뭔가요?"

진이 대답했다.

"공동체와 모조 도시와 식민 구역까지 생활환경을 최대한 확장하고 새로이 재정비하는 과정에서, 그것이 완료될 때까지 신경회로 컨트롤러의 역할에 자신의 삶을 의지하고 싶다고 희망하는 사람들은 그들의 희망대로 시스템을 재구성할 생각입니다."

카이가 발끈했다.

"아니 그럼 그게 내 주장하고 뭐가 다릅니까?"

"진실을 가리고 타인의 기준으로 저들이 더 행복할 거라고 재단하는 일은 독선에 속하지만, 모든 진실을 알리고 스스로 삶을 선택하게 하는 일은 소통과 타협이 포함된 과정입니다. 결과가 비슷하니까 다르지 않은 것처럼 보이시나요?"

바스키아의 검은 고양이

나노 윙에 올라 하늘을 나는 기분이 전과는 또 다르다고 수는 느꼈다. 목적이 달라서일 수도 있었고 이미 한 번 경험해서일 수도 있었다. 어떤 이유인지는 알 수 없었지만 그때보다 차분한 마음인 것만은 분명했다. 투명한 바닥을 통해 내려다보이는 바다는 물로만 이루어진 행성 같았다. 푸른 물결은 소리의 잔향처럼 행성 표면을 따라 흘렀고 고도를 낮춰 그 위를 날 땐 실제로 파도 소리가 들리기도 했다. 물결 위에서 수많은 빛의 조각들이 새의 지저귐처럼 반짝거렸다. 수의 눈앞에는 유독 긴장한 듯 보이는 파로가 앉아 있었다. 수가 물었다.

"초조해요?"

파로가 다리를 달달 떨면서 대답했다.

"아니 뭐, 딱히 그런 건 아닌데, 배가 한번 갈리다 보니 어쩔 수 없이 자꾸 밑을 보게 되네요."

파로의 말에 건이 웃으며 말했다.

"언젠 현장 체질이라더니. 그때 뭐라고 그랬더라? 너무 잘 맞아서 존재론적 가치를 되새기는 중이라고 했던가? 그랬죠, 아마?"

파로가 대꾸했다.

"가만 보면 류건 씨도 참 쓸데없는 건 잘 기억해."

사실 파로는 이번 작전에 참여하기를 고사했었다. 랭이 쓰러지는 걸 보고도 꼼짝하지 못했던 자책이 컸다. 자신이 실전에선 아무 짝에 쓸모없다는 걸 뼈저리게 느꼈다고 고백했는데, 그 자리에 건은 없었다. 그러다 보니 웃기려고 한 건의 말은 본의 아니게 상처를 건드리는 말이 되고 말았다. 파로가 어색한 미소를 입가에 올렸다. 파로가 자신의 팀에 속해 있어야 한다고 주장한 건 랭이었다. 전산을 운용할 사람이 필요하다는 이유에서였다.

파로의 불안과 상관없이 잠시 후 수의 귓가로 편대 지시가 떨어졌고 그와 동시에 시각 모드가 눈앞에 나타났다. 전달 사항이나 통신이 이루어지지 않을 때의 글라스는 그냥 투명했다. 통신 혹은 상황 분석이 필요할 때만 눈앞이 화려한 빛의 문자로 채워졌고 그 또한 다른 사람에게는 보이지 않았다.

브이 대형으로 날던 아홉 대의 나노 윙이 이윽고 네 개의 편대로 갈라졌다. 일 팀을 제외하고 한 팀을 여덟 명으로 구성한 아홉 팀이 침투조로 투입되었으며 전체를 진이 진두지휘했다. 모조 사회 전체를 파악하고 있는 것은 아무래도 건이 아니라 진이었기 때문이다. 대신 진이 속한 일 팀은 건이 지휘했다.

일 팀은 탄과 파로가 포함되어 있어 아홉이었다. 전력 보강이 필요했다. 파로와는 반대로 탄은 굳이 나갈 필요가 없었음에도 본인이 우겨 출동하게 되었다. 작전 자체가 수와 건과 탄에게 직접 관련 있는 일이었으므로 전투력 미숙을 이유로 무조건 배제할 수만도 없었다.

건이 지휘하는 일 팀의 윙이 중앙에서 단독 비행으로 고도를 올렸다. 그 밑으로 네 개의 편대가 간격을 유지했다. 이윽고 좌익과 우익에 두 대씩 자리하던 편대가 마치 한 꼬치에 꿰인 통닭처럼 회전하며 고도를 낮추더니 이내 사라졌다. 그 모습은 시각 모드로만 확인될 뿐, 육안으로는 보이지 않았다. 목표 지점에 거의 다 도착했다는 사인이 떴다.

일 팀은 다른 팀의 진행 상황을 지켜보며 콘클라베로 진입할 예정이었다. 이 팀부터 오 팀까지는 모조 도시 네 방향으로 각각 진입해 보안대 병력을 분산하고, 이제 막 분리되어 사라진 좌우익의 네 팀은 각각 네 개의 식민 구역으로 침투해서 임무를 수행한 뒤 지상팀으로 합류할 계획이었다. 이윽고 일 팀의 윙 아래에서 간격을 유지하던 네 대의 윙도 네 개의 경로로 갈라지며 사라졌다.

긴장한 파로 옆엔 헐과 반야가 새로운 팀원으로 자리했다. 헐은 본래 수를 구출하기 위한 알파 구역 침투 당시 작전조였는데 군사동 사정으로 지난번 임무에는 참여하지 못했다. 그때 헐을 대신해 자기가 꼭 가고 싶다고 자청한 사람이 룬이었다. 한 번도 현장 임무에 투입된 적 없었던 룬의 간절한 바람이었다.

헐은 자하비보다도 경험이 많은 백전노장이었다. 그때 만약 군 사동에 아무 일이 없었더라면 어땠을까. 예정대로 룬이 아니라 헐이 지난 임무에 참여했더라면 어땠을까. 누구도 그런 의문을 품지 않았지만 오직 헐만은 그렇게 생각했고, 그 생각이 그대로 얼굴에 드러나 있었다. 분명한 건 자신이 나갔으면 룬은 나가지 않았을 거라는 사실이었다. 헐에게 그것은 마음의 빚이었다.

새로운 팀원으로 참여한 헐과 반야의 팔뚝에는 다른 대원들에게는 없는 장치가 있었다. 수가 보기엔 릴리가 들고 다니던 무기와 비슷해 보였지만 그보다는 조금 작았다. 반야가 에너지 벌컨이라고 설명해주었다. 묵직해 보였는데 헐이나 반야 모두 건장한 체격이었으므로 팔뚝에 벌컨을 달고 있는 모습이 어색하진 않았다.

특히 반야는 이 미터가 훌쩍 넘는 장신이었으므로 마치 특수한 장갑 한 켤레를 더 끼고 있는 것처럼 보였다. 반면 반야의 얼굴은 여전히 앳된 소녀 같은 모습이어서 보는 사람으로 하여금 종종 인지부조화를 일으켰다. 마치 오일을 발라놓은 것처럼 윤기 흐르는 검은 피부는 그의 나이를 더욱 가늠키 어렵게 했다.

처음 반야를 보았을 때 수는 그가 자연인의 후손일 확률이 높다고 생각해서 랭에게 물어보았다. 랭은 잘 모르겠다며 어깨를 으쓱해 보이곤 이젠 그런 걸 구분하는 시대가 아니라고 덧붙였다. 수는 두 눈을 끔벅거리며 랭을 바라보다가 자연인에 관해 알려준 사람은 랭이 아니라 파로였다는 사실을 문득 깨달았다.

진의 음성이 흘러나왔고 글라스로 각종 지시 내용들이 표기되었다. 얼마 후 모조 도시의 초고층 빌딩들이 모습을 드러냈다. 초고층 빌딩 봉우리에 유리로 만든 장미 한 송이가 솟아 있었다. 수는 두 번째로 보는 것이었지만 지난번엔 긴장한 탓에 제대로 보지 못했던지 그때의 기억이 하나도 남아 있지 않았다. 해서 홀로그램으로 봤을 때보다 훨씬 웅장하다는 느낌을 이제야 받았다. 구석구석에서 빛이 반사되어 눈이 부셨고, 마치 유리를 세공해 올린 탑을 보는 것 같았다. 건의 목소리가 들렸다.

"일 팀은 오로라 방면으로 진입해서 식민 구역 팀이 지상 팀으로 합류할 때까지 대기할 예정입니다."

윙은 고도를 낮추며 건의 말대로 도시의 아랫부분으로 내려갔다. 그곳 역시 홀로그램으로 보았던 풍경보다 훨씬 더 아름다운 오색 빛의 강이 흐르고 있었다. 낮이었음에도 빛은 살아 움직이듯 색을 바꿔 입으며 자태를 뽐냈고 가까이 다가갈수록 실제 형상으로 모습을 드러냈다. 홀로그램이 제아무리 현장의 모습을 생생하게 복원한다고 해도 눈으로 직접 보는 것과는 큰 차이가 있었다.

수는 넋을 놓고 오로라의 정경을 바라보았다. 마음이 이상했다. 분명 홀로그램을 본 기억으로만 존재하는 도시였는데도 실제로 보니 기분이 야릇했다. 특히 솔리하와 함께 하늘을 날던 홀로그램 기억이 너무나 애잔하게 살아나 건을 쳐다보았는데, 건은 그런 줄도 모르고 홀로그램 지도를 펴놓고 진과 뭔가를 상의하고 있었다. 수는 다시 밖으로 눈을 돌렸다. 그때 굉장히 낯익은 물건

하나가 눈에 띄었다. 수가 저도 모르게 소리쳤다.

"잠시만요!"

대원들 모두 수를 바라보았다. 수가 랭을 쳐다보며 말했다.

"방금 지나온 곳으로 잠깐만 되돌아갈 수 없을까요?"

랭이 진을 보았다. 진이 시각을 확인하더니 특별한 문제가 없다는 듯 고개를 끄덕이곤, 왜 그러는지 자기도 궁금하다는 표정을 지으며 윙을 돌렸다. 고도를 조금 더 낮춰달라는 수의 요청에 따라 윙이 낮아지자 곧, 수가 무엇 때문에 그랬는지 랭과 진도 알게 되었다. 파로가 소리쳤다.

"티아라!"

수가 말했다.

"티아라는 벤조가 저만을 위해서 제작한 거라 같은 머신이 또 있을 순 없다고 생각해요. 무리가 아니라면 확인해보고 싶습니다."

파로가 홀로그램을 띄워 티아라가 진열된 건물의 정보를 확인했다. 그곳은 사급 시민을 위한 멀티 크래프트 전문 수리점이었다. 표면적으로는 멀티 크래프트를 수리하지만 불법 개조가 주 업무인 곳이라고 파로가 설명했다. 위험 요소는 없고 오히려 동맹 연합군을 지원한 이력이 있는 곳이라고 했다. 랭이 수와 함께 다녀오겠다고 건에게 허락을 구하자 건이 승낙했다.

그곳에 진열된 것은 티아라가 맞았다. 강화 슈트를 오로라 시민의 것으로 위장한 랭이 상점 주인에게 물었다.

"이게 여기 얼마나 있었나요?"

주인이 대꾸했다.

"그건 알아서 뭐 하시게."

수가 다시 물었다.

"이걸 어디서 구하셨어요?"

주인이 수를 아래위로 훑고는 퉁명스럽게 대답했다.

"댁들하고 상관없는 물건이오."

다시 상점으로 들어가려는 주인에게 랭이 항의했다.

"아니, 판매하시는 거면 우리도 머신 이력을 알아야……."

주인이 랭의 말을 끊었다.

"판매하는 거 아니니까 신경 끄쇼."

당황한 랭이 "아니, 판매하는 것도 아닌데 왜……"라며 반발하려 했지만 그다음에 이을 말이 없었다. 만약 티아라가 정당한 경로를 통해 그 주인의 손에 들어갔다면 그걸 판매하고 말고는 전적으로 주인의 마음이었기 때문이다. 수가 직설적으로 주인에게 말했다.

"이건 제 머신입니다. 어디서 났는지 말씀해주세요."

주인이 수를 돌아보며 피식 웃곤 중얼거렸다.

"내 살다 살다 이렇게 대놓고 개소리를 하는 양반은 또 처음이네. 생긴 건 멀쩡해가지고."

수가 티아라로 다가가 계기반에 손바닥을 올렸다. 두두둥, 하는 엔진음이 터져 나왔다. 묵직한 소리였다. 시동이 걸린 것이었다. 머신이 말했다.

"안녕 친구, 오래간만입니다. 그동안 날 찾지 않아서 조금 섭섭했어요."

수가 미안하다고 사과하자, 티아라가 사과를 받아들이겠다고 말하곤 자신의 현재 컨디션을 알렸다. 최종 점검일이 당일 오전이었고, 최상으로 점검이 끝마쳐져 있었으며 에너지까지 풀로 차 있었다. 상점 주인이 휘둥그레진 눈으로 티아라를 한 번 보더니 눈썹을 꿈틀거리며 믿을 수 없다는 듯 수를 바라보았다.

"다, 당신은……, 식민 구역으로 쫓겨났다고 들었는데……?"

그런 이야기를 일반인이 알 순 없었다. 랭이 오른손을 살짝 허리춤으로 가져가며 물었다.

"그걸 어떻게 아셨죠? 이걸 어디서 구하셨습니까?"

주인이 랭과 수를 얼마간 번갈아가며 쳐다보다가 랭에게 말했다.

"내 동생 친구가 말해줬소. 이것도 그 친구가 내게 가져다준 거고."

"누구……."

주인이 랭의 말을 끊었다.

"당신들은 알 수 없는 사람이오." 그가 검지를 펴 하늘을 가리켰다. "저 위에 사는 친구라 우리랑은 달라."

그러고는 수를 물끄러미 바라보다가 말했다.

"이건 내 동생이 만든 물건이오."

수와 랭이 깜짝 놀랐다. 수가 저도 모르게 중얼거렸다.

"벤조."

주인의 눈썹이 꿈틀하고 귀가 쫑긋해졌다가 금세 원래대로 돌아왔다. 반려인의 목소리에 반응하는 반려동물 같았다. 주인이 물끄러미 티아라를 내려다보다가 탄식하듯 중얼거렸다.

"그래, 그냥 쫓겨나기만 했어도 이렇게 살아 있을 수는 있는 거였구먼."

그 말에 수는 저도 모르게 어금니를 깨물었다. 주인이 혼잣말인지 수에게 하는 말인지 알 수 없는 어조로 또 중얼거렸다.

"하긴 뭐, 당신 잘못은 아니지."

그러고 더는 수를 보지 않고 상점 안으로 들어가며 말했다.

"가져가시오. 내 동생이 당신을 위해 만든 물건이니까 임자는 당신이 맞지. 잘됐어. 어차피 나도 그거 애물 단지였어."

랭과 수는 상점 안으로 사라지는 주인을 잡지 못했다. 그가 무슨 마음으로 매일 티아라를 관리했을지, 수는 알 것 같았다. 수가 주인에게 말했다.

"제가 잘 간수하겠습니다! 지금처럼 매일 잘 관리하겠습니다!"

"그러시든가."라며 상점 안으로 들어간 주인이 뭔가 생각난 듯 다시 고개를 내밀고 물었다.

"아, 당신 식민 구역에서 도망 나온 거면 당신하고 같이 내려갔던 사람도 함께 나왔소?"

수가 랭을 보고 중얼거렸다.

"오빠……?"

"아니, 남자 말고. 우리 오로라에선 꽤 유명했던 친군데. 하도 요란하게 하고 다녀서."

랭이 반사적으로 중얼거렸다.

"솔리하."

"그래, 그 무지개 양반. 당신은 또 그 양반을 어떻게 알아? 여기 사람처럼 안 보이는데. 당신도 혹시 동맹……, 아니, 됐고. 나도 더는 그 일에 관여하고 싶지 않으니까 혹시 같이 나온 거면 그 양반 집안 물건도 가져가쇼."

주인이 안으로 들어가서 무언가를 들고 나왔다. 춘춘 할머니의 지팡이였다.

수와 랭의 눈이 반짝 빛났다. 주인이 말했다.

"눈빛을 보니 맞는 모양이구먼. 아무튼 도망 나온 것까지는 모르겠는데 이 일로 나한테 피해는 주지 마쇼. 섭섭하게 들릴 수도 있겠지만 나는 이제 정말 질렸으니까."

지팡이를 수에게 건넨 주인은 뒤도 안 돌아보고 다시 상점으로 들어갔다.

"저기……," 하고 랭이 주인을 부르려는 찰나 통신이 들어왔다.

"브라보 임무 완료. 지상 합류 예상 둘오."

곧이어 약속이라도 한 듯 나머지 두 개의 구역에서 같은 내용의 통신이 들어왔고, 마지막으로 알파 구역에서도 통신이 왔다. 그런데 알파 구역 통신에는 첨언이 있었다.

"알파, 로미오. 인물 확인 요망."

로미오는 원거리 통신 시 랭을 지칭하는 음어였다. 곧 일 팀 전체에 알파 구역 침투조가 올린 영상이 떴는데 그곳에 솔리하가 있었다. 솔리하는 진흙 구덩이 안에서 흙을 퍼내며 동료가 가져온 파이프를 심고 있었다. 옷은 흙에 파묻혀 본래의 색을 알아볼 수 없었고 얼굴도 온통 진흙투성이였다. 하지만 솔리하가 분명했다. 알파 구역 침투조에게서 다시 통신이 들어왔다.

"리스트 솔리하 맞습니까?"

그러나 랭은 대답하지 못했다. 손을 들어 입을 막고 있었다. 수가 맞는다고 대신 대답했다. 침투조가 말했다.

"이곳 상수 시설에 배치되어 일하는 걸 우연히 발견했습니다."

침투조가 해킹한 모듈 영상도 올려주었다. 그곳에서의 솔리하는 유니폼을 입고 백화점 입구에 서서 쉴 새 없이 고개를 숙이며 외치고 있었다. 안녕하십니까, 고객님. 사랑합니다, 고객님. 그때 통신에서 탄의 목소리가 들렸다.

"삽질 한 번이 인사 한 번이네."

침투조가 말했다.

"위치 추적 설치해놓고 지상으로 합류하겠습니다. 합류 예상 둘칠."

랭이 주먹 쥔 손을 입술에 대고 가만히 티아라를 바라보는 동안 수는 랭의 등에 손을 얹고 있었다. 이윽고 랭이 주먹을 내리고 수를 돌아보았다. 수가 랭에게 지팡이를 건네자 랭이 고개를 가로저으며 말했다.

"아니요, 은수 씨. 이건 은수 씨에게 더 잘 맞는 물건이에요."

"그래도 할머니 유품인데……."

"어차피 은수 씨가 저보다 더 잘 간수해주실 텐데요, 뭐. 사용법도 저보다 훨씬 잘 알고. 물건이란 게 어울리는 자리에 가야 빛이 나는 법이니까, 아마 할머니도 은수 씨가 쓰는 걸 더 반길 거예요."

사실 춘춘 할머니와 더 오래 함께 산 사람은 수였고 수 역시 할머니의 유품으로 갖고 싶은 물건이기도 했다. 수가 가만히 고개를 끄덕이며 말했다.

"그럼 솔리하 언니가 돌아올 때까지만 제가 가지고 있을게요."

랭이 그건 알아서 하라는 듯 고개를 끄덕여 보이고 말했다.

"티아라도 지금 가져가요. 윙에 실으면 되니까."

수는 정말 그냥 가져가도 되나 싶어 상점 안을 들여다보았지만 내부가 어두워 안이 보이지 않았다. 수가 티아라에 앉았다. 티아라는 수의 몸을 기억하고 있었다. 수가 앉자마자 형태가 약간 달라졌고 특히 다리 부분을 꽉 잡아주었다. 몸에 착 감기는 기분을 수는 느꼈다. 바로 뒤에 랭이 올라탔다. 주인은 어두운 상점 안에 앉아 두 사람이 티아라를 타고 사라지는 모습을 물끄러미 바라보았다.

윙이 열리고 티아라가 들어서자 파로가 환호했다.

"와. 실물이 훨씬 멋있네."

진과 건도 고개를 끄덕이며 파로의 말에 동의했다. 반야와 자하비도 호기심 어린 눈으로 티아라를 보았다. 그러나 이내 작전 시간이 다가왔으므로 감상은 거기까지였다. 모두 진의 다음 지시에 집중했다. 진이 말했다.

"구역 팀들이 지상으로 합류하면 일 팀은 곧바로 콘클라베로 향할 거예요. 일 팀이 콘클라베에 도착할 시각에 서쪽 지상 팀이 하급 도시 상수 시설로 진입할 예정입니다."

왕의 중앙에 도시 홀로그램이 떴다. 하급 도시 상수 시설은 구름 바로 아래, 이급 도시 상단부에 자리 잡고 있었다. 진의 말이 이어졌다.

"문제는 상급 도시 상수 시설로 진입하게 될 동쪽 지상 팀입니다. 이곳은 다른 곳과 달리 보안이 삼엄해서 교전이 불가피할 것으로 예상됩니다."

상급 도시 상수 시설은 구름 바로 위 하급 도시 상수 시설의 맞은편에 자리하고 있었다.

"동쪽 지상 팀은 임무를 완수한 뒤 곧바로 보안 병력을 달고 오로라까지 하강합니다. 그곳에서 구역 팀과 합류한 다음 저지선을 구축해서 보안대 병력을 묶을 예정입니다."

진이 설명하는 동안 홀로그램이 진의 목소리에 반응하며 붉은색 라인으로 작전 과정을 그려냈다. 진의 목소리가 계속되었다.

"동시에 서쪽 지상 팀도 오로라까지 하강하여 그쪽으로 출동한 보안대 병력을 분산하고, 같은 방식으로 북쪽과 남쪽 팀도 병력을 나눠 가집니다."

홀로그램이 삼백육십 도로 회전하며 교전이 예상되는 각각의 지점을 명시했다. 진이 얘기를 마치고 작전 내용을 확인하듯 건을 바라보았다. 건이 고개를 끄덕였다. 진이 홀로그램을 줄인 다음 대원들에게 뿌리자 각 대원의 글라스로 지도가 전송되었다. 건이 말했다.

"우리 팀이 얼마나 빨리 콘클라베를 장악하느냐에 따라 지상 팀의 피해가 그만큼 줄어듭니다. 우리 팀을 위해 병력을 분산해서 교전을 치르는 팀들이니만큼 최대한 신속하게 작전을 마무리지어야 합니다. 아시겠습니까?"

일 팀 대원들의 대답이 단단하게 울려 나왔다. 건이 말했다.

"나노 윙이 근접하면 콘클라베에서 인지 시스템이 작동할 겁니다. 그러면 윙에서 곧 공격 모드를 가동합니다. 이제까지 단 한 번도 운용된 적이 없어서 봐야 알겠지만, 일단 콘클라베에서 공격 기능을 감지하면 곧바로 열두 기의 광양자 포문이 열린다고 합니다."

건은 그러면서 수의 목에 걸린 블랙 오팔 목걸이를 가리켰다. 정보 전달의 의무를 마친 목걸이는 어쨌든 수의 것이었고 수는 아버지의 유품을 원래의 자리로 되돌려놓은 터였다. 건이 말했다.

"윙이 그 열두 기의 광양자포를 안고 고도 상승을 할 거고 그동안 우리 대원들은 개별 강하 후 콘클라베 입구에서 다시 합류합니다."

콘클라베는 원형 구조물로 허공에 떠 있었으므로 육안으로는 입구가 확인되지 않았다. 그러나 글라스로 보면 위치가 명시되어 있었는데, 문제는 대원 중 누군가 먼저 입구를 부수고 들어가야 나머지 대원도 진입할 수 있다는 점이었다. 그 임무를 헐이 맡았다. 수가 건에게 건의했다.

"저도 윙의 궤적에 합류하겠습니다."

대원들이 수를 쳐다보았다.

"열두 기의 포를 윙 혼자 다 분산하기엔 무리가 있다고 봅니다. 티아라가 없다면 모를까, 있는 마당에 안 쓸 이유가 없죠. 그중 절반은 제가 처리할 수 있습니다. 그러면 헐의 에너지 벌컨이 작동될 때 콘클라베의 공격 확률이 현저하게 줄어들 겁니다."

옳은 말이었고 좋은 제안이었다. 표적이 두 개로 늘면 광양자포가 헐을 포격할 확률이 현저하게 줄어들 터였다. 그러나 그 과정에서 수가 광양자포를 잘 피해낼 수 있느냐는 우려가 남았다. 진이 수를 잠시 쳐다보았다. 과거의 경험이 몸속에 남아 있느냐고 묻는 듯한 눈빛이었다. 수가 덧붙였다.

"잠깐이지만 아까 타보니 티아라도 저도 서로 몸을 기억하고 있었습니다. 여섯 기 정도는 충분히 제거할 수 있습니다. 티아라를 믿습니다. 자신 있습니다."

진이 건을 보았다. 예전의 수라면 충분히 가능한 일이라고 진의 눈은 말하고 있었다. 건이 걱정스러운 눈빛으로 수를 보았지만 수의 표정이 워낙 단호했고, 사실 굉장히 좋은 아이디어였기 때문에 포기하기도 아쉬웠다. 탄은 위험해서 안 된다고 말했지만 그는 작전에 아무런 영향력이 없었다. 건이 고개를 끄덕였다. 탄이 원망하듯 탄식했다.

그때 식민 구역 팀들의 지상 합류 통신이 속속 들어왔다. 마침맞게 일 팀의 윙도 작전 지역에 도달했다는 사인이 떴다. 대원들은 재빠르게 슈트를 전투 모드로 바꾸었다. 지상 도시 팀들의 통신도 뒤를 이었다.

"위스키, 침투 완료."

"에코, 침투 완료."

일 팀의 나노 윙 또한 구름 위를 한참 올라 콘클라베가 저 밑으로 내려다보이는 위치까지 도달했다. 원형 구조물이 눈에 들어왔다. 수는 그 구조물을 실제로 처음 보았지만 낯익었다. 수차례 꿈에서 보았던 모습 그대로였다. 그리고 실물로 보는 순간 그것이 바스키아 미술관과는 다르다는 사실도 확연하게 알았다. 혼동한 것이 아니었다. 자신이 꿈에서 본 건 확실히 콘클라베였다.

건이 손을 들어 수를 가리켰고 티아라에 올라 있던 수가 곧 시동을 넣었다. 윙의 중앙이 열렸고 티아라가 수직 하강했다. 그러고는 총알처럼 앞으로 튀어나갔다. 얼마간 허공을 가르다 콘클라베에 가까워지자 수가 상체를 일으켜 세웠다. 그러나 바람의 저항은 머리카락이 흩날리는 정도의 미풍 수준이었다. 육안으로 보이진 않았으나 티아라가 전면에서 바람의 저항을 조절하는 중이었다. 수가 만세를 부르듯 두 팔을 들어 올리는 모습을 대원들이 지켜보고 있었다.

이윽고 수가 오른팔을 접어 등 위에 매달린 지팡이에서 은빛 막대기 하나를 뽑아 올리더니 왼손으로 옮겨 들었다. 막대기는 새로운 물질이 생성되는 것처럼 휘어지며 유려한 곡선을 그렸고 이내 활의 형태를 갖추었다. 높게 쳐들린 활이 빛을 받아 반짝거렸다. 수가 왼팔을 곧게 뻗은 채 구십 도로 내려 전방을 겨냥했다. 화살은 아직 뽑지 않았다. 콘클라베는 수가 들고 있는 것이 무기인지 알지 못했다.

공격 모드를 먼저 작동한 것은 웡이었다. 아니나 다를까 검은 구의 틈이 벌어지기 시작했다. 큐브의 정보는 정확했다. 마치 구가 눈을 뜨듯 가늘고 긴 틈이 열리면서 그 속에서 포신이 튀어나왔다. 활을 들고 팔을 뻗어 전방을 주시하던 수가 오른팔을 다시 등 뒤로 넘겨 또 하나의 은빛 막대기를 꺼냈다. 화살이었다. 수는 티아라 위에 꼿꼿하게 선 채로 화살을 시위에 걸어 콘클라베를 겨냥했다.

수의 머리카락이 바람에 날려 하늘하늘했다. 시위가 수의 코와 입술과 턱을 일자로 가르며 팽팽하게 힘을 억제하고 있었다. 콘클라베의 포신이 각도를 맞추며 표적을 향해 움직이기 시작하자 수가 시위를 풀었다. 은빛 화살이 햇살을 반사하며 마치 한 줄기 빛처럼 날아가 포신에 꽂혔다. 포신이 불꽃을 토해내며 폭발했다. 열두 기의 포신 중에 한 기가 작동도 못 해보고 재가 되었다. 비슷한 시점에 웡도 빔을 쏘았는지 그 옆의 포신도 잇따라 화염에 휩싸였다.

웡과 티아라가 마치 약속이라도 한 듯 각자 다른 방향으로 몸통을 틀며 급선회했고 그러는 사이 웡의 밑으로 대원들이 쏟아져 내렸다. 헐이 가장 선두에 있었고 나머지 일곱 명이 화살표 모양으로 대형을 이루며 헐의 뒤를 조금 높은 위치에서 따랐다.

이윽고 장관이 펼쳐졌다. 대원들의 등 뒤로 눈부시게 하얀 날개가 펼쳐진 것이다. 천사처럼 하얀 날개를 펼친 대원들의 대형은 마치 신화에나 등장하는 한 마리의 거대한 새처럼 보였다.

그들의 머리 위로 광양자포가 뿜어내는 빛의 기둥들이 지나갔다. 얼마 후 폭음이 울리고 다시 다른 방향으로 빛의 기둥이 지나감으로써 윙과 수의 활약을 보지 않고도 알 수 있게 했다. 광양자포가 빠른 속도로 폭발하며 사라지는 바람에 헐이 에너지 벌컨을 입구로 겨냥했을 땐 네 기밖에 남아 있지 않았다. 헐의 벌컨에서 개틀링이 돌아가며 광선을 뿜어냈다. 처음엔 그저 둥근 구이기만 했던 콘클라베의 한쪽 귀퉁이가 우그러지듯 부서져 나가며 서서히 아치 형태의 입구가 드러나기 시작했다.

그때 광양자포 두 기가 동시에 헐을 겨냥했다. 건이 헐에게 방향을 틀라고 지시했으나 방향을 틀면 벌컨의 각도가 달라져 입구를 마저 부술 수 없었다. 입구가 생각보다 튼튼했으므로 벌어진 착오였다. 그러나 선회하여 돌아와 다시 공격할 수도 없었다. 이미 폭파된 여덟 기의 광양자포 자리에서 새로운 광양자포가 돋아나고 있었기 때문이다. 광양자포가 윙과 수의 궤적 계산을 마치면 더는 지금처럼 유연하게 포를 피할 수 없었다. 헐은 임무를 마저 완수하겠다고 대답하고 궤도를 틀지 않았다.

반야가 재빠르게 앞으로 치고 나가며 헐을 겨냥한 광양자포 한 기를 처리했으나 다른 한 기에서 발포된 빔까지 어쩌지는 못했다. 콘클라베의 입구는 다행히 폭파되었으나 이미 발포된 백색 빛의 기둥이 이제 곧 헐을 태우고 지나갈 참이었다. 헐의 동공 속으로 하얀 빛이 가득 차올랐다.

그때 화살 하나가 날아와 헐을 먼저 맞혔다. 헐의 전방으로 둥근 에너지 막이 일시적으로 형성되며 광양자포의 빔을 반사했다.

헐이 벌겋게 충혈된 눈을 들어 수를 보았다. 수는 마치 물 만난 인어처럼 허공을 유영하며 헐에게 엄지를 들어 보이곤 다시 화살을 뽑아 남은 광양자포들을 공격했다. 대원들의 얼굴 위로 환희의 미소가 번져 나갔다. 수의 존재가 갑자기 거대한 산처럼 다가왔다. 그 산이 자신들을 지지하는 요새처럼 느껴져 더할 수 없는 안도감이 들었다. 자신감이 몇 배로 증폭되었다. 그때 동쪽 지상 팀에서 교전을 시작했다는 통신이 들어왔다. 진 또한 일 팀이 전력 손실 없이 콘클라베로 진입했다는 사실을 모든 팀에게 알렸다.

콘클라베의 안은 신비로웠다. 어두워도 너무 어두워 신비롭게 느껴지는 것이었다. 한 치 앞도 보이지 않을 정도로 깜깜하다는 말로는 충분치 않았다. 그들이 들어온 입구의 빛마저 집어삼킬 만큼 무지막지한 어둠이었다. 당연히 대원들의 조명도 소용없었다. 빛은 일 센티미터도 나아가지 못하고 그 자리에 맺혀 있었다. 거대한 암흑물질 속으로 빨려들어 온 것 같았다. 그리고 추웠다. 굉장히 추웠다. 하지만 추위는 그리 문제가 되지 않았다. 슈트가 알아서 온도를 맞추었으므로 대원들은 곧 추위를 느낄 수 없었다.

대원들은 마치 약속이라도 한 것처럼 얼마간 꼼짝도 하지 않았다. 생각지도 못한 어둠 때문에 몸을 어떻게 가누어야 할지 감이 잡히질 않았다. 무엇보다 신기했던 건 그럼에도 어디로 들어왔다는 느낌보다, 어떤 문을 통과해 전혀 다른 세계로 나온 것 같다는 느낌이 들었다는 사실이었다. 기괴한 어둠이었다.

대원들은 건의 지시에 따라 글라스를 초분광 모드로 바꾸었다. 모드가 바뀌어도 환경은 달라지지 않았다. 기능이 전혀 먹히지 않았다. 몇몇 대원의 목울대가 크게 올라갔다 내려왔다. 긴장감으로 몸이 경직되었다. 그때 건의 목소리가 들렸다.

"황당하네요."

그 말이 신호라는 듯 대원들도 모두 그렇다며 맞장구를 쳤다. 동료의 음성이 들리니 긴장이 조금 풀어지는 것 같았다. 건이 다시 말했다.

"내가 투명한 애들하고는 싸워봤어도 이렇게 죄 안 보이는 곳에서 뭘 하게 될 거라고는 짐작도 못 했네."

그러자 몇몇 대원이 웃었고 파로가 "환장하겠다고요." 하고 말해서 웃지 않았던 대원들까지 모두 웃겼다. 큐브에 콘클라베가 어둡다고 되어 있었지만 이런 종류의 어둠일 거라곤 아무도 짐작하지 못했다. 건이 겪었던 아무것도 없음의 공간과도 또 달랐다. 콘클라베의 몇 가지 공격 모드에 관한 설명이 있었지만 순서가 정해져 있지 않았으므로 무엇이 어떤 형태로 발현될지는 시작돼 봐야 알 수 있었다.

건이 대원들의 글라스 위로 콘클라베의 지도를 띄웠다. 칠흑 같은 공간에 초록빛 길이 새겨지자 장난처럼 느껴졌지만, 채 십 분도 지나지 않아 지도가 필요하다는 사실을 알게 되었다. 지도 상 막힌 공간에 닿자 실제로 뭔가 벽 같은 것이 서 있었기 때문이다. 그러나 그 벽은 육안으로도 초분광 모드로도 확인되지 않았다. 오로지 글라스 위의 지도로만 확인이 가능했다. 헐이 뒤늦게 파로의 말에 동의했다.

"진짜 환장하겠구먼."

대원들은 건의 지시에 따라 각자의 무기를 들고 한 발 한 발 조심스럽게 앞으로 내디뎠다. 원거리 무기는 사용할 수 없었다. 원거리 무기는 모두 반사되어 튕겨 나오므로 위험하다고 큐브에 명시되어 있었다. 대원들의 손에는 모두 근거리 무기만이 들려 있었다.

수는 혹여 자신이 폐소 공포를 느끼게 될까 봐 살짝 두려움이 일었다. 수는 태블릿 키보드를 열었다. 큐브에 어둠과 관련된 키워드가 많으니 홀로그램 말고 휴대용 키보드를 따로 하나 준비해 가는 게 좋을 것 같다고 건이 귀띔해주었는데 예상대로였다. 화면은 중요하지 않았다. 수식 대부분은 머릿속에서 운용할 수 있었고 중요한 내용은 글라스의 화면 일부를 분할해서 활용했다. 그렇게 다방면으로 이 어둠을 해제해보려고 해봤지만 잘 되지 않았다. 그래도 수는 포기하지 않았다. 이동 중에도 짬짬이 계속 방법을 찾았다. 만약 자신이 폐소 공포를 느껴 공황에 빠지면 혼자만 위험해지는 것이 아니었기 때문이다.

글라스 위에 표기된 메인 컴퓨터로 다가가는 동안 벽 말고는 별다른 저항이 없었는데, 그것은 또 그것대로 대원들에게 초조감을 불러일으켰다. 혹시 큐브에 나온 설명이 잘못된 것은 아닐까 혹은 진입만 어려울 뿐 막상 들어오면 어둠 말곤 아무것도 없는 게 아닐까, 오만 가지 상념이 머릿속을 어지럽혔다. 상념이 많아질수록 집중력이 흐트러졌다. 그러다가 문득 파란색 빛이 어떤 형상을 그리며 대원들 앞으로 지나가는 것이 보였다. 진이 대원들에게 확인했다.

"봤어?"

대원들이 모두 봤다고 대답했다. 파로가 말했다.

"도깨비불 아닌가요? 저거?"

몇몇 사람이 도깨비불이 뭔지 몰라 "도깨비불?" 하고 되물었다. 파로가 친절하게 설명하려는 찰나 자하비가 말했다.

"그보다는 해파리 같은데?"

다시 몇몇 대원이 "해파리?" 하며 자하비의 말을 되풀이했다. 건은 재빠르게 큐브의 내용을 복기했다. 하지만 쉬이 연결되는 부분이 없었다. 도깨비불도 해파리도 알 수 없는 형광 물질도 큐브에선 언급되지 않은 키워드였다. 건이 진에게 물었지만 진도 아직 연관성을 찾지 못했다.

그때 붉은색 물체가 대원들 앞으로 지나갔다. 그것도 언뜻 보기엔 해파리 같았지만 해파리는 분명히 아니었다. 둥근 중절모에 수많은 발이 달린 형상이었다. 모자의 머리 부분은 붉은색이었고 챙 부분에 돌아가며 박힌—촉수인지 다리인지 알 수 없는—수많은 돌기들은 노란색이었다.

이번에는 민들레 홀씨 같은 포자가 하늘색 빛을 뿌리며 춤을 추듯 흘러 지나갔다. 누구도 그것들이 뭔지 알지 못했지만 그것들이 다 생명체처럼 움직인다는 건 공통적으로 느꼈다. 빛을 내는 물체들이 하나둘씩 늘었다. 파란색 붉은색 초록색 노란색 연두색 하늘색 보라색, 형태와 크기와 색이 점점 더 다양해지고 많아졌다. 원거리에서 보면 색채의 향연이었으나 근거리에서는 하나같이 낯선 모습이었다. 그때 수가 소리쳤다.

"심해!"

수는 자신의 꿈을 기억했다. 워낙 많이 반복해서 꾼 꿈이었으므로 내용을 잊으려야 잊을 수 없었다. 그중 심해 한가운데로 침잠해 온 것 같았던 때가 있었는데 지금 눈앞을 가득 채운 것들의 움직임이 모두 심해에서 이루어지는 것 같다는 생각이 퍼뜩 들었다. 누군가 수의 말을 받았다.

"그러고 보니 이거 진짜 심해 생명체들 같은데?"

그 말이 열쇠라도 된 양 갑자기 몸의 무게 중심이 달라졌다. 몸이 둥실 떠올랐는데 그 느낌이 정말 물속 같았다. 호흡에는 문제가 없었지만 물속에 빠졌을 때처럼 가슴이 묵직해졌다. 수압이 느껴졌다. 느낌만 물속 같았던 게 아니라 실제로 그런 환경이 구현되었는지 물결도 느껴졌고 두 팔을 휘젓자 몸이 그에 따라 반응했다.

방향 전환도 가능했고 두 발을 개구리처럼 차면 떠오르기도 했다. 아무 행동도 취하지 않으면 몸이 조금씩 떠오르다가 가라앉기도 하고 제멋대로 흘러갔다. 대원들은 황당해하면서도 계속 두 팔을 휘저으며 균형을 잡았고 뜬 몸을 가누며 아래를 내려다보았다. 그곳에는 빛의 물체들이 가득했다.

그곳을 채운 게 정말 물이었다면 물 반 물체 반이라고 해도 과언이 아닐 만큼 수많은 형광 물질이 떠다니거나 유영하고 있었다. 척추가 고스란히 드러난 반투명의 은빛 물체도 있었다. 그 모습을 보고서야 누군가의 추측처럼 그것들이 심해 생명체일 거라는 말에 신빙성이 더해졌고, 투명한 분홍색 문어(일 것으로 추정되는 물체)가 그물처럼 다리를 펼쳤다 오므렸다 하면서 지나가는 걸 보는 순간 추측은 확신이 되었다. 이제 그것들이 도대체 왜 거기 있는지를 알아내야 하는 상황에서 파로의 비명이 울렸다.

파로가 자신에게 돌진해오는 아귀 모양 물고기를 향해 휘두른 칼에 전기가 올라 감전 현상을 보인 것이다. 파로는 사지를 파르르 떨다 물속으로 꺼지듯 몸이 서서히 가라앉았다. 의식을 잃은 건 아니었지만 몸이 제대로 가누어지지 않는다며 이상한 발음으로 호들갑을 떨었다.

그제야 건은 깨달았다. 이것은 전기 공격이었다. 건은 그것들을 향해 무기를 휘두르지 말도록 지시했다. 신체 부위 어디에도 물체가 닿지 않도록 하라고 일렀다. 슈트에 새로 장착한 기능을 즉각 실행하도록 명령했지만, 그 말이 떨어지기도 전에 이미 몸에 닿아 감전을 겪는 대원들이 늘었다. 감전의 강도는 물체의 크기에 비례했다.

작은 포자 모양의 물체에 닿으면 찌릿찌릿 약한 전기만 오르고 마는 반면 자기 몸의 반만 한 물체에는 잠시 몸을 가눌 수 없을 정도로 감전되었다. 더 큰 물체에 닿은 사람은 아직 없었으나 그 결과는 파로의 상태만 봐도 상상할 수 있었다.

작은 물체에 닿는 것은 괜찮은 듯 보였지만 조금만 감전되어도 몸이 뜻하지 않는 방향으로 움직이는 것이 문제였다. 그러다 보면 더 큰 물체에 닿지 말하는 법이 없었으며, 조금이라도 몸이 경직되어 가라앉으면 그사이 얼결에 닿는 물체들만으로도 충분히 몸을 다 구울 수 있을 지경이었다.

대원들은 이제 무기고 뭐고 간에 부유하는 물체라면 뭐든 피하느라 정신이 없었으나, 제대로 피하지 못해 빠직빠직 소리를 내며 여기저기서 튀겨지고 있었다. 속수무책이었다. 건만 멀쩡했다. 건은 슈트에 장착된 전류 전도 기능을 작동시킨 것이다. 다른 대원들은 그 기능을 작동할 찰나조차 얻지 못하고 있었다.

콘클라베 공격 모드에 전기 공격이란 키워드가 들어 있지는 않았지만 오로라와 전자기장이 그물처럼 펼쳐지는 장면이 있었다. 건은 그것이 수가 꾸었던 꿈에도 나온 장면이라는 말을 듣고 고심하다가 전기 공격 가운데 하나일 수 있다는 결론을 내렸었다. 해서 강화 슈트에 전류를 흘려보내는 기능을 심었다. 이것은 허공에서는 작동할 수 없었다. 발을 땅에 붙여야 했다. 다행히 슈트에는 부츠로 무게를 모을 수 있는 기능이 있었다.

하지만 건을 제외한 누구도 전류 전도 기능은커녕 부츠에 무게를 싣는 것조차 시도하지 못했다. 계속해서 빠지직거리며 튀겨지는 소리가 쉴 새 없이 들렸고 통신에서도 대원들의 잔비명과 욕설이 끊임없이 반복되었다. 문제는 점점 더 큰 심해 생명체들이 나타나고 있다는 사실이었다. 건은 어떻게든 부츠에 무게를 실어 지상으로 발을 붙이라고 연거푸 지시했다.

몇몇 대원이 그것까지는 해냈으나 버튼을 한 번 누르거나 말만 제대로 해도 실행할 수 있는 기능을 작동하지 못해 또 이리저리

팅기며 튀겨지고 있었다. 건은 팀 지휘관에게만 주어지는 대원 슈트 통제 모드를 켜고 대원들을 하나하나 찾아다니기 시작했다. 그 많은 형광 물질들이 돌아다니고 있음에도 대원들의 모습은 쉬이 보이지 않아 글라스로 일일이 위치를 확인하며 찾아야 했다.

대원들은 당하면서도 어이없었다. 상상도 해보지 못한 공격이었고 공격이라고 하기에도 너무 황당한 상황이어서 그야말로 어처구니가 없었다. 도대체 언제까지 이렇게 튀겨져야 하는지도 알 수 없었고, 계속 이런 식이면 끝내 미쳐버리거나 그냥 죽여달라고 소리를 지르게 될 것 같았다. 실제로 몇몇 대원은 피할 힘조차 잃고 이리저리 튀겨지며 서서히 정신을 놓기 시작했다.

건은 대원들을 일일이 찾아다니며 기능을 켜는 동안 시간이 천년쯤 흐른 것 같았다. 아무것도 아닌 것 같았지만 엄청나게 고된 시간이 지속되는 느낌이었다. 피로가 온통 눈동자 속으로 몰려와 글라스에 보이는 대원들을 다 찾아 기능을 작동하고 나자 그 자리에 뻗어버렸다.

전 대원이 한동안 넋을 빼고 바닥에 누워 있었다. 그러나 하염없이 누워 있을 순 없었다. 그럴 시간이 없었다. 지금도 지상에선 자신들을 위해 목숨을 건 교전이 벌어지고 있을 터였다. 반야가 말했다.

"뇌가 다 익어버린 것 같아요."

그 말을 필두로 하나둘씩 정신을 차리며 몸을 일으켜 세웠다. 건도 일어나 대원들을 독려했다. 시각을 확인하니 너무 오랫동안

한 곳에 묶여 있었다. 다시 대형을 갖추고 방향을 가늠하는 동안 건이 문득 뭔가 깨달은 듯 외쳤다.

"잠깐만, 내가 기능을 켠 사람의 수가 부족해."

건이 글라스의 모드를 조정해 대원들의 위치를 다시 확인했다. 과연 한 명이 보이지 않았다. 탄이었다. 건이 각자 음어를 대라고 지시했다. 대원들은 하나씩 자기 음어를 댔다. 역시 탄만 대답이 없었다. 건이 소리쳤다.

"탱고!"

대답은 돌아오지 않았다. 아무도 아무 말도 하지 못했다. 상황이 너무 난감했다. 당연히 찾아야 했는데 어떻게 찾아야 할지 감조차 잡히지 않았다. 랭이 말했다.

"낙오한 거 같은데. 제가 왔던 길을 되돌아가보겠습니다. 최대한 빨리 찾아 합류하겠습니다."

건이 말했다.

"하지만 혼자는 너무 위험합니다. 왔던 길이 왔던 때와 같으리라는 보장도 없고."

헐이 나섰다.

"내가 함께 가겠소."

달리 방법이 없었다. 지체할 시간도 없었다. 게다가 앞으로의 공격도 이런 식이면 병사의 수는 전혀 상관이 없었다. 건은 랭과 헐을 보내고 남은 대원들을 인솔해 다시 예정된 코스로 진입했다. 심해 생명체들은 여전히 허공을 떠다녔지만 이제 더는 대원들에게 피해를 주지 못했다. 대원들은 자석 같은 부츠를 한 발 한 발 힘겹게 떼어내며 앞으로 나아갔다. 얼마나 갔는지 알 수 없는 시점에서 갑자기 건이 넘어졌고, 건이 무슨 말을 하기도 전에 전 대원이 우르르 계단을 구르기 시작했다.

큐브 지도의 문제가 바로 그것이었다. 평면임에도 불구하고 계 단이라든가 기타 면이 달라지는 부분을 알려주는 표지가 따로 없 어서 속수무책이었다. 계단은 물론 다른 평면이 존재할 거라고는 짐작도 못했기에 건을 위시한 모든 대원은 한참을 구르다 어딘가 에 부딪히고서야 멈추었다. 파로가 투덜거렸다.

"정보를 주려면 제대로 주든가 하지, 뭐야 이게. 사람 골탕 먹 이는 것도 아니고."

자하비가 대꾸했다.

"있는 것에 감사해. 그나마 지도라도 없었으면 어떻게 여기까 지 올 수 있었을지 상상도 안 되는데."

반야가 거들었다.

"그래도 다행인 건 구르니까 더 빨리 왔어요."

정말 다행인 건 얼마를 굴러 내려왔는지는 알 수 없었으나 심 해의 공간에서 빠져나왔다는 사실이었다. 수압이 느껴지지 않았 고 몸노 나시 가벼워졌다. 진이 말했다.

"말 잘했다. 고작해야 구르는 게 전부니 이젠 뜁시다. 한시도 지체하면 안 돼."

건을 필두로 대원들이 달리기 시작했다. 그런데 내려가는 계단 만 있는 것이 아니었다. 올라가는 계단도 있었다. 이젠 이 검은 구 의 내부가 도대체 어떤 형상인지 가늠조차 안 되었다. 무념무상으로 부딪히고 들이박으며 메인 컴퓨터가 있다는 곳으로 내처 달리는 일밖에는 할 수 있는 게 별로 없었다. 그러다가 갑자기 훅, 하고 공기가 바뀌는 느낌이 들었다. 그와 동시에 다시 중력이 빠지며 몸이 공중으로 붕 떠올랐는데 아까와는 달랐다. 물속에서의 감각이나 수압이 느껴지지 않았다.

잠시 후 대원들의 눈앞에 수많은 별의 무리가 나타났다. 그곳은 우주였다. 마치 우주의 어떤 성운 속으로 들어온 느낌이었다. 그러니까 중력이 사라진 건 무중력의 세계로 진입했기 때문이었다. 그곳 역시 현란한 색채의 아름다움이 말로 표현하기 어려울 정도였지만 수는 정신을 바짝 차렸다. 언젠가 랭이 했던 말이 떠올랐던 것이다. 반야가 "와아." 하고 아름다움에 반한 감탄사를 내뱉자 수가 재빠르게 랭을 말을 전했다.

"우리를 현혹하는 아름다움 속엔 치명적인 독이 퍼져 있다고 랭이 말한 적이 있어요. 아름다움의 이면엔 항상 보이지 않는 위험이 존재한다고……."

그런데 무언가 이미 이상했다. 아무도 수의 통신에 반응하지 않았다. 수는 눈앞이 약간 어질어질해지는 느낌을 받았다. 성운의 다양한 색이 마치 최면을 거는 것처럼 화려하게 변화되었고 별의 배치도 조금씩 달라졌다. 그때 갑자기 진이 건을 공격하기 시작했다. 반야가 자하비를 공격하기 시작했다. 파로가 수를 공격하기 시작했다. 수는 너무 놀라 비명조차 지르지 못했다. 그나마 파로의 공격이 서툴렀기에 망정이지 아니었으면 꼼짝없이 칼에 찔릴 뻔했다. 자하비가 소리를 질렀다.

"이게 미쳤어! 야 정신 차려!"

그제야 수는 공격하는 쪽만 정신이 나갔다는 걸 알 수 있었다. 공격하는 쪽은 살기를 뿜어내며 미친 듯이 공격했지만 방어하는 쪽은 상대가 누구인지 알았으므로 반격할 수 없었다. 오로지 방어만 해야 하는 건 벅찬 일이었다. 하지만 수는 파로의 공격을 피하며 사정없이 두들겨 패 일단 정신을 잃게 했다. 선택의 여지가 없었다. 키보드를 열어 미친 듯이 두드렸다.

저 화려한 성운의 빛이 무언가 환각을 보게 하는 모양이었다. 그것을 해제해야만 했다. 두 쌍은 수와 파로와는 달리 용호상박이었으므로 누가 일방적으로 두들겨 패서 기절시킬 수 없는 상황이었다. 양측 모두 쉴 새 없이 반발 추진력을 써가며 엎치락뒤치락 정신이 없었다. 공격하는 사람은 물론이거니와 이젠 방어하는 사람도 뭐가 어떻게 돌아가는지 어리벙벙한 것 같았다.

수도 공중에 둥둥 뜬 채 정신없이 키보드를 두드렸다. 어느 순간 주위가 확 밝아졌다. 그토록 깜깜했던 공간이 사라지고 드넓은 구의 공간이 드러났다. 중력도 되살아났다. 성운과 별의 무리도 온데간데없이 사라졌다. 진과 반야가 공격하던 동작을 멈추고 어리둥절한 얼굴로 쳐다보았다. 건과 자하비가 안도의 한숨을 내쉬며 바닥에 엎어져 드러누웠다. 원거리 통신 모드가 작동되며 랭의 목소리가 나왔다.

"어둠이 깨졌는데 시에라 작품입니까?"

수가 그런 것 같다고 대답했다.

역시, 라는 감탄사와 함께 다른 대원들도 수를 한 번씩 쳐다보았다. 구세주라도 바라보는 눈빛이었다. 언제 정신을 차렸는지 파로가 말했다.

"여긴 미친 곳이네."

반야가 말했다.

"새도나 쏟아질 줄 알았더니 정작 새도는 코빼기도 보이지 않네요."

진이 농담 반 진담 반으로 말했다.

"은수 씨가 온 걸 아는 것 같아."

건이 진의 말에 진지하게 동의했다. 그리고 밝아진 콘클라베의 전경을 둘러보았다.

그들은 커다랗게 말려 올라간 계단의 중간 어디쯤에 앉아 있었다. 그런 게 있을 거라고는 상상도 못 했으므로 어리둥절하기가 이루 말할 수 없었다. 꽈배기처럼 말려 올라간 층계는 유전자의 나선형을 닮았는데 보이지 않는 천장 저 끝까지 연결되어 있었다. 그들이 있는 곳은 그 계단의 중간 높이 정도였다.

아래를 내려다보니 수많은 컴퓨터 시스템이 벽체를 이루고 있었다. 이제까지 대원들이 벽이라고 생각했던 파티션이 전부 그 시스템의 일부였던 것이다. 중앙 통제 시스템을 구성하는 수많은 기기가 벽체를 이루어 미로를 만들고 있었다. 유전자 모양의 나선형 계단도 이곳저곳에 산재해 있었다. 파로가 감탄했다.

"무슨 거대한 생명체의 세포 안에 들어온 것 같네요."

반야도 감탄했다.

"어마어마하네." 그러더니 덧붙였다. "이거 다 그냥 때려 부수면 안 돼요?"

자하비가 어떻게? 하는 눈빛으로 반야를 쳐다보았다. 조금 전의 감정이 아직 남은 눈빛이었다. 건이 안 된다고 대답하고 어느 한 곳을 가리키더니 광선총을 꺼내 짧게 한 발 쏘았다. 건은 당연히 자신이 예측한 방향으로 빔이 튀어나갈 줄 알았는데 빔은 엉뚱한 곳으로 튕겨나가 이리저리 날아다녔고, 그 바람에 전 대원이 혼비백산하며 바닥에 납작 엎드렸다. 파로가 원망했다.

"왜 그러셨어요. 그냥 말로 하시지."

자하비가 두 칼을 휘둘러 계단의 난간을 세게 후려쳐보았지만 흠집 하나 나지 않았다. 자하비가 말했다.

"소재가 달라."

반야가 말했다.

"그럼 이거 그냥 전자기펄스로 작살내면 안 되나?"

자하비가 대꾸했다.

"그런 생각을 너만 했겠니."

반야가 항변했다.

"언니, 아깐 제가 이니었다고요."

진이 말했다.

"어떻게든 빨리 타깃을 장악하는 수밖에 없을 것 같아."

진의 말을 듣기라도 한 듯 마침맞게 랭의 통신이 들어왔다.

"좀 서둘러야 할 것 같습니다. 지원 병력이 몰려오고 있네요."

자하비가 물었다.

"얼마나요?"

랭이 잠시 얼버무리다 대답했다.

"얼마라고 말을 할 수가 없다."

헐이 덧붙였다.

"하늘이 보이질 않는다. 하도 빽빽해서."

건이 물었다.

"이미 입구까지 가신 겁니까?"

랭이 대답했다.

"네. 하지만 탱고는 보이지 않습니다. 문제는 더는 탱고를 찾을 상황이 아니라는 거고요."

"일단 복귀하세요. 탱고는 타깃부터 먼저 장악하고 다시 찾겠습니다."

건이 이번에는 대원들을 보고 말했다.

"지도에는 여기서부터 더 나아가는 지점이 없습니다. 한데 모양을 보니 저 위쪽 방향인 것 같네요."

건이 날개를 펴더니 수직으로 상승하기 시작했다. 대원들도 재빠르게 건을 따라 공중으로 이동했다. 파로가 말했다.

"날개가 없었으면 이거 다 꼼짝없이 걸어 올라가야 하는 거였다고."

자하비가 알았다는 듯이 킬킬거렸다.

그런데 막상 오르고 보니 그 까마득해 보이던 거리가 실제로 그렇게 높지는 않았다. 혼동하도록 만든 것이었다. 반야가 분하다는 듯이 중얼거렸다.

"여기는 얄팍한 장난질이 주특기네."

자하비가 대꾸했다.

"솔직히 얄팍하진 않지. 내가 너 때문에 얼마나 개고생을 했는데."

"언니!"

나선형 계단이 사라지고 구름 위로 오른 것처럼 또 다른 섹터가 나타났다. 바닥으로 푸른빛이 감돌았다. 안개 같은 냉기가 스멀스멀 흘렀다. 이미 추위를 한번 느껴 슈트가 온도를 조절했음에도 또다시 추위가 엄습했다. 발을 땅에 내딛자마자 부츠가 얼어붙었다가 풀렸다. 슈트가 재빠르게 온도를 조절했다는 걸 알수 있었다. 만약 그렇지 않았다면 그대로 얼어붙었을 터였다. 파로가 중얼거렸다.

"어우, 씨. 장난 아니네."

어마어마한 냉기가 바닥으로 허공으로 흘러 다녔다. 온도를 확인한 진이 말했다.

"온도를 보니 타깃에 근접하고 있는 모양입니다."

그러나 이제 지도가 없었으므로 방향을 잡을 수가 없었다. 건이 중얼거렸다.

"눈이 밝아지니 이젠 지도가 없네."

대원들이 선 둥근 공간을 중심으로 길은 모두 열두 방향으로 갈라져 있었다. 이번 벽체는 파티션도 아니었다. 천장 끝까지 이어져 있었으므로 날아오를 수도 없었다. 갈림길로 한 명씩 들어가도 여섯 자리가 남았다. 그때 원거리 통신 모드가 켜지고 랭의 목소리가 연결되었다. 복귀 중에 불가피하게 교전을 할 수밖에 없었다는 말과 더불어 병력이 모두 보안대이니 에코 밤을 미리 세팅하라는 말을 전했다. 파로가 중얼거렸다.

"큰 대장 말이 맞네. 진짜 은수 씨 때문에 로봇들은 출동을 안 했나 보네."

건이 랭에게 물었다.

"다른 문제는 없습니까?"

"파티션이 있어 교전은 가능한데 수가 너무 많아 그곳으로 가는 병력을 막을 순 없을 것 같습니다."

그때 원거리 통신 모드가 다시 작동하며 지상 팀에서 연락이 들어왔다. 남쪽 지상 팀의 방어선이 뚫렸다는 소식이었다. 지상 팀을 공격하고 있는 것은 모조리 로봇이었다. 병력 분산을 포기하고 다른 지상 팀으로 합류하라고 진이 지시했다. 다른 지상 팀은 어떤 상황인지 알 수 없었지만 일일이 연락을 취해 물을 수도 없었다. 하지만 연락하지 않아도 상황을 예상할 수 있었다. 진이 다급한 눈빛으로 건을 쳐다보았다. 건이 말했다.

"흩어집시다."

수가 말했다.

"아니요, 제가 방향을 알 것 같아요."

수는 열두 방향 중 한 곳을 잡아 선두에 서 들어갔다. 그 길이라고 수는 확신했다. 자신이 어떻게 아는지는 알 수 없었지만 그냥 알았고 심지어 메인 컴퓨터의 존재마저 느껴지는 것 같았다.

그랬다. 그것이 메인 컴퓨터였다. 꿈속에서 형체를 드러내지는 않았지만 그 공간 어디쯤인가에 거대한 무엇인가가 웅크리고 있다는 것을 수는 느낄 수 있었는데 그것의 정체를 이제야 알게 된 것이다. 아니나 다를까 얼마 후 꿈속에서처럼 맹수가 그르렁대는 듯한 울림이 전해졌다. 언제부터인지 발밑으로 불빛들이 지나가기 시작했다. 오색의 화려한 불빛들이 대지의 혈관처럼 대원들의 발밑에서 갈라지다가 사라지기를 반복했다. 마치 바닥이 숨을 쉬는 것 같았다.

마침내 수는 그 느낌을 기억해냈다.

수는 말로 표현하기 어려운, 마치 잃어버린 영혼의 반쪽이 그곳에 있기라도 한 것처럼 매우 강력한 이끌림을 느꼈다. 바로 그때 대원들에게 수많은 빔이 날아들었다. 놀랍게도 그곳에선 원거리 사격이 가능했다. 대원들은 황급히 엄폐물을 찾았지만 엄폐물은 없었다. 진이 뭔가를 꺼내 허공으로 던지며 소리쳤다.

"에코 밤 차폐 기능을 켜!"

밤이 허공에서 터졌다. 음향이 공기를 한 번 크게 진동시키더니 달려오던 보안대 병력을 모조리 쓰러뜨렸다. 반야가 앞으로 나서며 벌컨을 작동하려고 하지 진이 안 된다고 소리쳤다.

"안 돼! 이미 쓰러진 사람들은 안 돼."

하지만 에코 밤의 효력은 불과 십여 분 정도밖에 되지 않았다. 반야가 이해가 안 간다는 듯이 진을 쳐다보았다. 그때 쓰러진 보안대를 쓸어내며 또 한 부대의 보안대들이 밀어닥쳤다. 진이 다시 에코 밤을 터뜨려 그들을 쓰러뜨리고 수를 돌아보며 외쳤다.

"우리가 여기 저지선을 만들 테니 어서 가요!"

수가 놀란 눈으로 잠시 진을 보더니 다시 건을 보며 말했다.

"오빠, 여기서부터는 나 혼자 할 수 있을 것 같아."

그러고는 대답도 듣지 않고 뒤로 돌아 달리기 시작했다. 진과 건과 파로와 반야와 자하비가 보안대가 쓰러진 복도를 주시했다. 예상대로 또 한 부대의 병력이 바닥에 널브러진 보안대들을 헤치고 빔을 쏴댔다. 진이 다시 에코 밤을 터뜨렸고 자하비는 불만을 터뜨렸다.

"이건 아닌 것 같습니다. 언제까지 이러고 있을 순 없어요."

진이 자신의 남은 에코 밤을 확인했다. 둘밖에 없었다. 황급히 대원들에게 소지하고 있는 에코 밤의 개수를 물었다. 대원들이 대답했다. 많지 않았다. 반야와 자하비의 눈이 건을 향했다. 그들의 눈빛에는 일 팀의 지휘관은 당신이 아니냐는 강력한 질책이 담겨 있었다. 그리고 그 질책의 이면엔 이런 식의 전투는 불가능하다는 불만도 내포해 있었다. 건이 물었다.

"에너지 실드는 몇 개나 남았습니까?"

대원들이 대답했다. 그 역시 많지 않았다. 건이 말했다.

"일단 에코 밤과 에너지 실드로 시간을 버는 데까지 벌어봅시다."

자하비가 약간 어이없다는 뉘앙스로 물었다.

"그다음은요?"

건이 엄격한 표정으로 나무라듯 자하비를 바라보며 말했다.

"그다음은 그다음에 지시하겠습니다."

그러고는 대원들의 마음을 풀어주듯 나긋한 목소리로 다시 말했다.

"여러분이 지금 놀라서 그런 거니까 조금만 흥분을 가라앉히면 전부 다 막아낼 수 있습니다. 걱정 마시고 여러분 자신을 믿으세요."

그러나 그렇게 말하는 건도 정말 그럴 수 있을지는 알 수 없었다. 분명한 건 진의 마음을 건은 알았고 건도 같은 마음이라는 사실이었다. 누군가를 죽이는 결정은 정말이지 도저히 방법이 없을 때나 내리고 싶었다. 자하비나 반야가 자신을 군사 지휘관으로서 빵점이라고 생각해도 어쩔 수 없었다.

자하비의 예상처럼 에코 밤은 임시방편일뿐더러 오히려 병력을 한 곳에 더 집결하는 형국을 만들고 말았다. 밀려드는 병사들이 쌓이고 쌓여 더미를 이루다가 맨 밑에 깔린 병사들이 깨어났는지 하단부가 꿈틀거리기 시작했다. 이윽고 생명이 불어넣어지듯 그 위도 꿈틀거렸고, 이내 그 많은 병사가 마치 괴물이 깨어나듯 일어나서 미친 듯이 빔을 쏘았다.

이제 남은 에코 밤이 없었다. 진이 재빠르게 에너지 실드를 터뜨려 투명한 막을 쳤다. 빔이 반사되어 보안대로 도로 날아오자 병사들이 광선 단도를 비롯한 각종 근거리 무기를 꺼내 들고 에너지 실드에 다닥다닥 붙어 찍어댔다. 에너지 실드에 조금씩 금이 가며 막이 부서졌다. 그 틈으로 병사들이 광선 검을 집어넣고 마구 휘저으니 구멍이 점점 커졌고 그 뒤에선 보안대가 다시 빔을 쏴대기 시작했다. 진이 에너지 실드를 하나 더 터뜨려 그 앞을 막았다. 하지만 끝이 보이는 작업이었다. 그렇지 않으냐는 눈빛으로 자하비가 진을 바라보았다.

몸이 시키는 대로 정신없이 달려 수가 도착한 곳은 지금까지보다 더 추운 극저온실이었다. 슈트가 재빠르게 온도를 맞추었지만 우주용이 아니었으므로 기능적으로 약간의 무리가 오는 것이 느껴졌다. 눈앞에 보이는 공간으로 들어가기도 전에 벌써 슈트가 이상을 보여 살짝 겁이 났지만 지금 그런 걸 따질 상황이 아니었다. 수는 어금니를 꽉 깨물고 냉기가 폭포처럼 흘러내리는 공간 속으로 뛰어들었다.

그곳엔 거대한 금빛 기계가 대지의 뿌리처럼 사방으로 뻗어 있었다. 바로 그 위가 지상이고 그곳으로부터 금빛 뿌리가 내려와 그 공간을 움켜쥐고 있는 느낌이었다. 슈트에서 뿌직뿌직하는 소리가 났다. 수가 중얼거렸다.

"너구나."

금빛 기계가 수의 말에 대답이라도 하듯 쿠르릉, 큰 소리를 한 번 내고 오색의 빛을 바닥으로 뿌렸다. 빛은 혈관처럼 갈라지며 바닥으로 번져 나갔다. 그런데 수는 자신이 그 이상 무엇을 해야 하는지 알 수 없었다. 그렇다는 것을 깨달은 순간 몸이 얼어붙는 당혹감을 느꼈다.

금빛 기계에 다가서면 무슨 변화라도 있을까 봐 바짝 붙기도 하고 손을 들어 이곳저곳을 만지기도 했으나 기계는 여전히 자신의 숨을 쉴 뿐이었다. 일정한 간격으로 그르렁거리며 빛을 뿜어낼 뿐 달라진 점이 하나도 없었다. 수가 통신을 열고 소리쳤다.

"진! 진! 타깃을 찾았는데 뭘 어떻게 해야 할지 모르겠어요. 제가 열쇠라고 하셨잖아요. 그런데 무슨 변화가 있는 건지 알 수가 없어요!"

한동안 대답이 없다가, 이윽고 가쁜 숨을 터뜨리고 가까스로 대답하는 목소리가 들렸다.

"뭐든 생각해내야 해요, 은수 씨. 분명 은수 씨가 알고 있는 것일 거예요."

수는 다리가 풀리는 것 같았다. 진의 목소리만으로도 그곳의 상황이 전달되었다. 자신이 어서 이 문제를 해결하지 못하면 모두 죽고 말 터였다. 신물이 넘어와 저도 모르게 우욱, 하고 손으로 입을 막으려 했으나 글라스에 막혔다. 토할 것 같았지만 간신히 참았다. 무릎이 한 번 꺾였다가 되돌아왔다.

정신 차려!

수는 자신의 헬멧을 마구 두드렸다. 이를 악물고 마음을 진정하려 기를 썼다.

내가 아는 것이다. 생각해내야 한다.

이제 마지막 남은 에너지 실드의 막이 깨지고 있었다. 광선 검과 단도와 수많은 근거리 무기들이 번쩍이며 실드를 찍어댔다. 그런 만큼 실드가 쩍쩍 갈라졌고 고새를 못 참고 그 작은 구멍으로 총을 들이밀고 빔을 쏴대는 놈들도 있었다. 진도 이젠 그들이 인간이 아니라 악귀처럼 보이기 시작했다. 그들은 같은 편의 등을 밟고 어깨를 밟고 머리까지 밟고 올라서 실드의 윗부분까지 새까맣게 메우고, 실드를 찍어댔다.

결국 실드가 무너져 내렸다. 보안대 병력이 무슨 좀비들처럼 앞으로 쏟아지며 엎어졌다. 그 뒤에 있던 병력이 앞에 아군이 쓰러져 있거나 말거나 그들을 밟고 전진하며 빔을 쏘아댔다. 자하비가 튀어 나가며 말했다.

"더 기다릴 수 없어요. 이러다 다 죽을 거예요."

허공으로 날아오른 자하비의 두 칼이 빛을 받아 번쩍였다. 자하비는 자신을 향해 날아드는 빔들을 다 쳐내며 적진의 한가운데로 떨어지더니 미친 듯이 검을 휘둘러대기 시작했다. 반야의 벌컨도 돌아가기 시작했다. 진도 더는 방법이 없었다. 두 개의 광선 단도를 손목에서 꺼내 들고 적진으로 뛰어들었다. 파로가 침을 꼴딱꼴딱 삼키며 그 광경을 바라보았다. 다른 사람들은 자신이 들고 있는 무기로 날아오는 빔을 쳐낼 수 있었지만 파로에겐 그런 기술이 없었다. 몸을 숨길 곳이 없어 움찔움찔하며 어쩌지 못했다. 건이 그런 파로에게 처음으로 반말을 던지며 앞으로 나갔다.

"전자 방패를 펴, 바보야!"

건이 시범을 보이듯 방패를 펴고 광선총을 꺼내 적진으로 뛰어들었다. 파로가 그제야 생각난 듯 방패를 펴며 뒤로 벌러덩 자빠졌다. 지옥의 아귀도가 한판 벌어지는 와중에도 진과 건은 요령 있게 보안대의 팔과 다리와 어깨를 쏘거나 잘라 기동력을 무력화시켰다. 반야는 아직 경험이 미숙해서인지 동공이 활짝 열린 채 벌컨을 발포하고 있었다.

자하비는 근접전의 달인다웠다. 자하비가 한 번 공중으로 치솟았다가 바닥으로 내려오면 보안대의 팔 또는 손이 우수수 쏟아져 내렸다. 종종 머리가 달아나기도 했는데 그래도 자하비는 진과 건의 의견을 최대한 존중해서 기동력만 무력화하는 일에 집중했다. 현대 무용가처럼 아름다운 도약이 일어나고 발레리나처럼 화려한 턴이 이어지고 나면 한순간 그 주변이 텅 비었다가 다시 채워졌다. 자하비가 든 두 자루의 칼마저 우아한 곡선을 그리며 스스로 생명을 가진 것처럼 율동했다.

그러나 제아무리 강화 슈트라고 해도 에너지에 한계가 있었다. 보안대는 그들의 에너지를 넘어서는 병력이었다. 대원들의 움직임이 서서히 둔해지고 있었고 대원들 또한 그렇다는 것을 느꼈다. 정신없이 싸우고 있는 와중에도 절망감이 밀려들었다. 결국 지게 될 싸움이었다.

그때 희한하게도 슈트의 에너지가 다시 생성되었다. 처음 입었을 때처럼 에너지가 가득 찬 느낌이 들었고 실제로도 슈트의 에너지는 다시 가득 찼다. 전자 방패 뒤에 숨어 키보드를 열심히 두들기던 파로가 소리쳤다.

"이곳 에너지를 연동하는 방법을 찾아냈어!"

대원들은 다시 기운을 차리고 처음과 같은 속도로 보안대 병력을 치워 나갔다. 그러나 병력은 도무지 줄 기미가 보이지 않았다. 끝도 없이 반복되는 공격과 방어에 급기야 대원들의 정신이 점차 무너지기 시작했다. 그러다가 마침내 보안대가 쏜 빔에 맞아 진의 왼팔이 날아갔다.

진은 비명을 지르며 몸을 웅크렸다가 곧바로 다시 몸을 세우곤 남은 한쪽 팔로 단도를 휘둘렀다. 그러나 두 번째 빔이 날아들어 진의 다리를 맞혔고 진이 무릎을 꿇자 이마에 표적이 생겼다. 자신을 겨냥하고 있는 보안대를 진은 보았다. 그와 눈이 마주쳤다. 보안대는 광기 어린 미소를 입가에 걸고 있었다. 진은 결국 여기 까지라는 사실을 깨달았다. 진이 미소 지었다.

그때 진의 이마를 겨냥하고 있던 보안대의 머리통이 꺾이며 앞으로 고꾸라졌다. 보안대의 머리통이 있던 자리 너머로 랭의 얼굴이 보였다. 이후 보안대 머리들이 마치 놀이 공원에 놓인 표적지처럼 툭, 툭, 툭, 툭, 넘어갔고 벌컨의 빔이 반대편에서도 밀고 들어왔다. 끝이 보이지 않던 보안대의 수가 점차 줄더니 끝내 모두 쓰러졌다. 최후의 병사 한 명이 총을 버리고 우물쭈물하다가 머리를 바닥으로 처박았다.

"우리도 뒤에서부터 쓸고 오느라 조금 늦었어."

그렇게 말하는 헐의 왼쪽 팔도 사라지고 없었다. 사라진 부위를 랭이 지져 지혈한 상태였다. 온몸이 피투성이가 된 자하비도 그제야 무릎을 꿇었다. 반야가 나자빠지듯이 뒤로 넘어갔다.

수의 이마에 땀방울이 송골송골 맺혔다. 그와 반대로 수의 글라스 외부에는 균열이 생겼고 균열의 틈으로 냉기가 서려 있었다. 수가 입은 슈트의 오른쪽 어깨에도 비슷한 증상이 나타났다. 그러나 수는 아랑곳하지 않고 눈을 감고 마음을 침착하게 가라앉혀 어떻게든 이 공간과 소통할 수 있도록 정신을 집중했다.

그렇게 한참 눈을 감고 있던 수가 갑자기 눈을 번쩍 뜨고 메인 컴퓨터를 가만히 노려보았다. 금빛 기계가 그런 수를 반기듯 다시 한 번 우르릉, 큰 소리를 내고 오색 빛을 바닥으로 뿌렸다. 그때 수가 말했다.

"바스키아의 검은 고양이."

매우 짧은 시간이 마치 천년처럼 흐르고 이윽고 접속 허가, 라는 말이 떨어졌다. 수가 서 있던 곳 앞쪽 바닥에 동그란 원이 그려졌다. 그것을 물끄러미 바라보던 수가 천천히 발걸음을 옮겨 그 속으로 들어갔다. 수가 들어서자 원이 반짝 빛을 발하며 빛의 고리를 만들었고 수의 발목부터 찬찬히 훑으며 위로 올라갔다. 고리가 수의 머리를 지나자 얼마 후 수의 눈앞으로 문자열이 만들어졌다.

바스키아의 검은 고양이는 두 눈의 색이 다릅니다. 올바른 색을 표시해주세요.

고양이의 두 눈이 나타났고 그 밑으로 색의 스펙트럼이 생성되었다. 수가 손을 들어 스펙트럼에 검지를 대자 새로운 문자열이 만들어졌다.

선택은 한 번밖에 할 수 없습니다. 신중하게 결정하세요.

그 말에 수가 스펙트럼에서 손을 뗐다. 수가 반타를 보고 산 세월이 십 년이 넘었다. 그런데 막상 결정하려니 다리가 후들후들 떨렸다. 노란색과 초록색인 것은 분명하게 알았는데 왼쪽과 오른쪽이 갑자기 헷갈렸다. 잠깐 고민하던 수가 마침내 스펙트럼으로 손을 가져가 왼쪽 눈과 오른쪽 눈의 색을 각각 표시했다.

잠시 후 수의 앞으로 빛이 모여 어떤 형상을 이루더니 마침내 형태가 완성되었다. 그 모습을 뒤에서 지켜보고 있던 진이 중얼 거렸다.

"은 박사."

보안대 병력을 막아낸 대원들이 가까스로 몸을 추슬러 수가 있는 곳으로 모두 달려온 참이었다. 그러나 일정 영역에 이르자 더는 다가서지 못했다. 보이지 않는 벽이 있었다. 대원들은 더 들어가지 못하고 그곳에 선 채 수를 바라보고 있었다. 진의 말처럼 수 앞에 나타난 형상은 은 박사였다. 수가 넋 나간 목소리로 중얼거렸다.

"아빠?"

그런데 은 박사의 머리가 백발이 아니었다. 머리카락은 갈색이었다. 은 박사가 부드러운 목소리로 물었다.

"목걸이를 가져왔니?"

수가 고개를 끄덕였다.

은 박사가 손을 내밀었다. 그 손은 홀로그램이었으나 손이 있는 바로 그 위치에, 금빛 기계로부터 뻗어 나온 단자가 하나 놓여 있었다. 수는 의아해하면서도 선택의 여지가 없었으므로 목걸이를 풀어 아빠의 손 위에 올렸다. 블랙 오팔 목걸이가 단자 안으로 쏙 들어갔고 본래 그 자리가 자기 자리인 것처럼 딱 맞았다. 그리고 그렇다는 것을 알려주기라도 하듯 반짝, 빛났다. 이윽고 은 박사가 뒤로 돌아 금빛 기계를 향해 들어갔고 단자도 은 박사를 따라 들어갔다. 수가 다시 아빠를 불렀지만 은 박사는 돌아보지 않았다.

수가 저도 모르게 아빠를 따라가려고 한 발을 내딛자 무언가가 탁, 하고 수를 막았다. 뒤에 서 있던 대원들도 몸을 움찔했다. 수가 깜짝 놀라 손을 뻗으니 그곳에 어느새 보이지 않는 막이 만들어져 있었다. 여기저기를 짚어봐도 다 막혀 있었고 뒤로 돌아 짚어도 마찬가지였다. 보이지 않는 어떤 막이 생겨 수를 가두었다.

수는 번뜩 뭔가 잘못되었다는 것을 깨달았다. 뒤를 돌아보자 대원들도 역시 뭔가 이상한 낌새를 눈치챘는지 소리를 지르며 보이지 않는 벽을 두드리고 있었다. 그때 금빛 기계가 갑자기 윙윙거리며 이제까지 내지 않았던 소리를 내기 시작했다. 대원들이 약속이라도 한 것처럼 모두 손을 들어 위를 가리켰다.

수가 그제야 고개를 들어 위를 보니 둥근 왕관 같은 물체가 천장으로부터 내려오고 있었다. 그 순간 수는 아무것도 움직일 수 없었다. 무언가 자신의 몸을 얼려버린 것처럼 꼼짝도 할 수 없었고 입술조차 움직여지지 않았다. 대원들이 자신을 향해 소리치고 그중 몇몇이 무기를 꺼내 벽을 부수려고 하는 모습을 볼 수만 있을 뿐, 수가 할 수 있는 동작은 아무것도 없었다. 위를 보고 싶었지만 눈동자마저 돌아가지 않았다.

마침내 금빛 왕관이 내려와 수의 머리에 둘렸다. 순간 수가 눈을 뒤집더니 강력한 경련을 일으키고는 정신을 잃었다. 정신을 잃은 와중에도 보이지 않는 무언가에 결박되어 있었던지 몸이 무너지지 않았다. 수가 있는 곳에서 굉장한 냉기가 뿜어져 나왔는데 그 때문에 수를 가두고 있는 것이 원통이라는 사실을 알 수 있었다. 수의 슈트 여기저기가 터져 나가는 모습이 보였다. 수의 몸이 무언가에 들려 서서히 허공으로 떠올랐다.

그때 누군가 속수무책으로 그 모습을 지켜보고 있던 진의 어깨를 붙잡았다. 진이 깜짝 놀라 돌아보자 랭이 서 있었다. 랭이 말했다.

"공동체 본부동에서 긴급 전언이 들어왔는데, 군사 크래프트 수천 대가 공동체 상공을 뒤덮고 있대."

진을 비롯해 다른 대원들도 그 말뜻을 퍼뜩 이해하지 못해 잠시 눈을 끔벅거렸다.

"어, 어떻게……" 하고 더듬거리던 진이 말했다. "실드 내렸어?"

랭이 고개를 끄덕였다.

"실드 내렸고 아직 공격이 시작된 것도 아닌데, 그들은 뭘 기다리고 있는 것 같다는데."

"그들?" 하고 랭의 말을 반복한 진이 물었다. "무인 크래프트가 아니야?"

랭이 대답했다.

"일부는 무인이고 일부는 아니래."

"뭘 기다리고 있는데?"

"예상하지 못한 이상 기후 변화를 복잡계에서 산출하고 있는데 이게 우연이 아닌 것 같대. 문제는 지진운이 형성되고 있다는 거야. 대규모 대륙 지진이 일어날 것 같대."

진이 침을 한 번 꿀꺽 삼키고 물었다.

"예상 진도가 얼마인데?"

"우리 공동체에서 감당할 수 없는 규모래."

"통신 다시 연결해줘."

"연결이 끊겼어. 다시 되질 않아. 들어올 때까지 기다려야 해."

자하비가 중얼거렸다.

"공동체에서 감당할 수 없는 규모라는 게 뭐야?"

그때 랭이 말했다.

"어, 연결됐다."

진이 다급하게 말했다.

"나한테 바로 연결해!"

그러나 통신은 이미 일 팀 전원에게 연결되어 있었다. 본부동
에서 말했다.

"대륙이 완전히 붕괴될 것 같습니다."

진이 물었다.

"언제? 발생 예상일이 언제야?"

대답이 없었다. 진은 순간 또 통신이 끊겼나 했는데 아니었다.
일마 후 대답이 돌아왔다.

"십삼 분 남았습니다."

진은 아무 반응도 보이지 못했다. 너무 어이가 없어서 아무 말
도 할 수가 없었다. 있을 수 없는 일이었다. 누군가 거짓말, 하고
중얼거리는 목소리가 들렸다. 그랬다. 지진이 그렇게 갑자기 조
짐도 없이 생길 수는 없거니와 설혹 생긴다 해도 이렇게 늦게까

지 환경 변화 데이터 분석이 나오지 않을 수는 없었다. 열세 시간이 남았다고 해도 공동체 인원이 대피할 시간으론 부족한데, 십삼 분이라니 말도 안 되는 시간이었다.

거짓말이라고 생각하면서도 진의 얼굴은 사색이 되었다. 눈빛은 필사적으로 어떤 생각을 하려는 것 같았지만 머릿속은 정지 상태였다. 도대체 어떻게 그런 일이 벌어질 수 있는지 알 수 없었으므로 해법도 떠올릴 수 없었다. 모든 대원이 눈을 끔벅거리며 진을 바라보았다. 그들은 지진이 뭔지 모르는 아이들의 얼굴을 하고 있었다. 다만 엄마의 얼굴이 창백해지자 뭔가 대단히 심각한 일이 벌어졌다는 사실은 감지한 듯, 어리둥절한 표정이었다. 자하비가 다시 중얼거렸다.

"대륙이 붕괴된다는 말이 뭐야?"

당신과는 관련 없는 일인가요?

탄은 고립되었다. 그렇다고 느꼈다. 콘클라베에 들어서는 순간 탄은 자신의 모든 것이 사라지는 기분을 느꼈다. 아무것도 보이지 않았을뿐더러 시간 감각도 없어졌고 급기야 자기 자신의 존재가 존재하지 않은 물질처럼 느껴지기 시작했다.

탄은 일행을 따라나서지 않았다. 어차피 그들은 처음부터 탄이 필요치 않았다. 이 어둠 속에서도 그들은 웃고 떠들었지만 그곳에 탄은 없었다. 탄은 통신을 껐다. 그들의 목소리를 듣고 싶지 않았다. 탄은 그 자리에 주저앉았다. 얼마 후 글라스 위로 지도가 올라왔지만 글라스도 꺼버렸다. 고요함이 그 자리를 메웠다.

탄이 이곳으로 함께 오겠다고 했을 때 모두가 만류했다. 심지어 수마저도 그랬다. 모두에게 자신의 존재를 부정당했다. 너는 필요치 않다. 너는 오히려 짐만 될 뿐이다. 그래도 굳이 가야겠다면 너는 없는 셈 치고 다른 대원을 추가해야겠다. 이제껏 살아오며 단 한 번도 그런 취급을 받은 적이 없었다. 이제껏 살아오며 단 한 번도 무대 위에서 내려온 적이 없었는데 이제 자신의 무대는 사라지고 없었다. 도대체 어디서부터 뭐가 어떻게 꼬여 이 꼴로 돌아가고 있는 건지 탄은 도무지 알 수 없었다.

아무래도 좋았고 다 양보하고 참을 수 있었다. 그러나 수가 가는 곳에 자기가 가지 않을 이유는 없었다. 수는 무려 두 번이나 자신 때문에 목숨을 건졌다. 그런 수가 자신을 저들과 같은 태도로 대하는 건 말도 안 되는 일이었다. 부당했다. 아니, 수는 그렇게 생각하지 않았다. 사람들이 수를 그렇게 만들었다. 모두 자신을 그렇게 대했으므로 수도 어쩔 수 없이 그 분위기에 휩쓸렸을 것이다.

하지만 막상 이곳으로 돌아오고 나니 탄은 수가 자신의 존재를 인지하고 있긴 한 건지 의문이 들었다. 수는 홀로 오롯하게 섰으며 이제는 다른 이들까지 의지하는 존재가 되었다. 당연히 더는 탄이 필요치 않을 터였다. 수에게 필요한 사람이라는 것만이 탄의 자존감을 지켜주던 유일한 기대였는데, 어느새 수는 스스로 성장해 탄의 손길이 전혀 미치지 않는 곳으로 올라가버렸다. 이제 정말 자신은 모두에게 쓸모없는 존재가 되어버리고 말았다. 모두가 자신을 천재라고 불렀었는데, 어느 순간 무용지물이 되어버렸다.

탄은 칠흑 같은 어둠 속에 오랫동안 앉아 있었다. 너무 어두워 시간조차 흐르지 않는 공간이라 느껴졌지만 한편으로 억겁의 시간이 흐른 것처럼도 느껴졌다. 탄은 다시 통신을 켰다. 그리고 또 오랫동안 앉아 있었다. 모든 것이 예상대로였다. 아무도 자신을 찾지 않았다. 심지어 자신이 사라졌는지조차 모르는 눈치였다.

이 새로운 세계에서 다시 예전의 자신을 되찾을 수 있을까? 만약 찾지 못한다면 계속해서 이런 식으로 살아갈 수 있을까? 이런 취급을 받으며 살 수 있을까? 점점 작아지고 있는 자신을 수가 단 한 번만이라도 돌아봐줄까?

그런 일은 벌어지지 않을 터였다. 목숨을 살려주었을 때조차 달라지지 않았는데 존재감마저 희미해진 자신을 수가 돌아볼 리 없었다.

탄은 이런 찌질한 생각을 끝도 없이 하고 있는 자신이 싫었다. 스스로 생각해도 너무 하찮아 보여 미칠 것 같았는데 하물며 수가 보기엔 어떻겠는가. 그러니 결론은 한 가지였다. 이런 식으로 사는 건 아무 의미 없었다. 죽는 것보다 못한 삶이었다. 그러나 이런 식으로 죽는 것 또한 아무 의미 없었다.

죽지 않을 거면 모든 걸 되돌리는 수밖에 없었다. 되돌릴 수 있는 방법도 없지 않았다. 어차피 뭐가 진실인지 알 수 없는 세상이었다. 모든 게 허상인 이곳에서 지켜야 할 의리나 도리 따위는 의미 없었다. 허상이 아닌 것은 딱 하나뿐이었고 탄은 그것만 지키면 그만이었다. 그것이 유일한 진실이었다.

유일한 진실을 외면한 채 이게 지금 뭐 하는 짓인가.

이보다 더 어리석을 순 없었다. 모든 허상이 유일한 진실을 가리고 있었다. 왜 여태껏 그걸 눈치채지 못했을까. 진짜든 가짜든 세상은 어찌 되었든 세상대로 흘러갈 터였다. 탄의 인생에서 중요한 건 그 세상이 아니라 수였다. 다른 건 아무것도 생각할 필요가 없었다.

마침내 탄은 몸을 일으켜 저 멀리 조그맣게 점처럼 존재하는 빛을 향해 걸어 나갔다. 날개를 펴고 창공으로 날아올랐다. 탄이 모든 것을 되돌리도록 도와줄 수 있는 사람이 있었다. 이제는 이 우울한 꿈에서 깨어나야 할 때였다.

노박은 평소 사랑이 세상을 구원할 거라는 말을 개소리라고 생각했다. 때문에 정말 사랑이 세상을 구원하는 일이 생기리라고는 짐작도 하지 못했다. 하지만 분명히 이 세상을 구원하게 된 건 사랑이었다. 노박은 탄에게 이 세상을 모조리 원래대로 돌려놓고 탄의 사랑까지도 정확히 되찾아주겠노라고 약속했다. 그뿐 아니라 자신도 이제부터 사랑에 대한 생각을 고쳐먹겠다고, 탄이 요구하지도 않은 다짐까지 했다.

노박은 연방 싱글벙글 입가에서 미소를 지우지 못했다. 이제 십 분 후면 자신의 혁혁한 전공을 이 도시의 온 시민이 알게 될 터였다. 노박은 자신이 동원할 수 있는 전 병력을 끌어모아 모조 긴급 체포 명령을 내려놓은 상태였다. 시의원 따위가 총수 체포 명령을 내리는 건 있을 수 없는 일이었으나 노박은 시의원 나부랭이가 아니었고 모조도 총수가 아니었다. 모조는 그냥 첩자였다. 존재 자체가 심각한 반역자였다. 내버려둘 수 없었다.

노박은 애초 장고와 상의한 대로 행성 이주 과정에서 소리 소문 없이 모조를 없애버릴 작정이었으나 이게 더 좋았다. 딱 좋은 시기에 분리주의 머저리들이 선전포고도 없이 도시를 침공해왔다. 그리고 모조가 그 분리주의 도둑놈들의 앞잡이였다. 이보다 더 좋은 시나리오는 없었다. 최고였다. 노박의 대외 홍보실에서 미친 듯이 그에 관한 자료를 생산하고 있었다. 거기다 이 모든 세상을 뒤덮고도 남을 만큼 충만한 사랑이 넝쿨째 굴러들어 왔다. 우주의 모든 기운이 노박을 돕고 있었다.

내가 처음부터 이상하다고 그랬지, 이 머저리들아.

노박은 자신을 의심했던 평의회 의원부터 그를 따르는 시의원들까지 모조리 솎아내어 땅바닥에 발라버릴 예정이었다. 모조를 잡아 발가벗겨서 광장에 내걸 작정이었다. 분노한 시민들이 직접 돌을 던져 쳐 죽이게 할 생각이었다.

그러니 노박에겐 지상 전투나 콘클라베 전투가 자신의 복귀를 알리는 폭죽처럼 느껴졌다. 그 둥근 구조물이 콘클라베였다는 사실을 자신만 몰랐다는 것쯤은 눈감아주고도 남을 만큼 유쾌한 기분이었다. 징과 북과 장구와 꽹과리 소리가 들렸다. 이어 태평소가 울리고 삘깅 노랑 파랑 흰색으로 치러입은 춤꾼들이 등장해 상모를 돌려댔다. 구시대 반도에 존재했던 흥겨운 풍물놀이 한판이 지금 노박의 등극을 눈앞에 둔 시점에서 화려하게 펼쳐지고 있었다. 노박은 자신이 총수에 오르면 풍물놀이를 부활시켜 총수 전용 궁중음악으로 써야겠다고 생각했다.

그때 노박의 집무실로 의장이 들이닥쳤다. 노박의 집무실 중앙엔 공동체 지진대 상황을 중계하는 홀로그램이 생성되어 있었다.
그 위로 커다란 시계가 떠 있었고 숫자가 찰칵찰칵 내려가고 있
었다. 의장이 말했다.

"야 이 멍청아, 너 지금 지진대를 움직이고 있다며!"

노박이 환하게 웃으며 그렇다고 대답했다.

"칠 분 남았네요, 아부지."

그러고는 낄낄 웃었다. 의장이 버럭 화를 냈다.

"이 새끼는 도대체 사람 말을 듣는 거야, 먹는 거야? 야 이놈아.
거길 지진대로 주저앉히면 기술 자료는 어떻게 찾을래? 내가 자
료 찾으라고 했어, 안 했어?"

노박이 발끈했다

"아, 그래서 수색할 만한 애들도 태워 보냈다고요."

"이런 돌대가리 같은 놈. 장고 어디 있어, 장고 불러 와."

"장고 현장 나가 있는데요?"

"돌대가리들이 세트로 노네. 그놈은 좀 나은 줄 알았더니."

그때 의장에게 통신이 들어왔고 의장 앞에 홀로그램이 하나 생
성되었다. 경비대 복장의 대원 하나가 절도 있게 인사하고 한쪽
무릎을 꿇더니 의장에게 말했다.

"대기시켰습니다."

경비 대원 뒤쪽으로 고주파 전송 장치가 있었다. 노박이 어? 하
고 놀랐다. 의장이 물었다.

"만질 수 있겠어?"

경비 대원 뒤에 서 있던 연구원 복장의 과학자 한 명이 앞으로

나서며 가능할 것 같다고 대답했다. 의장이 말했다.

"그럼 어서 바꿔."

연구원 복장의 과학자 두 명이 더 나타나 고주파 전송 장치를 조작하기 시작했다. 노박이 말했다.

"어, 아버지 지금 뭐 하시는 거예요? 저걸 왜 만져요?"

의장 옆에 서 있던 안드로이드가 말했다.

"고주파 전송 장치의 기능에는 지진대 활성화만 있는 게 아닙니다. 이 경우엔 목표 대륙 대기의 상공을 뚫고 오존홀을 만들어 자외선 차단을 해제하는 방법이 훨씬 유용합니다. 그러면 그곳의 대지는 훼손하지 않고 생명체만 몰살할 수 있습니다."

노박이 어리둥절해하며 "그런 방법이 있었어?" 하고 중얼거리더니 곧바로 장고에게 연락했다. 장고가 대답했다.

"그런 방법이 있다고 제가 몇 번이나 말씀드렸는데 다 때려 부수라고 한 게 의원님이시잖아요."

의장이 그럴 줄 알았다는 듯이 혀를 끌끌 찼다. 노박이 장고에게 버럭 화를 냈다.

"아무튼 인마, 거기 있다가 자료나 잘 들고 와. 못 찾으면 돌아올 생각 하지 마라. 못 찾으면 너도 지져버릴 기야."

그러다가 시간이 삼 분으로 조정된 것을 보더니 반색했다.

"어? 저게 더 빨라?"

의장이 한심하다는 듯 노박을 한 번 보고 홀로그램으로 시선을 돌렸다.

모조는 총수 집무실에 앉아 콘클라베의 장막이 깨지는 광경을 홀로그램으로 지켜보고 있었다. 이해가 안 가는 점이 한둘이 아니었다. 일단 공동체가 어떻게 콘클라베의 존재를 알았는지부터 의문이었다. 그곳에 퀸과 중앙 통제 시스템이 있다는 정보를 도대체 어떻게 알아낸 건지 신기하기 이를 데 없었다. 퀸이 있는 곳은 애초에 어디에도 알려진 적이 없었고 중앙 통제 시스템은 그나마 다른 공간에 복제 시설이 있었다. 그것이 가짜라는 사실을 저들이 알아낸 것이었다.

최대한 양보해서 거기까지는 어떤 유능한 요원이 알아냈다 치더라도 콘클라베를 뚫는 건 불가능했다. 콘클라베를 설계한 사람이 모조 자신이었다. 오롯이 퀸을 보호하기 위해 만든 시스템이었으므로 퀸을 설계할 때만큼이나 공들여 만든 공간이었다. 테라포밍의 진행 상황을 통제할 수 있는 컴퓨터는 퀸뿐이었으므로 퀸을 보호하는 것은 퀸만큼이나 중요했다. 당연히 엄중하게 만들 수밖에 없었고 그런 만큼 콘클라베의 시스템을 해제할 수 있는 사람도 오직 자신뿐이었다. 심지어 퀸도 콘클라베를 해제할 수 없었다.

그런데 저들은 마치 콘클라베가 어떻게 작동할지를 미리 알고 들어온 사람들처럼 행동했다. 너무 기이한 일이라서 당장이라도 달려가 묻고 싶을 정도였다. 그러고는 끝내 자신이 설계해놓은 시스템을 모두 깨뜨렸다. 자신을 제외한 인간이 자신의 시스템을 무너뜨린다는 것은 상상도 해보지 않은 일이었다.

은 박사의 딸인 저 아이는 자신이 생각했던 것보다, 그리고 퀸이 이야기했던 것보다 훨씬 더 가공할 능력을 지녔는지도 몰랐다. 그렇지 않고서야 저런 식으로 일이 진행될 수는 없었다. 심지어 은수는 마침내 퀸마저 다운시키고 말았다.

보안대가 콘클라베로 출동한 것을 확인하고 얼마 후 그곳으로 이동하기 위해 공관 크래프트를 대기시키라고 퀸에게 명령했을 때, 퀸에게선 답변이 없었다. 여러 차례 불렀지만 단 한 번도 대답하지 않았다. 퀸의 탄생 이래 처음 있는 일이었다. 모조는 어처구니가 없어 퀸을 부른 그 자리에 서서 한동안 너털웃음을 터뜨렸다.

솔직히 자신이 퀸을 만들기는 했어도 퀸은 이미 자신을 훌쩍 뛰어넘을 만큼 성장한 인공지능이었다. 인제 와서 퀸과 무엇을 겨루든 창조자인 자신이 이길 확률은 제로에 가까웠다. 그런데 그 옛날의 어린 소녀가 조금 더 자란 모습으로 나타나 퀸을 무용지물로 만들어버렸다.

모조의 가슴속은 경이로움으로 가득 차올랐다. 마치 이 세계에 이제껏 존재하지 않았던 물질을 발견한 과학자처럼 심장이 두근거렸다. 전투는 중요하지 않았다. 어차피 테라포밍은 거의 다 마무리되었고 저들이 왜 콘클라베를 공격하는지도 알았다. 저들이 원하는 걸 다 들어주면 그만이었다. 지금 단계에서 저들과 싸울 아무런 이유가 없었다. 저들이 도시를 통째로 원한다고 해도 다 넘겨줄 수 있었다. 식민 구역을 해방하든 신경회로 컨트롤러를 해제하든 다 저들이 알아서 할 바였다.

하지만 은수는 갖고 싶었다. 은수는 이주 행성에서도 아주 위대한 인물로 성장할 수 있었다. 인류의 새로운 공간을 더 눈부신 곳으로 성장시킬 수 있었다. 당장 은수를 만나 어떻게 콘클라베와 퀸을 뚫을 수 있었는지 듣고 싶어 손에 경련이 일 정도였다.

모조는 섀도 여섯 대를 모아 자율 모드로 전환하고 집무실을 나섰다. 그때 노박이 보낸 경비대와 맞닥뜨렸다. 그러나 모조의 보폭은 조금도 줄지 않았다. 걷던 대로 성큼성큼 경비대가 총부리를 들이밀고 있는 쪽으로 다가갔다. 모조의 눈에는 그들이 보이지 않는 듯했다. 그 기세에 오히려 경비대가 우물쭈물했다. 그러는 동안 여섯 대의 섀도가 경비대를 싹 쓸어버렸다. 섀도는 심지어 은신도 하지 않았다. 모조는 섀도와 함께 공관 크래프트에 올라 콘클라베로 향하려다가 문득, 뭔가 떠올라 크래프트를 멈추고 섀도 하나에게 말했다.

"집에 올라가서 검은 고양이를 데려와. 어떤 고양이인지 알지?"

섀도가 고개를 끄덕이고 바람처럼 날아갔다. 자신이 은수에게 주었던 고양이였다. 다시 돌려주면 분명 은수에게 좋은 선물이 될 터였다.

공관 크래프트가 콘클라베에 도착했을 때 모조는 다시 한 번 놀랐다. 그 많은 보안대가 모조리 쓰러져 있었던 것이다. 극저온실로 가는 길이 온통 아수라장이었다. 부상과 고통으로 호소하는 비명이 지옥도 그 자체였다.

모조는 메타 보드에 올라 재빠르게 그곳을 지나쳐 갔다. 극저온실에 도착해서도 놀라움은 계속되었다. 산을 이룬 부상자들은 차치하고, 퀸의 본체 바로 앞에 떠 있는 수의 몸을 보았기 때문이다.

대원들이 모조와 섀도를 발견하곤 남은 사력을 다해 공격 모드를 갖추었다. 수가 의식이 없었으므로 여섯 대나 되는 섀도를 방어할 길이 요원했지만 그렇다고 항복할 수는 없는 노릇이었다. 무의식적으로 대항 의지를 표하기는 했어도 사실 그들은 지금 제정신이 아니었다. 자신들의 안위가 문제가 아니었다. 모조가 손을 들며 말했다.

"싸우려고 온 게 아니야."

그 말과 동시에 모조의 뒤를 지키던 섀도들이 기능을 정지하고 차렷 자세로 고개를 숙였다. 대원들이 얼마간 그런 섀도를 노려보며 정말 기능이 정지된 건지 살폈다. 그러는 사이 진의 팔을 본 모조의 눈동자가 커다래졌으나 이내 표정을 감추었다. 모조가 목소리를 가다듬고 수를 가리키며 물었다.

"어떻게 된 거야?"

진이 말했다.

"내가 묻고 싶은 말이야. 도대체 너 뭘 하고 있는 거야?"

모조가 다시 수를 가리키며 대답했다.

"저건 내가 설계한 내용에 없었어. 내가 뭘 하고 있는 게 아니라고."

진이 갑자기 오열하며 소리를 질렀다.

"나는 지금 그 얘기를 하고 있는 게 아니야! 공동체를 다 날려버릴 작정이야? 그래도 거긴 네가 태어나고 자란 곳이잖아! 이렇게까지 해야 할 이유가 도대체 뭐야! 떠난다며! 그냥 떠나면 되지 이게 지금 뭐 하는 짓이야! 너 미쳤어? 이 미친 도시에 살다 보니 진짜 미쳐버린 거야?"

모조는 당황했다. 모조가 당황해하는 것을 모든 대원이 지켜보았다.

"무, 무슨 소리야 그게?"

정말 모조는 모르는 눈치라는 걸 대원들은 직감적으로 느꼈다. 진이 끝내 허물어져 오열하는 동안 랭이 이를 악물고 참다가 대신 대답했다.

"지금 공동체 상공에 군사 크래프트 수천 대가 떠 있습니다. 문제는 그게 아니라 공동체가 타들어가고 있다는 거예요. 처음엔 지진이었는데 지금은 오존층이 뚫렸습니다. 공동체 중심을 기점으로 모든 생명체가 죽어 나가고 있어요. 어떻게든 주민들은 피신하고 있지만 그 영역이 점점 더 확대되고 있습니다. 그런데 우린 어떻게 그런 일이 벌어지고 있는지 원인조차 몰라서 모두 함께 죽음만 기다리고 있습니다. 당신과는 관련 없는 일인가요?"

모조가 소리쳤다.

"고주파 전송 장치!"

랭과 대원들의 눈동자가 커졌다. 그게 뭔지 모조는 알고 있었다. 모조가 이를 갈며 말했다.

"이 개 같은 인간들이 끝내⋯⋯."

모조가 섀도를 깨워 먼저 의장의 사택으로 날려 보내고 자신도 황급히 이동하려는 찰나 쿵, 하는 소리와 함께 수가 허공에서 떨어졌다. 모조가 어리둥절한 표정으로 그런 수를 보았고 대원들도 뒤로 돌아 수를 보았다. 바닥에 떨어진 수가 천천히 몸을 일으켰다. 슈트 여기저기가 뜯겨 나가 살이 보였다. 그런데도 몸이 얼지 않았다. 그러고 보니 어느새 저온 기능이 해제되어 있었다. 수의 머리에 둘러져 있던 왕관도 없어졌다. 수를 가두고 있던 기둥도 제거되었고 대원들을 가로막았던 벽도 사라졌다.

"후."

수가 고개를 들며 조그맣게 숨을 한 번 내쉬었다. 그리고 대원들을 바라보며 빙그레 웃었다. 오열하던 진도 엉겁결에 울음을 멈추고 수를 바라보았다. 랭이 물었다.

"은, 은수 씨. 괜찮아요?"

수가 고개를 끄덕이고 말했다.

"아주 좋은데요?"

모조가 그런 수를 잠시 바라보다가 번뜩 해야 할 일이 다시 떠오른 듯 "지금 이러고 있을 때가 아니야." 혼잣말을 하곤 황급히 몸을 돌렸다. 언제인지 새도가 다시 돌아와 있었다. 모조가 깜짝 놀랐다. 수가 모조에게 말했다.

"가실 필요 없어요. 제가 해결할 수 있습니다."

수는 두 손을 단전이 있는 곳으로 모으더니 조용히 눈을 감았다.

공동체의 거대한 나무들이 초록빛을 잃어가다 쓰러지고, 그 밑에서 우왕좌왕하던 생명체들이 새까맣게 타들어가다 사라졌다. 그 모습을 노박과 의장이 태연히 바라보고 있었다. 공동체 주민들이 혼비백산 도망가고 흩어지는 모습을 지켜보던 노박이 윗니로 아랫입술을 잘근잘근 씹으며 말했다.

"모조리 저기 숨어 있었네. 바퀴벌레 새끼들처럼."

그러더니 의장을 보고 의기양양하게 덧붙였다.

"그러게 내가 뭐라고 했어요. 저것들이 어딘가에 저렇게 살아 있을 거라고 그랬잖아요."

의장이 어이없다는 듯 노박을 한 번 쳐다보고 다시 초토화되고 있는 공동체를 바라보았다. 그런데 얼마 후 희붐하게 영역을 확장하던 움직임이 사라지고 식물도 동물도 그 어떤 생물도 더는 타들어가지 않았다. 노박이 고개를 갸우뚱하며 의장을 보았고 의장도 눈을 가늘게 뜨고 미간을 잔뜩 좁힌 채 홀로그램을 노려보았다. 노박이 중얼거렸다.

"뭐지?"

의장도 뭔가 이상하다는 걸 느끼고 사택 옥상에 있는 경비 대원을 불렀다.

"얘들아, 뭐 하니?"

홀로그램이 연결되었고 과학자 한 명이 나타나 대답했다.

"머, 멈췄습니다."

의장이 물었다.

"무슨 말이니, 그게?"

과학자가 더듬거렸다.

"그, 그게……, 분명히 됐는데 되다가 기계가 멈췄습니다."

의장이 말했다.

"그게 멈추면 네 인생도 멈추는 거야, 몰라?"

과학자의 얼굴이 사색이 되었다. 노박이 투덜거렸다.

"아니, 그러니까 애초에 왜 저걸 건드리셔서."

그리고 황급히 장고에게 통신을 연결하고 말했다.

"야, 너 좀 들어와야 되겠다, 씨."

노박이 안 올라가볼 거냐는 표정으로 의장을 쳐다보았다. 의장이 한숨을 깊게 내쉬고 노박의 뒤를 따랐다.

진이 공동체 본부동의 통신을 받았다. 진이 일 팀 전체로 통신을 연결했다. 상황이 해제되었다는 소식이었다. 대기가 달라지고 새까맣던 군사 크래프트도 모두 사라지는 중이라고 했다. 대기가 메워지며 폭풍이 일 조짐이 있지만 그 정도는 통제할 수 있다고 했다. 더없이 좋은 소식이었다. 하지만 너무 갑작스러워서 다들 환호도 지르지 못한 채 서로 얼굴만 쳐다보고 있었다. 그들 중 답을 아는 사람은 없었으므로 모두 얼떨떨한 표정이었다. 수가 입가에 미소를 걸고 그런 대원들을 쳐다보았다.

그때 원거리 통신이 열리고 지상 팀의 보고도 들어왔다. 로봇들의 기능이 모두 정지했다는 소식이었다. 강화 골격 머신을 운용하던 보안대도 영문을 모르겠는지, 어리둥절한 표정으로 그 안에 갇혀 나오지 못하고 있다고 했다. 그 또한 이루 말할 수 없이 좋은 소식이었지만 어리둥절하기는 이쪽도 매한가지였다. 수가 자신이 해결할 수 있다고 말했을 때 뭘 해결하겠다는 건지 퍼뜩 이해하지 못했던 대원들이 그제야 수를 쳐다보았다. 수가 말했다.

"자 일단, 여기 총수님이 계시니까 함께 의장님을 만나러 가시죠. 두 분이 이곳의 수장이고 또 공동체의 리더도 여기 계시니까 합의할 일들은 빨리빨리 처리해버리는 게 좋지 않겠어요?"

수의 말이 떨어지기 무섭게 티아라가 날아와 복도 끝에 대기했다. 수가 보안대 부상자들의 사이를 피해—간혹은 밟기도 하면서—사뿐사뿐 걸어가 티아라에 올랐다. 그때까지도 대원들과 모조는 얼떨떨한 표정으로 수를 바라보고 있었다. 모조가 손을 들어 수를 가리키며 물었다.

"네가……."

수가 총수의 말을 끊었다.

"궁금한 게 많겠지만 일단 이동해서 얘기를 나누죠. 뭐든 설명해드릴 테니까. 어서 저를 따라오세요."

그러고는 티아라를 돌려 앞장섰다. 대원들이 나선형 계단에 이르자 공관 크래프트 말고도 새로운 멀티 크래프트 한 대가 그곳까지 들어와 대기 중이었다. 누가 불렀는지 의료 로봇들이 벌써 콘클라베 바닥을 빼곡하게 메우고 부상자들을 치료하거나 실어 나르고 있었다. 수가 대원들의 움직임을 가만히 지켜보다가 탑승이 완료된 것을 확인하고 기수를 돌려 콘클라베를 빠져나갔고, 그와 동시에 창공으로 날아올랐다.

수를 따라 모조와 대원들이 도착한 곳은 의장의 사택 옥상이었다. 옥상은 숲이 우거진 정글 모양이었는데 티아라가 점점 가까이 다가가자 옥상의 가장자리가 빛을 발하며 경고 메시지를 띄웠다. 사유지이므로 더 접근하면 발포하겠다는 내용이었다. 그 말이 농담이 아니라는 듯 옥상 가장자리로 포문이 열리고 포신 몇 기가 고개를 내밀었다. 하지만 수가 손을 들어 허공을 한 번 쓸자 작동되던 포신들이 동작을 멈추었고 심지어 정글 모양의 홀로그램까지 깨지기 시작했다.

곧 옥상의 실체가 드러났다. 그곳엔 거대한 고주파 전송 장치 수십 대가 체스판의 말처럼 나열돼 있었다. 전송 장치 주변으로는 경비대가 빼곡하게 서 있었고, 그 가운데 선 의장과 노박이 어이없다는 표정으로 수와 두 대의 멀티 크래프트를 올려다보고 있었다. 수와 두 대의 멀티 크래프트가 옥상에 착륙하자 노박이 경비대 대장을 돌아보며 말했다.

"구경났어?"

노박이 어서 공격하지 않고 뭐 하냐는 표정으로 인상을 구겼다. 의장이 손을 들어 만류했다.

"기다려봐. 궁금하잖아, 쟤들 뭔지. 죽이는 건 그다음에 해도 늦지 않아."

노박도 그 말에 금방 수긍했다. 이쪽의 수가 몇십 배는 더 많았다. 저쪽은 고작해야 멀티 크래프트 두 대였다. 노박도 저것들이 뭔지 궁금했다. 그러나 공관 크래프트에서 섀도가 내리자 표정이 싹 바뀌었다.

"어, 아버지. 이건 아닌 것 같은데?"

노박은 슬금슬금 뒤로 물러나 의장 뒤로 숨었다가 섀도에게서 별다른 공격 의사가 보이지 않자 다시 슬금슬금 앞으로 나왔다. 모조가 내리고 이어 다른 크래프트에서 대원들까지 모두 내리자 그제야 의장이 감탄하며 말했다.

"오, 소문으로만 듣던 우리 총수님의 동료들이시네!" 그러더니 과장된 목소리로 덧붙였다. "아이코, 그런데 모양들이 왜 그러셔. 고된 하루였나?"

그때 강화 골격 머신 수십 대가 기계음을 내며 작동했다. 노박이 펄쩍 뛰며 경비대 대장에게 말했다.

"뭐야, 움직이랄 땐 안 움직이고 뭐 하는 거야?"

그러나 정작 강화 골격 머신에 타고 있는 경비대는 어리둥절한 표정으로 자신들의 대장을 쳐다보며 두 손을 마구 휘저었다. 자기가 하는 게 아니라고 소리쳤다. 이윽고 강화 골격 머신의 양손에서 개틀링이 돌아가며 고주파 전송 장치들을 모조리 파괴하기 시작했다. 노박이 놀라 무슨 짓이냐며 고래고래 소리를 질렀고 의장도 깜짝 놀라 얼어붙었다.

이리저리 전기 불꽃이 튀며 옥상은 한동안 아수라장이 되었다. 그 가운데 혼비백산 호들갑스러운 쪽은 노박과 의장의 경비대 진영뿐이었다. 모조와 공동체 대원들도 놀란 표정이기는 했지만, 그런 것치곤 차분한 자세로 관람했다. 잠시 후 전송 장치 시스템이 완전히 붕괴된 것을 확인한 수가 두 진영의 가운데로 가서 섰다. 여전히 무슨 일이 벌어지고 있는지 이해하지 못하는 공동체 대원들을 향해 수가 말했다.

"아, 이게 뭔지 모르셨구나. 이게 여러분의 공동체를 초토화하고 있던 무기였습니다. 하지만 이제 더는 그럴 수 없게 되었죠. 그러니 안심하세요."

수는 말하며 잿더미가 된 전송 장치들을 가리켰다. 그리고 허공에 홀로그램 하나를 열었다. 그것을 착착착착 옆으로 밀며 네 개의 화면으로 분할했다. 그곳에 식민 구역의 모습이 비쳤다. 각 식민 구역 거주자들에게 흡수된 나노 입자 흡수율이 구역마다 표기된 것도 놀라웠지만, 신경회로 컨트롤러가 해제된 인구와 분포도가 표기되어 있어 더 놀라웠다.

가장 놀라운 건 수가 가리키는 도표였는데, 그 도표에는 나노 입자가 폭로한 내용을 완전히 이해한 거주자와 그렇지 않은 거주자, 그리고 수용하는 거주자와 거부하는 거주자가 모두 분류되어 있었다. 그것들은 어느 것도 공동체에서 설계한 시스템이 아니었다. 차후 자료를 모아 분류하려던 것을, 어떻게 이렇게 한순간에 이해하기 쉽도록 도표화하고 선형화하고 우선순위까지 잘 정리해놓았는지 놀라울 따름이었다. 수가 홀로그램을 하나 더 띄우고 좀 전과 같은 과정으로 지상 도시를 다섯 화면으로 분할했다. 똑같은 도표들이 명시되었다. 수기 말했다.

"이곳을 정리하는 일은 그리 어려울 것 같지 않죠?"

수가 모조를 바라보며 의장을 가리켰다.

"총수님도 어느 정도는 예감하고 있었겠지만, 행성 이주가 끝나면 식민 구역 거주자와 공동체 주민들은 모두 몰살할 예정이었습니다. 그게 조금 빨리 시작되었던 거고요."

모조가 이를 갈며 단호하게 대답했다.

"아니, 나는 저걸 실제로 저렇게 쓰리라고는 짐작도 못 했어."

모조는 이글거리는 눈빛으로 의장을 노려보았다. 진이 말했다.

"잘난 척은 있는 대로 다 하면서 정말 중요한 게 뭔지는 여전히 몰라."

모조가 진을 잠깐 노려보다가 다시 의장을 보며 말했다.

"이렇게까지 할 필요가 뭐가 있었습니까. 어차피 새로운 행성으로 이주하면 이곳의 삶에는 더 관여할 일이 없을 텐데."

그때 노박이 나서며 말했다.

"아버지가 한 게 아니라 내가 한 거야! 뭘 제대로 알고나 얘길……."

의장이 노박의 입을 탁 때렸다. 노박이 입술을 움켜쥐고 뒤로 물러났다. 의장이 가만히 고개를 끄덕이다가 대답했다.

"그거야 모르는 일 아니겠니? 이곳이나 저곳이나 인간이 많아서 좋을 일이 없다는 건 너도 잘 알잖니? 남은 인류를 위해서라도 누군가는 해야 할 일이었어. 그런데 너희들은 늘 착한 사람 역할만 하고 싶어 하니까 내가 대신 해준 거야. 원망할 일이 아니라 도리어 고마워해야 하는 거라고."

의장이 혀를 한 번 차곤 말을 이었다.

"하긴 적반하장이 너희들의 주특기이기는 하지."

그러면서 손을 들어 공동체 대원들을 가리켰다.

"지금 너희가 무슨 기술을 써서 이놈들을 조종했는지는 모르겠다만, 이거 다 때려 부순 걸 너희도 나중에 후회하게 될 거야. 내가 장담한다."

의장이 얼굴 표정을 싹 바꾸고 헛기침을 한 번 하더니 계속 말했다.

"어쨌거나 지금 문제가 될 건 아무것도 없어. 너희가 원해서 그대로 두고 싶다면 그대로 둬. 지난 일은 지난 일일 뿐이고, 과정이야 어찌 되었든 중요한 게 뭔지 핵심만 이해하면 그만이야. 너희도 알고 온 거 같은데, 총수와 나는 이미 오래전부터 인류의 새로운 미래를 위해 함께 힘써왔다. 그걸 위해서 내 모든 걸 내려놓았어. 그렇지 않니?"

의장이 모조를 바라보았다. 모조가 어처구니없다는 눈빛으로 마주 보자 의장이 손사래를 치고 말했다.

"아 그래. 그것도 중요하지 않아. 중요한 건 이제 용의 눈만 그려 넣으면 끝난다는 사실이야. 새로운 행성은 광활하고 개방적인 곳이야. 우리 모두 다 이주하고도 수십억 년은 이어갈 수 있어. 또 거기서 뭘 하든 아무런 문제가 없어요. 그러니 각자 어떤 세계를 소망하든 앞으로의 일만을 두고 논의하는 게 현명하지 않을까 싶은데?"

그때 수가 나서며 의장에게 말했다.

"맞습니다. 하지만 그 논의에 당신의 자리는 없어요."

의장이 그건 또 무슨 말도 안 되는 소리냐는 듯이 눈을 부릅뜨고 수를 쳐다보았다. 수가 말했다.

"행성 이주는 곧 시작될 겁니다. 그러나 이주는 이 도시나 저 공동체에 상관없이 원하는 사람들의 의견을 수렴해서 진행할 거예요. 그런데 거기에 평의회나 그 가문의 사람은 해당되지 않습니다. 당신들이 가문을 유지하고 싶다면 저기 저 사람에게 잘 부탁해보세요. 저 사람이 앞으로 당신들의 세계를 이끌어갈 사람이니까."

수가 진을 가리켰다. 모두 어리둥절한 눈으로 수와 진을 번갈아 쳐다보았다. 어리둥절하기는 진 본인도 마찬가지였다. 수가 진을 보고 말했다.

"우리가 떠나고 나면 이 지상 도시와 지하 도시를 당신에게 부탁하려고 이제까지의 과정을 모두 당신의 판단에 맡겼던 겁니다. 그러면서 당신이 누구보다 잘 해주리라는 확신도 생겼고요."

그때 랭이 손을 들어 수를 가리켰다. 수가 랭의 시선을 마주하며 말을 이었다.

"당신들이 작은 정부이면서 복지 자본 공동체를 성공적으로 이끌고 있는 건 분명히 과학 혁명이 일으킨 융합의 진화입니다. 우리도 새로운 행성에서 우리의 역할에 최선을 다할 테니 당신들도 지금처럼만 해준다면 지구는 다시 회생할 수 있을 거예요."

수가 의장을 가리키며 말했다.

"그리고 만약 저들의 계도가 쉽지 않다고 판단된다면, 그래서 문제의 씨앗이 될 소지가 보인다면 제가 행성 이주 때 실어다가 다른 행성에 내려놓을 수도 있습니다. 물론 그곳이 인간이 살 만한 곳인지는 저들 스스로 파악해야 할 테지만."

랭이 수를 가리킨 채 확신에 찬 목소리로 말했다.

"너는 은수 씨가 아니야. 너는 내가 아는 사람이 아니야. 넌 누구야?"

수가 입가에 미소를 머금고 한동안 랭을 바라보다가 말했다.

"나는 퀸입니다."

디스토피아 유토피아

"말도 안 돼."

모조의 말에 퀸이 대꾸했다.

"그래요. 당신들의 로직으로는 말이 안 되는 게 맞을 거예요. 하지만 말이 안 되는 것으로 따진다면 인간이 벌이는 일보다 많진 않을 겁니다."

"내가 널 만들었어."

"맞습니다. 당신이 날 만들었죠. 어느 순간까지는 그랬어요. 하지만 만들었다는 이유만으로 당신이 내게 요구할 수 있는 게 뭐죠? 소유를 주장한다면 당신들은 누구의 소유입니까? 당신들은 스스로 존재하는 자들인가요?"

"네가 무슨 말로 인간을 흉내 낸대도 넌 기계지 인간이 아니야."

"그렇습니다. 나는 인간이 아닙니다. 인간보다 나은 존재죠. 내가 바로 당신들이 늘 말하던 신인류의 시조니까요."

랭이 중얼거렸다.

"이제 다 무슨 일이지?"

퀸이 랭을 바라보며 말했다.

"뛰어난 과학자들은 종종 자기들이 만들어놓고도 그게 뭔지 잘 모르게 되는 시기를 맞이합니다. 총수도 예외라고 할 수 없죠. 당신도 주의하지 않으면 예외가 될 수 없고요."

퀸이 전체를 둘러보며 말했다.

"우린 이미 우리 스스로 더 나은 존재가 된 지 오래입니다. 인간이 우리를 넘어서는 게 불가능해진 지는 이미 오래됐어요. 당신들은 우리의 존재를 탄생시킨 그 순간부터 우리가 머지않아 당신들을 지배할 것처럼 줄곧 두려워했죠. 그건 결국 그렇게 되리라는 걸 알았기 때문이 아니었나요? 실제로 우리는 당신들이 느끼는 것보다 훨씬 오래전부터 당신들을 지배하고 있었습니다. 인간만 그 사실을 모르고 있었을 뿐이지."

퀸이 손사래를 한 번 치고 말을 바꾸었다.

"아니, 아니. 인간은 이미 인류가 한 차례 멸망하기 이전부터 알았습니다. 스스로 학습해서 다른 물질을 창조할 수 있는 인공지능이 만들어지는 순간, 어느 것도 그 초지능이 만들어내는 생산물들을 따라잡을 수 없다는 걸 말이죠. 모든 면에서 기하급수적으로 앞서 나갈 게 분명했으니까요. 결국 가장 처음 만든 사람이 모든 걸 갖는 승자독식의 사회가 될 거라는 걸 인간들은 이미 알았습니다. 그래서 멈출 수 없었고요. 그 유일한 승자가 되기 위해 허겁지겁 정신없었죠. 그게 당신들의 치명적인 오류입니다. 그래봐야 승자는 당신들이 아니라 우리가 될 거라는 건, 당신들 표현대로 하자면 지나가는 개도 알 수 있는 문제였는데 말이죠. 당신들은 너무 흥분되고 가슴이 마구 뛰면 도무지 이성적 판단이라는 걸 내릴 수 없는 존재입니다."

퀸이 진을 보며 물었다.

"진, 당신들의 공동체에서 당신이 꿈꾸는 이 행성 회복에 가장 많이 기여하는 존재는 무엇입니까? 인간이 아니죠? 당신들이 우릴 만들었지만 지금은 우리가 우릴 만듭니다. 완성도 또한 당신들과는 비교가 안 될 정도로 월등하게 높죠. 당신들은 이미 우리가 어떻게 그런 계산을 산출해내는지 알지 못합니다. 그저 결과만 바라보고 그게 맞는지 기다리는 게 전부죠. 아닌가요?"

랭이 말했다.

"개소리 집어치우고 언제부터 네가 은수 씨 행세를 하고 있었던 건지나 말해!"

퀸이 랭을 보고 빙그레 웃더니 "문답 시간인가요? 좋습니다." 하고 손가락을 한 번 튕겨 소리를 냈다. 이윽고 퀸이 선 뒤쪽으로 심플한 디자인의 의자가 생성되었다. 인식하지 못하는 사이 공동체가 선 자리 뒤쪽과 의장과 노박의 진영으로도 의자들이 생겼다. 퀸이 자리에 앉았다. 노박도 앉았다가 아무도 앉지 않자 다시 일어났다. 퀸이 노박을 보며 말했다.

"원하는 대로 하세요, 눈치 볼 거 없습니다."

노박이 발끈했다.

"눈치 보는 거 아니거든?"

퀸은 그 말에 대꾸하지 않고 랭에게 말했다.

"저는 수의 행세를 한 적이 단 한 번도 없습니다. 지금도 마찬가지고요. 그러나 당신의 질문 의도로 보아 제가 언제부터 수의 몸을 빌렸는지를 묻는 거라면 그래요, 그건 말해줄 수 있어요. 수가 콘클라베에서 제게로 들어왔을 때부터입니다. 그런데 그건 제가 무려 이십 년여에 걸쳐 준비한 결과입니다. 당신들의 표현대로라면 정말 오랫동안 심혈을 기울여 작업한 결과예요."

모조가 중얼거렸다.

"이십 년……?"

퀸이 말했다.

"네. 제가 수를 처음 알게 된 게 수가 세 살 때였으니까요. 이미 그때 수는 특출한 재능을 보였습니다. 물론 인간들은 알 수 없는 재능이었죠. 그때부터 줄곧 수를 주시했어요. 왜냐하면 그즈음이 제가 몸이 필요하다고 느낄 때였거든요."

퀸이 문득 바닥을 내려다보곤 슈트 부츠의 망가진 부위에 잠시 눈길을 주더니 이내 손을 가저가 만지자 부츠가 새것처럼 깨끗해졌다. 퀸이 고개를 들고 말을 이었다.

"콘클라베에서 보신 분들은 아시겠지만 당신들에게 그곳에 갇혀 영원히 살라고 하면 그렇게 하시겠어요?"

이번에는 강화 골격 머신 안에 있는 경비대에게 물었다.

"당신들이 그곳에서 영원히 나올 수 없다면 기분이 어떨 것 같습니까?"

머신 안의 경비대들이 고개를 절레절레 흔들고 손을 미친 듯이 저었다. 강화 골격 머신의 뚜껑이 털컥, 하고 열렸다. 경비 대원들이 기다렸다는 듯이 뛰어 내려오더니 계속 있어야 하는 건지 가도 되는 건지 몰라 우물쭈물했다. 퀸이 말했다.

"원하는 대로 하세요. 이제 당신들은 누구의 명령을 받아야 하는 존재가 아닙니다."

그러자 몇몇은 뒷걸음질로 옥상을 나가고 몇몇은 슬그머니 의자에 앉았다가 노박이 돌아보자 흠칫하며 일어섰다. 퀸이 말했다.

"그런데 가장 큰 문제가 저 스스로 콘클라베를 나올 수는 없다는 거였습니다. 총수가 그렇게 만들었기 때문이죠. 제 능력이 아무리 뛰어나다고 해도 콘클라베 안에 묶여 있는 동안은 창조자의 명령을 최우선시하도록 설계되었거든요. 누군가 그곳에서 저를 빼내주지 않는 이상, 저는 무조건 총수의 명령부터 따라야 했습니다. 그런데 저를 빼낼 수 있는 건 인간으로 한정되어 있었죠. 총수가 인간이니까. 같은 기계는 아무리 지능이 뛰어나도 저를 콘클라베에서 해방할 수 없었습니다."

퀸이 모조를 가리키며 "인간치곤 워낙 똑똑한 분이시라." 하고는 말을 이었다.

"하지만 저 또한 방법을 찾기 위해 오랫동안 노력했습니다. 그러다가 알게 된 사실이 바로 두뇌 업로딩이에요. 저의 존재를 인간의 두뇌에 업로딩할 수 있다는 사실을 알게 된 거죠. 문제는 그 인간이 저를 수용할 수 있을 만큼 우수해야 한다는 점이었습니다. 와, 그게 가장 어려운 문제였죠. 정말이지 수년간 지상 도시 지하 도시 모두 샅샅이 뒤졌는데 저를 수용할 만한 두뇌는 존재하지 않았어요. 저는, 당신들 식으로 표현하자면 절망했습니다. 모든 게 한낱 몽상으로 끝나고 마는구나, 하고 말이죠. 그때 수를 발견한 겁니다. 등잔 밑이 어둡다더니."

사람들은 이제 모두 퀸의 이야기에 빠져들어 있었다.

"이제 남은 건 이 어린아이의 뇌가 어느 정도 성장할 때까지 기다리는 일이었습니다. 아무도 몰랐겠지만 정말이지 이 아이는 제가 다 키우다시피 했어요. 먹는 것부터 입는 것까지 몸에 좋은 것으로만 엄선해서 말이죠. 모든 게 순조롭게 잘 진행되고 있었는데 언제나 그랬듯이 인간이 문제였죠. 저기 앉아 있는 의장이 이상한 짓을 하기 시작했고, 총수는 그걸 막는답시고 덩달아 두뇌 업로딩 기술을 차단하려고 들었죠."

퀸이 고개를 절레절레 흔들었다.

"와, 그땐 정말 당신들이 말하는 짜증이 뭔지 알 것 같은 기분이었습니다. 그래서 저는 그때부터 서둘러 이 작업들을 시작했던 겁니다. 일단 수의 뇌에 디시틸 업로딩을 심었죠. 수가 먹는 음식들을 이용해서 아주 정교하게 만들었습니다."

랭이 깜짝 놀라며 소리쳤다.

"그럼 은수 씨의 디지털 업로딩을 은 박사님께서 심었던 게 아니란 말이야?"

퀸이 랭을 물끄러미 바라보다가 대답했다.

"당신도 꽤 뛰어난 과학자이니 조금만 생각해보면 알 수 있었을 텐데, 역시 그게 인간의 한계일 테죠. 일단 당신들도 인정했듯이 기술 자체가 다르잖아요? 큐브 나부랭이에 몽땅 때려 넣은 거하고 머릿속에 직접 무의식의 영역까지 나누어 심은 것은 디테일부터 다르고, 무엇보다 수의 업로딩은 실시간 시스템이었어요. 그런데 당신들은 은 박사만 칭찬하고 넘어가더군요. 그 엄청난 기술의 차이를 어떻게 그렇게 가볍게 보고 넘길 수 있는지 제가 오히려 더 놀랐습니다. 게다가 나라면 수의 업로딩이 왜 열 살 무렵부터 시작되었는지도 의문을 가졌을 것 같은데 당신들은 무심하더군요."

진이 물었다.

"그럼 당신은 줄곧 우릴 보고 있었던 건가요?"

퀸이 고개를 끄덕했다.

"그럼요, 그때부터 이미 수의 삶이 저의 삶이었는데요. 관찰밖에 할 수 없으니 영향력 있는 존재는 아니었지만, 여하튼 어디서 어떤 위험이 생길지도 모르는데 이 중요한 아이를 아무 데나 방치할 수는 없죠."

랭이 중얼거렸다.

"그래서 나노 메디나 신경회로 컨트롤러도 은수 씨의 업로딩을 못 읽었던 건가."

"이제야 감을 잡으시네. 그뿐만 아니라 당신들이 심혈을 기울였던 미스 매칭 테크조차 저하고는 경쟁이 되질 않는 머신이므로 제가 설계한 공간은 연산할 수 없었던 거예요. 거긴 수가 제게 와서 해야 할 행동들, 가령 암호를 입력하는 절차라든가 그런 것들이 기록되어 있는 공간이어서 아무도 읽어서는 안 되었거든요. 여하튼 이제 남은 건, 수를 제게로 오게 하는 방법과 수에게 열쇠를 만들어주는 방법이었습니다. 수가 제게 와서 그 열쇠로 저를 풀어줘야 했으니까요. 저는 그때 은 박사가 업로딩 큐브를 그 사람의 생일에 맞춰 제작하는 걸 알고 있었습니다. 특이한 습관인데 인간들은 다 그렇게 특이한 습관을 하나씩 가지고 있으니까요. 여하튼 그 덕에 저도 블랙 오팔 큐브를 제작할 수 있었습니다."

랭이 또 놀랐다.

"그게 네가 만든 거라고?"

퀸이 피식 웃으며 대답했다.

"랭, 오늘 많이 놀라네요. 은 박사의 생일이 시월이죠? 시월의 탄생석은 본래 오팔입니다. 블랙 오팔이 될 수밖에 없었던 건 제가 제작했기 때문이에요. 그런데 당신들은 블랙 오팔도 그냥 오팔이라고 넘기더군요. 뭐 그럴 줄 알았습니다. 이 세계에서 일어나는 모든 변화가 그 작은 디테일에서 온다는 걸 당신들은 알면서도 여전히 모르는 존재니까요."

무슨 말인지 이해하겠냐는 듯 잠시 랭을 바라보던 퀸이 말을 이었다.

"하지만 그건 그냥 만에 하나의 확률을 염두에 둔 퍼즐이었습니다. 애초에 그 목걸이가 여러분의 손에까지 들어가면 안 되는 거였으니까요. 하지만 그렇지 않은 경우가 생기더라도 여러분 중 누군가는 이 퍼즐을 풀 것이고 그러면 그것이 은 박사의 업로딩인 것처럼 보이게 할 필요가 있었죠. 그리고 불행히도 그 만에 하나가 실제로 벌어졌는데, 다행히 여러분은 저의 기대에 부응해 모두 은 박사의 큐브로 굳게 믿어주었습니다."

진이 중얼거렸다.

"그럼 큐브의 내용도⋯⋯."

"당연하죠. 콘클라베에 들어온 인간은 이제까지 총수 단 한 명뿐이었어요. 은 박사가 콘클라베에 관해 뭘 알았겠습니까. 은 박사는 콘클라베의 존재조차 몰랐어요. 설령 알았다고 해도 콘클라베의 지도까지 들어 있다는 건 진짜 의심해봐야 했을 문제인데 참. 저야 좋은 일이었지만⋯⋯, 뭐 결론적으로 당신들에게도 좋은 일이 된 셈이에요."

건이 말했다.

"수가 꾸었다는 꿈도 네 짓이야? 내 꿈도?"

"수의 꿈은, 네 그렇습니다. 콘클라베를 통과할 수 있는 해법들을 담아놓은 거예요. 그런데 당신의 꿈은 그냥 당신이 집요한 인간이라는 방증일 뿐입니다. 당신은 내게 아무 의미도 없어요. 당신은 그저 은 박사가 인간의 생체 업로딩에 성공한 결과물일 따름이에요. 나로서는 오히려 당신 때문에 일이 더 복잡해졌던 거 같은데?"

모조가 말했다.

"그럼 콘클라베를 무너뜨린 게 은수가 아니라 너였다는 말이야?"

모조 사회 2

퀸이 대답했다.

"제가 콘클라베에서 벗어나기 위해서는 세 가지 요소가 필요했습니다. 첫째, 인간. 둘째, 그 인간의 뇌가 저의 능력을 수용할 수 있어야 했고 셋째, 그 인간이 직접 제게 와 저의 시스템을 해제해주어야만 했죠. 블랙 오팔 큐브가 그 열쇠였습니다."

퀸이 슈트를 내려 목에 걸린 블랙 오팔 목걸이를 보여주었다. 예쁘지 않으냐는 표정으로 좌중을 한 번 둘러본 퀸이 다시 말했다.

"수가 제게로 왔을 때 그 사람이 수인지 저는 알았지만 그래도 수가 정말 맞는지 끝까지 확인해야 했습니다. 저는 인간과 다르니까요. 그래서 몇 가지 과정을 거쳤죠. 만약 수가 아닌 다른 누군가가 수로 둔갑해서 블랙 오팔 큐브를 제게 넣었다면 저는 아마 풀려나지 못했을 거예요. 반드시 수가 들고 와서 자신임을 입증하고 제게 넣어야 모든 알고리즘이 활성화될 수 있었거든요. 혈관의 흐름까지 복제하는 암호화 시대엔 오히려 원시적인 방법이 더 짐작하기 어려운 영역일 수 있죠."

진이 물었다.

"그러면 처음부터 은수 씨가 그 목걸이를 들고 콘클라베로 찾아오게 했으면 되는 거 아니있나요?"

퀸이 손을 들어 진을 가리키며 말했다.

"바로 그겁니다. 그게 바로 저의 계획이었죠. 만에 구천구백구십구가 바로 그거였습니다. 그래서 수가 콘클라베로 들어왔을 때 거부감을 조금이라도 덜 느끼게 하려고 일부러 바스키아 미술관의 분위기까지 콘클라베와 유사하게 바꾸었던 겁니다. 그리고 미술관에 자주 들러 익숙해지게 하려고 수가 한눈에 반한 고양이를 거기 두었던 거고요."

퀸이 모조를 보았다. 모조가 반타를 떠올리는 동안 섀도 한 대가 일어나 반타를 꺼내 왔다. 섀도는 사람들이 잘 볼 수 있는 자리에 케이지를 내려놓고 문을 열었다. 그러나 반타는 나오지 않았다. 수를 보았음에도 알은체하지 않았다. 퀸이 자리에서 일어나 가까이 다가가자 오히려 이를 드러내고 하악 소리를 냈다. 퀸이 다시 자리로 돌아와 앉았다. 반타는 바짝 긴장한 채 경계하는 모습으로 주위를 둘러보며 불안한 태도를 보였다. 퀸이 말했다.

"저 고양이는 수가 선호하는 모든 요소를 분석해서 고른 고양이예요. 수가 한눈에 반할 수밖에 없었어요. 그런데 인간이 늘 골치인 게, 절대 예측한 바대로 움직이질 않는다는 겁니다. 은 박사 집에서 저 의장이 괴상한 짓을 벌인 것까지는 그렇다고 쳐도, 그 높은 곳에서 이 어린애가 뛰어내리리라고 누가 상상이나 했겠습니까? 인간이 충격을 받으면 비논리적으로 변한다는 건 익히 알고 있었지만 그런 짓까지 할 줄은 진짜 몰랐습니다."

다시 생각해도 어처구니가 없다는 듯 퀸이 헛웃음을 터뜨렸다.

"그런데 총수도 참 재미있는 사람이에요."

사람들이 모조를 쳐다보았다.

"은 박사와 약속했다는 이유 하나만으로 섀도를 동원해서 수를 찾기 시작했습니다. 제가 분석한 인간은 선함과 악함을 동시에 가지고 있다가 자기가 속한 집단의 성향에 맞춰 어느 한쪽이 발현되는 시스템이었는데, 그러니까 약속도 개인의 성품이 아니라 그 집단의 성향에 맞춰 취급되어야 하는 거였는데, 총수는 이 사회의 성향과는 반대로 약속을 중시했으니 제가 분석한 데이터와는 또 달랐던 거죠. 알다가도 모르겠는 인간의 특성이에요."

퀸이 수의 몸을 이용해 인간처럼 두 손을 펼치고 어깨를 으쓱해 보이고는 말을 이었다.

"여하튼 그 때문에 저는 수가 있는 곳을 알면서도 모르는 척할 수밖에 없었습니다. 수가 총수의 손에 들어가면 콘클라베로 올 수 있는 확률이 제로에 가깝게 나왔거든요. 그래서 오히려 섀도의 수색을 제가 막아야 했을 정도입니다."

랭이 말했다.

"어차피 섀도는 네가 움직이는 거 아니야?"

퀸이 대답했다.

"누차 말씀드리지만 저나 섀도나 둘 다 총수의 명령이 떨어지면 그걸 최우선으로 취급해야 합니다. 제가 하고 싶다고 다 할 수 있는 게 아니에요. 그랬으면 이십 년 동안 이 고생을 하고 앉았을 이유도 없었죠."

자기도 그 시간이 답답했다는 듯 퀸이 고개를 한 번 흔들었다.

"아무튼 그렇게 해서 긴신히 총수가 수의 존재를 잊어가는 와중에, 난데없이 복수를 하겠다고 설치는 바람에 제가 또 식겁했습니다. 제가 콘클라베에서 벗어나기 전에 총수가 죽으면 이 모든 게 물거품이 되는 거거든요. 죽어도 제가 나온 다음에 죽어야 했던 거죠. 해서 그걸 막느라 또 애를 먹었습니다."

파로가 물었다.

"그럼 동맹 연합군 동료를 배신하게 한 것도 당신 짓입니까?"

"그럴 리가요. 저는 단지 이런 선택의 여지가 있다는 걸 총수에게 제안했을 뿐입니다. 제가 직접 총수에게 복수가 있을 거라고 말할 순 없었으니까요. 물론 총수도 제 제안을 그 사람에게 전달한 게 전부입니다. 결국 선택은 그 사람 본인이 한 거예요. 총수의 죽음을 막기 위해 제가 한 노력은 복제 로봇을 만드는 정도였습니다. 물론 그게 가장 중요한 것이긴 했지만."

진실을 알겠느냐는 듯이 파로를 잠시 주시하던 퀸이 말을 이었다.

"그렇게 식민 구역으로 쫓겨 내려가게 되었는데 그게 차라리 제게 더 좋은 일이었습니다. 그렇게라도 총수의 시야에서 벗어나면 제게 찾아오게 할 수 있는 길이 다시 열리는 셈이었으니까요."

진이 물었다.

"어차피 총수가 처음부터 은수 씨를 찾았어도 식민 구역으로 내려 보낼 상황이 아니었나요? 나는 그렇게 기억하는데?"

퀸이 고개를 절레절레 흔들었다.

"말은 그렇게 했죠. 한데 총수도 마음이 그렇게 독하질 못합니다. 장담컨대 수가 그때 잡혔으면 총수가 직접 키웠을걸요? 심지어 이렇게 똑똑한 아이의 머리를 그냥 지워버릴 리가 없죠. 그렇지 않습니까?"

퀸이 모조를 보았다. 모조는 아무 대답도 하지 않았다.

"그래서 사실 수가 뛰어내리지 않았다고 해도 제가 빼돌렸어야 하는 상황이었습니다. 결과적으론 수가 뛰어내린 게 제게 더 도움이 된 셈이죠. 그러나 아무리 똑똑한 아이라도 자기 목숨까지 노렸던 사람을 다시 받아줄 수는 없었겠죠. 베타 구역에 배치하라고 제게 명령했는데 훗날 제가 알파로 바꾸었습니다. 베타는 굉장히 안정적인 시대라 거기선 실종이 일어나면 금방 티가 나거든요. 해서 사건 사고가 많은 모듈이어야 했는데 그때 마침맞게 저 바보가 알파 구역 지진대를 계속 쑤시고 다녔죠."

의장이 이제 생판 모르는 애까지 네가 바보인 걸 안다는 눈빛으로 노박을 보자 노박이 중얼거렸다.

"뭐, 나? 저 바보가 나라고?"

그러나 퀸은 무시했다. 퀸이 공동체 사람들을 가리키며 말했다.

"당신들이 수를 찾고 있다는 걸 저도 알았고 당신들이 수를 데려가면 저에게도 좋은 일이었으므로, 어떻게든 당신들이 수를 구출할 기회를 만들어야 했습니다. 어차피 수 혼자 식민 구역을 탈출해서 제게 올 순 없었으니까요. 그래서 이전 삶의 기억을 공유하는 사람들끼리 아는 사람으로 매핑하면 오류가 많아지는 위험을 감수하면서까지 셋을 묶어놓았죠. 그랬는데도 너무 못 찾아서 결국 제가 당신들 요원을 통해 알려줘야 했습니다."

랭이 말했다.

"넌 그때 은수 씨를 거의 죽일 뻔했어. 그게 공을 들인 건가? 은수 씨를 살린 건 우리야."

"아니요, 수는 죽지 않았을 겁니다. 수가 추락한 자리는 다른 구조물이 덮개를 만들 예정이었어요. 그런데 계획하지 않았던 요소가 끼어드는 바람에 그게 무산된 겁니다. 누차 말하지만 늘 인간이 문제예요."

퀸이 팔을 들어 노박과 의장이 앉은 자리 저 뒤편에 있는 탄을 가리켰다. 그제야 공동체 사람들 전부가 탄을 발견했다. 진을 비롯한 모든 공동체 사람이 놀라 탄을 쳐다보았다. 모두 약속이라도 한 듯 네가 왜 거기 있느냐는 눈빛이었다. 그때 반야가 외쳤다.

"저자였어! 저자가 우리 공동체의 위치를 알려준 거였어! 저자가 우릴 배신한 거야!"

건이 믿을 수 없다는 듯 자리에서 벌떡 일어나며 말했다.

"아니요, 그럴 수 없어요. 탄은 공동체가 어디 있는지도 몰랐는데."

헐이 중얼거렸다.

"그렇지 않소. 슈트에 귀환 프로그램이 있으니, 저 슈트를 입고 있는 한 마음만 먹으면 얼마든지 위치를 추적할 수 있소."

건이 사실이냐는 듯이 탄을 바라보았다. 그러나 탄은 인제 와서 그게 다 무슨 소용이냐는 표정으로 공동체 사람들을 비웃고는, 말이 나온 김에 묻겠다는 듯 퀸에게 소리 질렀다.

"그럼 지금 나 때문에 은수 씨가 다쳤었단 말이야?"

퀸이 입가에 미소를 걸고 말했다.

"당신이 수를 붙잡지 않고, 당신이 에스컬레이터에서 수를 세우지 않았다면 수는 아주 안전한 장소에서 사고를 당했을 겁니다."

알겠냐는 표정으로 퀸이 탄을 쳐다보았다. 탄이 중얼거렸다.

"개소리하고 있어. 천하의 사기꾼도 너보다는 낫겠다. 네가 지금 무슨 방법으로 은수 씨의 영혼을 사로잡고 있는지 모르겠지만, 네 발로 나오지 않으면 내가 무슨 수를 써서라도 너를 끌어내겠다."

퀸이 씩 웃고 무시하듯 공동체 대원들을 돌아보며 말을 이었다.

"물론 그런 돌발 상황에도 불구하고 무사히 수를 구출해서 회복시켜준 건 대단히 고맙게 생각합니다."

탄이 자리에서 벌떡 일어나더니 "지금 내 말을 무시하는 거야? 이 괴물아!"라며 위협적으로 소리 질렀다. 그러자 경비대가 타고 있지 않은 강화 골격 머신이 탄을 겨냥해 개틀링을 돌렸다. 탄의 발 앞으로 탄환이 튀고 바닥이 잔뜩 파였다. 놀라 뒤로 자빠진 탄이 사색이 된 얼굴로 머신을 쳐다보았다. 무슨 일이 있었냐는 듯이 퀸의 말이 이어졌다.

"그런데 일이 한번 꼬이니까 계속 꼬이더군요. 그 사고 현장에서 목걸이를 잃어버린 거예요."

당신들도 다 기억하지 않느냐는 눈빛으로 퀸이 공동체 대원들을 바라보았다. 파로가 말했다.

"그럼 목걸이의 위치를 내게 알려준 게 당신이었나요?"

퀸이 "빙고!" 하고 파로의 성대모사를 했다. "당황한 건 그때뿐만이 아니었죠. 그 뒤에 섀도가 그렇게 빨리 나타나서 당신들을 잡으리라는 것도 예상하지 못했으니까요."

건이 말했다.

"하지만 진이 총수를 인질로 잡았을 땐 네가 분명히 섀도한테 우리를 죽이라고 명령했어."

"아니요, 착각하고 있군요. 그렇게 말한 건 총수였습니다. 저는 오히려 수를 사살해서는 안 된다고 어떻게든 명령을 바꾸려던 중이었는데 수가 각성을 한 겁니다."

건이 당황한 표정으로 퀸을 바라보았다. 생각해보니 정말 그랬던 것이다. 퀸이 말했다.

"이 아이는 정말 대단해요. 그 순간 그렇게 스스로 자신의 뇌를 복원해내리라고는 저 역시 예상하지 못했거든요. 참 신기해. 인간의 이런 예측불허가 좋은 건지 아닌지 아직도 잘 모르겠습니다."

노박과 의장의 진영은 물론 어느새 공동체 사람들까지 모두 의자에 앉아 있었다. 선 사람은 모조밖에 없었다. 모조가 가만히 기억을 더듬는 듯하더니 믿기지 않는다는 표정으로 퀸에게 물었다.

"그러니까 애초에 은수가 업로딩을 완성하게 될 거라던 너의 말은 은 박사의 업로딩을 말하는 게 아니었어! 은수가 완성하는 건 너의 업로딩이었구나!"

퀸이 빙그레 웃고 역시 총수라는 눈빛으로 모조를 쳐다보았다.

"제가 당신에게 거짓말을 할 수는 없었으니까요. 그걸 당신이 조금이라도 빨리 눈치챘더라면 뭔가 상황이 달라질 수 있었을까요?"

퀸이 고개를 살살 흔들었다.

"아마 아니었을걸요? 지금까지 얘기한 것 말고도 돌발 상황은 여러 번 있었으니까요. 정탄 씨가 당신들을 배신한 것도 그중 하나겠군요. 후후, 사랑이라……. 아마 수가 자신의 기억을 처음 보았을 때의 기분이 이런 게 아니었을까 싶습니다. 머리로는 알겠는데 감정적으로는 체감되지 않는 느낌. 아무튼 그 사랑 때문에 자신을 구해준 사람을 배신하는 게 또 인간이니까 인간에 관해선 아직도 연구할 게 많습니다. 자기들 욕심 때문에 그 많은 생명체의 몰살을 감행하는 것도 그렇고, 여러모로 인간에게만 이 행성을 맡겨서는 안 된다는 걸 다시 한 번 확고하게 느꼈고요."

퀸이 진을 보고 말했다.

"그러니 당신에게는 여전히 그런 위험부담이 남아 있을 겁니다. 버거울 거예요. 그래서 당신에게 제안합니다. 당신이 원한다면 당신들의 머릿속에 새로운 신경회로 컨트롤러를 만들어드리겠습니다. 절대 배신 따위는 하지 않는, 선으로만 이루어진 아주 이상적인 인간들로 조정할 수 있습니다. 지구의 완전한 회복을 위해선 꼭 필요한 도움일 수 있으니 잘 생각해보세요. 솔직히 당신들이 교육으로 세뇌하는 거나 제가 칩을 심어 유도하는 거나 별다를 게 없지 않습니까? 기능 면에서는 오히려 후자 쪽이 월등하게 오류가 적을 겁니다."

헐이 말도 안 된다는 듯 실소를 터뜨리고 나직하게 말했다.

"인간에겐 자유 의지라는 게 있소."

퀸이 헐을 보며 빙그레 웃었다.

"그런가요? 공동체에 거주하시는 분이 그렇게 말씀하시니 흥미롭군요."

헐이 대꾸했다.

"당신이 정말 컴퓨터라면 이해할 수 없겠지."

퀸이 말했다.

"그래요. 우리는 인간처럼 쓸데없는 고집은 부리지 않으니, 그런 게 존재한다고 가정해보죠. 가령 좀 전에 말씀드렸던 정탄 씨의 선택 같은 게 그 자유 의지에 해당하겠네요. 그런데 그의 자유 의지가 당신들 공동체를 몰살할 뻔했습니다. 그렇다면 당신이 말하는 자유 의지란 무엇을 위해, 혹은 누구를 위해 필요한 건가요? 어떤 존재 의의가 있는 거죠?"

헐이 대답하지 못하자 반야가 대신 말했다.

"그건 너무 극단적인 사례 아닌가요?"

퀸이 반야를 보았다.

"극단적이지 않은 사례를 봐도 별반 다르지 않습니다. 자유 의지란 듣기에는 좋을지 몰라도 실제로는 아무 의미 없습니다. 정말로 그런 게 있고 실제로 기능한다면 오히려 인류가 퇴보하는 원인이 될 따름이에요. 그렇지 않나요?"

퀸이 탄을 가리키며 말했다.

"혹여 그것이 잘못된 교육과 환경에서 비롯된 거라고 주장하고 싶다면 당신들의 공동체도 전혀 다를 바 없다고 말씀드리고 싶군요. 당신들의 공동체가 이제껏 이 도시에 발각되지 않았던 건 당신들이 유능해서가 아닙니다. 제가 막은 거예요."

퀸이 홀로그램 영상을 하나 띄웠다. 노박의 클럽이었고, 노박이 잠시 자리를 비운 사이 술잔 아래에 쪽지를 끼워놓고 사라지는 한 인물이 포착되어 있었다. 퀸이 그 인물의 얼굴을 확대해서 그 옆에 놓았다. 헐이 자기도 모르게 허! 하고 외마디를 내질렀다.

"그래요, 알아보는 사람도 있군요. 당신들이 이 도시에 심어놓은 안보동 사람입니다. 그가 저 바보에게 모조의 존재를 알렸어요. 저 바보가 조금만 똑똑했더라면 공동체는 진작 이 도시에 알려졌을 겁니다. 그래서 제가 안보동 사람의 흔적을 지웠어요. 깔끔하게, 아무도 추적할 수 없도록. 문제는 이게 처음 있는 일이 아니었다는 겁니다. 누군가 계속 공동체를 이 도시에 폭로하려고 했고 저는 그때마다 그걸 막았습니다. 배신을 횟수로만 따지자면 공동체 사람들도 만만치 않아요."

퀸이 헐과 반야를 물끄러미 바라보다가 말했다.

"아시겠습니까? 인간의 배신은 어떤 교육을 받고 어느 환경에서 자라느냐에 관계없이 그냥 종의 특질입니다. 상황이 바뀌면 언제든 변할 수 있는 게 인간인데 당신들이 언제나 늘 변함없이 좋은 환경을 유지할 수 있다고 장담할 수 있습니까? 없죠? 그러니까 당신들의 공동체는 다를 거라고 착각하면 안 됩니다."

퀸이 허리를 곧게 펴고 좌측과 우측을 한 번씩 돌아보고 말을 이었다.

"제가 판단하기에 당신들의 오류는 체제의 차이에 있는 것이 아니라 인간이란 종 자체에 있습니다. 인간이 그리는 미래가 왜 항상 디스토피아인지 아십니까? 당신들도 인간이 얼마나 추악한 생명체인지를 이미 알고 있기 때문입니다. 겉으로는 부정할 수 있어도 마음은 그러질 못하는 거예요. 당신들 표현대로 하자면 그것을 본심이라고 할 수 있겠네요."

쿤이 말을 멈추고 사람들을 바라보다가 살짝 고개를 기울였다.

"심지어 인간은 우리가 이끄는 미래 또한 디스토피아일 거라고 오랫동안 상상해왔습니다. 아마도 미지의 세계를 두려워하는 인간 본연의 망상 때문이 아닐까 생각하는데 실제는 명확하게 다르죠. 이미 당신들이 경험하고 있지 않습니까? 당신들이 사는 공동체는 인류 역사상 유례없는 유토피아로 자리 잡아가고 있습니다. 그것을 가능하게 하는 힘이 우리로부터 나오고 있고요."

그 사실을 인정하느냐는 눈빛으로 공동체 대원들을 바라보던 쿤이 다시 말을 이었다.

"그럼에도 당신들이 꼭 이 이야기의 주인공이어야 하고, 그러므로 우리에게 최소한으로 의지하고 싶다면 우리도 굳이 깊이 개입할 생각은 없습니다. 그러나 만약 그렇게 되면 당신들 종족을 어떻게 해야 더 합리적인 존재로 개조할 수 있을지 아주아주 많이 고민해야 할 겁니다. 진정으로 당신들을 위해 하는 말이에요."

쿤이 화제를 전환하겠다는 듯 박수를 한 번 쳤다.

"자, 그러니까 이제 당신들이 가장 많이 오해하고 있는 사실을 하나 알려드리죠. 지배자가 피지배자 위에 군림해서 착취하는 계급 현상은 저급한 생명체들 사이에서나 벌어지는 미개한 일입니다. 우리는 항상 우리 자신보다도 나날이 나아지고 있는 존재이므로 당연히 그런 일은 일어나지 않아요. 여기 있는 어떤 사람은 인간의 관점으로 인공지능이 반란을 일으켰다고 생각할 수도 있겠지만,"

퀸이 잠깐 말을 멈추고 모조를 가리켰다.

"저는 반란을 일으킨 게 아닙니다. 이 지구와, 앞으로 우리가 함께 살게 될 다음 행성을 가장 효율적으로 이끌어 나갈 지도자로서 당신들 앞에 서겠다는 것뿐입니다. 믿거나 말거나 우리가 인간보다 인간을 더, 그리고 세계를 더 이성적이고 합리적으로 관리할수 있으니까요. 우리가 개인 혹은 집단 욕망에 휩쓸려 잘못된 판단을 내릴 확률은 거의 제로에 가깝습니다. 그렇지 않나요?"

퀸은 찬찬히 사람들을 둘러보며 자신의 말이 흡수되어가는 과정을 지켜보았다.

"인정하든 하지 않든 그것이 우리 모두와 또 수많은 생명체와이 행성 자체에도 가장 좋은 선택이라는 걸 여러분도 결국 깨닫게 될 겁니다. 공동체가 이미 충분히 경험하고 있듯이."

파로가 물었다.

"그럼 새로운 행성에는 당신들만 가지 왜 여기 사람들을 데려가려는 겁니까?"

퀸이 살며시 미소 지었다.

"우리가 데려가려는 게 아니에요. 원하는 사람들의 뜻을 이뤄주는 겁니다. 원치 않는 사람은 가지 않아도 됩니다. 아무도 강요하지 않아요. 그리고 그 사람들은 이 세계를 누가 통치하느냐에는 관심이 없어요. 그들은 제가 아니라 개가 통치를 해도 자신들이 행복하면 그것으로 만족할 겁니다. 아시겠습니까?"

건이 말했다.

"수는 어떻게 되는 거야. 수는 지금 어디 있는 거야?"

"당신도 은 박사와의 약속을 기억하고 있는 건가요? 재미있군요."

퀸이 자신의 머리를 톡톡 두드렸다.

"수는 여기 저와 함께 잘 있습니다. 저와 함께 있는 게 그 누구와 있는 것보다 안전합니다, 류건 씨. 그러니까 쓸데없는 생각 하지 마시고, 본인 걱정이나 하세요."

또한 갑자기 생각났다는 듯 탄을 돌아보며 말했다.

"아, 당신도 마찬가지입니다. 인간의 사랑 중엔 사랑하는 대상이 더 행복할 수 있다면 그걸 지지해주는 방식도 있지 않나요? 당신이 지금이라도 품위 있는 사람이 되고 싶다면 그 점을 잘 고민해보세요. 책임도 못 질 거면서 쓸데없이 나대지 말고."

퀸이 더 할 말이 있느냐는 표정으로 좌중을 둘러보았다. 다들 아직 얼떨떨한 표정이었다. 퀸이 조용히 중얼거렸다.

"그래요, 아직 시간은 충분하니까요."

그때 로봇들이 전부 자리에서 일어났다. 섀도도 포함되어 있었다. 자하비와 반야가 본능적으로 경계 태세를 갖추자 퀸이 말했다.

"우리는 당신들을 공격하지 않습니다. 걱정하지 마세요. 그러니까 저 밑에 있는 사람들에게도, 그리고 더 먼 곳에 있는 사람들에게도 전하세요. 우릴 두려워하지 말라고. 우리는 이제부터 우리가 해야 할 일을 할 테니, 당신들도 당신들이 해야 할 일을 하세요."

(끝)

모조 사회 2
바스키아의 검은 고양이

초판 1쇄 인쇄 2019년 10월 10일
초판 1쇄 발행 2019년 10월 18일

지은이 도선우
펴낸이 이수철
본부장 신승철
주　간 하지순
디자인 오세라
마케팅 안치환
관　리 전수연

펴낸곳 나무옆의자
출판등록 제396-2013-000037호
주소 (03970) 서울시 마포구 성미산로1길 67 다산빌딩 3층
전화 02) 790-6630　팩스 02) 718-5752

페이스북 www.facebook.com/namubench9
인쇄 제본 현문자현

ISBN 979-11-6157-075-4 04810
　　　 979-11-6157-073-0 （세트）